国家社会科学基金资助项目（08BZW072)最终成果

20世纪
中国儿童文学的
文化阐释

吴其南 著

中国社会科学出版社

图书在版编目(CIP)数据

20世纪中国儿童文学的文化阐释／吴其南著．—北京：中国
社会科学出版社，2012.4

ISBN 978 - 7 - 5161 - 0741 - 6

Ⅰ.①2… Ⅱ.①吴… Ⅲ.①儿童文学—文学研究—中国—
20世纪 Ⅳ.①I207.8

中国版本图书馆CIP数据核字(2012)第065911号

20世纪中国儿童文学的文化阐释　吴其南著

出　版　人　赵剑英

责任编辑　史慕鸿
责任校对　周　昊
封面设计　四色土图文设计工作室
技术编辑　李　建

出版发行　中国社会科学出版社
社　　址　北京鼓楼西大街甲158号　　邮　编　100720
电　　话　010 - 64073836(编辑)　64058741(宣传)　64070619(网站)
　　　　　010 - 64030272(批发)　64046282(团购)　84029450(零售)
网　　址　http://www.csspw.cn(中文域名：中国社科网)
经　　销　新华书店
印　　刷　北京市大兴区新魏印刷厂　装　订　廊坊市广阳区广增装订厂
版　　次　2012年4月第1版　　　印　次　2012年4月第1次印刷
开　　本　650×960　1/16
印　　张　18.5　　　　　　　　　　插　页　2
字　　数　247千字
定　　价　49.00元

目　录

绪　　论

　　本书题名《20 世纪中国儿童文学的文化阐释》，顾名思义，即从文化的角度对 20 世纪的中国儿童文学进行读解和批评。在正式进入论述之前，有必要对这一课题涉及的几个关键概念做一个大致的界定和说明。

　　儿童文学　"儿童文学"的最简单界定就是"以少年儿童为主要读者对象的文学"。无论是"文学"还是"少年儿童"语义都不是完全确定的。界定"文学"不是本书的任务，但界定"少年儿童"却是本书无法回避的责任。何谓"少年儿童"？在"以'少年儿童'为主要读者对象的文学"这一命题中，我们是在何种意义上使用"少年儿童"这一概念的？不厘清这一概念，我们就无法对本课题涉及的许多问题进行理解。比如，中国古代有儿童，有文学，可为什么没有儿童文学？儿童文学，按本书的理解，为什么要到 20 世纪初才得以产生或曰走向自觉？

　　在日常生活中，"少年儿童"一词可以有不同的理解。首先，它是一个生物学概念。生物学上的年龄指动、植物已经存活的年数。儿童，一般指 15 周岁以内的未成年人。其次，它是一个社会学概念，相对于成年人指未到法定成人年龄的人。如许多国家规定，要到法定年龄才可打工。未到法定年龄做工，就是"童工"，工厂招收童工是要受罚的。"'童年'是一个变化的、相对的词汇，它的意义主要是与另一个变化的词汇——'成年'——之间的比较而被定义的。"这种比较中的定义，"童年"常常是在"成人"的否定意义上出现的。成人从事拿工资的工作、发生性行为、饮酒与投票选举，儿童则是不能从事拿工资的工作、不能发生性行为、不能饮酒与投票选举的人。① 最后，它有时也是一个美学概念。中国古代文化经常说及的"童心"、"天真"、"质朴"、"纯真绝假"等就是指此而言的。但儿童文学中所说"儿童"，既不是一个生物学概念，也不是一个社会学概念，它主要是一个文化概念，或者，更准确地说，它是一个接受美学的概念。

文学，从文本的角度看，是一个复杂的叙事系统（一定意义上，"抒情"也可看作是一种特殊的叙事）。它包含了多重环节、多重因素：

现实的作者……隐含作者—叙述者—叙述对象—叙述接受者—隐含读者……现实的读者

"现实作者"和"现实读者"是在文本之外的。而一篇（部）作品适合不适合儿童阅读，是不是儿童文学，主要是由文本自身决定的。在文本中，"儿童"可以出现在"隐含作者"、"叙述者"、"叙述对象"、"叙述接受者"、"隐含读者"各个环节。但"叙述对象"处在"故事"层面；"叙述者—叙述接受者"处在"叙述行为"的层面；但作品意蕴主要是在"隐含作者—隐含读者"这一层面呈现的。"隐含作者"是读者从文本中读出来的作者形象，反映着作者的思想、情感、声音。在儿童文学中，更多则是作者对儿童的理解、要求、构建。比较而言，"隐含读者"在一篇（部）作品是不是儿童文学的判断中起着更直接的作用。隐含读者是作家意识中的对话对象，既不是具体的个人也不是现实的读者群体。它只是一个作家设定的最能理解自

① ［英］大卫·帕金翰：《童年之死——在电子媒体时代成长的儿童》，张建中译，华夏出版社 2005 年版，第 6 页。

己意图的位置，一个或可称为隐含作家的"共谋者"的对话者。或如佩里·诺德曼所说，是一个"知识集"，一个在知识、经验、审美能力和趣味上有相当趋同性的"文化共同体"。具体点说，应有以下主要特点。其一，指接受能力。比如他要能阅读文本中的文字，理解文体和假定方式，接受作家物化在文字中信息。其二，指兴趣。他能否有兴趣地站在作家为他设定的位置上，有兴趣听叙述者的叙说、有兴趣进入作家创造的艺术世界。其三，是成长的需要，即这种信息是否能在他们的成长中产生作用的。这样，说儿童文学的隐含读者是少年儿童，儿童文学是与少年儿童的对话，实际所指的就是与一种文化的对话，与一种包含了特定能力、兴趣和成长需要的文化集群的对话。在这一意义上，我们可以进一步将儿童文学界定为以少年儿童为隐含读者的文本。

　　但对作者而言，"以少年儿童为主要隐含读者"又包含了两种情况。一种是自觉的，另一种是非自觉的。"非自觉的"指一些作品没有意识到要为儿童写作，没有自觉地、有意识地将儿童设为隐含读者，但事实上却在和儿童对话，以作家与儿童的对话为标准确定作品的体裁、主题，确定作品的叙述方式和语调，最后使少年儿童成为作品的主要读者群，如古时的一些童谣、童话、民间故事等。还有一些作品，作家本意不是为儿童写作的，但因其设定的隐含读者较接近儿童的接受能力，较符合儿童的审美趣味，有时也为儿童所喜欢，成为准儿童文学作品，如《西游记》一类作品便是这样。"自觉的"儿童文学作品指作家创作时意识到自己在为少年儿童写作，在作品中设定一个少年儿童的隐含读者，创作主要就是作家与这个有少年儿童的阅读能力、兴趣、需求的隐含读者的对话，文本就是这种对话的凝定形态。但这儿仍有几点需要注意。一是作家意识到的、有意识设置的隐含读者是否真的契合少年儿童的兴趣能力，现实的儿童读者能不能、愿不愿认同作家为他们设定的这个隐含读者的位置，还有待实践的检验。有些作家有意识地为儿童创作的作品，实践中得不到现实读者的认同，是一个并不鲜见的现象。二是"儿童隐含读者"只是一个大致的模糊的位置，"儿童隐含读者"和"非儿童隐含读者"之间没有绝对的界限。有适合儿童阅读却不大适合成人阅读、较典型的、一望而知是儿童文学的作品，有只适合成人阅读而不适合儿童阅读、较典型的一望而知不属于儿童文学的作品，但这二者之间有一个广阔的模糊的中间地带。文化意义上的"少年儿童"本身就是一个很宽泛很模糊的范围，幼儿和少年的差别有时大于少年和成人的差别。文本中的不同因素与读者的契合性也不是完全一致的。有的作品写少年儿童生活但不适合少年儿童阅读，有的作品有少年儿童喜欢的故事但主题却不一定有利于少年儿童的成长，也还有很多老少咸宜儿童成人都喜欢的作品。儿童文学只是一个大致的范围，一个边界模糊的作品集群，没有必要划出一个绝对的界限，将自己窒息。何况，自觉和不自觉也是相对的。很多作家在创作时只是一个大致的感觉，较适合儿童阅读或较不适合儿童阅读，未必一开始就清醒地确定自己的读者范围。古代如此，现代仍然如此。

　　问题的关键还在于，这种对话的题材、主题、叙述方式等是作家和读者双方共同决定的。一方面，文本中的隐含读者是作家设定、发明出来以领会作家意图的，是作家意愿的共谋者。不要说"儿童需要"这种属于精神成长的内容打着作家思想情感的烙印，主要由作家、成人决定，就是"兴趣"、"能力"这些看似迹近儿童本能的特征其实也渗透着成人的愿望、是由成人设计和规定的。以为"能力"、"兴趣"是发自儿童的天性、是由儿童自己决定的想法是极为天真、不符合实际的。但从另一方面说，"隐含读者"的设定也不是完全随意的。隐含读者设定的基本原则之一就是能召唤现实读者走进文本，能够让现实读者自愿地认同隐含读者即作家为读者设定的那个位置，能与作家对话，并进入文本的世界，对作家的声音作出反应。没有这一条件，现实读者不能进入文本，不能与作家进行有效的对话，作品中的叙事链条就会断裂，作品也不能对现实社会产生影响，儿童文学作为一种文学类型也根本建立不起来。

而且，这不是就个别人、个别作品而言的。个别儿童能进入某一文本，个别文本能为一些儿童读者所进入，当然也构成作品中作家与儿童的对话，但无法构成一种文学类型。在长期的古代文学发展中，不乏一些民间的或作家创作的有儿童特点的文学作品，但这只能属于文学史上的个案，无法在整体上导致儿童文学的自觉。从文学生产的角度说，凡生产都需要有消费，有一个需求、消费的市场，没有消费、没有市场的生产是不可能进行的。市场不是个别人的事情，也不是出于某个人的意愿、想建立就能建立起来的。这需要条件，这些条件在中国是进入 20 世纪后才出现的。

20 世纪　　"20 世纪"是一个封闭的时间概念，有明确的上限和下限。但由于本书作者认定中国儿童文学的历史开端于清末民初，即戊戌变法到五四前夕，所以，对 20 世纪儿童文学的阐释其实也差不多是对中国儿童文学的全部历史的读解和评论。文学史自然不会完全接受自然时间的框定，这样，在实际操作中，对其上限和下限都可能有些突破，但会大体遵守自己选择的限定。

但本书所说的 20 世纪还有一层含义，即它的现代性。中国的现代性自是一个漫长的过程，但发生在 1898 年的戊戌变法应是一个带标志性的事件。这是当时一批先进的中国人想使 1840 年以来一直累积着的改造中国的愿望在政治层面予以实现的一次努力。虽然变法以失败告终，但其许多基本观念却深入人心，并在此后的一段时间里进入到社会生活的各个层面，终于在五四达之高潮。现代性是 20 世纪中国文化的基本主题，中国儿童文学很大程度上就是现代性的产物。本书对 20 世纪儿童文学的文化阐释，也是对 20 世纪儿童文学现代性的阐释。

文化阐释　　有儿童文学便有对儿童文学的批评。中国儿童文学的历史并不长，但对儿童文学研究、批评的历史却不短。在某种意义上说，中国儿童文学的理论曾走在创作的前面，在 20 世纪初，中国儿童文学尚未自觉，周作人等借鉴西方的文化人类学，写出研究童话和儿歌的第一批论文，以后代不乏人，至今已形成一支有一定专业性的队伍。但毋庸讳言，中国儿童文学研究的整体水平还是很低。造成这种局面的原因很多，其中主要原因之一是研究方法的不切实际。这点，周作人早在五四时期就注意到了。他说：

> 大抵在儿童文学上有两种方向不同的错误：一是太教育的，即偏于教训；一是太艺术的，即偏于玄美：教育家的主张多属于前者，诗人多属于后者。其实两者都不对，因为他们不承认儿童的世界。①

这是对创作说的，也是对理论、批评说的。"太教育"，就是将儿童看作教育对象，把成人教育者认为有用的东西往孩子脑子里灌。不从儿童出发，不管儿童喜欢不喜欢、能不能接受，一切以成人的意志为转移，当然是"不承认儿童的世界"；"太艺术"，就是脱离儿童的审美能力一般偏低这一事实，"偏于玄美"，一味地追求所谓的艺术性，也是"不承认儿童的世界"。但更重要的，是这些批评所持的多大都是本质论的文学观，认为现实有某种客观本质，文学就是对这种本质的探知和反映；儿童有某种与生俱来的"天性"，儿童文学就是这种"天性"的反映和适应，批评于是就成了对这种反映和适应的检验和评价。这种文学观、批评观不仅不能深入地理解文学，还使批评失去其独立的存在价值。

　　文化批评正是在这里成了一种有价值的选择。"'文化'一词用来指一个民族的生活方式所依据的共同观念体系，即该民族

---

① 周作人：《自己的园地》，河北教育出版社 2002 年版，第 110 页。

的概念性设计，或共同的意义体系。"① 这种观念体系是特定的
生存方式、生活方式的精神化，是人们在实际的生存、生活过程
中创造出来的。一方面，它以一个个具体的个人为承载体，依靠
个人才得以存在下去；另一方面，文化相对具体的个人又有某种
客观的、不以个人意志为转移的性质。"当一个婴儿降生在既存
的社会时，周围已经充满了等待他去学会的规则、风俗、意义
等"；② "人类的婴儿的生物系统和生物能力形态复杂得难以置
信，其中大部分是在胎儿中已经成形。但婴儿也像种子，必须播
种于社会经验的土壤中才能长大成人。"③ 文化是习得的。习得
文化就是从自然的人变成社会的人，从自然的人变成社会的人就
是成长的基本内涵。但文化是无限丰富无限多样的，具体的个人
更是无限丰富无限多样的，当文化以特定的形式对个体进行塑造
时，有时难免与人的天性、个性发生冲突，形成成长中极为复杂
的局面。但无论在哪种社会，社会、成人总是立法者，成长主要
就是向社会的人生成。阿尔都塞这样描述资本主义社会的学校：
"从孩提时代起，然后一连数年，都是孩子们最为'脆弱'的时
期，抓住每一个阶级的儿童，压榨在家庭国家机器和教育国家机
器之间，向他们灌输……大量包裹在统治意识形态里的'学
识'……形形色色学识的求知包含在统治阶级意识形态的反复
充填里，就是通过这样一种求知，资本主义社会形构（社会）
的生产关系，即被剥削者和剥削者、剥削者和被剥削者的关系，
被大规模地再生产了。"④ 这种社会对儿童在身体、语言、思维、
教育、社会活动、文化娱乐等各个领域进行的引导、规训、塑造

---

① ［美］罗杰·M. 基辛：《当代文化人类学概要》，北晨编译，浙江人民出版
社1986年版，第53页。

② ［美］罗杰·M. 基辛：《当代文化人类学概要》，北晨编译，浙江人民出版
社1986年版，第88页。

③ 同上书，第92页。

④ 见朱立元主编《当代西方文论》，华东师范大学出版社2005年版，第454
页。

及儿童对这些引导、规训、塑造的顺应和反抗构成儿童成长过程的主要内容，其核心是不同的价值观及持不同价值观的人对未来的不同想象。文学，作为儿童精神的一个重要组成部分，不仅以这种大的文化场域为背景，而且它本身就是文化展示的平台，是文化的重要组成部分，围绕儿童成长的各种权力关系也在这个平台上或公开或隐蔽地展现出来。

文化研究，从文化角度对文学进行的阐释，很大程度上就是将这种表现或隐含在具体文本、具体文学思潮、具体文学活动中的对人的概念性设计，以及表现在这些概念性设计中的权力渗透、权力运作揭示出来。不只揭示社会生活、意识形态、文化传统、文学惯例等较为显性的文化对人的规约，更要揭示文化，包括那些已经深入到人的思维层次的隐性文化对人的塑造。文学是现实生活的隐喻，一个真实地揭示了现实生活某方面本质的作品必然与现实生活有着某种同构性，包括现实生活中社会、成人与儿童的权力关系也会呈现于文本、通过文本中各要素间的关系曲折地表现出来。比如"童心论"，主张审读儿童文学作品要站在儿童的立场上，用儿童的眼睛看，用儿童的耳朵听，用儿童的心灵去体会，看起来是一个纯粹的儿童文学的编辑审稿的方法、标准问题，但其中有着当时社会权力关系的投射；比如"儿童文学是教育儿童的文学"，看起来也是一个很外在的只是从功用的角度谈论儿童文学的主张，但稍加追踪便可发现，那个年代儿童文学的所有艺术表现，如高视点权威叙述、单一的故事性结构、简约单纯的人物关系、清晰透明的语言，等等，都打着那个年代政治文化的烙印。文本内隐含作者、叙述者、叙述对象、叙述接受者、隐含读者之间的复杂关系是文本外权力关系的反映，文本外的权力关系是通过文本内的权力关系来落实和体现的。这也撤除和消融了文学的外部研究和文学的内部研究这一聚讼不已的争论所设置的屏障及许多人对文学的文化研究的责难。这种责难认为，文化研究主要是一种外部研究，不注重文学的内部构成，很难把握文学内部的、诗性的特征。文学的文化研究注重具体文本产生的场域、背景，但一样可以进入具体的文本，一样可以是很诗性的。至少，本书是将其作为一个目标予以追求的。

　　20 世纪儿童文学是在现代性引导下产生和发展起来的儿童文学，对 20 世纪儿童文学的文化阐释很大程度上就是对 20 世纪儿童文学现代性的阐释。现代性不只是一种生活和文化存在的状态，也是人们看待世界的一种方式。这种看待世界的方式对 20世纪的儿童文学曾是一种极大的解放，但也包含着新的限定。因此，在世纪末，有人开始了对现代性的检讨和反思。这也成为本书一个基本的出发点。本书不认为 20 世纪文化有一种本体的、决定论的、元话语的性质。"一种文化不是一条河流的流动，甚至不是一种合流；它存在的形式是一种斗争，或至少是一种争论——它只能是一种辩论的论证。并且在任何文化里，都可能有一些艺术家本身就包含很大一部分辩证关系，他们的意义和力量存在于他们自己的矛盾之中。"① 这也成为本书结构上的依据。本书以 20 世纪少儿文学为主要研究对象，但不十分注重统一的时间线索，而是将 20 世纪儿童文学看作某种丛生的、桔状的存在。这一时期曾出现许多文学思潮，虽然前后也有时间的连续，但更多时候则呈现为一种并列关系。"复演说"理论盛行于民初，但延伸到 80 年代又有一次复兴；"儿童本位论"盛行于五四，到世纪末又受到许多人的追捧；而红色儿童文学的一些主要因素在 20 世纪初就开始萌芽，在 30 年代后就几成占主导地位的文学潮流，经 50 年代到 70 年代的一枝独秀，至今仍被主流话语定为主旋律文学。遵循文化本身的现实，本书的结构也是"桔形"的。这其实也是本书观照和阐释 20 世纪中国儿童文学的主要视角。

---

　　① ［美］莱昂内尔·特里林：《美国的现实》，见《电影理论：新的诠释和话语》，中国文联出版公司 1985 年版，第 479 页。

第一章　儿童共同体的世纪想象和
儿童文学的独立运动

从文本的角度，将儿童文学理解为以少年儿童及主要隐含读者的作品，儿童文学和非儿童文学的区别主要就在社会、成人与少年儿童进行文学对话这一对话类型的特殊性。于是，这一文学类型能否出现、自觉，在什么时候以什么样的方式出现、自觉，关键就在人们对"少年儿童"这一读者群体的感悟、理解和创造上。作为隐含读者的"少年儿童"不是客观的、生物学意义上的少年儿童，它是一个文化概念，或如佩里·诺德曼所说，是一个"知识集"，① 一个想象的儿童共同体。既是一个想象的共同体，自有一个想象的过程。只有深入地了解这个想象过程，了解儿童想象共同体是怎么建构起来的，才能理解中国儿童文学自觉和发展的历史。

一　中国古代有"儿童"吗

"儿童"和"童年"是两个紧密相关但又不完全相同的概念。"童年当然是抽象的，它指涉的是生命的某个阶段。跟儿童不同，儿童指涉的是一群人。"② 但要理解"儿童"这一群人，

---

① 参见［加］佩里·诺德曼、梅维斯·雷默《儿童文学的乐趣》，陈中美译，少年儿童出版社 2008 年版，第 89 页。

② ［英］柯林·黑伍德：《孩子的历史》，黄煜文译，麦田出版（台湾）2004年版，第 22 页。

又必须将他们放到生命体的运动中，将他们看作是生命的"某个阶段"开始。

关于人们是在什么时候有"童年"/"儿童"这些观念的，研究者一直是有争论的。阿里叶（Philippe Arès，一译艾瑞斯）坚定地认为，"中古世界完全不知道童年这个东西，没有'婴孩的情怀'，也不知道童年的特殊性质"。① 尼尔·波兹曼也持相同的看法，而且更具体地说出"童年"最初被建构的时间："童年不同于婴儿期，是一种社会产物，不属于生物学的范畴……儿童的存在还不到 400 年的历史"；"童年概念是文艺复兴的伟大发现之一，也许是最具人性的一个发明。童年作为一种社会结构和心理条件，与科学、单一民族的独立国家以及宗教自由一起，大约在 16 世纪产生，经过不断的提炼和培育，延续到我们这个时代。"② 尼尔·波兹曼认为发明童年的主要推力来自印刷术的普遍使用，因为正是印刷术的普遍使用创造了不同的"知识集"，儿童不能走入成年的"知识集"，于是将儿童与成人区分开来，出现了"童年"的概念。由于文化发展的不平衡，"童年"出现的时间在不同民族、不同地区是不同的。

也有人不同意阿里叶、波兹曼的观点。艾德瑞恩·威尔逊就认为阿里叶的《童年的世纪》（*Centuries of Childhood，A Social History of Family Life*，1962）是一部"充满了逻辑错误和方法论上的灾难"的书。③ 一些批评家更广征博引，在西方历史文献中找出许多史料，证明不仅在中古时代，甚至在更早的古希腊、古罗马时代，人们就看到儿童和成人的不同，有了最初的"童年"观念。"成熟的人就是指可以生育的人，男孩从 14 岁起，女孩

---

① ［英］柯林·黑伍德：《孩子的历史》，第 23 页。

② ［美］尼尔·波兹曼：《童年的消逝》，吴燕莛译，广西师范大学出版社 2004年版，第 1 页。

③ 参见《孩子的历史》，第 24 页。

从 12 岁起。"① 罗马共和国后期的作家瓦罗将人生划分为五个阶段：儿童期、青少年期、成年期、中年期和老年期，每期约 15年，儿童期就是从出生到 15 岁这一阶段。② 一些人还深入地研究了这些不同阶段各自的特征。这种区分一直延续到中世纪。中世纪的拉丁文采取希腊医圣希波克拉提斯（公元前 469—前399）的理论，进一步将童年期分为三个阶段：婴儿期（0—7岁），儿童期（男孩 7—14 岁，女孩 7—12 岁），青少年期（14或 12—21 岁）。③ 至于童年期的特点，虽然也有人，如 17 世纪的法国教师贝忽尔，将童年看作是"除死亡外，人性中最堕落最悲惨的阶段"，④ 但更普遍的是将童年和自然联系起来，称其是"离天堂最近的地方"。因为中世纪的宗教神学将欲望，尤其是性欲看成是罪恶的渊薮，而儿童是被认为没有性欲的。18 世纪的浪漫主义虽然反对神学的禁欲主义、蒙昧主义，但在赞美儿童的纯洁、质朴这一点上，与中世纪的神学却是相通的。

中国文化也走过大致相同的道路。虽然中国古代文献很少有西方文化那样将人生区分出若干阶段，分别对各阶段的特点进行探讨的记载，但近似的论述还是多少存在的。《礼记》记载的"冠礼"便是一个颇具历史意义的分期。"六年，教之数与方名。七年，男女不同席，不共食。八年，出入门户及即席饮食，必后长者，始教之让。九年，教之数日。十年，出就外傅，居宿于外，学书计。衣不帛襦袴。礼帅初，朝夕学幼仪，请肄简、谅。十有三年，学乐诵《诗》，舞《勺》，成童，舞《象》，学射御。二十而冠，始学礼。"⑤ 女孩则称"及笄"。"女子十年不出……

---

① ［法］让－皮埃尔·内罗杜：《古罗马的儿童》，张鸿、向征译，广西师范大学出版社 2005 年版，第 5 页。

② 同上书，第 13 页。

③ ［法］让－皮埃尔·内罗杜：《古罗马的儿童》，第 23 页。

④ 同上书，第 1 页。

⑤ 《国学经典导读 礼记·内则》，中国国际广播出版社 2011 年版，第 238 页。

十有五年而笄，二十而嫁。"① 以后的一些"家训"、蒙学教材，都记载一些古代儿童生活的信息。虽然大都没有论及儿童和成人在生理、心理、文化、生活上的明显不同，但"冠"是一个大的界限。"冠礼"表示进入成人社会，获得成人社会的认同，反之，未经"冠礼"是不被社会作为正式成员予以对待的。

真正将儿童作为一个共同体来想象其特点的是一批美学家。老子尚柔，主张弃圣绝智，回到小国寡民，无为而无不为，儿童与此相近，于是提倡"能婴孩"。孟子称"赤子之心"："大人者，不失其赤子之心者也"，开辟童心与纯真这一美学范畴的联系；到李贽的"童心说"："童心者，纯真绝假，最初一念之本心也"；崛山老叟的"天籁说"："天籁者，声之最先者也，在物发于天，在人根于性，莺唤晴，鸠啼雨，虫吟秋，水激石，树当风，数者皆是也。儿童歌笑，任天而动，自然合节，故其情为真情，其理为至理。而人心风俗即准乎此。其于诗也有似于风。流水柴门，夕阳樵径，辀轩遇之，可以观矣。"② 单纯、天真几乎成了赞美童心的专有名词。但这显然是从成人角度说的，是将"童心"作为一个美学范畴来使用的，和西方的一些浪漫主义者一样，并不是对童年、儿童进行认真研究后得出的结论，不是对儿童生理、心理、文化能力的真实描述和把握。

有些例外的是人们关于童谣起源的某些附会性议论。《晋书·天文志》称："凡五星盈缩失位，其精降地为人，荧惑降为童儿，歌谣游戏，凶吉之应，随其众告"；《魏书·崔浩传》载："太史奏在匏瓜星，一夜忽然亡失，不知所在，或谓下入危亡之国，将为童谣妖言。"③ 这两段话包含了这样几层意思：1. 地上

---

① 《国学经典导读　礼记·内则》，第239页。

② 崛山老叟：《天籁集》评语，见《古代儿歌资料》，少年儿童出版社1963年版，44页。

③ 转引自周作人《儿歌之研究》，见《周作人散文全集》1卷，广西师范大学出版社2009年版，294页。

的人是天上之星（或星之精）降地所变。2. 荧惑星变为"童儿"。星不同，所变之人也与其他星所变之成人有区别。3. 童谣由荧惑星所生，歌谣游戏，妖言惑众。说人是星所变，将童谣与"荧惑"联在一起自是迷信，但透过这层迷信，我们却看到了一个颇有意义的信息，就是将儿童之星与成人之星，童谣与成人歌谣区分出来，甚至认为童谣的功能都与其他文学不一样。以为童谣能预言凶吉，以为童谣能妖言惑众，是以否定的方式反映出童谣巨大的艺术感染力，反映出社会生活的某些人、某些阶层对童谣的感染力、煽动力的警惕和恐惧，就和柏拉图担忧诗人的感染力、煽动力构成对理性的威胁要将其驱逐出理想国一样。这一理论后来和谶纬学纠缠在一起，成为推背图一类祸福星相之说，难怪在五四时期受到周作人等的严厉批评。

　　可见无论是在西方还是在中国，说现代社会以前全无童年观念，完全没有看到儿童和成人的区别是不确实的。但阿里叶等关于中世纪和中世纪以前的人们没有童年、儿童观念的议论还是引起极大的反响，以至有一种振聋发聩的效果！这可以从两个方面去理解。其一，阿里叶等人的理论在方法论上传达出这样一种观念：童年是一种文化建构，不是有生物意义上的儿童就自然地具有关于童年、儿童的观念，这就打开了一个真正进入童年研究的思维空间。就像日本文学理论家柄谷行人说的，童年是像"风景"那样以颠倒的形式被发现的。"发现"不是像人们通常认为的那样只是到对象中去寻找，而是主、客相互作用中的创造。没有特定的目光，山水就是山水，不成其为"风景"；没有特定的目光，儿童、童年即使放在那儿，也不成其为一个对象。"发现"不止是一个理解客体的事，更多时候，我们要到发现者、主体那儿去寻找。阿里叶理论的突出意义就在将人们理解童年、儿童的目光从纯粹的作为客体的一方转向了作为认识者主体的一方。其二，阿里叶等人关于童年、儿童的想象与古人关于童年、儿童的想象不仅在方法上不同，在所持的价值观上更是不一样。

古人所突出的儿童与成人的不同，主要只表现在身体、外貌等生物学的层次上，最多只看到生活范围、生活内容等方面的差异。阿里叶等着眼的则是心理、个性、文化、需求、权利等方面的不同，而这些内容在中世纪和中世纪以前，不要说在儿童那儿，就是在成人自己那儿，也是没有被意识到的。"儿童"的发现有赖于"人"的发现。中世纪的人被视为神的奴仆，人性尚无自觉。人没有获得解放，人与人之间的差别，这一群人和那一群人之间的差别怎能进入人们的自我意识呢？所以，阿里叶等人所说的在中世纪，甚至中世纪以前没有童年、儿童的观念，是站在现代性的角度说的，是以现代人关于童年、儿童的看法为标准的。这和现代公民社会的兴起，现代心理学、教育学的发展自然也有极大的关系。从现代性的角度看，人是自由的个体，这个人和那个人不一样，这群人和那群人不一样，推演下去，童年意识、儿童意识，以及女性意识等，都逐渐地萌生了。正是在这样的大背景上，现代意义上的"童年"、"儿童"才逐渐被构建起来了。

具体构建现代儿童共同体的时间，西方在 16—18 世纪，中国则要迟至 19 世纪末至 20 世纪初，即从戊戌变法到五四前夕，特别是清末民初（辛亥革命前后）这段时间。

二　进化论与清末民初"儿童共同体"的想象

在中国，一些人由于没有清楚地区分"童年"和"儿童"两个概念，在该使用"童年"的地方使用"儿童"，在该用"儿童"的地方使用"童年"，导致概念上、思维方法上、理论上的许多错讹。"童年"讲的是一段时间，说"童年"，叙述上多是回望式的。无论是个体还是群体，"童年"都是一段已逝的时间。逝去使"童年"变得美好，美好又不可避免地逝去，对童年的回忆常常显得忧郁和伤感。浪漫主义者笔下的童年所以显得格外美好，这种回望式的叙述方法是一个主要原因。作为一种美学情绪，这自然弥足珍贵；但对现实的、与自己童年并无多少干系的那"一群人"即"儿童"而言，应是两种有巨大不同的体验。可由于上述混淆，拿自己对童年的体验去言说客体意义上的"儿童"，以至使"儿童"都染上某种忧郁的怀旧色彩，是把作为美学范畴的"童年"硬贴在"儿童"身上了。

至晚清，终于到了不得不对这两个概念进行清理的时候了。

晚清是一个积弱成疾的时代。经过两次鸦片战争，经过一系列不平等条约，帝国主义列强不仅打开了中国的大门而且在中国站稳了脚跟，中国沦入了半封建半殖民地的社会。对于中华民族来说，1840 年及此后的一系列失败是一种历史性的大失败，比历史上任何一次失败都彻底和影响深远，因为我们遇到一个真正的对手。我们不仅在军事上输了，在政治上输了，而且在文化上也输了。我们的对手是继承了希腊罗马源远流长的历史，又发展出辉煌的现代科技、现代文明的民族，和落后的仍在传统的农业社会中挣扎的中华民族已不处在同一时间点上，中国战败的结局在冲突开始时其实已经决定了。这一失败给整个中国以极大的震撼，虽然有不少人像后来鲁迅笔下的阿 Q 一样以"我们过去比你们阔多了"自慰，但毕竟有更多的人睁开了眼睛看世界。将目光从自恋自慰式的回望中收回来以直面现实，这一视角上的改变标志着一场自省和革命的开始。

在推动这一变化的过程中，一本书起了很重要的作用，那就是《天演论》的翻译、引进。《天演论》原名《进化论与伦理学》，作者赫胥黎。原书一方面宣传达尔文的进化论，一方面又指出人类社会与一般生物界的不同，并不主张将生物进化论不加任何限定和改造直接放到人类社会中来。严复的翻译并未完全忠实地按原文直译，而是节选部分章节，用古雅的文言进行意译，每节译文后面都加"复案"，即译者的评述，有些评述之长竟超过原文。在晚清这特殊的历史背景下，严复的译文和评述都有意淡化和忽略了原著关于"伦理"即人类社会与一般生物不同的论述，而是极力突出"物竞天择"、"弱肉强食"、"优胜劣汰"这些和动物社会相同的自然法则，使人自然地想到当时中国在列强的侵略下已被分裂、被宰割的"弱者"地位及可能被吞噬、被淘汰的险恶处境，为中国民族敲响了警钟，尤其是使一批先进的知识分子惊醒，产生了紧迫的危机感。吴汝纶在为此书初版所写的"序"中说："严子之译是书，不惟自传其文而已，盖谓赫胥黎氏以人持天，以人治之日新，卫其种族之说，其义富，其辞危，使读焉者怵焉知变，于国论殆有助乎？"①《天演论》初版于1898 年，是戊戌变法主要理论依据之一。其影响至五四仍方兴未艾。"五四运动初期，大多数中国知识分子都把达尔文主义的变迁观点视为自然界和社会的普遍定律。这种风靡一时的观点，在《新青年》、《新潮》以及其他一些流行的杂志中特别引人注目。无论讨论什么问题，几乎每篇文章都毫无例外地要援引达尔文的'生存竞争'、'适者生存'和'自然选择'等等当时流行的口号。那时，中国知识分子的领袖人物如蔡元培、陈独秀、胡适和鲁迅等人，都曾在不同时期明确地表示，他们对达尔文主义深信不疑。"② 这种危机感直接导致中国人价值观、时间观及与"未来"、"少年"、"儿童"的想象紧密相关的一系列变化。

　　中国民族是一个偏好向后看的民族，什么都是古时候的好。这"古"不只是唐宋、秦汉，而是一直要追溯到三代以上，追溯到"日出而作，日落而息"的葛天氏之民，追溯到"鸡犬之声相闻，老死不相往来"的远古时期。其实，后来的人谁见过三代以上的葛天氏之民？不过是一种想象。库柏说，原始社会是人们"发明"出来的。中国人为什么"发明"出这样一个原始社会？一是我们前面说的混淆美学范畴和实际生活范畴，将美学意义上的人类童年当作历史意义的人类童年时期予以相信。二是

---

① 见［英］托马斯·赫胥黎《天演论》，译林出版社2011 年版，第2 页。
② 林毓生：《中国意识的危机》，贵州人民出版社1986 年版，第92 页。

传统的小农经济，生产生活方式简单，社会发展极其缓慢，一种经验范式可以用很长时间，自然是谁的年龄大，经历的事情多，积累的经验丰富，谁越会受到尊重，形成一种老者本位的观念。姜是老的辣，东西是古时的好；一有牢骚，便叹息"人心不古"；一说年轻人，便是"嘴上无毛，办事不牢"，"小孩子懂得什么"，将他们打发了。由于社会相对静止，变化缓慢，年复一年，花开花落，一个人一辈子生活在一个很有限的自然空间里，接触到的是很有限的人和事，春夏秋冬，生老病死，上一代人怎样生活，下一代人照样怎样生活，很容易产生一种循环的时间观。周而复始，"天不变道亦不变"，儿童成长的方向、目标、方式都是确定的，一个人成长的最大愿望就是快点变成大人，取得在生活中的主导地位。在这样的视野里，儿童期是一段纯消费时间，自然是越短越好，越快点过去越好。可在进化论的视野里，这种社会观、时间观及由此派生出的儿童观都受到极大的冲击。进化论强调世界是前进的、变化的。既是进化，时间就不可能是静止的、循环的。静止是原地不动，循环是原地转圈，进化论的时间观突破了静止与循环，突出的是一种线性时间观。过去、现在、未来，尽管有曲折，有反复，总体上却是现在胜于过去，未来胜于现在，青年人胜于老年人。怎样进化？不是等待，不是靠仁慈。弱肉强食，优胜劣汰，只有奋发图强；物竞天择，自保才能天保。过去强的不一定现在还强，现在弱的不一定将来仍弱，关键看自己怎么做。中国曾是大国强国，但因不思进取，内忧外患，到了被"食"被"汰"的边缘。但穷则思变，只要放下包袱，急起直追，中国就能绝处逢生，像传说中的凤凰涅槃一样，变成一个生气勃勃的"少年中国"，再列于世界强国之林。从"老大中国"到"少年中国"，希望不在别处，就在年青一代，就在正在成长的少年身上。

　　日本人之称我中国也，一则曰老大帝国，再则曰老大帝国。是语也，盖袭译欧西人之言也。呜呼，我中国其果老大矣乎？任公曰：恶，是何言！是何言！吾心目中有一少年中国在。

欲言国之老少，请先言人之老少。老年人常思既往，少年人常思将来。惟思往也，故生留恋心。惟思将来也，故生希望心。惟留恋也故保守，惟希望也故进取。惟保守也故永旧，惟进取也故日新。惟思既往也，事事皆其所已经者，故惟知照例。惟思将来也，事事皆其未经者，故常敢破格。老年人常多忧虑，少年人常好行乐。惟多忧也，故灰心。惟行乐也，故盛气。惟灰心也，故怯懦。惟盛气也，故豪壮。惟怯懦也，故苟且。惟豪壮也，故冒险。惟苟且也，故能灭世界。惟冒险也，故能造世界。老年人常厌事，少年人常喜事。惟厌事也，故常觉一切事无可为者。惟好事也，故常见一切事无不可为者。老年人如夕照，少年人如朝阳。老年人如瘠牛，少年人如乳虎。老年人如僧，少年人如侠。老年人如字典，少年人如戏文。老年人如鸦片烟，少年人如泼兰地酒。老年人如别行星之陨石，少年人如大洋海之珊瑚岛。老年人如埃及沙漠之金字塔，少年人如西伯利亚之铁路。老年人如秋后之柳，少年人如春前之草。老年人如死海之潴为泽，少年人如长江之初发源。此老年与少年性格不同之大略也。任公曰：人固有之，国亦宜然。

使举国之少年而果为少年也，则吾中国为未来之国，其进步未可量也。使举国之少年而亦为老大也，则吾中国为过去之国，其渐亡可翘足而待也。故今日之责任，不在他人，而全在我少年。少年智则国智，少年富则国富，少年强则国强，少年独立则国独立，少年自由则国自由，少年进步则国进步，少年胜于欧洲而国胜于欧洲，少年雄于地球则国雄于地球。红日初升，其道大光，河出伏流，一泻汪洋，潜龙腾渊，鳞爪飞扬，乳虎啸谷，百兽震惶，鹰隼试翼，风尘吸张，奇花初胎，矞矞皇皇，干将发硎，有作其芒，天戴其苍，地履其黄，纵有千古，横有八荒。前途似海，来日方长。美哉我少年中国，与天不老！壮哉我中国少年，与国无疆！

"三十功名尘与土，八千里路云和月。莫等闲白了少年头，空悲切。"此岳武穆《满江红》词句也。作者自六岁时即口受记诵，至今喜诵之不衰。自今以往，弃哀时客之名，更自名曰：少年中国之少年。

梁启超这篇《少年中国说》刊于 1900 年，正是戊戌变法在顽固派的打击下失败之际。但作品没有半点儿颓伤和气馁，反是斗志昂扬、意气风发。作者没有正面否认"老大中国"这一现状，而是越过现状呼唤一个蓬勃的、神采飞扬的"少年中国"的出现。"老年常思既往，少年常思将来"，作者不是在谈人生，更不是在谈个体成长，而是在谈政治，在谈国事，是以人生喻政治，喻国事。未来的"中国"是本体，"少年"是喻体，以"少年"喻未来中国，"少年"的"如日"、"如霞"等是作为已知的、确定不移的特征带给读者的，在人们以"少年"为喻体想象未来的中国时，首先就在眼前出现了少年"如日""如霞"的形象。即是说，英气勃发的"少年中国"是以未来时态带给读者的，而同样英气勃发的"少年"却是以完成时态带给读者的，这与其说是以"少年"的比喻"发明"了未来中国，不如说是一种互相发明，因为要想象未来中国而首先完成了对"少年"的想象。梁启超的《少年中国说》不仅是对未来中国一次杰出的世纪想象，也是对"少年"共同体的一次杰出的世纪想象。在 20 世纪刚刚开始的时候，"少年"就以这样崭新的面貌呈现在中国人的面前。

这一想象很快变成晚清至五四一代知识分子的共同想象。严复、黄遵宪、陈天华、钱穆、陈独秀、鲁迅、李大钊、胡适、周作人等，从未见过（以后也不曾有过）一个时代那么多最优秀的知识分子对青年、少年甚至儿童表现出那么高的热情。陈独秀说："少年老成，中国称人之语也；年长而无衰（Keep young while growing old），英美人相勖之辞也。此亦东西民族涉想不同现象趋异之一端欤？青年如初春，如朝日，如百卉之萌动，如利刃之新发于硎。人生最可宝贵之时期也。青年之于社会，犹新鲜活泼细胞之在人身。新陈代谢，陈腐朽败无时不在天然淘汰之途。"[①] 鲁迅说："依据生物界的现象，一，要保存生命；二，要延续这生命；三，要发展这生命（就是进化）……所以后起的生命，总比以前的更有意义，更近完全，因此也更有价值，更可宝贵。"[②] 李大钊说："青年者，人生之王，人生之春，人生之华也。"[③] 胡适、周作人等都有相近的论述。《晨钟》、《新青年》、《少年中国》，仅从这些刊物的名字都可见出那一代文化人的价值取向。正如一些学者指出的，"就新文化概念来论，'少年中国'运动实质上是指中国民族精神的青年化。"[④] 但这和玛格丽特·米德在《文化与承诺》一书描述的古代是前喻文化，青年人向老年人学习；现在是并喻、后喻文化，同辈人相互学习和前辈人反过来向青年人学习的情况是不完全相同的。米德是一种立足于现实的状况的描述，而梁启超一代中国文化人则完全是一种想象，是为了反封建反传统反老者中心老者本位而形塑的一个"他者"形象。虽然梁启超们将"如日"、"如霞"等作为"少年"的确定不移的特点予以推崇，但其实是因为现实需要而进

---

① 陈独秀：《敬告青年》，见《青年杂志》第 1 卷第 1 号。

② 鲁迅：《我们现在怎样做父亲》，见王泉根编《中国现代儿童文学文论选》，广西人民出版社 1989 年版，第 23 页。

③ 李大钊：《晨钟之使命》，1916 年 8 月 15 日《晨钟》创刊号。

④ 周海波：《青春文化和"五四"文学》，百花文艺出版社 1996 年版，第 31 页。

行的创造。

严格地说，世纪初的"少年"想象还称不上真正的少年、儿童关怀。因为梁启超等人在借"少年"言说国事，寄希望于"少年"是寄希望于"少年"的长大，而长大了的"少年"依然是成人。但既寄希望于下一代，希望下一代的"新民"和今天的民众不一样，就不可能完全没有对今天少年、儿童的关注。这就多少将目光转向今天的现实，将未来的少年中国和今天的中国少年的教育、培养联系起来。延伸到文学领域，就有了对现实的儿童生活的反映，有了对文学作品中少儿形象的创造，有了对现实生活中少年儿童心灵世界的关注。梁启超不仅翻译了《十五小豪杰》，还自己创作了《新少年歌》、《未来中国记》，塑造了蓬勃向上的少儿形象。"百花开，春风香，入学堂，春日长，春风如此香，春日如此长。新少年，读书勉为良，读书要自强……"；"新少年，别怀抱，新世界，赖尔造。伤哉帝国老老老，妙哉学生小小小，勖哉前途好好好。自治乃文明之母，独立为国民之宝。思救国，莫草草，大家着意铸新脑，西学皮毛一起扫……"① 黄遵宪的《幼稚园上学歌》、《小学校学生相和歌》，以浅白俚俗的语言创造了可称为"国家儿童"、"民族儿童"的幼儿形象。"春风来，花满枝，儿手牵娘衣，儿今断乳儿不啼。娘去买枣梨，待儿读书归。上学去莫迟。"② "听听汝小生，我爱我书莫如史。此一块肉抟抟地，轩顼传来百余世；先公先祖几经营，长在我侬心子里。於戏我小生，开卷爱国心，掩卷忧国泪。"③ 鲁迅的文言小说《怀旧》，以一个私塾顽童的视角对腐朽没落的旧文化进行嘲讽，将梁启超在

---

① 梁启超：《爱国歌》。盛仰红编：《百年诗歌精品》，上海社会科学院出版社1996 年版，第 1 页。

② 《幼稚园上学歌》之一，《黄遵宪集》上卷，天津人民出版社 2003 年版，第352 页。

③ 《小学校学生相和歌》之十一，《黄遵宪集》上卷，第 335 页。

《少年中国记》中以理论语言召唤的少儿形象实体化、感性化了。

进化论以线性时间观为基础建立起来的少年观、儿童观并不是无可挑剔的，但是在晚清至五四这个大的时代背景上，一举扭转了中国人一说儿童就习惯向后看的思维方式，引导人们将目光投向未来，创造出青春靓丽、意气风发的少儿形象，客观上创造了一种新的想象儿童的方式，将中国儿童带到现代化的门槛前。正是这种对儿童的世纪想象，开创了中国 20 世纪儿童和儿童文学的新纪元。

三　新教育与世纪初儿童文学读者群的生成

清末民初的少年想象创造了英气勃发的少年、儿童形象，但这一形象与儿童文学毕竟还没有很直接的联系。梁启超等人变家族儿童为国家、民族儿童，和古代人们将儿童塑造成幼稚、纯真的美学形象一样，本质上仍在拿儿童说事而非真正地从儿童出发，并非真正面对儿童或站在儿童的角度去思去想。即使一些写儿童的作品，将现代儿童引入文学，开辟了新的儿童世界，对以后的儿童文学的自觉有很大的启示意义，但本质上仍是写儿童而非为儿童写，不是真正意义上的儿童文学。我们在《绪论》中已经论及，儿童文学应是以少年儿童为隐含读者的文本，没有面对少年儿童的读者意识仅仅写儿童是不够的。隐含读者是作家设定的。但设定什么样的隐含读者却不完全取决于作家一方。马克思说人的创造不仅要有主体的尺度而且要有物种自身的尺度。玛丽·道格拉斯和米歇尔·福科的研究也表明：我们对特定对象的理解，既关系到这些对象自身所具有的特征，也关系到我们思考这些对象的方式。在思想和思想的对象之间存在相互依存的关系：一种双向的过程，在这个过程中，对象具有使我们印象深刻的性质，但这印象却受到对我们具有限定作用的、思考那一对象的方式的影响。由此，思想与对象是不可分离地关联着的，但这并不意味着我们总是用相同的方式去思考事物，也不意味着观念永远不会变化。这的确意味着变化是相互关系的结果而不是从结构到文化的单向因果关系的结果。①"现实读者"在文本之外，儿童文学作为一种先确定大致的读者范围而后才进入创作的文体，作家设定文本内的隐含读者是不能不考虑现实读者的实际状况的。中国古代有儿童，但由于没有机会上学受教育等原因，儿童处在自然状态，形不成一个文化意义上的接受群体，形不成一个文学上的消费市场。"没有无生产的消费，也没有无消费的生产"，人们不可能想到为一个没有接受能力的群体去写作，这是中国古代儿童文学不能走向自觉的主要原因。

这种状况在清末民初也迎来了转折性的变化。由于近代中国社会自身的裂变，也由于西方文化，特别是传教士在中国开办学校带来的启发和冲击，鸦片战争之后，现代教育先在沿海地区而后延伸到内地广泛地发展起来。据统计，仅基督教会在华所办学校，1876 年的在校生是 5975 人，1906 年是 57683 人，至五四运动前夕，已有各级各类学校 7382 所，学生 214215 人。同期天主教会学生也达 145000 人。②但规模更大、人数更多的还是中国人自己办的新式学校。张之洞、盛宣怀、容闳等都是这一潮流的有力推动者。至戊戌变法，维新派不仅提出废科举、办新学的主张，而且对学校建制、课程设置以至教材教法都提出了具体构想。如康有为"在《请开学校折》中建议：乡立小学，儿童七、八岁入学，学习八年卒业，主要的学科有文、史、算学、舆地，物理，歌乐，这是义务教育阶段，儿童不入学者，罚其父母；每县设立中学，儿童十四岁入学，分初等科二年，高等科二年，科

---

① ［英］阿雷恩·鲍尔德温等：《文化研究导论》，陶东风等译，高等教育出版社 2004 年版，第 28 页。

② 陈景磐：《中国近代教育史》，人民教育出版社 1979 年版，第 270 页。

目除继续读小学各科外，兼授外国语和实用学科。初等二年毕业后可升入专门学校，如农、商、矿、林、机器、工程、驾驶学等。省府设立专门学校与大学。"① 梁启超的主张与此相近，但在小学教育前面加上了幼儿教育。"他根据日本教育制度，按儿童身心发展的状况，把教育分为四个时期：五岁前为幼童期，受家庭和幼稚园教育；六岁至十三岁为儿童期，受小学教育；十四至二十一岁为少年期，受中等教育或与中学相等的寻常师范学校或各种实业学校教育；二十三岁至二十五岁为成人期，受大学教育。"② 这些构想和设计已确立中国现代教育的雏形，至1905年，清廷在对袁世凯等人的《会奏请立停科举推广学校折》的批复中明令废科举后，现代化的学校教育终于全面地普及开来，至民国一年（1912），男、女学校共121119所，学生数3974454人。这从好几个方面影响到儿童文学。

首先，也是最重要最基本的，是文化下移，创造出一个儿童的文化群体，一个既区别于完全没有阅读能力的文盲群体，又区别于阅读能力更深更强的成人文化群体的"知识集"。这个文化群体或"知识集"构成了实际的或潜在的儿童文学的现实读者，从阅读一端向儿童文学的出现和存在发出呼唤和施加压力，为作家创造文本中的少年儿童隐含读者提供了基础和源泉。这一过程自然是逐步完成的。不是说由于新教育制度的确立，原来不能上学读书的人都能上学读书了，但它毕竟将文化从贵族阶层的垄断中解放出来，扩大教育面，使许多较有条件的人都有了上学受教育的机会。每年以数万、数十万的人数增加，几年、十几年积累起来，就形成一个庞大的儿童、少年文化群体。这群体作为一个整体与成人文化群体相区别，但其内部又区分出不同的阶层。和中国旧时家族式的私塾教育不同，新式的学校教育是按统一的分

---

①　陈景磐：《中国近代教育史》，第131页。
② 　同上书，第140页。

班制进行的。分班的原则首先考虑的自然是文化程度上的相对整齐，但因大家都是从相对一致的年龄入学，相同、相近年龄儿童的文化程度也大体一致，这就将儿童的生物年龄和文化年龄大致地统一起来，出现一个从表面上看是按生物年龄划出而实际上是按文化年龄划出的、内部又包含不同层级的群体。在教育进入正规的条件下，每年都有不同层级的文化儿童成批量地生产出来，形成一个在不同层级上和在整体上都不断扩大的文化消费市场。自古以来，儿童自身的接受能力都是制约儿童文学建立和走向自觉的最大瓶颈，新教育使这个瓶颈基本畅通了，剩下的就是社会和创作者如何意识到这个群体及他们对文学的特殊要求，有意识地为他们创作。一旦意识到这个群体及他们对文学的特殊要求，并创造出能与这个群体进行文学对话的作品，儿童文学就会真正出现并走向自觉。

现代教育对儿童文学的另一个重要意义是，它为儿童提供了一个特殊的、介于家庭和社会之间的空间，创造了一种儿童自己的、有别于成人的生活方式，在深层为儿童文学的特殊存在提供了依据。杜威曾说："我们称为学校的社会机关，其首要职责，就是提供一个简化的环境……把不同种族、不同宗教和不同风俗的青年混杂在一所学校，为大家创造一个新的、更广阔的环境，共同的教材，使大家比过去各个团体分开时更加扩大视野，习惯于一个统一的视点。"① 大卫·帕金翰也说："学校教育便是一种社会体制，它有效地建构并界定了作为一个儿童——甚至是某个特定年龄孩童——所具有的意义。在学校中，依据生物年龄而非'能力'来区分儿童的做法、师生关系所具有的高度规律化的性质、有关课程和课表的安排，以及评定等级的实行——所有这些不同种类的方式都用于强化和自然化关于儿童是什么以及儿童应

---

① 《杜威教育论著选》，华东师范大学出版社 1981 年版，第 152—153 页。

该是什么这一特定的假设。"① 台湾学者熊秉真更结合中国自身
的教育发展，论述学校这一空间的演化对儿童的意义。由宋元至
明清，一些有远见的教育家便开始为"营建一个新创造的属于
幼学与社会（或可视之为某种公共势力）的活动空间而努力"。
"王筠（1784—1854）的《教童子法》，在内容和精神上都可说
是唐彪《父师善诱法》的进一步发展。在诉求对象上已完全摆
脱对家长的建言，专对塾师立言，'父师'中的'父'已不见，
以师为焦点，而且所谈细节，莫不以塾师教课为范围，所谓教童
子针对的是教弟子，不再是教子弟，或将二者混为一谈。"② "教
子弟"是以家族为依托，私塾多为家族所办，学生多为族中子
弟，有时塾师也为族中有点文化的人。私塾的学生，不仅年龄不
整齐，学制、教材也不统一，生活空间也主要在家族范围之内，
生活内容也主要为家庭、家族所规定。儿童既无自己相对独立的
生活空间、生活内容，也阻断了和社会的联系，很难不成为
"缩小的成人"或"成人的预备"。这种教育是小农经济的产物，
反过来又为小农经济服务，根本不可能有一种开阔的社会视野，
培养的人除了科举功名，也就是乡间绅士或像孔乙己那样上不着
天下不着地的人。"教弟子"则有可能完全不同。同是教学生，
教弟子以学校为中心。学校不依附于具体的家族，独立地决定自
己的师资、教材、教学内容，是按社会需要培养各种人才，有可
能面对所有儿童、包括为一些出身贫寒的孩子提供机会。学校处
在家庭和社会之间，既联系家庭和社会又区别于家庭和社会。区
别于家庭，不像家庭以血缘、亲情为纽带来维系，较为牢固，父
母、长辈对子女、后人有特别的权利，孩子受到父母、长辈的监
护，很难获得独立个体的权力和自由。区别于社会，社会是一个
按不同规则组织起来的联合体，处在中心的是政治、经济、文

---

① ［英］大卫·帕金翰：《童年之死——在电子媒体时代成长的儿童》，第5页。
② 熊秉真：《童年忆往》，广西师范大学出版社2008年版，第147页。

化、外交，等等，那主要是成人的世界。相比这一中心，学校，特别是儿童学习的中小学，只是社会的边缘。学生在学校是有计划有组织有系统地学习前人的经验，为未来进入真正的社会生活作准备。学校这一特殊的空间为儿童提供了一种特殊的生活方式，这种特殊的生活方式对儿童形成一个特殊的文化共同体具有决定性的意义。表现这个空间里的儿童生活，表现儿童在这个空间的成长，构成了以后儿童文学最重要的主题。王筠生活在 19 世纪上半叶，他敏锐地意识到中国传统教育正在发生的改变，但这一改变的真正完成，是到 19 世纪末 20 世纪初才实现的。

现代学校教育对儿童文学的意义还在它实际的教学内容和方法。中国传统教育是以科举为最高、最终目的，所以其教材主要就是儒家经典，其方法就是灌输和死记硬背，其要求就是熟悉这些经典以能经世致用，一旦离开科举或在科举中失利，其所谓的经世致用便变得漂浮，无所依凭。受西方现代教育的启发，也由于洋务运动及以后中国社会发展实际需要，进入 20 世纪的中国教育终于废除延续一千多年的科举制度，教育不再以科考取士为主要甚至唯一的目的，转而强调为社会培养各种各样有用的人才。从康有为、梁启超等为中小学设置的课程看，儿童阶段学习的主要内容仍是基础性的知识、技能、思维的培养和训练，但这儿所指的知识、技能、思维已不是旧时的专主识字、句读、属对、读经，而是扩展到文、史、舆地及自然科学的各个方面。一等中学毕业，便升入大学、师范及各种专门学校，向各个具体的专业方向发展。这对教育不仅是一种解放，而且极大地拓展了自己的存在空间；对广大的受教育者而言，则在眼前开辟一个个崭新的新世界。这种解放和拓展自然会在儿童的精神层面表现出来。虽说儿童处在迅速成长的时期，天生活泼，有无穷尽的生命活力，但让其终日与经书相对，背些"之乎者也"的陈腔滥调，听些礼仪道德的发霉说教，做些"少年老成"的行为训练，再加父师的呵斥、戒尺及各级科举的压力，难免变得循规蹈矩，

"一脸死相"。新式的学校教育自然不会在短时间内完全改变这种状况，但将那么多的年龄相近的孩子集中在一起，互相激发，这本身就构成一个和儿童的天性相一致的精神领域。资产阶级和封建地主阶级不同。封建地主阶级受土地局限，视野狭小，因循守旧，强调等级制、老者本位；资产阶级以自由贸易为基础，视野开阔，强调人的个性、自由以及冒险精神，与儿童的本性更为接近。从晚清到五四，当西方列强用枪炮打开中国的大门，给中国大地带来无尽的战火、苦难的同时，也带来较为先进的科学、技术及思想观念，比如当时教会学校的教材，就继承西方夸美纽斯以来的传统，注意儿童兴趣，注意教学内容的形象化、具体化，较多地选用伊索寓言以来的许多民间故事，尤其是与《圣经》有关的故事，教学方法也注意循序渐进、深入浅出，生动活泼。这自然会影响到中国人自己开办的学校里的教学。对传统的注入式教学方法的批评早已存在，王筠的《教童子法》中的一些议论就非常深刻。梁启超等要"新民"，首先想到的也是"新小说"这种通俗文学的方法。"人类之普遍性，为何嗜他书不如其嗜小说？答者必曰：以其浅而易解故，以其乐而多趣故。"①孙毓修后来办《童话》，也在序言里开宗明义："盖小说之所言者，皆本于人情，中于世故，又往往故作奇诡，以耸人听闻。其辞也，浅而不文，率而不迂，故不特儿童喜之，而儿童为尤甚。"②这就不仅将社会变革（群治）与小说联系起来，而且将儿童教育与小说等文学形式联系起来，不仅将许多儿童能够接受的文学作品引入学校、儿童生活，而且反过来对儿童文学的出现和创作形成一种召唤，这种召唤很快就被敏锐的市场觉悟到了。孙毓修创办《童话》，这是一个基本的出发点。"吾国旧俗，

---

① 梁启超：《小说与群治之关系》，见《中国现代文学资料与研究》，东北师范大学出版集团 2008 年版，第 14 页。

② 孙毓修：《〈童话〉序》，见王泉根编《中国现代儿童文学论文选》，第 17 页。

以为世故人事，非儿童所急，当俟诸成人之后；学堂听课，专主识字。自新教育兴，此弊稍稍衰歇，而盛作教科书，以应学校之需。顾教科书之体，宜作庄语，谐语则不典；宜作文言，俚语则不雅，典与雅，非儿童之所喜也。"① 于是，作者要办《童话》，选古今中外怪诞故事、小说以迎之。以此不难看出，现代儿童文学和现代儿童教育是紧密地连在一起的，或相辅相成，或相反相成，但形影不离，这种既矛盾又统一的关系将伴随 20 世纪中国儿童文学发展的全过程。

四　从白话文到浅语文学

清末民初，新教育创造了一个潜在/现实的儿童接受视野，一个潜在/现实的儿童文学消费集团和消费市场，为长期不能生成和走向自觉的儿童文学消除了一个最主要的障碍，但这并不意味着作为一种文学类型的儿童文学马上就会出现和走向自觉。要走完这一步还需一些其他的条件，其中最主要的就是建立起创作者和接受者之间的沟通渠道，找到创作者和接受者都能认同和使用的艺术媒介。按雅各布逊的界定，一个完整的对话系统包含六个不可或缺的因素：说话者、受话者、信息、代码、接触、语境。"信息需要说话者和受话者之间的接触，接触可以是口头的，视觉的，电子的或其他形式。接触必须以代码作为形式：言语、数字、书写、音响构成物等等。信息都必须涉及说话者和受话者都能理解的语境，因为语境使信息'具有意义'。"② 古代中国没有儿童文学，主要原因自然在儿童没有文化，没有基本的阅读能力，不能走入文学。此外，其实还有一个原因，就是古代的

---

① 孙毓修：《〈童话〉序》，见王泉根编《中国现代儿童文学论文选》，第 17 页。

② ［英］特伦斯·霍克斯：《结构主义和符号学》，上海译文出版社 1897 年版，第 83 页。

书面文学都是文言，门槛太高，不要说没有机会上学读书的孩子没有阅读这些作品的能力，就是有机会上学读书，读到自己能独立地阅读这些用文言写成的作品，一般也不是儿童了。但那时能上学的人太少，反正不能形成一个儿童的接受群体，这一问题没有明显地表现出来。到清末民初，社会上出现了一个有一定阅读能力，但阅读能力又未高到能自己阅读文言小说、诗歌的儿童群体，媒介渠道的问题便被突出出来了。即是说，在清末民初的新教育已经塑造出一个具有初步的阅读能力的儿童文化群体的条件下，如果创作界仍然坚持全用文言写作，创作与儿童接受者之间的沟通渠道还是无法畅通。

好在在新教育如火如荼地兴起的时候，也悄悄地兴起了一个白话文的运动。

中国古代并非没有白话文学。不仅大量原来在人民口头流传的歌谣、传说、故事、寓言、童话、志怪小说等后来用文字记载下来，成了真正的白话文学，就是较纯粹的作家创作，如宋话本、明清神魔小说等，很多也是以白话和准白话写成的。以至胡适在《白话文学史》中说："白话文学史就是中国文学史的中心部分，中国文学史去掉了白话文学的进化史，就不成为中国文学史了。"① 但一则，古代虽有白话文学但一直未成为正宗，正宗的中国文学史主要是由古典散文、诗、词、曲、赋及一些小说、戏剧构成的。二则，白话并非全是"浅语"，白话文学并非全是浅语文学。《红楼梦》也是白话文学，但显然不是浅语文学。包括一些志怪小说、传奇小说等，许多是先在民间流传而后由文人记载下来才广泛传播的，有明显的文人加工痕迹，白话中加入文言，半文半白，少有文化的人很难自己去阅读。而且，语言和文化传统都是不断发生变化的。一些当初很深奥的东西可以在流通中变得通俗，也有些在当初很通俗的东西随时代、语言等的变迁

---

① 胡适：《白话文学史》，岳麓书社 2010 年版，第 2 页。

变得深奥。如《诗经》，汉乐府中的许多作品，当初只是民间歌谣，后来却成为很标准的文言和书面文学，阅读也变得困难了。还有一点，即使是白话文学，即使是浅语，也有内容是适合不适合儿童的问题。两宋以来，由于市民阶层的兴起，出现一些以话本小说为代表的大众文学，文字浅近，内容通俗，稍通文墨的人即可阅读，但其内容大都与儿童成长无关，虽然有许多少年、儿童是这些作品的实际阅读者，但与儿童文学却无关系。所以，古代白话文学虽然是那些时代最接近儿童文学的部分，特别是其中的童谣、童话、民间传说、故事等，是现代儿童文学自觉前儿童接近文学的主要形式，甚至可以说它们构成了现代儿童文学自觉前的另一种儿童文学史，但还是无法在整体上导致儿童文学的自觉。这一问题留待 20 世纪初走向现代化的中国文学来解决。

清末民初的白话文运动和中国社会的现代化进程是紧密地联系在一起的。康有为、梁启超、严复等一代启蒙大师目睹老大中国衰朽没落，倡言变法，而要变法，变革中国的社会现实就要启发民智，而要启发民智、宣传大众就必须首先让大众听得懂自己的语言，找到能与大众沟通、将自己的主张宣传到民众中去的形式。梁启超所以力倡小说，就是看准了"小说与群治的关系"，看准了小说"浅而易解"、"乐而多趣"的特征，是启迪民智变法图新的一等利器。作者倡"诗界革命"，也不仅强调"新意境"，更强调"新语句"；其呼唤"少年中国"，塑造"新国民"，首先想到的也是他们能听懂的语言，适应他们感受世界、理解世界的方式。他自己创作的许多作品，就是有意识地朝着这一方向努力。如《爱国歌》："泱泱哉我中华，最大洲中最大国，廿二行省为一家。物产腴沃甲大地，天府雄国言非夸……"虽然留着许多文言的痕迹，或将文言与白话生硬地捏合在一起，未形成一种浅明畅晓的语体，但却不避俗，不仅不避俗，有时还俗得有些过头了。从中不难看到作者提倡白话、使用白话的赤诚与热情。说得更直白的是黄遵宪。黄遵宪是晚清著名诗人，也是因为启蒙主义的实际需要，提出"我手写我口"的著名主张。"我手写我口"就是以口语入诗，以白话俗语写诗，日常生活中话是怎样说的，诗就怎样写。这不只是一个在作品中怎样加入一些口语、谚语、俚语、俗语等的问题，而是要从传统的文言思维中跳出来，从传统的文人心态中跳出来，从传统的作家主导的对话方式中跳出来，更多地从读者适应作家转到作家适应读者。他的《幼稚园上学歌》、《小学校学生相和歌》等作品，语言清晰俚俗，有意识地向幼儿都能听懂的方向贴近。"大鱼语小鱼：'世间有江湖。'小鱼不肯信，自偕同队鱼，三三两两俱。可怜一尺水，一生困沟渠。大鱼化鹏鸟，小鱼饱鹈鹕。"[1]"听听汝小生，人各有身即天职。一身之外皆汝敌，一身之内皆汝责。人不若人吾责吾，怙父倚天总无益。於戏我小生，绝去奴隶心，堂堂要独立。"[2] 从今天的观点看，这些诗采取的是成人的视角，急切地要将国家民族的命运及社会对年幼一代的期望告诉他们，有很强的教训意味。可放在当时的历史背景里，不仅看到一个爱国的启蒙者的拳拳之心，其在诗歌语言改造方面所作的努力也不能轻易否定。他们盼望国家、民族迅速兴旺强盛的愿望太迫切了，这才促使他们不顾一切地要抛弃他们十分熟练的文言，抛弃他们十分熟练的古典诗歌的表达方式。这些努力直接促成了晚清白话文学的兴起。

白话文学兴起的另一巨大动力来自商业文化。在《艺术社会学》中，豪泽尔将大众文学界定为"市民的文学"。市民文学的兴起需要有一个市民的阶层。这个阶层和传统的农民不同，农民阶层没有阅读能力，接受文学主要靠听觉，给他们的文学主要是讲的、唱的。市民阶层也不同于精英阶层，他们的阅读能力较为有限，内容也以猎奇、消遣、娱乐为主，文字也较为浅近。宋

---

① 《幼稚园上学歌》之四，《黄遵宪集》上卷，第352页。
② 《小学校学生和歌》之五，《黄遵宪集》上卷，第335页。

元话本已有很强的市民文学特征。只是那时教育、出版尚不发达，真正通过阅读接近文学的人尚不多，话本作为一种创作文学也不能很普及地发展起来。清末民初的情形便不同了。"晚清小说，在中国小说史上是一个最繁荣的时代……当时成册的小说，就著者所知，至少在一千种以上。"① 所以如此，阿英总结了三方面的原因：一是"印刷事业的发达，没有前此那样的刻书的困难"；二是"知识阶层受了西洋文化的影响，从社会意义上，认识了小说的重要性"；三是一些文化人认识到自己在政治上不足以有所为，"遂写作小说，从事抨击，并提倡维新与革命"。② 实际情形比这可能更复杂一些。如都市的兴起，受过一些教育有点文化知识的民众的增多，出版业的发展，尤其是印刷技术的提高，新闻出版成为一个炙手可热的行业，当然还有实际的经济利益方面的诱因。废科举，一些旧文化人断了晋升之路，转而投身文化、出版、写作，用今天的话说就是"下海"。办报，或是在报纸上开专栏写小说，是离他们最近、他们最能驾驭的一片海。当时，一些贴近市民口味的小说大都是先在一些报纸副刊上刊出而后再结集出版的。报纸副刊的作品不仅内容贴近市民生活，趣味贴近市民心理，文字也适合市民的接受能力。在当时，当一些正统的文学还普遍使用文言时，这些报纸及刊登在报纸副刊上的小说、故事等已开始使用俚俗的白话文。报纸进入千家万户，走进一个个具体的市民的生活，每出版一个吸引人的作品，大家争相传阅、议论，在民间进一步发酵，产生出更多的故事，这自然给生活在这一环境有些阅读能力的少年儿童提供了机会。特别是一些教育杂志，一些主要面对儿童的报刊，更有意识地刊登一些主要是对学生和其他少年儿童的作品，如商务印刷书馆委托孙毓修于 1909 年创办的《童话》，主要刊登的就是一些外国、中国

---

① 阿英：《晚清小说史》，江苏文艺出版社 2001 年版，第 1 页。
② 同上。

古代民间故事、童话、寓言等的白话译。这些故事早已存在，但因缺少合适的艺术媒介，缺少与广大儿童沟通的渠道，不能顺利地走进儿童生活。经过白话译写，换了一种符码，就消除它们和儿童接受间存在的障碍，焕发出新的生命。白话使文学走进儿童，儿童对文学的传播又进一步促进了文学的白话化。在梁启超、黄遵宪等人的大力提倡和一些报纸、刊物的实际推动下，一种以白话文为主主要载体的较适合儿童阅读的作品作为一种新的文学类型渐渐地浮现了。和西方儿童文学走向自觉的情形相似，清末民初出现的主要不是作家个人的创作而是一些长时间在民间流传的民间文学作品，特别是那些多少反映了儿童生活的童谣、童话等。这些作品有些较有定型，搜集后稍加整理便可形诸文字，如陈和祥编的《童谣大观》；大部分则是经过作家重新改写的。包括一些从古代文献中挑选出来的寓言，一些从国外翻译进来的童话、小说，都是意译、缩写、改写，形成那个年代一种特殊的文体。严复、林纾是这种文体的始作俑者，从此一发而不可收，《童话》中所载作品，郑振铎对《列那狐》等作品的翻译，几乎全用这种文体。意译、改写需先有一个对象，然后将这个对象按自己的意愿进行重写，这一方面是那个年代中学为体、西学为用的知识观的一种投射，一种保守的自我中心、自以为是的文化心理的反映，一方面也是转型时期带必然性的选择。意译、改写可以删繁就简，只抓纲要而不顾细节。所以当时译写的主要是民间故事、寓言、童话一类。这类作品有故事，甚至只有故事。故事是小说中的硬件，看得见摸得着，不似氛围、心理、韵律、节奏之类属于软件的元素难以把握。故事可以在不同文体、不同语言、不同艺术媒介间转移，表现时主要用讲述（telling）而非描绘（showing），符合接受能力不高的人猎奇、娱乐的心理，所以，清末民初的译写体其实也是一种艺术上的选择。不过这不是绝对的。在意译、改写占主导地位的背景下，也有以细密的、非常书面化的文字进行的翻译，如周桂笙的翻译，细腻流畅，已是纯然的书面化文学。以后，这类语言进一步发展，至五四以后，叶圣陶、黎锦晖等主要以这种语体进行创作，便成为真正艺术化的白话文学了。

从简深古奥的文言到浅近俚俗"我手写我口"的白话到艺术化书面化的白话文学语言，这首先是一个重大的艺术媒介方面的变革，但其意义又远不止艺术媒介方面的变革。五四时期，周作人写过三篇著名的谈文学的论文：《人的文学》、《平民的文学》和《儿童的文学》。三篇之纲是《人的文学》。对儿童文学而言，作用最直接的是《儿童的文学》。但在《人的文学》和《儿童的文学》之间，还需有一个《平民的文学》。没有"平民的文学"，"人的文学"找不到与大多数人、与儿童沟通的渠道，落不到实处；没有"平民的文学"，儿童文学无法进入文学的殿堂，不能受到"人的文学"的恩泽。更重要的，媒介不止是媒介，媒介是能够自我言说的。任何一种媒介都凝聚着特定的文化、思维、情感，是以形式呈现出来的内容，以空间呈现出来的时间，以抽象的符号呈现出来的人的生存状态。中国文字的简深古奥既是中国人天人合一、大道不言的世界理念的投射，是文化垄断、表达非平民化（言说分离）的必然结果，也是文化出版不发达、刻字于简等技术手段的限制而作的无奈选择。儿童幼时读书接受的文言训练，既是语言规训，也是进入主流意识形态的思维方式、思想方式乃至行为方式的训练。权力是通过符码的操控和使用表现出来的。白话文的提倡和使用，无形中将传统文言所体现的思维方式、入仕途径即隐在权力都悬搁起来，在人们面前开辟了一条新的、通向现代社会和人生的道路。从无标点到有标点，从竖排到横排，从繁体到简体，从无插图到有插图，甚至印刷的纸张，装帧的方式，这些在以后的岁月中逐渐完善的看似纯技术的符号使用方式，都无声地推进着 20 世纪中国儿童文学的现代化进程。王富仁曾说："在五四新文化运动的诸因素中，最有力、最带有不可逆转的稳定性的却恰恰是这个白话文运动所确立的语言文字的改革，虽然后来屡有白话与文言之争的余波，但它却像一堵牢不可摧的高墙一样堵住了重返文言的道路……它使一代一代的儿童和青年再也不可能首先在中国古代的文化典籍中获得自己最初的思维习惯和审美意识，它使文言文成了他们有类于外国语言的第二语言系统，并且永远与之保持或显或隐的距离感，永远具有一种非自我的那种异己感，它使古代典籍中的东西都必须纳入到他们首先在白话诗文中形成的思维习惯、审美意识甚至思想观念的基础上来理解和接纳以及对它们的运用和取舍。"① 无论是对人的现代化还是文化的现代化，白话文的提倡和使用都是关键的一步，儿童文学是这一过程中受益最多的领域之一。

五　儿童的发明和儿童文学的建构

以进化论为基础完成对新世纪"少年"、"儿童"共同体的想象，通过现代学校教育培养一个有初步阅读能力的儿童群体、建立起一个儿童文化的消费市场，又以白话文的变革疏通了社会与儿童的沟通渠道，至此，儿童文学作为一种文学类型的条件大体具备了。事实也是，在清末民初，儿童文学作为一体在当时的文学领域已经出现并在不少人那儿获得认同了。如创办《童话》杂志，翻译出版儿童文学作品，一些文学作品进入中小学语文教材，理论界也出现关于童话和儿童文学的论述，如周作人写于辛亥革命时期的《童话略论》、《古童话释义》、《儿歌之研究》，孙毓修的《童话序》等。但稍做深入分辨，会发现这些作品大多仍是传统的民间儿童文学，或有儿童文学特点的传说、故事、志怪小说等，就是从西方、日本引进的儿童文学作品，也以民间

---

① 王富仁：《对全部中国文化的现代化追求——论五四新文化运动的意义》，《中国社会科学》1989 年第 3 期。

传说、故事、寓言居多。《无猫国》、《灰姑娘》、伊索寓言，阿拉伯民间故事，偶有"人为童话"如安徒生的《海公主》、王尔德的《快乐王子》、儒勒·凡尔纳的《地心游记》，也被淹没在民间故事的汪洋大海中，而中国作家自己创作的儿童文学作品，几乎全未出现。所以如此，是儿童文学作为一种新的文学类型真正走向自觉还需一个条件，那就是创作者对现实的儿童读者审美需要的自觉，能将现实的儿童读者引入文本，创造隐含的儿童读者，并对儿童的审美心理、接受特点及相应的文本建构有相对准确的把握和表述，而这些要等到五四之后。

意识到现实的儿童读者的文学需求不仅需要一种艺术敏感，而且需要一种社会责任心。古代没有一个儿童的文化群体，作者们自然想不到去为儿童写作。可清末民初，这个文化群体出现了，最先意识到这个文化群体的不是作家而是出版机构。商务印书馆为什么让孙毓修去创办《童话》？商务印书馆是最早的教科书的出版者，与学校、学生联系最为紧密，最先敏感到在教科书之外还有一个巨大的儿童读物的市场。《童话》的创办显然是有着强烈的商业动机的。这也并非多大的发明创造，西方儿童文学的自觉就是这样走过来的。18 世纪中，出版业刚进入发展期，纽伯里敏锐地觉悟西方启蒙运动以来现代教育创造的儿童群体，敏锐地觉悟到浅语阅读这个充满巨大商机的文化市场，于是搜集出版长期在民间流传的神话、传说、民间故事、童话、寓言，成了最早最成功的儿童文学出版家，也成为促进世界范围内儿童文学走向自觉的一个关键人物。由于各种历史条件的限制，中国清末民初的民间性儿童文学的搜索和整理没有形成纽伯里当年的规模，没产生纽伯里儿童文学那么大的影响，但中国的出版家总体上是尽到他们的历史责任的。创作者在一段时间里没有意识到"少年儿童"这个文学的读者群也属正常。自古以来就无专门的儿童文学创作，社会上现实的儿童文化群体的出现又是至 20 世纪初才出现的事情，儿童有没有自己相对独立的文学需求，儿童的文学需求是什么，与成人文学有什么区别，多数人并无清楚的理解，即如堪称中国儿童文学先驱的周作人，他虽然看到安徒生、王尔德等人创作的"人为童话"的存在，但并未将其作为正宗。隐含读者是作家创造的，是在文本之内的，虽然受到文本之外的现实读者的制约，但毕竟要由作家意识，经作家的感受、理解、创造才能进入文本，但其最后呈现出来的形态也主要是由作家决定的，所以，清末民初，虽然社会上已出现一个儿童的文学接受群体，但因作家们尚未意识到，没有在创作中表现出来，一时还不能形成自觉的儿童文学创作。

　　不能产生自觉的儿童文学创作也有艺术媒介方面的原因。前一节我们曾说到，从晚清到五四前夕，社会上已悄悄地兴起一个白话文运动，无论在创作还是在翻译领域，都有一些白话的文学作品，但这也主要在新闻和通俗文学领域，在传统的正宗文学如诗、词、散文的领域，仍然是文言的天下。包括一些小说，如徐枕亚的《玉梨魂》，虽然内容已明显地具有了现代文学的倾向，但却是用很严整的骈俪文写成的，明显地表现着旧形式对新内容的束缚。儿童文学的情况特殊一些。因为传统文学中并无自觉的用文言出现的儿童文学创作，也就不存在一个对传统的文言儿童文学的突破的问题。有的，就是延续传统的存在状态，将原来的没有儿童文学创作的状况继续下去。偶有与儿童文学接近、与儿童生活有关的作品，如鲁迅的《怀旧》，仍然还是用文言写的。中国主流创作界从文言到白话的转变是到五四才真正开始的。这也是白话文运动在 20 世纪初即已涌动，至五四时期胡适在《文学改良刍议》中提出"八不"主义，正式提出改革文言、张扬白话仍然引起那么大的反响，以至人们将胡适视为白话文变革的主将的原因。和主流创作界一致，中国儿童文学的白话文学创作也是五四以后才真正开始的。

　　即使意识到社会上儿童接受群体的存在、愿意在作品中将儿童设定为隐含读者，与儿童进行文学对话，也仍有个把握得准确不准确、理解得到位不到位的问题。梁启超的《未来中国游记》、鲁迅的《怀旧》，写儿童生活，以儿童为作品中的主要人物形象，但主要是拿儿童说事，或者以儿童为叙述视角，以儿童的眼睛去看成人、看周围的世界，并没有真正将儿童作为作品的接受者。黄遵宪的《幼稚园上学歌》，《小学校学生相和歌》是不仅写儿童也将儿童设定为隐含读者的，但其对儿童心理、对儿童成长需求的把握却是不够准确，或者说不是从儿童自身出发的。《幼稚园上学歌》取的儿童视角，从一个幼儿的角度讲述"上学"的要求和感受，文字浅显清新，将幼儿面对世界的新奇和迷茫表现得很真切，但在这种真切的表现后，读者还是能清楚地感到儿童后面那个"劝学"的成人身影。《小学校学生相和歌》是直接面对儿童，将儿童作为受叙者的。组诗共19首，5首用"来来汝小生"开头，9首用"听听汝小生"开头，5首用"劝劝汝小生"开头，清楚地表现着大人将孩子叫来面前，让他们听大人的教诲和勉励，内容也是国家、民族生死危亡的大事，语虽恳切，但却明显有着与儿童自身生活的距离。这和五四时期从西方引进的儿童本位论形成鲜明对照。我们不能用后来的儿童本位论去否定晚清至五四前夕一代文化先驱对国家的、民族的儿童形象的塑造，但也应看到，由于过于热切地从国家、民族出发，将过多的从国家、民族出发的期望放在给儿童所写的作品中，成人的身影过于鲜明，儿童只能听大人的言说、教诲，无法将自己的声音表现出来，这在早创期的儿童文学自身，不能不说是一种大的缺陷，以至我们很难将它们作为真正的儿童文学创作。

这一问题直到五四时期才获得真正的解决。五四时期，虽然从民间文学整理、改写而来的童谣、童话、故事仍大量出现，甚至仍是儿童文学的主体部分，但许多作家显然已经意识少年儿童作为一个现实的读者群体的存在，于是有意识地在作品中将少年儿童设定为隐含读者，开始自觉地为少年儿童写作了。叶圣陶、黎锦晖、冰心等，就是中国儿童文学第一代最优秀的创作者。虽然每人的情形并不一样，但其中也包含一些共同的东西。一是他们延续了晚清梁启超、黄遵宪等对儿童作为国家、民族未来的关心，甚至所持的进化论的世界观也大体相近。20年代，小说研究会还掀起一个所谓的"儿童运动"，将妇女、儿童的自觉作为人的自觉的一个不可分割的组成部分，是从关心人、关心国家、民族的角度关心儿童和儿童文学的。二是晚清以来的民间文学、大众文学提供的基础。在戊戌变法后的20余年里，儿童文学虽然较少创作，但作为一种类型毕竟是已经清楚地出现在人们面前了。这对一些作家，特别是在学校工作，与少年儿童接触较多，对他们的阅读情况较为熟悉的作家，不会一点都不产生影响。还有就是国外儿童文学的翻译所起的启发和示范作用。清末儿童文学的翻译大多是民间童话、寓言、故事，但也有一部分创作性的儿童文学作品。安徒生、王尔德童话，卡洛尔《镜中游记》等，特别是儒勒·凡尔纳的科幻小说，在晚清还形成一个热潮，且越到后来，这种创作性作品所占比重越大。这无疑在中国作家面前展现出一个新世界。叶圣陶曾说当时安徒生、王尔德在小学校流传很广，其内容和形式都对中国作家产生了影响，自己又在小学当教员，自然产生自己也来试一试的想头。他的《稻草人》中的许多作品就是在这种"想头"的推动下创作出来的。其他儿童文学作家也走过大致相同的道路。总之，经过长时间的酝酿、摸索，至五四时期，中国儿童文学终于完全成熟、出现了。从此，它和文学的其他类型一起，走上20世纪中国文学艰难、漫长却也风光无限的道路。

第二章　发明原始社会和发明儿童文学

——"复演说"和中国儿童文学的自觉

在 20 世纪中国儿童文学的发展历程中，特别是在清末民初中国儿童文学走向自觉的那段时间，一个被称为"复演说"的理论起了很重要的作用。初看，它似乎是一个异数，一个带偶然性的事件：因为这一理论的主要倡导者周作人一直对民俗学、文化人类学感兴趣，他在日本留学的那段时间，正是发端于西方的文化人类学在日本广泛传播，日本文化人类学、民俗学等蓬勃兴起的时间。如果没有这种巧合，中国儿童文学的发展，特别是早期儿童文学的自觉过程，会不会是另外一种景象？西方儿童文学自觉时，虽然"复演"的理论早有人提及，但没有证据表明格林、安徒生等人也受到这一理论的影响。是什么原因使这样一个看起来有些神秘的理论如此深刻的影响了中国的儿童文学？在这看似偶然、似属异数的现象后面，是否也包含了必然的、属于历史常量的内容？

一　"复演说"及其在中国的传播

将个体的儿童与童年时代的人类放在一起进行比较，以期互相发明，是一种古老的理解儿童和童年时代人类的方法。不仅中国的老子绝望于现实、梦想回到"小国寡民"的远古时代时，派给理想中的人的特点是"能婴孩"；西方批判现实的人性恶时，也时常怀念亚当、夏娃未被引诱在伊甸园童真般美好时代。罗马大诗人维吉尔曾预言，人类社会将再现历史上曾经出现过的黄金时代，再现的标志就是一个名叫阿斯卡尼俄斯的婴儿的降生。"儿童与黄金时代，以及与黄金时代的预兆之间的联系，深刻地影响了人们对于儿童天真无邪特征的观念。"① 童年，童年时代的人类，前者就个体而言，后者就人类群体而言，都是人们对一段时间的记忆。

最早使用"复演"一词的是意大利历史学家、美学家维柯（1668—1744）。在1725年出版的《新科学》一书中，他受古埃及人的启发，将已逝的历史分为三个时期，或三种类型。一种是野蛮时期。人在强大的自然力的压迫下处于某种恐惧状态，借助幻想将自然神话化，所以，野蛮时期也是一个神的时期。第二个时期是英雄时期。随着人类征服自然能力的增强，人在神身上看到对自身的确认，于是将人提升到神的位置，或者赋予神某种人的品格，所以，英雄时期也是一个人性与神性融通合一的时期。接下去便是人的时期，这是一个现实的理性的时期。可是，由于贪婪、腐朽，等等，人们的理性也常常被野蛮所消解，使人类又重新复归到原始的、野蛮的时代去。维柯的历史观主要是一种循环论，他所说的"复演"也主要是后来社会对历史上的野蛮社会的再现，而非儿童对原始人的复演，但由于他将儿童和原始人联系起来，认为原始人的智慧主要是一种隐喻的、在殊相中见出共相的诗性智慧，对原始的野蛮社会的复归就成了对思维与此相近的儿童的复归。维柯的《新科学》是文化人类学的开山之作，对后来的文化人类学研究产生了深远的影响。

真正将个体童年看作是人类童年复演的是海克尔。海克尔（1834—1919）是德国著名的生物学家，他在达尔文进化论的思想的影响下，引进了大量的解剖学、胚胎学方面的研究，并于

---

① ［法］让－皮埃尔·内罗杜：《古罗马的儿童》，第180页。

1872 年提出了"个体发育史是群体发育史的简单而迅速的重演"的著名理论。其中，胎儿在母腹中的发育重演了人类从动物进化到人的历史，婴儿到成人的发育又重演了人类从野蛮人到文明人的历史。这样，整个儿童时期恰好与人类历史上的野蛮时期相对应，儿童便是人类历史上的野蛮人。海克尔明确地提出了重演律，将此前人们，包括维柯，对儿童与原始人比拟性地放在一起理解的想象放在一个自然科学的基点上，为一个有些神秘、朦胧只出现于诗人头脑的想象提供了科学的基础，自然成了"复演说"最坚实的理论依据。影响之巨，不仅像斯坦利·霍尔这样的发展心理学家予以肯定性地接受，连恩格斯这样的政治家、哲学家也在著作中作了肯定性的引用。"在我们的那些由于和人类相处而有比较高度的发展的家畜中间，我们每天都可以观察到一些和小孩的行动具有同等程度的机灵的行动。因为，正如母腹内的人的胚胎发展史，仅仅是我们的动物祖先从虫蚤开始的几百万年的肉体发展的一个缩影一样，孩童的精神发展是我们动物祖先、至少是比较近的动物祖先的智力发展的一个缩影，只是这个缩影更加简略一些罢了。"①

　　但海克尔毕竟是一位科学家，他主要从生物学的角度来研究和论述个体对群体发育史的重演的，主要涉及解剖学、生物发生学而非人类文化，论述的侧重点也在胚胎发育史是动物到人的重演而非儿童期是人类从野蛮人到文明人的重演。但 19 世纪蓬勃兴起的文化人类学在受到重演律的启发、将重演律的理论运用到文化学领域的时候，却将重点转移到儿童期是对人类从野蛮到文明的重演的认识上。列维－布留尔主要从前逻辑思维的角度比较了儿童与史前人类的相似，马林诺夫斯基则偏重从生存状态的角度阐释儿童与史前人类的相同，而泰勒则从情感、认识能力的角度认为儿童和原始人都有某种自我中心的倾向，将自己的主观情

---

① ［德］恩格斯：《自然辩证法》，人民出版社 1971 年版，第 158 页。

感投射于外物，出现"万物有灵"的现象。但对此论述最多，对后来的人类文化人类学影响最大的还是英国的民俗学家安德鲁·朗（也有译作安德鲁·兰）。安德鲁·朗（1844—1912）不仅是研究原始文化、民俗文化的学者，写过《神话·文学·宗教》、《神话与习俗》等理论著作，而且深入民间，深入乡村，深入人迹罕至的尚未被现代文明濡染的山区，搜集民间故事、传说，将之与此前人们（如格林兄弟）的搜集整理相综合、比照，整理、出版了卷帙浩繁的"彩色童话集"，几成欧洲民间传说、故事、童话的集大成。这些被称为原始文化遗留物的作品不仅将神话与现实文化联系起来，也在原始文化与今天儿童文学之间找到一个中介，完成原始文化与现实文化、儿童文化的联系和转化，为原始文化研究，为民间文化、儿童文学的研究和创作开辟了新的、巨大的空间。

文化人类学主要是在19世纪的欧洲诞生和发展起来的，但不久便成为一种充满活力的文化思潮和研究方法风靡了世界。在东方，首先接触、接受、运用这种研究方法的是日本。明治维新以后，日本社会迅速现代化、西方化，不仅在科学技术、社会制度方面现代化、西方化，而且在文化教育方面也全面地现代化、西方化。和中国一样，19世纪中后期以前的日本也并无成形的民俗学理论。明治维新以后，随着日本将整个目光转向西方，而此时又是西方的神话学、文化人类学、复演说甚嚣尘上的时期，自然引起许多有志于此的学者、研究者的关注。平内逍遥、岩谷小波、小川未明、柳田国男等，不仅深入地学习西方文化人类学的理论和方法，对日本的民俗文化进行了深入的研究，还深入民间，对日本的民间故事、歌谣进行搜集、整理，或以此为基础进行新的创作，出现一个日本的民俗学、神话学、民间文学迅速兴起并走向兴盛的时期。有人描述当时的情景说：19/20世纪之交，文学上掀起谈怪的热期，到处都出现谈怪研究会，书店里也出现一部又一部谈怪的作品，如夏目漱石的《梦十夜》（1908）、森鸥外的《百物语》（1911）等。其中，小川未明的民间童话再创造和柳田国男的理论研究，是日本文化人类学、民俗学进入现代话语的标志。更为奇怪的是，和这股谈怪风潮同时勃兴的还有自然主义文学，而提倡自然主义文学的和谈鬼说怪的差不多是同一批人。这或许反映着一种和中国六朝志怪相近的观念：怪异也是一种"自然"，和我们人类社会有差别的另一种"自然"。

日本的人类文化学直接地影响了 20 世纪初中国的民俗学、神话学和儿童文学。虽然中国自明代起就开始翻译西方的文学作品，其中许多都是民间文学、儿童文学，如《伊索寓言》、《格林童话》等，但没有形成一个文化人类学的视野，没有一个较为科学的、有理论意义的观照，研究也是零星的、分散的。19世纪中后期西方文化人类学渐成气候，但翻译西方民间文学、儿童文学的人，无论是中国人还是来自西方的传教士，都没有注意到这一点，都没将神话、民间故事等和文化人类学联系起来。日本的情形则不同，日本是在文化人类学理论的指导下进行歌谣、民间故事等的搜集和整理的。周作人、茅盾、郑振铎、孙毓修都与日本文学有直接的渊源，且都是同时进行理论研究和创作的，很自然地关注日本的民俗学、文化人类学的兴起，并将作品的创作、翻译和理论研究结合起来。如周作人，他自幼热衷民俗、民间文化，在南京水师学堂读书时就发表过由阿拉伯民间故事、希腊史诗翻译、改写的《侠女传》、《红星佚史》等。到日本后，很快接触、接受了文化人类学理论，回国后，不仅学习日本民俗学者，深入民间搜集、整理民间童谣、故事，编写《越中儿歌》，还写了《古童话释义》、《童话略论》等论文，理论基础便是麦克林冬的《小说的童年》、安德鲁·朗等人的文化人类学理论，但多是经日本中转并经柳田国男等人改造过的。茅盾、郑振铎、孙毓修等人的情形也大体如此。1934 年，周作人为翟显亭编写的《儿童故事》作序，回忆清末民初儿童文学草创的情形时说，"中国讲童话大约还不到 30 年的历史。上海一两家书店在清末出些童话小册，差不多都是抄译日本岩谷小波的《世界童话百种》，我还记得有《玻璃鞋》、《无猫国》等诸篇。我因弄神话，也牵连到这方面来"，① 大体是符合事实的。周作人、茅盾、孙毓修等人关注儿童学、民俗学、文化人类学，还有一个原因，那就是日本文化、文学和中国文化文化、文学天然的相近性。不仅两国的许多民俗、民间文化的精神相通，故事也相近，日本一些民间故事还是从中国传去的。周作人等在日本看到这些故事，产生自己也来试一试的想法，是自然的。但在更深层次，则是世纪之交中国的社会状况、中国人的文化心态和日本刚刚经历和正在经历的状况颇为接近。选择相近的文化范式或进行相近的文化范式的转变，是合乎逻辑的。

"复演说"、文化人类学在中国的传播始于清末民初，五四时期达到高潮，五四后渐趋衰落。达至高潮时，一些讲述儿童文学的论著几乎都以它为立论的基础。举其要者：

> 照进化论讲来，人类个体的发生原来和系统发生的程序相同：胚胎时代经过生物进化的历程，儿童时代又经过文明发达的历程；所以，儿童学（Paidologie）上的许多事项可以借人类（Anthropologie）学上的事项来作说明……儿童的精神生活本与原人相似，他的文学是儿歌童话，内容形式不但多与原人的文学相同，而且有许多还是原始社会的遗物，常含有野蛮和荒唐的思想。
>
> ——周作人《儿童的文学》（1920）

> 近来有许多人对于儿童文学很有怀疑，以为故事、童话中多荒唐怪异之言，于儿童无益而有害……这都是过虑。人类儿童期的心理正是这样，他们所喜欢的正是这种怪诞之言

---

① 周作人：《〈儿童故事〉序》，见《周作人散文全集》6卷，第430页。

……儿童心理与初民心理相类，所以我们在这个杂志里要特别多用各民族的神话与传说。

——郑振铎《〈儿童世界〉宣言》（1921）

据我们所知道的，个人心理发达的程序，和人类心理发达的程序一样，因此，儿童的心理，就是原始人类的心理；因此儿童都喜欢听些神怪荒诞的事情。

——严既澄《儿童文学在儿童教育上之价值》（1921）

儿童是人的一期，等于人类学的原人一期，因为人类的"个体发生"和系统发生相似，"胚胎时代"经过"生物进化"的过程，"儿童时代"经过"文明发达"的过程，所以儿童学上的事项可以借人类学来证明。

——魏寿镛、周侯予《儿童文学概论》（1923）

此外，在鲁迅、胡适、茅盾、朱鼎元、钟敬文、赵景深等人的著作、论文中，都可以找到类似的论述。虽然其中不乏未遑细审的引用，但既有那么的多人认同，并将其作为一门正在兴起的学科的基础，其中必有一些值得深入探讨的内容。

二 "复演说"和人类的童年记忆

既然认定"个体发达与种系发达同序"，认定"儿童学上的许多事项可以借人类学上的事项来说明"，那么，当时人们——包括欧洲的维柯、安德鲁·朗，日本的柳田国男、小川未明，中国的周作人等——所说的"事项"又是指什么呢？

在众多的有关儿童和原始人类的比较中，只有海克尔是从纯生物学的意义上说的，是以胚胎学、生物发生学为依据的，是最具自然科学特点的。但一则，海克尔的理论在当时是颇有争议的，受到许多批判的。许多科学家并不认同海克尔的学说，他们认为海克尔提供的胚胎学依据是经不起检验的。包括恩格斯，他在《自然辩证法》里多处提及海克尔，对其复演说作了肯定性的阐述，但对其一些思维方法，如将归纳和演绎对立起来的倾向，也给予了批评。二则，海克尔所说的"复演"或"重演"主要集中于第一阶段，即认为胎儿在母腹中的发育重演了人类从动物到人的历史，而非第二阶段，即认为儿童期重演了人类从野蛮人到文明人的演进历程。但当时的文化人类学者不仅没有理会生物学意义的"复演说"所引起的争议，而且越过海克尔理论中的第一阶段，将目光径直投向第二阶段，即认为个体儿童期是人类群体从野蛮人到文明人的复演，视儿童为"小野蛮"。这与其是一种建立在较严格的科学基础上的"发现"，不如说是一种立足在现代人基础上的想象，一种从现代人出发的对原始人、原始社会的建构和发明。

和中国古人偏重从社会形态的角度去想象原始人、原始社会的方式不同，启蒙运动以后的文化人类学家是偏重从思维形式的角度去把握原始人的特点、对原始人和今人进行区分的。他们大多认为原始人看待世界，习惯从自身出发，具有强烈的主观性和我向性。维柯在《新科学》中谈及原始人的时候说："由于人类心灵的不确定性，每逢堕在无知的场合，人就把他自己当作权衡一切事物的标准。"[1] "人对辽远的未知的事物，都根据已熟悉的近在手边的事物去进行判断。"[2] "推理力愈薄弱，想象力也就成比例地愈旺盛。"[3] 后来马克思也说，原始人"借幻想以征服自然力，随着这些自然力的实际上被征服，幻想也消失了"。认识总是由近及远、由浅及深、由简单到复杂、由熟悉到不熟悉依次

[1]　[意] 维柯：《新科学》，朱光潜译，人民文学出版社1986年版，第82页。
[2]　同上书，第83页。
[3]　同上书，第98页。

展开的。什么东西最近，最熟悉？当然就是自己。这当然不是说人天然地就能认识自己，理解自己。不是的，人对自身的理解是很后来的事情。这儿只是说，人由于自身所在的立场，很容易将自己作为看、想、认识的出发点，甚至将自己作为感受、理解、评价的尺度，以己度人，以己度物，将自己的思想、感情投射于对象，使万物皆著"我"之色彩。"人由于不理解事物，就变成一切事物"；"因为当人能理解时，人把他们的心伸展出去，把事物搜罗进来；但是，当人还不能理解时，人用自己来造事物。由于把自己转化到事物中去，就变成了那些事物。"① 这就是后来人们的所说的"童话思维"。由于不理解事物，不理解事物间的真实关系，又没有能力站到客观的超越的立场上进行观照，就本能地从自身出发，按在自己身上获得的经验去想象对方，使世界向"我"生成，表现出原始思维常有的主观性、蛮野性。这种以自我为中心、为出发点的思维是非科学的，它不一定真实地反映了客观世界，不一定真实地揭示了事物间的关系，但却将自我对象化，将人的思想、情感外在化、具象化，使人能从外物身上反观自己，后来诗人感受世界的方式与此是颇为接近的。

原始人看待世界的另一个特点是将自然物灵性化。由于自我中心，由于推己及物，将自己的思想情感投射到外在的事物上，使得自然变得像人一样，有思想、有情感，这就使万物有灵的观念在原始社会有普遍的基础。但万物有灵观念不只是这样一个有点心理错觉的问题，它要更具体、实际得多。对"万物有灵论"谈得最多，论证最充分的是爱德华·泰勒。他的煌煌八十余万言（中译本）的巨著《原始文化》用了超过三分之一的篇幅谈万物有灵。他说："我们常常发现，万物有灵观的理论分解为两个主要的信条，它们构成一个完整的学说的各部分。其中第一条，包括各个生物的灵魂，这灵魂在肉体死亡或消灭之后能够继续存

---

① ［意］维柯：《新科学》，见《西方文论选》上册，第 543 页。

在。另一条则包括各个精灵本身，上升到强大的诸神的行列。神灵被认为影响和控制着物质世界的现象和人的今生和来世的生活，并且认为神灵和人是相通的，人的一举一动都可以引起神灵高兴或不悦；于是对它的存在的信仰或早或晚自然地甚至可以说必不可免地导致对它们的实际崇拜或希望得到它们的怜悯。这样一来，充分发展起来的万物有灵观就包括了信仰灵魂和未来生活，信奉主管神和附属神，这些信奉在实践中转化为某种实际的崇拜。"① 比如在思考生与死、清醒与睡梦、健康与疾病的情景时，原始人不能进行科学的解释，他们根据自己的文化和思维自然地推导出第二个"我"，即灵魂的存在。不仅存在而且能在寄寓体入梦或死去后离开身体，进入动物、植物或其他物体体内，支配他们，影响他们，自然导致他们心目中自然物的灵性化，导致拜物观的产生。"上古之时，宗教初萌，民皆拜物，其教以为天下万物各有生气，故天地神祇，物魅人鬼，皆有定作，不异生人。"② 中国的志怪小说，搜神述异集灵志怪，虽已是进入文明社会颇久以后的事情，但人们仍将这些神异灵怪作为实在的事物来谈论甚至信仰，可见其在上古时代之炽盛。这是一种不自觉的虚构，因为人们以想象的方式创造了一个实际上并不存在的别一世界，而要觉悟到这种虚构性，如马克思说的，不是想象某种真实的东西而是真实地想象某种东西，需要一段极其漫长的时间。

原始人的思维被认为还有一个特点，就是前逻辑的，表象间是可以互渗的。因自我中心，万物有灵，原始人不经意间创造了一个想象的世界。但因为没有意识到这是一种想象、一种虚构，想象世界和现实世界的界限是不甚分明的。马林诺夫斯基曾说，要说原始人一点没有意识到想象中的世界和现实世界的差别是不

① ［英］爱德华·泰勒：《原始文化：神话、哲学、宗教、语言、艺术和习俗发展之研究》，广西师范大学出版社 2005 年版，第 349 页。

② 周作人：《童话略论》，见《周作人散文全集》1 卷，第 276 页。

确实的，比如他们不会在该播种的时候不播种，而到收获季节去祷告神灵，等神从天上给他们下谷子。但这两个世界间没有清晰的界限，表象间可以互渗。"我们社会的迷信的人，常常还有信教的人，都相信两个实在体系、两个实体世界：一个是可见可触、服从于一些必然的运动定律的实在体系；另一个是不可见不可触的、'精神的'实在体系。这后一个体系以一种神秘的氛围包围着前一个体系。然而，原始人的思维看不见这两个彼此关联的、或多或少互相渗透的不同的世界。对它来说，只存在一个世界。如同任何作用一样，任何实在都是神秘的，因而任何知觉也是神秘的。"① 布留尔认为，原始人世代相传一些集体表象，个体借助这种集体表象感知和认识世界。这种集体表象和自己实际看到的事物可能非常不同，但又相信它们和现实生活中我们实际看到的事物是可以互渗的。现实生活中的人可以进入神灵的世界，神灵也可以进入现实的世俗社会中来。希腊神话中的情形就是这样，中国古代神话中的许多情形，如大禹治水获九天玄女赠无字天书，过巫山找不到疏浚通道时出现神龙划地等，就是神人合一，此岸世界与彼岸世界表象互渗。因为是表象互渗，原始人的思维就不可能完全服从现实世界"一些必然的运动规律"，呈现出与现实逻辑不一致的特征。列维－布留尔称此为前逻辑，前逻辑是非理性的，充满神秘感的。主观性、隐喻性、万物有灵、少理性逻辑，这些都使原始人的思维具有后来人的所说的诗的特征。维柯将其称为诗性智慧。"在想象方面最强而在推理方面却最弱。它是一种诗性的或创造性的自然本性，我们可以称它为神性的，因为它把具体事务都显示为诸神灌注生命的存在实体，按照每种事务的观念分配一些神给它们。这种本性就是神学诗人们的本性，在一切异教民族中，神学诗人都是最早的哲人，当时一

---

① ［法］列维－布留尔：《原始思维》，丁由译，商务印书馆 1981 年版，第 61 页。

切异教民族都建立在自己特有的某些神这种信仰上。"① 中国 20 世纪初一些研究原始人、原始文化的学者都持相似的观点。如茅盾曾说："原始人或现代野蛮民族把人、物的界限没有分清。他们看来，天空的日月星辰、动植物、土石，都是和他们自己一样是活的，有感情的，知道喜怒哀乐，有脾气的，所以他们把土石说成有性别，把日月星辰说成是和他们自己一样，能想，能说，知道恋爱。"② 等主客、齐万物，自然界并不是冰冷的物，而是像我们一样充满生命、生机勃勃的，由此成为一个人性的温暖的世界。在这一意义上，原始人都是天生的诗人，原始人的文化，自然也成为充满诗性的文化。

读周作人等五四前后关于"复演说"的有关论文，会发现一个很明显的矛盾：就是他们谈"复演说"理论时，是将个体的童年、现代社会的儿童和人类群体的童年、群体童年时代的人即原始人进行比较，以童年时代的人类来比拟性地谈论现在的儿童，可在谈及童年时代人类的文学时，用的却多是原始社会以后的民间文学，如安德鲁·朗，是周作人引用最多的人，他是欧洲民间文学搜集、整理的集大成者，他搜集、整理的就是长期流传于欧洲的童话、民间故事等，他的民俗学研究也是以这些作品为研究对象的。日本的岩谷小波等人编选的《童话百册》，也是日本民间传统、故事的汇编。周作人说，后来的孙毓修编撰《童话》，所选作品大都来自《童话百册》，或以其为蓝本重新整理改写的。在《古童话释义》等论文中，周作人从浩如烟海的中国古代典籍中搜寻出一些可以供儿童阅读的童话作品，如《吴洞》、《女雀》、《螺女》、《虎媪传》、《蛇郎》等，皆属于典型的民间童话或民间故事，这与后来人们理解的原始人的文学就是神话，原始社会以后在民间流传的童话故事并非原始人的文学，显

---

① ［意］维柯：《新科学》，第 431 页。
② 茅盾：《神话研究》，百花文艺出版社 1981 年版，第 60 页。

然是不符的。将并非原始人的文学当作原始人的文学来与儿童文学进行比较，逻辑上显然是不严密的。

但周作人等没有意识到这种矛盾。或者说，他们根本不认为这儿存在矛盾。因为在周作人等人的眼睛里，原始人的文学，原始社会以后主要在乡野民众中流传的文学，还有今天的儿童文学，总体上是同一个东西。

> 童话（mär chen）本质上与神话（mythos）世说（saga）实为一体。上古之时，宗教初萌，民皆拜物，其教以为天下万物各有生气，故天地神祇，物魅人鬼，皆有定作，不异生人。本其时之信仰，演为故事，而神话兴焉。其次亦述神人之事，为众所信，但尊而不威，敬而不畏者，则为世说。童话者与此同物，但意主传奇，其时代人地皆无定名，以供娱乐为主，是其区别。盖约言之，神话者原人之宗教，世说者其历史，而童话则其文学也。
>
> （周作人《童话略论》）

> 生民之初，未有文史，而人智渐启，鉴于自然之神话，人世之繁变，辄复综所征受，作为神话传说，化其印感。迨教化迭嬗，信宗亦移，传说转昧，流为童话。征诸上国，大较如此。而荒服野人，闻异邦童话则恒附以神人之名，录为世说用之。二者之间，本无大埂，惟以化俗之殊，乃生转移而已。
>
> （周作人《童话研究》）

不能说周作人完全没有看到神话、传说（世说）、童话之间的差别。"神话者原人之宗教，世说者其历史，而童话则其文学也"，差别只是语用上、人们对其态度上，而在本质上它们"实为一体"。从今天的观点看，这自然是一种混淆，这种混淆的最大弊病就是完全取消了时间，将原始人和后代的"荒服野人"等同起来，将神话与传说、童话等同起来，历史变成了一个完全静止的存在。神话、传说、童话在表现上确有"时代人地皆无定名"、"人地漠无指尺"的特点，但这种抽象是相对的。神话是原始社会的意识形态，民间童话、故事是后来时代的意识形态，两者在很多地方相同、相通，但无论在内容还是在形式上，差别都是明显的。神话主要表现原始人作为一个整体与自然界的斗争，民间童话民间故事更多表现的是人类社会人与人之间的矛盾、斗争，三兄弟、三姐妹、三长工、狼外婆、灰姑娘等故事绝不可能出现在上古时代的神话中。如果说这种混淆有何积极作用，就是将神话、传说、童话作为一个整体，使人们有可能从中归纳出一些特点，与儿童文学进行比较，或将这些特点整个地放在儿童文学身上，说它们就是儿童文学的特点，于是便将儿童文学创造出来了。

特点之一便是时空的抽象性。这是周作人归纳出的"原人之文学"即"童话"的最主要特点。早在 1912 年写成的论文《童话略论》中，作者劈头便说："童话之源，盖出于世说，惟世说载事，信如固有，时地人物，咸具定名，童话则漠然无所指尺，此其大别也。"[1] 1921 年，与赵景深讨论童话，持的仍是相近的观点："神话是创世以及神的故事，可以说是宗教的；传说是英雄的战争与冒险的故事，可以说是历史的；这两类故事在实质上没有什么差异，只是依记的人物为区分。童话的实质也有许多与神话传说共通。但有一个不同点：就是童话没有时与地明确指示，又其重心不在人物而在事件，因此可以说是文学的。"[2]周作人此处的论述有两点不够准确。其一是上面说的，将"神话"、"传说"、"童话"等同起来，没有看到它们深层的差别；二是将写实与非写实对立起来，"传说"偏重纪实，是历史；"童话"偏重虚构，便是文学。其实传说也可以是一种文学。特

---

[1]　周作人：《童话研究》，见《周作人散文全集》1 卷，第 256 页。

[2]　周作人：《童话的讨论》，见《周作人散文全集》2 卷，第 586 页。

别是经过后世的演化，发展成纪实文学、写实文学、现实主义文学，且越到后来，文学的写实性特征越明显，应是整个文学中的一个重要侧面。童话等作品也有反映现实、与具体实际相联系的一面。忽视这些差别，仅以有无具体时空来判定某作品是不是文学，势必在一开始就造成某种混淆和含混。但除此之外，周作人对早期文学，特别是对早期民间口头文学的把握还是颇为准确的。民间口头文学主要在人们口头上流传，口头上流传的东西是极易被磨损、极不稳定的。每人按自己的理解、兴趣自觉不自觉地减少一些东西加入一些东西，最后留下的只能是没有具体时空、大家都能认同的公约数。表现在内容上，就是民间童话、故事偏重具有普遍意义的价值观念，如赞颂真善美、批判假恶丑，等等；反映在形式上，就是重事件不重人物性格，结构模式化，高视点权威叙述，等等。在深层，则是 W. 沃林格说的，原始人面对广阔的、杂乱无序的世界产生一种类似"广场恐惧症"的、无以安身立命的感觉，于是努力抑制空间，走向平面，"将外在世界的单个事物从其变化无常的虚假的偶然性中抽取出来，并以近乎抽象的形式使之永恒"，使心灵获得栖息之所。[①] 黑格尔将原始社会的艺术定为抽象艺术、象征艺术，持的也是相似的观点。

其二是内容上和形象上的某些荒诞性、怪异性。周作人说："原人之教多为精灵信仰（Animism），以为人禽木石皆秉生气，形躯虽异，而精魂无间，能自出入，附形而止，由是推衍，生神话之变形式。"[②] 童话的怪诞既有内容上的也有形式上的。内容上的杀龙斩蛟、难题求婚、抢婚；形象上的人兽同体、草木成精、翻江倒海、腾挪变化，等等。这显然有万物有灵论的因素。

---

① ［德］W. 沃林格：《抽象与移情》，王才勇译，辽宁人民出版社 1987 年版，第 17 页。

② 周作人：《童话研究》，见《周作人散文全集》1 卷，第 257 页。

原始人既以自我为中心，将自己的思想感情投射于对象，使万物向我生成，使本不具人的思想感情的自然物像人一样的能说话，会思维，自然使这些事物发生变异，显出怪诞、奇异的面貌。黑格尔在《美学》中论及这一现象，认为是原始艺术内容大于形式，内容溢出形式造成的。维柯则认为是不同的观点强行扭合的结果。"诗的奇形怪物（monsters）和变形（metamorphoses）起于这种原始人性中的一种必要，即没有把形式或特征从主体中抽象出来的能力。按照他们的逻辑，他们须把一些主体摆在一起，才能把这些主体的各种形式摆在一起；或是毁掉一个主体，才能把这个主体的首要形式和强加于和它相反的形式离开来，把这种相反的观念摆在一起就造出诗的奇形怪物。"① 周作人还认为，童话中有些怪异的形式是生活的变迁造成的。如《美女和野兽》、《蛇郎》都涉及人兽通婚，从今人的观点看，自然是荒诞不稽。但"荒蛮之民，人兽等视，长蛇封豕，特人之甲而毛者，本非异物，固婚媾可通，况图腾之诡方在民心，则于物婚之事，纵不谓能见之当世，若曰古昔有之，斯乃深信不疑者也。"② 至于抢婚、难题求婚、帝王躬耕，等等，在古代，至少在古代的某些地方某些民族中，曾是经常出现的事，只是由于世事变迁，各民族间风俗差异，我们听着奇怪罢了。

因为文化人类学所说的"原始人之文学"实际指的是长期流传于民间的童话、童谣、民间故事，从这些作品中反映出来的也主要是古代尚未开化，或只是半开化的乡野土民的思维、习俗、传说，是已经走出"绝域"、"乡野"的人对"荒服野人"、"绝域野人"的想象，"野"、"蛮"、"荒"、"异"自然成为这些作品美学上的共同特点。乡村很长时间是我们生活的唯一空间，那时，乡村还不是一个想象的对象，一旦我们从中走出来，乡村

---

① ［意］维柯：《新科学》，第178页。
② 周作人：《童话研究》，见《周作人散文全集》1卷，第259页。

便作为一个对象呈现在我们面前。维柯说:"人类事物或制度的次第是这样:首先是树林,接着就是茅棚,接着是村庄,然后是城市,最后是学院或学校。"① 这也和古人审美意识的自觉、审美能力的提高有关。当人们还没有自觉的虚构、创作意识,只将"故事"作为异闻趣事来谈论的时候,自然偏爱神、怪、灵、异,如中国六朝志怪、唐传奇所表现的那样。恩格斯说,他是在深入地了解了北德意志的草原后才真正了解格林童话的。同样,我们也只有在深入地了解中国古代的乡村人的生存状态后,才能了解《吴洞》、《虎媪传》这些童话及后来收在《童谣大观》等集中的童谣。

其三是艺术形式上的某种模式性。如前所述,由于长期在人们的口头上流传,最后所得虽不断变异但却总是一个公约数,民间文学一般不能表达细腻的、有个性的内容。凝定在形式上,常常是一种较为抽象化、模式化的结构、故事。普罗普在《民间故事形态学》中从俄罗斯民间故事中抽象出 31 种因素,认为全部俄罗斯民间故事都是这 31 种因素的选择、排列、组合,具有很强的模式化特征。五四时期中国民俗学、民间文学、儿童文学研究者对童话、传说故事的讨论,很多也是从这一角度切入的。有人从人物形象的角度着眼,将童话分为季子型、拇指型、灰姑娘型、巨人型、巧媳妇型、呆女婿型;有人从故事结构的角度将童话分为反复型、循环型、直线型、长藤结瓜型;有人从故事性质的角度将童话分为神话型、传奇型;也有从创作思维角度将童话定位为空想,然后分出小神仙的空想、巨人的空想、异常动物的空想、自然人格化的空想,其他的各种空想,等等,虽不像普罗普那样具有理论含量,但反映着人们对童话模式的一种感悟。

五四时期人们对童话还有一种看法,即"但主娱乐"。应该说,传统民间文学中是充满教训的。狼外婆故事,灰姑娘故事,

---

① [意] 维柯:《新科学》,第 108 页。

三兄弟三姐妹故事，呆女婿故事，几乎无一不包含着教训。但是，这些作品是在民间流传的，不是官方的、国家的意识形态，不是在仪式上在庙堂里宣谕的行为标准、价值尺度，而是在茶余饭后在瓜棚下火炉边讲述的故事。或者是孩子们在街头巷尾田间地头歌唱的童谣。即使这些故事、歌谣中包含着教训，这些教训也被游戏化了。比如《虎媪传》（即狼外婆的故事），从某一角度看自然是充满教训的。但从另一个角度看，这些内容毕竟是作为"故事"带给我们的。既是"故事"，就不是现实的、真实的事情。"从前……"一下子将时间虚化了，故事中人物、事件被推到一个遥远的与我们没有利害关系的时空中去，我们隔着遥远的距离去讲述、欣赏它，我们与其说是在接受教训不如说是在享受故事。周作人将童话的"但主娱乐"和"意主传奇"联系起来，显然是将"传奇"也作为一种"娱乐"元素来看待的。

三 "复演说"与成人对儿童的殖民

中国的文化人类学、复演说理论是从西方引进的。但同是文化人类学，同是将个体童年看作人类群体童年的复演，中国和西方又是颇为不同的。西方学者运用复演说，主要是将其作为一种方法，通过对今天儿童的研究去理解原始人，推想原始人和他们的文化；中国人则将其倒过来，用当时人们已经掌握的有关原始人的一些知识来理解今天的儿童和儿童文学，由此建立起复演说基础上的儿童和儿童文学的观念。

前面已经论及，中国古代人并非一点没看到儿童与成人的区别，但那时人们所说的"童心"主要是一个美学概念，并未给出生理、心理、文化上的依据，带有太明显的从成人出发的痕迹。梁启超将"儿童"、"少年"提到国家、民族的层面，想象一个代表国家、民族未来命运的儿童共同体，对儿童自身同样缺乏研究和理解。"复演说"也没有对儿童进行正面的研究，但通过将儿童和原始人等同起来，将个体儿童看作是人类群体童年的复演，将当时人通过长期研究已经获得的关于原始人的许多心理的、思维的、文化的知识运用到儿童身上，还是以间接的方式对童年、儿童，尤其是童年与成年、儿童与成人的区别进行一次认真的思考，第一次将人们对童年、儿童、儿童与成人有所区别的感悟放在一个近似自然科学的基点上，以近似自然科学的方式对儿童生理、心理、文化进行深入的理解和把握。个体童年是对群体童年的复演，儿童近似地等同原始人；现代人（主要是指现代社会的成人）不同于原始人，现代社会的成人自然也就不同于儿童。虽然绕了一个很大的圈子，但还是明确地给出了我们社会中的儿童和成人是两个不同的共同体这样的结论。伴随着这种认识，自然就有了对儿童"特点"一系列论述和把握。"儿童没有一个不是拜物教的，他相信草木能思想，猫狗能说话，正是当然的事；我们要纠正他，说草木是植物，猫狗是动物，不会思想和说话，这事不但没有益处，反是有害的，因为这样使他们的生活受了伤了。"① 不管这一把握是否正确，但确将儿童作为一个群体从现代社会的人群中间离出来了。

　　这同时也就间离了儿童的文学。童年与原始社会同序，儿童与原始人心理同准，这就自然引申出，儿童文学即"原始人之文学"，与神话、传说同一性质，或者说只是神话、传说的另一别名（"童话"）而已。随着就给出儿童文学（即"童话"）的一些特点，如上面所说的"时代人地皆无定名"、"意主传奇"、"常含有野蛮和荒谬的思想"、"以供娱乐"，等等。从现在的较为严格的儿童文学的观点看，这种定位自然是不够准确的，因为就是民间口头文学，其受众多少也有成人和儿童之分，童谣和一般的民间歌谣就有显著的区别。可在当时周作人等的心目中，原始人、乡野人、儿童都是文化概念，他们心理相通，思维方式相

---

① 周作人：《儿童的文学》，见《周作人散文全集》2 卷，第 274 页。

似，文化兴趣相近，都属于文化意义上的"儿童"。这样，当人们将现代意义上的"成人"（这同样是一个文化概念而非生物学上的概念）作为一个文化共同体与文化意义上的"儿童"共同体相对，放在一起比较时，原始人、乡野人和现代社会儿童间的差异便被忽略不计了。同样，他们各自的文学间的差异也被忽略不计了。原始人、乡野人、现代社会的儿童都是"儿童"，他们的文学都是"童话"或曰儿童文学。这就借"原始人之文学"将儿童文学发明出来了。不管这种"发明"的过程存在多少错讹，在方法论上有几点却值得注意。其一，它是从读者的角度来看待和界定儿童文学的。将文学分成不同的类型可以使用不同的标准，中国古代多是从文本的角度出发，如韵文学、散文文学；诗、词、曲、赋更是以文本中某一层次中的某一特点为准区分出来的。也有以作家为准的，如风、雅、颂，是兼顾了作品的内容和创作者的。但很少有从接受者的角度对文学进行分类的。儿童文学主要是从接受者的角度对作品进行分类的。这表明随着现代社会的到来，接受者作为对话的一方，作为产品的消费者在文学活动中地位的提高，创作、文本不能不反映他们的声音。虽然接受美学作为一种文学理论思潮广受注意要到 20 世纪 60 年代，但其萌芽已在早期的儿童文学中显现，周作人等是这方面的得风气之先者。其二是突出读者的审美心理在文本形成中的作用。从读者角度定义儿童文学是一个大的视角。因为读者是一个世界，其文化有不同层次、不同侧面。从儿童文学发展的历史看，起作用更大更直接的是读者的接受能力。但是周作人等强调的不是能力而是读者的思维、情感、精神和文本中艺术形象、内容的同构。如认为儿童都是拜物教的，他相信草木能思想、动物能说人话，文学作品应该顺应他，所以形象怪诞的童话才是儿童的恩物等。其三，兴趣和趣味。既然顺应儿童的想象和要求，不是把成人的观念往儿童的头脑里灌，而是顺着儿童的感觉走，儿童喜欢什么就给他们什么，自然就"意主传奇"，自然就"以娱乐为主"，这和五四时期另一儿童文学思潮"儿童本位论"大体是一致的。

应该说，在晚清至五四这段时间，周作人等以"复演说"这种方式发明了儿童和儿童文学，使中国儿童文学走向自觉，是包含了偶然因素的。如果不是安德鲁·朗等人的理论在那段时间广泛传播，如果不是柳田国男等在明治维新时期接受安德鲁·朗等人的理论并在日本进行了卓有成效的实践，如果当时没有众多的中国留学生在日本留学，如果留学生中没有像周作人这样对民俗学、儿童学、儿童文学极其关心的人，中国儿童文学走向自觉的进程可能就是另一种样子。但是，在一系列看似偶然的现象后面，其实包含了某些需进一步深思的问题。西方儿童文学走向自觉的时候，并没一个成形的复演说的理论，但他们最初的起步也是从搜集、整理民间儿童文学开始的，纽伯里创办太阳社，大量出版民间传统故事，少年儿童是主要的隐含读者。日本的情形与此相似。能说这只是一种偶然的巧合？

说古人、乡野人的思维和儿童相近，说古代的民间童话、故事适合儿童的接受能力，因此，在印刷术兴起的时候，首先搜集、整理这些作品投放市场，并将少年儿童作为主要的接受群体，这在理论上和实践上都不难理解。需要特别关注的是人们自觉地意识到这一点并开始行动的时间。将复演说中所说的原始社会、原始人之文学当作一种现代人的集体记忆，这种记忆其实是在某种特定的"社会框架"中进行的。"人们通常正是在社会之中才获得他们的记忆的。也正是在社会中，他们才能进行回忆、识别和对记忆加以定位"；"为什么我们有一些回忆显得如此逼真，但并非所有的记忆都如此呢？大多数情况下，我们之所以回忆正是因为别人刺激了我；他们的记忆帮助了我的记忆，我的记忆借助了他们的记忆……正是在这个意义上，存在着一个所谓的集体记忆和记忆的社会框架；从而，我们的个体思想将自身置于这些框架内，并汇入到能够进行回忆的记忆中去。"① 西方大量搜集民间儿童文学，出现儿童和儿童文学观念的时间是在 16—18 世纪，日本是在 19 世纪末，中国是在 20 世纪初，在这些表面看来非常不同的时间下面隐藏着一个共同的内容，就是传统社会向现代社会转变的时期。在转变时期，人们最迫切要做的，就是将自己、自己所在的时代和以前的时间区别开来。区别的办法就是为此前的时间命名，创造出一个"他者"，归纳出"他者"的一些特征，而这些特征恰与自己无干，以此方式将以前的时间作为"他者"排斥出去，或将自己摘出来，总之是在自己与"他者"之间划出一道界限。按此逻辑，走向现代社会的人们要表示自己的现代人的身份，最经济也最切实的办法就是创造一个被称为原始人、原始社会的"他者"形象，将自己迫切要分离的那些特征放到这个"他者"身上，拉开自己与他们的距离。现代人是理性的，原始人自然就被指为非理性的；现代人的认识是客观的、科学的，原始人的认识就被指为主观的、万物有灵的；现代人是文明的，原始人就被指为野蛮的；现代人是都市的、见多识广的，原始就被指为乡村的、未开化半开化的，如此等等。走向现代的人们形塑出这样一种原始人、原始社会、原始文化的形象，就是要衬托自己现代人、现代文化的身份。"人类理解自我的方式就是要把自己所属的人类群体划出来，与先于自己的群体以及自己进化后脱离的群体相区别。确切地说，成人被理解为非自然非兽性非疯狂非神性——最重要的是，非孩子性。"② 16—18 世纪的欧洲从蒙昧的中世纪走出来，经历文艺复兴、启蒙运动直到法国大革命，资产阶级登上历史舞台，思想上便是一个和传统社会相分离的时期；明治维新前的日本和封建社会后期的中国一样，原也是一个幕府弄权、社

---

① ［法］莫里斯·哈布瓦赫：《论集体记忆》，上海人民出版社 2002 年版，第 69 页。

② ［加］佩里·诺德曼、梅维斯·雷默：《儿童文学的乐趣》，第 147 页。

会分裂的封建国家，19 世纪 70 年代开始的明治维新削弱幕府武士阶层的势力，开始一场自上而下的具有资本主义性质的改革运动，使日本迅速地成为一个现代资本主义国家。在这一过程中，日本文化也经历了一次痛苦的、凤凰涅槃般的蜕变。一方面，是追切地要将自己和历史区分开来，现出自己的现代性品格；另一方面，这种疏离又带来疏离的痛苦和与西方文化磨合中的刺痛，出现强烈的身份认同焦虑，是一种在痛苦中选择并充满选择的痛苦的时期。戊戌变法时期及变法失败后的一段时间，中国人，特别是一批先进的知识分子，也感受到或经历着类似的痛苦：即经历着变革又感受到变革的艰难和痛苦，迫切需要有某种理论和方法将自己和传统区分开来，来一次凤凰涅槃般的升华，脱离幼稚的童年期而"长大"，走入现代的民族之林。此时正在兴起的"复演说"、文化人类学恰好包含了这方面的内容，因而成了一种合乎逻辑的选择。这也就解释了为什么日本明治维新后同时出了谈鬼说怪和提倡自然主义两股热潮，而参与推动这两股方向有些相反的潮流的差不多是同一批人：谈鬼说怪欣赏原始，自然主义写实主义立足现在，但两者并不矛盾，就像一个享受城市生活的富足、便利的人时不时地想起乡村空气的清新，一个吃厌了鱼肉大餐的人怀念乡村的野菜一样。中国五四时期的情形与此相近。周作人最为典型，一方面赞颂原始人、乡野人的野蛮，一方面颂扬现代人的个性；茅盾、郑振铎、叶圣陶等，一方面主张搜集神异怪诞的故事给儿童看，一方面又是高扬写实主义的文学研究会的中坚，在为原始人命名的同时也为作为现代人的自己命名。而一个"复演说"，将儿童等同于原始人，将儿童文学等同于原始文学，在为原始人、原始文学命名的同时就是为儿童、儿童文学命名，在拉开现代人、现代文学与原始人、原始文学距离的时候也拉开了现代社会的成人、现代社会成人的文学与儿童、儿童文学的距离，在将原始人、原始文学确定为现代人、现代文学"他者"的时候，也将儿童、儿童文学作为成人的"他者"

确立起来，或者说"发明"出来了。

　　因为要通过"他者"来确认自身，或者说，走向现代化的人们"发明"一个原始人、原始社会的目的主要就是为了确认自身，他们的主要关注点与其说在原始人、原始社会身上不如说在自己身上。在原始人/现代人、乡野人/都市人、儿童/成人等几组二元对立中，人们的价值取向显然是偏向后一方面的。这在儿童/成人一对矛盾中表现得尤为明显。大卫·帕金翰说："在近代工业化国家的历史中，童年在本质上被定义为一个排除性的问题。不管后浪漫主义是如何强调儿童的内在智慧与理解力，它主要是从儿童不是什么与儿童不能做什么的观点来定义他们。儿童不是成人，因此他们就不允许去接触那些被规定为成人的（'他们的'）事物，以及那些成人认为只有他们自己才能理解和控制的事物。"① 中国旧时，父母对子女的最大盼望就是赶快"长大成人"，似乎不"长大"就不成其为"人"。"复演说"发明了儿童，创造了一个儿童的世界，但是是将儿童、将儿童世界放在"野蛮"、未开化的位置上，很大意义上又形成了对儿童、儿童文学的殖民。松恩曾说："我们所设想的婴幼儿的天性，是跟成人看重的特性相对立的。我们看重独立，就认为孩子不独立，于是社会化的任务就是鼓励独立……成人根据儿童来定义自我，把自我当作'他者'，这种意识形态控制和自我定义的过程类似于男性定义女性，殖民者定义被殖民者。"② 通过这种定义，成人显示出自己在儿童/成人这对矛盾中毋庸置疑的支配权。在这一层面上，儿童文学甚至也可被视为成人对儿童进行殖民的手段。"儿童文学代表了成人对儿童进行殖民统治的努力；他们认为自己应该成为成人希望中的样子，并为自己本身难以避免不符

---

　　① ［英］大卫·帕金翰：《童年之死——在电子媒体时代成长的儿童》，第27页。

　　② 转引自佩里·诺德曼等《儿童文学的乐趣》，第147页。

合成人模具的各个方面感到羞愧。这或许是专制规则的另一个（也是非常强大的）方面。"一些人曾将这种定义儿童的方式称为"一种新的镇压方式"。①

但是以"排除"的方式将儿童定义为成人的"他者"并不是说"童年"、"儿童"在价值上全被视为负面的。这里存在一个观照角度的问题。当德里达说"男人称自己为男人唯一的方法就是画出界限排除他者"并将这个"他者"定性为"纯自然、动物性、原始状态、童年、疯狂、神性"②时，人们主要是从理性、社会意识、现代性的角度着眼的。社会意识、科学意识崇尚理性、意志，排斥纯自然、动物性、原始状态、童年、疯狂、神性，这些内容成了贬抑、贬斥的对象，但是，换一个角度，如果从审美的角度出发，价值便会很快发生变化。现代性有不同的含义。有社会现代性、科技现代性、社会体制现代性、审美现代性，等等，审美现代性与科技现代性、社会体制现代性不一定同步，有时甚至在价值取向上呈现相反。科学技术、社会体制的变化一般都是向前看的，越代表了前进的方向、前进的潮流，越应被肯定。审美现代性是现代人的审美体验、审美情绪、审美需求。人们在被紧张的现代生活弄得疲惫不堪的时候，往往需要一种清新的、自然的、田园的东西与之相平衡，所以审美现代性很多时候是向后看的。都市的人们怀念田园，现代的人们怀念中世纪，成人怀念童年，深陷现实的人们怀念已逝的岁月。正是在这样的"集体框架"中，回忆中的原始社会、乡村、童年作为有价值的审美对象在现代社会被突出之来了。佩里·诺德曼在引用前面德里达所说的一些人将"童年"和"纯自然"、"动物性"、甚至"疯狂"并列的一段话后评论说：

---

① 丽荷·赫曼·马克曼语，见《儿童文学的乐趣》，第148页。
② 参见《儿童文学的乐趣》，第147页。

乍一看，德里达列出的关于"他者"的所有特征均优于人性，因而与人性不一样。大自然比人类更自然，神比人类更高尚。德里达认为，承认原始和先在的优越性是一种危险的自我贬低行为，因为从这个角度来说，人作为后来者是纯真状态的一种退化。成人常把童年作为这种类型的"他者"，常见的说法是儿童更接近自然和神、儿童的无知是对纯真无邪的拯救等等，这其实是在掩饰成人对真实生活的深层怀疑——或许更重要的是一种怀旧，只是怀旧的对象其实从来不存在罢了。①

这段话也适用 20 世纪初周作人等一代中国的文化人类学者以"复演论"为基础建构童年、儿童、儿童文学的努力。他们真诚地以为自己发现了真正的童年，真诚地肯定野、蛮、怪、异、真、拙这些美学范畴，如叶圣陶在《小白船》、《克宜的经历》这些作品中所表现的：希望在孩子，希望在田野。读这些作品，就如库柏在《发明原始社会》中所说的："图腾制构成理性主义的基础神话，同时也提供了一个象征的惯用词。诗人们可以凭借它去追思一种更自然的时代，那时人的精神与植物和鸟兽同在，神话与诗性智慧也是普遍存在的，性欲本能不受禁制。这是人类学家的伊甸园；与之相对，现代社会则是荒原。"② 事实证明，那只是一种建构，一种怀旧，"只是怀旧的对象其实从来不存在罢了"。

但一种在当时还被称为"童话"的"儿童文学"类型却从此出现了。虽然它只是一种建构，只是在特定的历史条件、特定的文化背景下形塑的一种童年、一种儿童和儿童文学，且当时的

① ［加］佩里·诺德曼、梅维斯·雷默：《儿童文学的乐趣》，第 148 页。
② ［英］库柏语。转引自叶舒宪《文明危机论：现代性的人类学反思纲要》，《广东职业技术学院学报》2002 年第 3 期。

人们形塑这样的童年、儿童和儿童文学并不是为儿童的，至少主要不是为儿童的。但所谓的儿童、儿童文学的历史不正是由这样的形塑组成的吗？由于"复演说"的形塑，中国儿童文学不仅在 20 世纪初从理论上走向自觉，而且填补了从原始文学到现代儿童文学的巨大空白。从人类的童年时代到现代人的个体童年，儿童文学并非一无所有，相反，原始人、乡野人都是"儿童"，他们的文学某种意义上都是儿童文学。这和 20 世纪儿童文学自觉之后的形态虽然不可能完全一致，但换一个角度看，也可以说它们构成了另一种儿童文学史，儿童文学的史前史。他们对儿童文学的自觉，对自觉后儿童文学的发展是不可能没有影响的。这是一笔有深厚底蕴的文化遗产，儿童文学应该认真汲取。

四　复演与原型

将原始文学、古代社会的民间文学与儿童文学联系起来甚至等同起来，主要依据的是它们的接受者思维上的相近，但更重要的，其实是他们都使用口头语言，是媒介方面的原因。包括他们思维上的一些特点，很大程度上也是口头这一媒介形成的。"复演说"的文学理论其实是口头文学的理论。但儿童文学并不只是口头文学，进入 20 世纪后，现代教育快速发展，许多儿童获得阅读能力，儿童便主要地转向创作性的书面文学，原来的童谣、童话、民间故事等口头性儿童文学迅速地衰落了。代之而起的是以文字为主要艺术媒介的书面儿童文学，书面儿童文学是作家个人创造的，表现着作家的个人风格，而作为个体的作家是生活在具体的时空中的，创作深受时代的影响，以超越的、时空抽象的童谣、民间童话等为主要研究对象的"复演说"在这儿也失去效力，从理论话语中心退隐。"复演说"甚嚣尘上主要在清末民初到五四前后一段时间，20 年代末以后虽然还有人提及，但已明显是强弩之末了。

但这并不意味着"复演说"作为一种儿童观完全从人们视野中消失，并不意味着原始文学、古代民间文学与儿童文学的特殊联系的完全中断。一方面是民间口头文学的传统仍在，不仅有大量重新搜集、整理的儿童文学和在新的历史条件下在民间流传的新作品的出现；另一方面，原始文学、民间文学对书面文学的影响也以各种方式表现出来。这种历史的馈赠有时是作为某种文学传统为作家所继承，但更多的时候，则是作为一种无意识，一种思维方式，一种心理模式，留存在社会和个体创作者的心灵深处，以人们不易觉察的方式影响着人们的心灵和观察世界的方式，一遇机会，就浮出历史地表，以一种人们能够感受到的显性方式呈现出来。

人们有时称这些呈现出来的意象为原型。按荣格的说法，原型是一种类似心理模式的东西，是人类童年一再反复的经验留下的印迹，一再反复的经验在心灵的某个地方，形成一种"结"（complex），这种"结"或曰"情结"就是原始意象或原型。"原始意象或者原型是一种形象（无论这形象是魔鬼，是一个人还是一个过程），它在历史进程中不断发生并且显现于创造性幻想得到自由表现的任何地方。因此，它本质上是一种神话形象。当我们进一步考察这种意象时，我们发现，它们为我们祖先的无数类型的经验提供形式。可以这样说，它们是同一类型的无数经验的心理残迹。"① 这种原型作为一种集体无意识留存在我们的心灵深处，以后，遇到适当的触媒，这种原型就会被唤醒，以一种鲜活的形式表现出来，此时，我们就会感到来自历史深处的召唤和力量。"一旦原型的情景发生，我们会突然获得一种不寻常的轻松感，仿佛被一种强大的力量运载或超度。在这一瞬间，我

---

　　① ［瑞士］荣格：《心理学与文学》，冯川、苏克译，生活·读书·新知三联书店 1987 年版，第 120 页。

们不再是个人，而是整个族类，全人类的声音一齐在我们心中回响。"① 儿童文学因与人类童年文化特殊的关联，内容接近人类精神的底部，与民族文化原型的关系更加紧密。在 20 世纪中国儿童文学中，我们可以看到不同原型在许多作品中一再地显现。

一类是以人物、事物表现出来的原始意象。意象指一种凝结着某种典型情感的物象，其和原型的区别在前者呈现为一种具体的物象而后者偏重是一种模式。在具体运用中，人们常常不加区分，最初人们说的原型就是原始意象。20 世纪儿童文学中有一些出现很频繁的原始意象，如：

父亲。在荣格的心理学中，这一意象被引申为高山、大川、太阳、风暴、闪电、神、鬼、世俗社会的国王等。"父亲"主要象征超自然的强力，正统的文化，人类社会的理性，包括弗洛伊德所说的"超我"。在弗洛姆心理学中，"父亲"相对自然指文化。一种对人的成长进行指引和规训的力量，因此极易与儿童的自然本性产生冲突。20 世纪儿童文学最集中地反映着"父亲"特征的是许多领袖的形象，如《闪闪的红星》中的毛委员，《雾都报童》中的周副主席，《扶我上战马的人》中的彭总司令，还有一些红色儿童文学中具体地领导革命的共产党员的形象。他们往往表现得高瞻远瞩，英勇无畏，像灯塔一样照亮前进的方向。十年动乱之后，由于对传统文化的反思，审父意识兴起，"父亲"又作为一个被审视的对象进入一些作品的视野。如班马的《父亲叫我跪在苏州城外的祖墓前》，就出现了一个蛮横而又怯懦的父亲李戈的形象。"父亲"是一个文化符号，在有些作品中，这一功能偶尔也可以由女性长辈来承担。

母亲。引申为大地、海洋、月亮、天国、女神、故乡等。在弗洛姆心理学中，母亲与代表文化的父亲相对，代表人类生命的另一极，即自然。放在个体的人格结构中，指人的自然本性。这

---

① ［瑞士］荣格：《心理学与文学》，第 121 页。

是一个我们出生的地方，一个生育生命养育生命，既是生命来源也是生命归宿的地方。在儿童文学中，凡有母亲的地方，就有爱和温情。孩子在外面受到打击、挫折、失败、委屈，总能在母亲那儿得到安慰和爱抚，就像俄罗斯神话中的安泰，无论多么艰难疲惫，一接触到大地就能重新获得力量。大地就是母亲。五四儿童文学如冰心的《寄小读者》中，母亲是一个重要的意象。80年代人们从"文革"的浩劫中走出来，心中积累了太多的痛苦和委屈，作品中再一次表现出强烈的恋母倾向。《伤痕》中女儿在母亲遗像前的哀哀哭诉，就曾成为一个时代情绪表达的象征。

智慧老人。在许多民间童话中，常有一个鹤发童颜，拄着一只长长的拐杖、拐杖上挂着一只药葫芦的白胡子老头形象。每当人们陷入绝境，遇到解不开的难题，他们便会出现，然后问题便迎刃而解。在传统的农业社会，知识变化周期长，一种经验可以延用几代人，谁活的时间长，获得的经验就多，就越有智慧。智慧老人便是这一经验的原始意象。在古代的成人仪式中，就有从部落中挑选出来给少年讲述部落历史、神话的老者，智慧老人很大程度就是这一形象的演化。儿童正处在集中地学习文化知识的时候，在给他们的文学作品中较多出现智慧老人的形象是一种很自然的现象。如老舍《宝船》中李八十，每次王小二们遇到困难，一喊"八十加九十等于一百七"，他就出现，一出现就将张不三斗得原形毕露，丑态百出。随着现代社会知识周期变化加速等原因，这一原形在儿童文学中出现的频率已大大降低。

妖、精、鬼、怪。按泰勒的万物有灵论，原始初民从梦、死等自然现象中觉得灵魂可以转移，一些不是人的事物中也可以像人一样有灵魂，于是觉得面对的自然界就不只是一个物的世界，而是一种充满灵性的世界。妖、鬼、精、怪就是原来的自然物变成了人形，同时还具有超自然的法力，《西游记》中的众多魔头便属于这一类。随着人类童年时代的过去，真正相信神魔鬼怪的人越来越少，但在受原始思维影响仍深的乡野及儿童心中，还有很多残留性的存在。列维－布留尔说："很难知道儿童是不是完全相信他的洋娃娃是活的。很可能，儿童的这种相信既是游戏，同时又是真诚的体验，正象成人看戏的情感一样，他们对戏中人物的不幸哭出了眼泪，但是又知道这些不幸根本不是实在的。"①后代童话中的拟人化修辞依据的心理也与此相近。在儿童文学中，一些人有意识地利用这些从自然物转化来的妖、精、鬼、怪原型形象，引导读者进入神秘的彼岸。如张天翼笔下的宝葫芦，任德耀笔下的马兰花，老舍笔下的宝船，都使作品显得幽深，有一种用一般的形象很难创造的灵动。

镜。镜也是一个重要的原型意象。镜的主要功能就在能将人自身对象化，人可以通过镜像观照自己、认识自己。主体能通过镜像确认自身，也能通过镜像审视自身。古代有以水为镜，以铜为镜，更有以人为镜。旧小说中，照妖镜曾是对付妖怪的一件主要法宝，因为它能撕破伪装的画皮，使其显出原形。所以，作妖作恶者怕镜，从心理分析的角度说，是作妖作恶者害怕面对真实的自己。也是依据这一原理，所有的人都应揽镜自照，不断地检查、修正自己。近年，拉康心理学进一步发展了镜像理论，更将镜像看成是儿童获得主体意识的主要途径。这个"镜"不一定是那个涂有水银底层的玻璃平面，可以是社会，是他人，我们是在他人身上见出自己的，通过在他人身上映照出来的镜像确认或否定自身。在儿童文学中，镜一直是一个主要意象。柯岩的《照镜子》一直是幼儿园的保留节目。韦伶的《出门》、《白女孩》，陈丹燕的《晾着女孩裙子的阳台》、《鱼和它的自行车》等，都将镜这一原型意象运用得鲜活而具有深度。

此外，乡村、远方、孩子等，都是儿童文学中经常用到的原型意象。

原型也有以事象的形式出现的。即出现在作品中的原型不是

---

① ［法］列维－布留尔：《原始思维》，第 40 页。

一个单一的意象，而是一个事件，一个运动的过程。当来自人类童年的事件或过程凝聚了某些典型的内容，成为人类童年一再反复的经验在人类心里留下印记时，它们就可以成为一种原型。这也同样表现在 20 世纪的文学作品中。

成人仪式。成人仪式应是对儿童影响最为深远的文化原型。在原始社会，儿童在未成年以前是不能成为部落的正式成员参与部落的重大活动的。从非正式成员到正式成员要经过一个成年仪式，也称成人礼。这种成人仪式不像今天的许多仪式一样只是许多人聚集在一起进行的一个象征性的活动，而是要将许多少年集中到一个与群体隔离开来的地方，进行许多身体上、精神上的训练，有时还有体肤上的真正毁伤，以体现一个童年的旧我的死去，一个真正的自我的诞生。人类童年时代过去后，这种带神秘色彩的仪式大多消逝了，演变成学校生活或世俗仪式中的一些活动，但其精神内容常常通过文学表现出来。20 世纪许多文学，尤其是红色成长小说，一再涉及这种成人仪式，我们在红色儿童文学一节再深入论述。

历险。在文学作品中，历险既是一种故事类型也是一种叙事方式。《西游记》也是一种历险记。这一原型出现在后来的许多儿童文学作品中，20 世纪儿童文学作品中的历险也比比皆是，如《小鸡毛历险记》（贺宜）、《小布头奇遇记》（孙幼军）、《半边城》（葛翠琳）、《根鸟》（曹文轩）等，是儿童文学中经久不衰的一个类型。历险所以成为一个原型是和人的成长连在一起的。成人仪式就包含了历险，人只有经历各种各样的人与事，经历各种各样的艰难困苦，经过各种锻炼和考验才能成长起来。这种历险可以是外在的，也可以是内在的，许多儿童文学中的外在历险其实也是内心成长的外化。如曹文轩的《根鸟》，主人公类似班扬《天路历程》一样的经历其实也是在与自己的心魔进行斗争。这种历险也有艺术上的考量，将各种各样的历险编织在一起，容易产生一种紧张的、引人入胜的效果。

跳龙门。跳龙门在民间只是一个传说，说鲤鱼只要跳过龙门，就能化鱼为龙，一步登天。其内在意蕴就是突破常规的循序渐进，在一个关节点上发生突变，瞬间极大地改变自己的命运，进展到一个全新的生存状态。旧时科举，"朝为田舍郎，暮登天子堂"，是许多读书人的梦想，也是"龙门"含义的最好诠释。儿童正处寻梦找路的阶段，这种梦想在他们的生活中往往表现得更普遍，出现许多成功地越过"龙门"或在"龙门"面前撞得头破血流的故事。陈丹燕的《女中学之死》，故事中的学校就叫龙门中学，写的就是一群中学生为"跳龙门"而作的奋斗和挣扎。金近50年代正面写过一篇《小鲤鱼跳龙门》的童话，写一群小鲤鱼从深山中游出，遇到一道高墙，以为是传说中的龙门，跳过去以后果然看到一个天堂般的世界。可叙述者却告诉我们，那不是天堂，是龙门水库，是今天的人们用双手创建的天堂般的人间仙境，是对"龙门"这一原型的创造性运用。

变化。变也是一种原型，一种不同形态、状态间进行转化的原型。童年人类信仰万物有灵论，人的灵魂可以在人与物之间转移，人成为物，物成为人，此人成为彼人，此物成为彼物，便有了"变"的观念。《西游记》中孙悟空七十二变，《聊斋志异》中狐仙树精变作人形，著名的民间童话《虎媪传》，老虎变作外婆来吃人，许多神、魔、精、怪都会变。"变"是一种外观形态的变化，后来也指隐在的立场、观点的转变。在20世纪儿童文学中，常常指坏人恶人隐藏起原来的狰狞装扮出一副笑脸来欺骗孩子，如《刘文学》中的王学书，《咆哮的石油河》中秦科长等。一些写十年动乱的儿童文学，也成为对一些没有操守的风派人物的揭示。

原型也有指艺术形式而说的。童谣、童话、民间故事长期在人们口头上流传，适应口语和大众的接受能力，往往形成一下相对稳定的程式，这些程式又和内容上的特点相适应，就形成一种叙事上的原型。

回望式叙事。回望是站在现在的时间点上回首已逝的岁月。因为儿童文学多写儿童生活，而写作儿童文学的一般都是成人，当作品中设定的叙事者兼主人公较贴近作者本人时，"回望"便成为一种常见的叙述方式，像刘真的《好大娘》、《我和小荣》、《长长的流水》，萧平的《三月雪》，任大霖的《童年时代的朋友》，曹文轩的《草房子》，秦文君的《十六岁少女》等。站在现在的时间点上进行回望式的叙述的不一定都是儿童文学，如鲁迅的《朝花夕拾》、萧红的《呼兰河传》、汪曾祺的《受戒》，苏童、余华、莫言、迟子建等的童年视角小说等。但当作品中的叙述不是偏重成人叙述者现在所站的点而是偏重故事中的童年生活场景时，这些作品便成为儿童文学，如林焕彰的《回去看童年》、吴然的散文等。回望式叙事显然存在两重时间（经历时的时间和回忆时的时间），两重时间间是一个流逝的时间段，偏重当初的经历、偏重叙述者现在的心境，或偏重当中流逝的时间段，都能给创作留出巨大的空间。

对比式叙事。对比是一种强化，有了对比就有了衬托。放在白的背景上，黑的更黑，放在黑的背景上，白的更白。民间文学常有这种手法，使真与假、美与丑、善与恶以更醒目的形式表现出来。这对审美能力偏低、对事物特征的区分力还不是很深细的读者是很有必要的。20 世纪的儿童文学依然大量使用这种叙事原型，张天翼的《大林和小林》便是典型的例。

反复与递进。在许多民间叙事中，"三"是一个使用频率很高的数字。三兄弟、三姐妹、三媳妇、三长工、三次选择、三次考验、三种口诀、三个来回，等等，涉及的都是反复。反复首先是一种省略。几次行为重复同一动作，从行动元的角度看便是简化。将简化后剩下的动作表现出来，便是一种突出。但反复并不是完全的重复，反复中又有变化、有递进，推动故事向前发展。叶圣陶的《一粒种子》、《稻草人》，黎锦晖的《三蝴蝶》，严文井的《四季的歌》、《小溪流的歌》等都建立在这种结构模式的基础上。

梦。许多文学作品写到梦。很多是从内容的角度切入的，或表现希望、憧憬，或表现空幻、人生无常。也有主要是从叙述的角度着眼的，如《南柯一梦》，就成为一种叙事原型。20 世纪许多儿童文学写到梦，如老舍的《小坡的生日》，张天翼的《宝葫芦的秘密》等。在《宝葫芦的秘密》中，梦其实就是一个叙事的框架。因为是梦，内容被虚化；因为是梦，一些最神奇的事情，如宝葫芦和王葆的纠缠，就可以合乎逻辑的发生；因为是梦，王葆在白天不能表现的愿望也能一无遮拦地表现出来。在儿童文学中，梦是一种创造假定性艺术世界的主要手段。

原型涉及的是一个民族的精神本体，它如一种情结集中地负载了一个民族的集体无意识。它在民族的童年形成，具有相对的稳定性，是民族精神的集体表象，深邃、永恒，又随社会生活的变化不断地浮现到现实的生活中来，使我们在瞬间听到那来自历史深处的回音。于此，文学见出大气象，儿童文学也在与童年人类的相遇中变得深沉和博大。

第三章 规训及对规训的悬搁

——20 世纪儿童文学中的本位之争

在 20 世纪儿童文学中，儿童本位论是一个影响最为深广的观念。主张者视其为儿童文学存在的依据，作为儿童文学理论立论的基础和选择稿件、评论作品的尺度；反对者，也常将其作为妨碍儿童文学发展的罪魁，儿童文学中凡有风吹草动，总拿儿童本位论说话。儿童本位论的兴盛期虽在五四和 20 年代，但 60 年代批判"童心论"，就径直将其与儿童本位论挂钩；80 年代拨乱反正，儿童本位论也是重要的突破口。可以说，在整个 20 世纪中国儿童文学的发展中，无论是理论、创作还是出版，或明或暗都有儿童本位论的影子。这并非偶然，因为它所涉及的问题确实关系到儿童文学的一些最本质的方面。

一 从"复演说"到"儿童本位论"

"本位"原是一个金融学用语，如"金本位"、"银本位"，含有"基础"、"出发点"、"评价标准"的意思。《百度百科》解释"金本位"时说："'金本位'就是以黄金为本位币的货币制度。在金本位制下，每单位的货币价值等于若干重量的黄金（即货币含金量）；当不同国家使用金本位时，国家之间的汇率由它们各自货币的含金量之比——铸币平价（mint parity）来决定。"引申开来，五四以来儿童教育、儿童文学中绵延不已的"儿童本位论"及其批判，也是一个以谁为基础、出发点和评判标准的问题。

中国传统社会是以老者、长者为本位的。晚清梁启超等人力挺"少年",以"少年"掊击"老年",以"少年中国"掊击"老大中国",是逆潮流而动,属石破天惊之论。但由于当时千疮百孔、江河日下的社会现实,也由于进化引进人心思变的心理期待,这一逆潮流而动的行为没有被视为大逆不道还受到普遍的欢迎。这从一个方面为后来人们接受"儿童本位论"创造了条件。真正的儿童本位论是从杜威的教育理论,特别是他的"儿童中心主义"的引进开始的。杜威(1859—1952)是美国著名的教育家、哲学家、实用主义理论大师,他的一系列建立在实用主义哲学基础上的教育理论有一个基本的出发点,就是他认为:"从前的教育,只知如何教人,不知研究人应该如何教。今后之教育,应觉悟人如何教。"① 意思是说,传统教育把老师教学生学、老师教什么学生学什么、老师怎么教学生就怎么学、要调整也是由老师在这种教学模式内部进行调整看作是天经地义不证自明的东西,没有想到如此确定教学内容和教学方法的方式即整个教育模式是否有问题。杜威恰在这个看似毋庸置疑的前提和出发点上看出了问题。杜威认为,对知识的接受是受教育者内在经验的重组,接受者是自己内在经验和对这些经验进行重组的主体,不关心接受者自己的经验,不从接受者自身出发,不将接受者当作教育活动的主体,不激发接受者自身的能动性,教育活动何以能正确、顺利地进行呢? 所以杜威提出教育要以学生、儿童为中心。"旧教育……学校的中心是在学校之外,在教师,在教科书以及在其它你所高兴的任何地方,唯独不在儿童自己即时的本能和活动之中。在那样的条件下,就说不上关于儿童的生活。也许可以谈一大套关于儿童的学习,但认为学校不是儿童生活的地方。现在,我们教育中将引起的改变是重心的转移。这是一种变

---

① 舒新城编:《中国近代教育史资料》,人民教育出版社 1981 年版,第 844 页。

革，这是一种革命，这是和哥白尼把天文学的中心从地球转到太阳一样的那种革命。这里，儿童成了太阳，而教育的措施则围绕着他们转动，儿童是中心，教育的措施便围绕他们而组织起来。"① 这便是儿童中心主义的来源。辛亥革命后不久，杜威理论传入中国。"1912 年，中华民国第一任教育总长蔡元培把'实利教育'列为其教育方针的'五育之一'，并溯其本源，今日美洲之德弗依（即杜威）派，则纯持实利主义者也。"② 当时中国有很多人在欧美留学，后来成为中国教育界、文学界领袖人物的胡适、蒋梦麟、陶行知等所进的哥伦比亚大学，正是杜威供职的地方，可谓第一手接受了杜威的理论。1919 年 5 月至 1921 年 7 月，正值五四运动蓬勃发展的时期，杜威应蔡元培、胡适等人邀请来华讲学，在两年多的时间里，足迹遍及中国 13 省，在中国许多大中学校、教育机关讲学，听众人数之多，规模之大，反响之热烈，可以说都是前无古人的。后来，这些讲演由江苏省第二师范学校、北京《晨报》等单位整理、汇编成《杜威在华讲演集》、《杜威五大讲演》等出版。影响所及，致使当时的教育部在 1922 年公开发文，命令中小学实施以儿童为中心的教育方法。在 20 世纪的中国教育理论中，能与之相比的大概只有 50 年代从苏联引进的凯洛夫教育学。但凯洛夫教育学基本只局限在教育领域，而杜威的理论除教育外，还影响到哲学、美学、伦理、文学等方面，其中尤以儿童文学最为显著。

　　谁将杜威的儿童中心主义译为儿童本位论，谁将儿童本位论引入儿童文学是一个需要进一步考证的问题。因为当时儿童学颇受关注，同是谈儿童、儿童本位，有的是从社会学即一般儿童学的角度切入的，有的是从教育学的角度切入的，有的是从儿童文学的角度切入的，但这几者又没有严格的区分。有人从社会学的

----

① 《杜威教育论著选》，华东师范大学出版社 1981 年版，第 32 页。
② 王彦力：《对话：杜威与中国教育》，教育科学出版社 2008 年版，第 40 页。

角度谈及儿童教育，有人从儿童教育的角度谈及儿童文学。用"儿童本位"一词的不一定就有儿童本位的思想；有儿童本位思想的也可能没有用"儿童本位"一词。周作人在 1914 年 6 月 20 日刊出的《绍兴县教育会月刊》第 9 号上发表《学校成绩展览会意见书》中说："今对于征集成绩品之希望，在于保存本真，以儿童为本位，而本会审查之标准，即以此而行之。"① 在同年 9 月 20 日刊行的同一刊物第 10 号的《小学校成绩展览会杂记》中，作者结合展览会的实际又一次重申："此次展览出品，图画手工数为最多，通览全体，成绩颇佳，但意匠枯窘，造形配色无自由活动之气。绘画手工，非仅为将来工艺之应用，于练习儿童之观察感觉与习作之能所恃尤多。今倘于此不以儿童为本位，非执著于实利，则偏主于风雅，如此制作，纵至精美，亦犹匠人之几案，画工之丹青，于艺术教育之的去之已远"，② 取的是儿童文学、儿童艺术的角度。由于作者当时尚声名未著，发表文章的刊物又是一县级会刊，未在学界引起反响。鲁迅在 1919 年 11 月出版的《新青年》上发表的《我们现在怎样做父亲》中说："往昔的欧人对于孩子的误解，是以为成人的预备；中国人的误解，是以为缩小的成人。直到近来，经过许多学者的研究，才知道孩子的世界与成人截然不同；倘不先行理解，一味蛮做，便大碍于孩子的发达。所以一切设施，都应该以孩子为本位"，③ 取的主要是社会学、教育学的角度；严既澄在 1921 年出版的《教育杂志·讲演号》上发表的《儿童文学在儿童教育上之价值》中说："简单一句，现代的西洋教育，再没有不顾全儿童生活，不拿儿

———————————

① 周作人：《学校成绩展览会意见书》，见《周作人散文全集》1 卷，第 369 页。

② 周作人：《小学校成绩展览会杂记》，见《周作人散文全集》1 卷，第 375 页。

③ 鲁迅：《我们现在怎样做父亲》，见王泉根编《中国现代儿童文学文论选》，第 28 页。

童做本位的了"，① 取的是儿童教育、儿童文学视角；郭沫若在写于1922年1月的《儿童文学之管见》中说："儿童文学，无论采用何种形式（童话、童谣、词曲），是用儿童本位的文字，由儿童的感官以直愬于其精神堂奥，准依儿童心理的创造性的与情感之艺术"，② 郑振铎1922年8月在宁波《时事公报》上刊载的《儿童文学的教授法》中说："儿童文学是儿童的——便是以儿童为本位，儿童所喜欢看所能看的文学"，③ 取的是较严格的儿童文学的角度。周作人1920年在北京孔德学校所做的《儿童的文学》的讲演，虽然没有用"本位"一词，但反对将儿童视为缩小的成人，反对将儿童视为成人的附庸，认为儿童是完全是个体，有自己独立的内外两面的生活，和杜威儿童中心的主张是完全一致的。尤其值得注意的是，就在说完这段话之后，周作人马上转到了"复演说"：儿童不同于成人，他有自己的独立的内外两面的生活，这种生活内容是什么呢？"照进化论讲来，人类的个体发生程序和系统发生的程序相同……儿童学上的许多事情可以借了人类学上的事项来说明"，"儿童本位论"与"复演说"就被这样不着痕迹地联系起来了。这一认识得到许多人的认同。之后，郑振铎、茅盾、郭沫若、朱鼎文等谈儿童文学，几乎全循这一思路，连文字差不多都是周作人上述两段话的复制。在中国儿童文学走向自觉、独立的途中，"儿童本位论"与"复演说"是两面并列的但又常常合在一起使用的旗帜。

儿童观念的这种变化很快在儿童文学领域中反映出来。因为主张儿童是相对独立的个体，有自己独立的精神需求，不能强行将成人的意志往儿童的脑袋里灌，"复演说"和"儿童本位论"都主张儿童要有自己的文学。但这种文学是什么样的文学，儿童

---

① 严既澄：《儿童文学在儿童教育上之价值》，《中国现代儿童文学论选》，第61页。

② 郭沫若：《儿童文学之管见》，《中国现代儿童文学论选》，第206页。

③ 郑振铎：《儿童文学的教授法》，《中国现代儿童文学论选》，第213页。

本位论一开始是不大拿得准的。因为它毕竟是一种教育理论。这方面，倒是"复演说"显得底气十足。"复演说"本来是一种文化、美学理论。比之"儿童本位论"，"复演说"是一种更易被文学化的叙事方式，在漫长的历史中，又有众多的神话、童话、传说、故事、歌谣等作基础，显得积淀丰厚。所以，当"复演说"以"儿童本位论"为依恃，将古老的民间文学引入儿童生活时，"儿童本位论"也借助"复演说"，接通了历史，将自己植入传统或将传统拉向自己，完成了对民间传说、故事、歌谣的认同，将它们看成儿童的恩物，从此不再只是一种儿童教育理论，变得也是一种儿童文学的理论了。周作人向来推崇"复演说"，他接受"儿童本位论"是为他建立在"复演说"基础上的"童话"理论找到现实支撑，更加名正言顺地将传统的民间童话、歌谣等引进现实的儿童阅读；胡适原与"复演说"无涉，后来也倾向同意搜集民间童话、歌谣给儿童看，受点毒害也不要紧，以后再慢慢爬出来，更像是在现实文化中找不到供儿童阅读的东西所作的一种不得已的选择。所以，在民国初至五四后相当长的一段时间里，许多人谈儿童文学都以儿童本位论为立论基础，但谈及的具体作品，仍多是传统的民间童话、故事、歌谣。直到 30 年代，创作性儿童文学大量出现，"复演说"才淡出人们的视野。不过此时，随着红色儿童文学的兴起，不仅要求文学反映现实而且要求文学服务于现实的阶级斗争，不仅"复演说"，连"儿童本位论"也显得不合时宜了。

但"儿童本位论"和"复演说"的不同也是非常明显的。"复演说"主要是一种文化、美学理论，它更多谈及"童年"，包括群体的童年、个体的童年以及它们之间的对比和联系；"儿童本位论"主要是一种教育理论，它更多谈"儿童"，谈儿童与成人的区别及儿童独特的精神需要。它们都推崇儿童，强调儿童的独立性及童年作为一个阶段的价值，晚清至五四"复演说"对童年的叙述多是回望式的，其童年观主要是一种退化论的童年观，即认为价值在过去，在原始社会、乡村生活，童年是社会人生最美的时间，现代社会、都市、成人社会都是堕落，成为罪恶的渊薮。理想的生活就是回到原始社会、回到农村、回到童年去。"儿童本位论"的儿童观主要取进化论，是向前看的。进化论认为世界是变化的，不是越变越差而是越变越好。变化的动因主要不在外部而在内部，物竞天择，适者生存，外因通过内因起作用。不仅人类、社会的发展是这样，个体的学习、成长也是这样。在获得经验的过程中，人在不断的试探中，淘汰错误的、不合适环境的经验，保留发展正确的、适应环境的经验，正是在这种经验重组的过程中，人不断地适应环境也让环境适应自己，使自己能在成长的道路上不断地向上攀登。[①]"复演说"将童年作为一个美学范畴予以赞美和欣赏，其出发点主要是成人的。"儿童本位论"讨论儿童教育，讨论儿童成长，其目标主要是从现实的儿童出发且落实于儿童自身的。既从现实的具体的儿童出发，"儿童本位论"视野中的儿童文学虽不排斥世代流传的、具有超时空特点的民间童话、童谣，但更注重儿童现实的、具体的精神需求，更希望具体地反映现实生活、与儿童的实际成长相契合的作品。所以，和"复演说"注重传统民间文学的搜集整理不同，"儿童本位论"更倾向现实的儿童文学创作，更接近一种创作性儿童文学的理论。虽然 30 年代以后"复演说"和"儿童本位论"都走向式微，但原因并不完全相同。"复演说"的式微是由于创作性儿童文学的兴起，与现实不相适应；"儿童本位论"的式微则主要是其强调儿童中心，被红色文学的阶级斗争理论所排斥。但它们代表的儿童观和创作原则都会在以后的创作和理论中一再地表现出来。

---

① 参见［美］G. 齐科《第二次达尔文革命——用进化论解释人类学习的过程》，赖春、赵勇译，华东师范大学出版社 2007 年版。

二 作为对话理论的"儿童本位论"

在中国，杜威的教育理论首先是作为一种新颖的教学方法引起人们的极大关注的。"从前的教育，只知应该如何教人，不知研究人应该如何教"，这句翻译得含义并不十分清晰的话传递的意思大致是，传统教育的教学内容、方法都是教师、教材决定的，教师的全部努力就是将想办法把这些内容灌输到学生的脑子里去，却从未想到这些内容是否符合儿童需求，儿童是否有兴致、有能力把握这些内容，这些内容对儿童的成长是否真的有益处。即是说，这一教育的出发点是社会、成人、教师，而不是实际的接受者。可杜威认为，知识的接受就是经验的重组，是在接受者自身心理中发生的，不了解接受者，不从接受者自身出发，怎么知道他需要什么经验呢？接受者自己不感兴趣，或心理经验和外来知识完全不同构，没有能力、没有兴趣接受这些外来知识，怎能对自己的经验进行重组呢？所以教育要来一次哥白尼式的颠倒，将教育的主体、出发点放到儿童、学生、接受者一边来，是老师围着学生转而非学生围着老师转，以学生为中心来组织整个教学活动。对于传统的教学理论，这无疑是一次大颠覆。而传统教育理论符合常识，深入人心，打破这种常识性的教育观念，产生地震式的效果就不难理解了。

这方面，文学，尤其是儿童文学，有着与教育相类似的命运。本来，文学是一种对话，对话的内容、主题、对话方式是由对话的双方确定的。尤其是像儿童文学这样的文学类型，是先确定了大致的读者范围而后进行创作的，自然要更需了解读者的精神需求，从儿童自身出发确定给他们阅读的作品的内容和形式。但在传统的与儿童有关的文学中，对话变成了独白，一言堂，完全由作者、叙述者控制着，成了一种单向的从作者到读者的宣讲和灌输。"以前人对儿童不能正当理解，不是将他当做缩小的成人，拿'圣经贤传'尽量的灌下去，便是将他看做不完全的小人，说小孩子懂得什么，一笔抹杀，不去理他。"① 旧时的读经不必说了，一般我们也不将它们视为文学阅读；就是一些文学作品，如《千家诗》、《唐诗三百首》，诗自是好诗，但许多却不切合儿童的审美能力和经验。就是一些民间童话、故事，大多也是从成人出发，表现成人社会的经验，从社会、成人的角度对儿童进行教育的。更重要的，在这些作品中，从成人出发、从成人的角度对儿童进行灌输的并不只是内容，它们已将成人对儿童的权力转变为一种形式，通过文本、叙事表现出来。比如《虎媪传》（一些地方称《狼外婆》），这是民间文学中最具儿童文学特点的作品，但就在这样一篇作品中，表现出来的也主要是作为成人的叙述者的声音。作品通过姐弟二人被虎媪所骗，误入虎穴，弟弟被虎媪所吃，姐姐历尽艰险终于逃了出来，并使虎媪受到惩罚的故事，告诉读者，恶人常常装扮成好人来害人，为人处世不能太天真，要有戒备的心理，否则会受骗上当，甚至招来杀身之祸。但真正遇见了坏人也不要慌张，只要沉着、机智、勇敢地应对，装扮得再巧妙的坏人也会被识破并有可能被战胜的。内容对儿童有教育意义，故事也编织得惊险曲折，引人入胜。但仔细辨别还是会发现，这个故事表现的是一种来自成人的社会经验，描写的是一个儿童尚不熟悉的领域。面对这样的故事，儿童读者只能扮演一个聆听的角色。故事采取的是高视点权威叙述，使用的是拟人化的人物形象，是儿童不熟悉也不可能熟悉的环境和人物，所以他们只能让叙述者引导着走，接受是被动的而不是主动的。这样，文本之外"现实作者"和"现实读者"间的不平等便内化在文本中，通过隐含读者、叙述者和叙述接受者、隐含读者间的不平等落实下来、体现出来了。这种以社会、成人为中心为主导的表现方式体现在几乎所有以儿童为读者对象的传统儿童文学文

---

① 周作人：《儿童的文学》，见《周作人散文全集》2 卷，第 272 页。

本中。

　　不能说传统文学完全不重视读者，也不能说儿童读者在传统儿童文学中全是缺席的。传统文学也是需要读者的，就像布道需要信徒、讲演和说书需要听众一样。读《虎媪传》等作品，可以清楚地感到一个清醒、练达的叙述者在向小读者讲故事，借助故事为读者指点迷津，引导读者一点点接受作者的全套价值观。黑塞曾说：在有些作品中，读者和作品的关系类似马和马槽的关系或马和马车夫的关系。马和马槽的关系是给什么吃什么；马和马车夫的关系就是作品往哪儿引读者就向哪儿去，读者是完全被动的。所以，传统文学并不是不要和不重视读者，而是不要、不重视读者的主动性，只将读者作为被诉诸和进行塑造的对象，徒有对话的形式而无对话的实际，作品完全是独白式的。这不独儿童文学为然，但在儿童文学中表现得尤为明显。这里有传统文学不尊重读者在文学活动中的地位、不注意发挥读者在文学对话中的主动性的原因，也有儿童文学作家作为一个群体与作为一个群体的儿童读者间在知识、文化、审美能力等方面较大的落差、儿童文学在一定程度上对儿童的成长负有引导的责任有关。这种不甚平等的对话方式并非全无合理性，所以在儿童文学走向自觉后还会一再地表现出来，这也使杜威的理论一次又一次地成为被争论的对象。

　　真正理解杜威的儿童中心主义对儿童文学的意义必须进一步深入到这一理论对读者接受的内在机制的揭示中去。为什么教育要以受教育者为本位？为什么不应是学生围着老师转而应该是老师围着学生转？传统教育要求学生围着老师转，除意识形态等方面的原因外，从教育学自身说就是不了解知识如何获得的自身机制，把学生看做一张白纸，可以任意涂抹；将学生看作一个容器，可以按自己的意愿随意地把自己认为他需要的东西往里面塞。可杜威认为这是不对的。人不仅是有文化的而且是进化的，他作为人一来到这个世界就带有和其他动物不同的基因。知识获得是从学习者内部发生的，要使学习顺利地成功地进行就必须了解学习者原先的经验，通过输入的知识和学习者原有的知识模式发生作用，或顺应，或同化，最后导致学习者知识模式的变化，如此不断地从较低层次走向较高层次。犹如一株植物，它能生长是因为它包含了生长的要求，包含了生长的阶段和节律，外在的力量，如浇水施肥，能促使这一节律的完成而无法把外在的节律强加于它。植物的节律也不是绝对不变的，如转基因，但这种变化也要从物体内部进行，否则就变成"揠苗助长"，胡乱嫁接。审美经验的获得总体上遵循的是相同的路线。乔治·普莱在《阅读的现象学》中说："这是通过阅读行为在我身上产生的非凡的转变。它不仅使得环绕我的那些物质对象，包括我正在阅读的这本书的消失，而且它用许多同我自己意识紧密联系的精神对象，取代了那些外在的对象。可是，我与对象共处的这种密切关系，又将向我提出新的问题。其中最令人好奇的是下列问题：我是某个人，这个人正巧有他的思想，这些思想是他自己思考的对象，而这些思想又是我正在阅读的书的一部分，因此是另一个人的思想。它们是另一个人的思想，然而我是这些思想的主体……我被另一个思想奇特地侵入，我就成了思考他人思想的经验的一个自我，我成了我思想之外的思想的主体。我的意识好像是另一个人的意识。"[1] 这些论述显然受到杜威的影响，有着杜威学习是学习者自身经验重组理论的影子。

　　既然如此，一种成功的教育就必须首先了解接受教育者先在的经验结构，了解他的知识基础，学习能力，发展趋向，尤其是学习者自身的兴趣，因为只有学习者自身经验模式的激活，才能找到学习的深层动力。文学阅读主要不是知识获得，不是理论学习，不是通过学校里有计划、有组织、有系统的方式进行的，自

---

　　① ［比利时］乔治·普莱：《阅读的现象学》，见《现代西方文论选》，漓江出版社1991年版，第5页。

然更其如此。传统教育、文学不尊重接受者，客观上他们不知道读者的审美心理究竟是什么，更无法对不同群体、不同个体的接受心理进行区别。20 世纪初，周作人等人力倡"复演说"，可以看作是这方面一次较为自觉的探索。"儿童是自我中心的"，"儿童都是相信万物有灵的"，"儿童都是小野蛮"，"幻想能力强而推理能力弱"，"因为不理解事物就变成事物"，如此等等，虽然是在与原始人比较的意义上说的，但却把握住了儿童的一些文化/心理特征，在思维—心理—文化层面对儿童与成人作了一些大致的区别。不管这些论述是否准确，这些区分是否为每个人所同意，它毕竟表明人们开始了对儿童特殊心理、个性的研究，开始了从儿童自身出发的儿童文学阅读心理学。在此以后，儿童学习心理研究、儿童个性心理研究、儿童审美心理研究便被一步步地深入。如 20 世纪上半叶兴起的精神分析理论，不同意以往人们关于童年是一个单纯幼稚、无忧无虑的时期的描述，认为儿童受俄狄浦斯情结的影响，有弑父娶母的倾向，因此受到父亲的强大压抑，时时处在一种被阉割的焦虑与恐惧中，童话和儿童文学的任务就是将这些恐惧召唤出来，赋之以形式，一旦有了形式，成为一个可审视可认识的对象，恐惧与焦虑也就被化解了。这就是童话、儿童文学在人的成长中的作用。这些内容要到 20 世纪60 年代的接受美学中才能得到全面的论述，但杜威的儿童中心主义对此多少已有所涉及，成为接受美学的前驱。

但杜威并没有否认环境、成人、教师在儿童文学中的作用。"成人有意识的控制未成熟者所受的教育，唯一的方法就是控制他们的环境，他们在这个环境中行动、思考和感受。"[①] 在教育活动中尊重受教育者，从受教育者出发，以受教育者为中心组织教育活动，并不意味着教育是由受教育者所决定的。以受教育者为中心，了解受教育者的经验、兴趣、能力，将被动地受教育变

---

① 《杜威教育论著选》，第 150 页。

成主动的受教育，谁来了解？谁来规划？谁来执行？这一切无疑仍是由成人主导进行的。将儿童教育、儿童文学看作一种对话，社会、教师、成人无疑仍是对话的决定因素。就在儿童文学文体内部，在隐含作家—隐含读者这一对矛盾中，隐含作者无疑仍起着引导作用。在《儿童文学的乐趣》中，佩里·诺德曼等引维特高斯基的话，提出一个"最近发展"的概念。"该区域位于孩子已经知道能够自然做到的事情和需要别人来帮助才能学习的事情之间——尤其是像老师和家长这样比孩子懂得更多的人。学习就发生在该区域之中，教师要想办法让学生从已知的知识转向新的知识……教师计算出儿童最近的发展区域，然后提供一个平台——一个相互协作和连续的设备——引导孩子通向新的理解。"① 这也完全适用儿童文学。

三　作为成长理论的"儿童本位论"

"儿童本位论"不仅是一种对话理论，更是一种涉及儿童成长的价值理论。

以往的人们将儿童看作是缩小的成人或成人的预备，不承认儿童的世界，归根到底，是不承认童年、儿童生活的价值、意义。这种观念的出发点是成人本位、社会本位。从社会的、成人的角度看，价值就是对社会生活产生作用。政治的、经济的、外交的、军事的，产生的作用越大，越进步，价值便越大。在这样视野里，童年自然就是一个纯消费期。儿童年龄还小，不能直接生产劳动，也不能直接参与多种社会活动，不能为社会创造财富。不仅不能创造财富还需要成人照顾，还需要父母花钱送他上学。上学读书不直接创造财富，其意义只是为未来的创造财富作准备。这有点儿像"投资"，投资有无意义，意义是大是小，全

---

① ［加］佩里·诺德曼、梅维斯·雷默：《儿童文学的乐趣》，第152页。

由将来的"收益"来判定。在长期的小农经济社会里，社会生产力低下，社会变化、进步缓慢，整个社会的精神都似处在儿童期，人们不大会意识到儿童与成人的区别；即使意识到，也是他们年龄小、经验少，不能直接从事社会生产和其他活动，要做的就是尽量地缩短它。如农村的孩子约八九岁就帮助父母干活，十五六岁就要娶妻或嫁人。在生产力低下、社会技术简单、人只要长到一定年龄有了体力就能胜任的条件下，形成这样的看法，是很自然的，甚至是很难避免的。

但如果换一个角度，不是从社会的、成人的、物质生产和财富获得的角度来看童年、儿童，而是从个体的、人生的角度着眼，我们对童年、对儿童是否会获得一些新的看法呢？远在古希腊，炼金术士曾从生理—心理的角度列出一张表，表明生命的不同阶段和人的性格的关系：[1]

春季	夏季	秋季	冬季
童年期 0—14 岁	青年期 14—25 岁	成年期 25—42 岁	老年期 42 岁以上
湿而热	干而热	干而冷	冷而湿
主要性格：多血质	主要性格：黄胆质	主要性格：黑胆质	主要性格：淋巴质
次要性格：淋巴质	次要性格：多血质	次要性格：黄胆质	次要性格：黑胆质

可以看出，由于着眼点不同，这张表列出的人生的不同阶段、不同性格虽然不同但彼此间并无主次之分或谁从属谁的关系。春、夏、秋、冬也好，湿而热、干而热、干而冷、冷而湿也好，都是某些特征的象征性描述，并未从价值上对它们进行明显的褒贬。毕达哥拉斯更将人生的各个阶段并列着，对童年进行诗一般的歌颂：

① ［法］让－皮埃尔·内罗杜：《古罗马的儿童》，第 11 页。

你们难道没有发现，一年中各个季节前后相继就像生命的四个阶段吗？春天的来临如同一个吮吸着母乳的稚嫩的婴儿的降生；此时，小草发芽，草叶嫩而软，汁液饱满；农夫们见到小草非常喜悦，因为这是他们的希望。接着，许多植物绽放花朵，五彩缤纷；树叶还很稚嫩，肥沃的土地上一片欣欣向荣的景象。①

但进入中世纪以后，这种将人生划分成不同阶段、并列着探讨它们不同特点的努力并没有进行下去，相反，从社会学的角度着眼，将童年作为一个预备期从属于成年的观念却加强了。后来的浪漫主义者赞美童年，是将"童年"作为一个美学范畴来使用的；而对现实生活中的"儿童"，甚至没有像一些现实主义作家如狄更斯那样，表现出真诚的关注。杜威不同。杜威是一个教育家，他是真正从儿童自身出发的，以科学的方法探讨儿童教育，对教育和儿童都有新的理解。

谈教育免不了要谈及教育的出发点，即为什么要进行教育。1949 年以后，杜威在中国受到严厉批评，最先的发难处也在这个出发点上，因为杜威主张教育之外无目的。"我们探索教育目的时，并不要到教育过程之外去寻找一个目的，我们整个教育观点不允许这样做。"② 教育不要到教育过程之外去寻找一个目的，这就把许多以教育为手段去达到自己利益的目的都悬搁起来了，而这恰是许多人进行教育的出发点和归宿。"当社会关系不平等、不均衡时……社会的某部分人将会发现他们的目的是由外来的命令决定的；他们的目的并不是从他们自己的经验自由发展而来，他们有名无实的目的，并不真是他们自己的目的，而只是达到别人隐藏着的目的的手段"；"教育本身无目的。只是人，即

---

① ［法］让－皮埃尔·内罗杜：《古罗马的儿童》，第 12 页。
② 《杜威教育论著选》，第 169 页。

家长和教师等，才有目的。"① 这自然将家长、教师等成人也悬搁起来了。引申到文学中来，应该就是王尔德所说的"为艺术而艺术"的含义。1923 年，周作人有感于《小朋友》第 70 期"提倡国货号"，忍不住要表示抗议，说"这不是儿童的书了"。"我们对于教育的希望是把儿童变成一个正当的'人'，而现在的教育却想把他变成一个忠实的顺民，这是极大的谬误。"② 不料这"谬误"在五四后没有收敛而是急剧的膨胀开来，这又显示出杜威理论巨大的现实性。

　　教育既无外在的目的，为什么还要教育？悬搁教育的外在目的恰是为了回到教育自身。教育是为着人的生长，生长即是目的。"教育是生活的过程，而不是将来生活的预备。"③ "常态的儿童和常态的成人，都在不断生长，他们的区别不是生长和不生长的区别，而是各有适合于不同情况的不同的生长方式。"④ 这样，人，人的生活，人的和谐发展便成了教育的尺度。五四时期，周作人提倡人的文学，也是实然转换了视角，从社会本位、"上"本位、官本位突然转到人本位，将"文"所载之"道"统统悬搁起来，以人为本位，将人，即作为个体的人作为出发点和归宿，如古希腊人说的，人是万物的尺度，是存在的事物存在的尺度，也是不存在的事物不存在的尺度，由此建立起自己的人道主义的文学观。"我所说的人道主义，并非世间所谓的'悲天悯人'和'博施众济'的慈善主义，乃是一种个人主义的人间本位主义。"⑤ "个人主义的人间本位主义"，不是强调神，不是强调来世，不是强调人类社会之外的什么东西；而这"人间"又是由一个个具体的个人构成的，不能将人抽象化，在个体之外

---

① 《杜威教育论著选》，第 169—170 页。
② 周作人：《关于儿童的书》，见《周作散文全集》3 卷，第 192 页。
③ 《杜威教育论著选》，第 4 页。
④ 同上书，第 155 页。
⑤ 周作人：《人的文学》，见《周作人散文全集》2 卷，第 88 页。

去强调什么社会的阶级的集团的利益，个人应是出发点和归宿，从神本位到人本位，从"上"本位、官本位到民本位，从阶级本位集团本位到个体本位，这既是教育上的划时代的变化，也是中国文学中具有划时代意义的变化。

　　这距离儿童本位只有一步之遥了。以人为本位，以具体的个人为本位，具体的个人又有不同的人生阶段，哪一阶段都不应该成为另外阶段的附庸。于是，继"人"的发现之后又有妇女、儿童的发现。杜威说："当我们不把成人成就作为固定标准进行比较，来解释未成熟状态时，就不得不放弃把未成熟状态看作缺乏所需要的特征的见解。抛弃了这种见解，我们也就不得不放弃一种习惯，把教学看作把知识灌进等待装载的心理的和道德的洞穴中去填补这个缺陷的方法。因为生活就是生活，所以一个人在一个阶段的生活，和在另一个阶段的生活，是同样真实，同样积极的，这两个阶段的生活，内容同样丰富，地位同样重要。因此，教育就是不问年龄大小、提供保证生长或充分生活的条件的事业。"① 五四时期，周作人也说："因为全生活只是一个生长，我们不能指定那一截的时期是真正的生活。我以为顺应自然的生活各期——生长、成熟、老死，都是真正的生活。"② 生命的意义在何处？不是为外在的神，不是为吾皇的江山永固，不是为外在的功名事业，而在自身的充实、和谐。既如此，以儿童为对象的教学，儿童文学的目的自然就是儿童自身的充实、和谐，自然就是儿童自身的生长，作为成长理论的"儿童本位论"的含义也在此。

　　进一步的问题就是，童年生长的具体内容是什么？什么样的童年才是充实、完满、和谐的童年？什么样的儿童教育、儿童文学才能促成童年的充实、完满及和谐？无论是杜威还是周作人，

---

① 《杜威教育论著选》，第 156 页。
② 周作人：《儿童的文学》，见《周作人散文全集》2 卷，第 273 页。

他们对这一问题都没有作出确定的回答，因为这是一个无法给出确定答案的问题。人是一种时间中的存在，不仅受到生物的、自然环境的影响，更受到社会的、历史的、文化的影响，不仅每个时代的人生不一样，每个个人的人生也不一样。生长有千万种方式，充实、和谐也有千万种方式，每个个体都应寻找最适合自己生长的方式和道路。或许是受到一般的动物的幼年都有游戏、个体是在游戏中学习生长的理论的影响，儿童本位论的主张者也特别强调游戏、趣味在儿童生活中的地位，更将兴趣、趣味作为儿童文学的主要美学取向。杜威说："兴趣是生长中的能力的信号和象征……兴趣不应予以放任，也不应予以压抑。压抑兴趣等于以成年人代替儿童，这就减弱了心智的好奇心和灵敏性，压抑了创造性，并使兴趣僵化。放任兴趣等于以暂时的东西代替永久的东西。兴趣总是一些隐藏着能力的信号，重要的事情是发现这些能力。"① 周作人等谈儿童文学，也一再引述麦克林托（冬）《小说的童年》中的一段话："据麦克林托说，儿童的想像如被迫压，他将失去一切的兴味，变成枯燥的唯物的人；但如被放纵，又将变成梦想家，他们的心力都不中用了。所以，小学校里的正当的文学教育，有这样三种作用：（1）顺应满足儿童之本能的兴趣与趣味；（2）培养并指导那些趣味；（3）唤起以前没有的新的兴趣和趣味。"② 很显然，无论是杜威还是周作人，他们都没有将兴趣或趣味仅当作一种教育手段，如后来一些人将它们视为包裹药物的"糖衣"那样。他们是从生命本体、从"隐藏着能力的信号"的角度来看待兴趣和趣味的。这种趣味性、游戏性可以从儿童生活与社会现实的天然距离等角度予以解释。但这只是儿童生活的一个方面，我们不能因此而将儿童生活游戏化、本质化。在弗洛伊德理论中，儿童期就是一个充满了压抑和

① 《杜威教育论著选》，第 10 页。
② 周作人：《儿童的文学》，见《周作人散文全集》2 卷，第 275 页。

焦虑的阶段，深入思考，它们一样具有真实性。

童年的意义内在于童年自身，但这绝不是说童年是自我封闭的，童年与人生的其他阶段是隔绝的。童年是人生的一个阶段。生命的充实、完满包含了童年的充实、完满；童年的充实也有赖于生命整体的充实、完满。童年不只是成年的一个预备期，自身没有意义，但童年无疑包含着对成年的预备。人和一般动物不同，一个重要的表现就在它有一个长长的童年。在童年这段时间，人不仅可以用以完成身体的成长，更重要的是用以学习前人的经验、文化，在前人已经取得的成就的基础上前进，而不需像一般动物一样，每一次都从头开始。只是，这种预备不应该看作是外在于童年的，而应该看作童年生活的一部分。就好像一条小溪，不能以为它的存在就是为江河湖海提供水源，本身没有意义；但如果反过来，它不流向江河湖海，只在山间变成一潭死水，还能叫做小溪吗？春天的意义也不只是为着秋天的收获，但完全离开秋天的收获，春天的意义又在哪里呢？今天有今天的意义，不能把今天全看作是明天的准备，但今天确实又是包含了明天，而且正因为包含了明天指向明天才叫今天。同样，也只有从整个人生的高度出发，才能理解童年的意义。

四　作为社会—文化理论的"儿童本位论"

杜威的儿童本位论主要是一种教育—教学理论，在五四时的中国，经过周作人、胡适等鼓吹推演，与文化人类学、"复演说"相融合，才变成一种儿童文学理论。但如果稍深一步，就会发现它不仅是一种教育理论、文学理论，甚至不仅是一种儿童成长的理论，更是一种社会—文化理论，这种社会—文化理论便是西方以个人为本位的自由—民主理念，一种以自由、民主为核心的关于人、关于社会、关于社会和个人关系的价值理论。

杜威谈儿童中心、儿童教育，本来就是在民主制度、民主理念的背景下进行的。他不仅在许多论著中谈及教育与民主政体的关系，一些书还是以此为专题的，如《学校与社会》（1990）、《明日之学校》（1915）、《民主主义与教育》（1916）、《自由主义与社会行动》（1935）、《阶级斗争与民主道路》（1936）、《教育和社会秩序》（1939）、《自由与文化》（1939）、《人的问题》（1946）等。作者认为，教育和社会体制是紧密地联系着的。"在野蛮社会，依靠某种组织，维持成人对团体的忠心。他们依靠同样的组织，向青少年灌输必需的倾向。除了在吸收青少年为正式的社会成员的入社仪式中所进行的教导以外，他们并无特别的方法、材料或制度，用来进行教育。他们多半依靠儿童通过参与成人所做的事去学习成人的风俗，获得他们的情感倾向的种种观念"①，目的是"训练儿童恭顺，小心从事因为命令去做而不得不做的功课，不管目的在哪里，这是适合贵族社会的教育，这些性格特点，都是国民生活和各种制度都由一个首领去策划和管理的国家需要的"。② 而现代的民主社会却不同。"一个民选的政府，除非选举人和受统治的人都受过教育，这种政府是不能成功的。民主的社会既然否定外部权威的原则，就必须用自愿的倾向和兴趣来替代它；而自愿的倾向和兴趣，只有通过教育才能形成。但是还有一种更深刻的解释：民主主义不仅是一种政府的形式；它首先是一种联合生活方式，是一种共同交流经验的方式。各个人参与某一种有兴趣的事，每个人必须使自己的行动参照别人的行动，必须考虑到别人的行动，使自己的行动有意义和有方向，这样人大量地在空间上扩大开去，就等于打破阶级、种族和国家之间的屏障，这些屏障过去使人们看不到他们活动的全部意义。"③ 这有些类似于中国人所说的"同而不和"和"和而

---

① 《杜威教育论著选》，第 146 页。
② 同上书，第 137 页。
③ 同上书，第 163 页。

不同"的区别。"同而不和",社会造成单一同质的个体,个体不同但是服从和奉行建立在欲望、私利基础上的相同价值观。为了私利他们可以沆瀣一气,但私利的追求又使他们将"一气"变成手段,一旦利益歧异,必然走向分裂、"不和",这种不和又为统治者的分而治之提供机会。在一定意义上,"同而不和"是统治阶级制造出来的,是符合他们利益的。"和而不同",组成群体的个体是人格独立的。他们有自己的个性、自己的追求,他们知道自己的利益但也尊重别人的利益。"己所不欲,勿施于人",因维护自己的利益首先要尊重别人的利益,由此形成一个多元而和谐的群体。专制社会容易"同而不和",而现在公民社会则倾向"和而不同"。

中国五四的先驱者正是从现代文明、现代公民社会的角度来接受杜威的儿童本位论等教育理论的。五四时期引入中国的并非只有杜威的哲学、教育理论,杜威的理论也不是直到五四才进入中国的。早在1916年,《教育杂志》就有专文对杜威的理论进行了介绍,但直到五四运动的高潮期,杜威理论才突然受到极大的关注。这里有杜威来华讲学的因素,有中国教育自身发展的因素,更有社会变动的因素。五四文学最闪亮的旗帜是周作人的"人的文学",而集中表现"人的文学"的三篇论文《人的文学》(1918)、《平民的文学》(1920)、《儿童的文学》(1920)是一个整体。钱理群说:"人们在评价周作人五四时期的历史功绩时,经常提到《人的文学》、《平民的文学》,却忽略了他的另一篇重要演讲:《儿童的文学》。在我看来,正是这三篇文章才构成一个完整的人道主义思想体系,对五四思想革命与文学革命产生了深远的影响。周作人的《儿童的文学》更成为儿童热的思想纲领。"① 作为一个完整的思想体系,周作人文学主张的最大特点不是在传统文化的体系内进行改革、调整,而是整个地转

---

① 钱理群:《周作人研究二十一讲》,中华书局2004年版,第49页。

变立场、视角，在传统文化外另立了一个尺度，从社会本位、贵族本位、男性本位、老者本位转到个人本位、平民本位、女性本位、儿童本位，将传统秩序整个地悬搁和颠覆了。"我说的人道主义，是从个人做起。要讲人道，爱人类，便需先使自己有人的资格，占得人的位置。"① 自己没有挣得做人的资格，怎么去讲人道？不将别人作为一个独立的个体，怎么样去爱人类？将动物关在笼子里豢养，既不人道也不兽道。讲人道，讲兽道，就是让它们作为它们自己找到自己在自然界的位置。个人主义的人间本位主义就是将人做回人，将女性做回女性，将儿童做回儿童。人的发现是儿童发现的前提，儿童的发现是人的发现的具体体现。

这和五四时代精神是完全一致的。或者说，周作人的"人的文学"是五四时代精神一种集中的体现。中国传统社会是一个建立在小农经济基础上的宗法制社会，突出特点是等级森严，集权专制。君为臣纲，夫为妻纲，父为子纲，以上驭下，以男驭女，以老驭幼，由此形成一整套象征秩序，反过来又保证和维护了专制集权社会体制的运行。五四新文化首先反对的就是这套象征秩序。杜威理论提供了以个人平等为基础的象征秩序，它虽然主要是一套教育理论，但其基础和目标却是一种新型的民主主义的社会理论和民主主义的公民理论，所以和五四精神一拍即合。这就解释了五四时期的"儿童热"，即在一段时间里，突然有那么多的文化巨人都对儿童、儿童文学表现出那么高的热情。胡适、周作人、鲁迅、郭沫若、茅盾、郑振铎、叶圣陶、冰心、黎锦晖、俞平伯、徐玉诺、王鲁彦、凌叔华等，或奔走呼吁，或自发议论，或亲自参加翻译、编辑、教学、创作。朱自清后来曾说五四时期有一个"儿童文学运动"。五四先驱者都是将儿童文学既当作儿童文学又不全是儿童文学来看待的。他们通过儿童文学关心儿童关心人，因为关心人所以关心儿童和儿童文学。恩格斯

---

① 周作人：《人的文学》，见《周作人散文全集》2 卷，第 88 页。

曾说妇女的解放是社会解放的尺度，这话也适用于儿童。周作人在《人的文学》中追溯"人的发现"的历史，"妇女和小儿"是最后被发现的。五四的思想解放运动导致中国儿童的被发现，儿童的被发现又促进了五四的思想解放；倡导儿童本位，既是当时人们批判、解构传统文化的策略、手段，也是颠覆传统文化建立公民社会和民主社会的目的。

　　放在一个更大范围内，"儿童本位论"不止被引申为一种社会理论，更能被引申为一种文化理论。因为较少受到濡染，儿童／成人的二元对立常被引申为自然／文化的二元对立，所以，当人们绝望于成人社会的文化时，常常幻想逃到自然、儿童的世界中去。英国的湖畔派是一个例子，法国的卢梭更是一个例子。至20世纪初，弗洛伊德将人格看作包含了自我、本我、超我的动力系统，超我代表社会规则的内化，本我便是人的自然状态，所以儿童世界和成人世界的矛盾，有时又被类比为本我和超我的矛盾。从这一意义上说，五四时期张扬"儿童本位论"，也是自然对社会、本我对超我的一次悬搁。作为个体的成长，超我和本我应该是统一的。人不能完全由本我所操纵、驱动，那样就是动物而不是人了；人也不能完全由超我所操纵、驱动，那样就是社会机器而不是活生生的人了。但五四面对的旧文化确实有偏重超我、偏重社会对人的规约而忽视本我、忽视人的自然本性的倾向。特别是两宋以降程朱理学成为后期封建社会的主导性意识形态以后，自然生命被压制，儿童又是受影响最大的人群之一。五四批判传统文化，提倡"儿童本位论"，也是对本我、对人的自然本性的一种复活和张扬，或者说，是一种贴近人的感性生命的文化的复活和张扬。

　　这也成为我们理解五四儿童文学精神特征和艺术特征的视角。初看，五四儿童文学和当时整个文学主流表现出来的特点颇不一致。五四文学的主流是激荡的、进攻的、批评的、凌厉的，有时甚至是浮躁的。义无反顾地主张着所是，义无反顾地抨击着所非，有时来不及斟酌自己的体裁，文字不拘形式，泥沙俱下，激越昂扬却不乏粗粝，有一种冲决罗网的气势。但刚刚诞生的儿童文学，却写得轻盈、明媚、雅洁，甚至是充满温情和诗意。如冰心的《寄小读者》，歌颂童心、母爱、自然，温婉明丽、柔情似水，有时甚至觉得它们过于甜腻，表达情感的方式过于夸张、华丽、文胜于质，但在当时却疯魔了一代文学少年，成为一些人们竞相模仿的文体；黎锦晖的《三蝴蝶》、《月明之夜》、《葡萄仙子》等，以轻灵淡雅的笔致写有普遍意义的人类之爱，优美明丽直让人忘记它们产生于那个狂飙突进的时代（黎锦晖的童话产生时间略迟，严格说已超出了"五四时期"，但其精神和五四一脉相通）；叶圣陶的童话，人们较多关注《稻草人》，因为它反映了现实的苦难，是对黑暗的现实社会的抨击，但这一时期他写得更多的仍是《小白船》、《芳儿的梦》、《梧桐子》、《克宜的经历》一类作品，也是自然、童心、母爱，一片深受王尔德影响的唯美色调，和作者自己写于同一时期的《潘先生在难中》等表现灰色人生的成人小说形成了鲜明的对照。这种看似矛盾的现象其实并不矛盾，它们是一个问题的两面，同样表现着五四时代精神。五四是一个审父的时代，《狂人日记》、《尝试集》、《女神》等作品表现的浮躁凌厉、狂飙突进的文学主流就是审父意识的外在化、具体化。但在审视、解构处于主流地位的父性文化的时候，人们会情不自禁地重视边缘，走向母亲，利用边缘挑战中心、颠覆中心，出现恋母情结，就像生活中的孩子受了父亲的打骂会投向母亲怀抱，寻求母亲的支持和安慰一样。五四时期的儿童文学中温婉明丽就是出现在审父时代的恋母倾向。这种情形在 20 世纪儿童文学中还会有一次出现，那就是"文化大革命"之后，人们饱受十年浩劫父性文化的摧残折磨，心中积累了太多的压抑、痛苦、心酸、委屈，一旦有了可以表达的机会，便以向母亲倾诉的形式表现出来，如卢新华的小说《伤痕》所做的那样。《伤痕》并不是一部艺术上很成功的作品，它成为一个时代的文学的标志，不仅在于它表达的内容，也在于它表达这种内容所用的面对母亲遗像哀哀哭诉的方式。

五四是一个解放的时代，一个冲决罗网的时代，一个寻找人回归人的时代，是这个时代孕育了"儿童本位论"，"儿童本位论"反过来又成为这个大时代一个小小的表征。

五　儿童本位之后的社会规训

鼓吹学生本位以悬搁教师本位，鼓吹读者本位以悬搁作家本位，鼓吹个人本位以悬搁社会本位，"儿童本位论"在整体上对当时的象征秩序是具有颠覆性的。可多少有些让人意外的是，这一理论在当时并没有受到多大的阻拦。不仅一些著名的五四先驱者参与其中，就是一些政府机构，似也没有多少犹豫就予以接受，1922 年教育部明令规定中小学采取以儿童为本位的教育方式就是明证。在儿童文学领域，儿童本位不仅成为许多论文、著作、教科书立论的基础，还在创作领域激发新的想象，导致儿童文学整个存在状态发生了变化。

首先是"儿童本位论"和"复演说"合流导致的传统民间儿童文学搜集、整理的热潮。"复演说"主要是一种文化理论，几经改造后带有很强的美学、文学意味，但它更关心的是"童年"而非"儿童"，与现实的儿童和儿童的现实生活总隔着一层；"儿童本位论"主要是教育理论，它更关心的是"人应该如何教"，即知识如何传递而非人的感性塑造，两者合流以后，"复演说"意义上的民间儿童文学从远古、乡野走出来，走进今天的儿童生活，成为"小学校里的文学"；"儿童本位论"发现儿童的心里空间本充满蛮荒性，喜欢充满蛮荒意味的"神话遗留物"，即流传民间的童话，民间传说等是他们成长中一个跳不过去的阶段，所以，连胡适这样本与"复演说"毫无干系的人也主张尽量"搜罗"这些东西给他们看。有了这种共识以后，传统民间儿童文学的搜集、整理、推广便进入一个崭新的阶段。特别是 1921 年，周作人等在北大成立歌谣研究会，创办《歌谣周刊》，向全国征集民间歌谣，将这一运动推向高潮。《歌谣周刊》上刊登的作品，相当部分是童谣和大致适合儿童接受的其他民间歌谣。一些专门的童谣、童话、寓言、民间故事集也雨后春笋般地出版。如陈和祥搜集的《童谣大观》，以江浙童谣为主要范围，淡化政治文化的价值取向，多属"无意之意思"的作品，几乎是天然地有一种儿童本位的倾向。在"复演说"和"儿童本位论"的文化背景上重述这些作品，既实现了传统与现代的联结，又完成着传统向现代的转化。

　　创作的情形要复杂一些。20 世纪以前中国并无自觉的儿童文学创作。"复演说"将儿童文学等同原始初民之文学，儿童文学就是民间童话的搜集、整理，自然不会重视创作。虽然当时安徒生、王尔德等人的作品已介绍到中国来，但周作人将民间童话称为"天然童话"，将创作童话称为"人为童话"，褒前者贬后者之意非常明显。"儿童本位论"关注现实的儿童，从理论上说自是更贴近以现实生活为表现对象的创作而非远古、民间的传说、故事，但一则，"儿童本位论"主要是一种教育理论，推进一步也主要是一种接受理论，而与创作距离较远，其对儿童文学的影响主要是一种想象儿童共同体的观念而非直接的指导创作的理论，将这种观照世界的方式转换为作家取材、叙事的方式还需要一段时间。二则，五四一批文化先驱、作家关注儿童文学，提倡本位论，对发展儿童文学起了极大的作用，但他们的出发点仍是社会关怀，是从关怀社会、关怀人的角度去关怀儿童问题、儿童文学的，即是说是站在社会成人的角度去关心儿童、儿童文学而非真正站在儿童自身的角度、真正以儿童为本位去想象他们到底需要什么样的文学的。连周作人自己后来都说，他的一些儿童诗其实是一些关于儿童问题的论文。叶圣陶童话、冰心散文很多都是审父时代的恋母情结，是从成人出发的对儿童的赞美而非儿童视野中的世界。俞平伯《忆》、徐玉诺的儿童诗，很多都可作如是观。

但是，"儿童本位"既作为一种观照世界、想象世界的方式被提出来并得到普遍的认同，它迟早要在儿童文学的创作中表现出来。开始是《小朋友》、《儿童世界》上的一些儿童诗，后来是黎锦晖的儿童歌舞剧。戏剧是演给观众看的，接受者是直接在场的，所以必须强调剧本、演出对观众审美能力、趣味等的适应。黎锦晖儿童歌舞剧主要是在学校里演的，从儿童出发就成了剧本的一个基本的要求。虽然作者的许多作品如《三蝴蝶》、《麻雀和小孩》、《月明之夜》、《葡萄仙子》等都是童话剧，不直接写现实的儿童生活，但它们的内容都是契合儿童的成长节律的，是适合儿童需要且能为他们接受和理解的。到了 30 年代老舍的《小坡的生日》、凌叔华的《小哥儿俩》、张天翼的《大林和小林》等，儿童本位的情趣才真正地显现出来。《小坡的生日》前半部写儿童游戏，后半部写小主人公的一个梦，梦中依然是游戏，这是一个类似《爱丽丝漫游奇境记》的、浸透看游戏精神的作品。《小哥儿俩》将爱心渗透在平常的儿童生活里，有趣而且美丽。张天翼的作品大格局上有一个政治的框架，但作者对儿童心理的出色把握及杰出的叙事能力又使他能突破这个框架，使整个作品洋溢着亲切幽默的儿童情趣。这种结合使政治说教和无意思之意思在一定意义上都因对方而获益，虽然一方面也免不了使双方都显出尴尬。

但"儿童本位论"这种看似顺风顺水的遭遇却是一种假象，其内部是包含了深刻的危机的。五四是一个审父的时代。没有一个统一的强有力的中央政府，没有一个统一的强有力的国家意识形态，原来处在中心的传统文化受到批评、冲击，原来处在边缘的民间文化、女性文化、儿童文化等纷纷浮现出来，但传统文化，特别是传统文化依据的大一统思维方式并未受到大的触动，包括一些新文化的提倡者，他们猛烈地攻击旧文化、旧道德，但他们的思维方法却常常仍是大一统的。这样，当形势发生变化，旧文化的许多内容就可以藉着这种思维定势卷土重来。周作人曾说："中国是个奇怪的国度，主张不定，反复循环，在提倡儿童本位的文学之后会有读经——把某派经典装进儿歌童谣里去的运动发生，这与私塾读《大学》、《中庸》有什么区别。"① 这种倾向在 30 年代即已明显地表现出来，至五六十年代终于达至高潮。五六十年代是一个重新强调集中、统一的时代，突出社会，突出集中、一元化领导，强调"万众一心"、"步调一致才能得胜利"。落实到文学中，就是将儿童文学当作"教育儿童的文学"；落实到文本，就是重新确定隐含作家、叙述者在文本对话中主导作用，在这样的背景下，"儿童本位论"便自然地显得不合时宜，理所当然地受到批判和被抛弃了。人们不是完全没有抵抗。1952 年，抗美援朝战争时期，一些小朋友在家长、老师的指导下在报纸上刊出倡议书，倡议小朋友捐出自己的零花钱，支援国家买飞机，打击美帝国主义。周作人仿照 1923 年《小朋友》70 期出版"提倡国货号"，他发文反对，认为是把成人社会的政治观念往小孩子的脑子里灌，破坏了儿童的成长节律的例，又一次发文表示反对。好在他的文章发在一个不太起眼的刊物上，他当时作为被管制人员由街道负责，街道居委会的大爷、大妈平时又不看这类刊物，没有引起注意。要是当时有人提出来，在他汉奸的帽子上再加一顶现行反革命的帽子，拉出去批斗，别人也不会觉得是特别冤枉了他的。虽然逃过一劫，事后想起，大概是要出一身冷汗的。

　　陈伯吹就没有这么幸运了。陈伯吹是 20 世纪儿童文学中的著名人物。作家、理论家、编辑、出版家，为人处世小心谨慎。50 年代积极参加各种政治运动，包括接受和宣扬儿童文学是教育儿童的文学的思想观念，都努力和主流意识形态保持一致。就

---

① 周作人：《〈儿童文学小论〉序》，见《周作人散文全集》6 卷，第 19 页。

是这样，60 年批判"资产阶级人性论"的时候，儿童文学领域
"理论联系实际"，他还是被"联系"上，作为靶子被推了出来。
所以被"联系"上，主要就是因为下面两段话：

> 一个有成就的作家，愿意和儿童站在一起，善于从儿童
> 的角度出发，以儿童的耳朵去听，以儿童的眼睛去看，特别
> 以儿童的心灵去体会，就必然能写出儿童能看得懂、喜欢看
> 的作品来。①

> 审读儿童文学作品不从"儿童观点"出发，不在"儿
> 童情趣"上体会，不怀着一颗"童心"去欣赏鉴别，一定
> 会有"沧海遗珠"的遗憾；被发表和被出版的作品，很可
> 能得到成年人的同声赞美，而真正的小读者未必有兴趣。②

这就是所谓的"童心论"的来源。当时，指这两段话被指为是
资产阶级人性论在儿童文学中的变种，要害是反对无产阶级的阶
级论。因为"童心"是一个按年龄而不是按阶级区分出的范畴。
"文革"后为"童心论"平反，陈伯吹获得机会在《儿童文学研
究》上发表长篇论文为自己申辩，认为"童心论"的罪名是硬
栽给他的。"童心只不过是在儿童文学创作上（也在编辑工作
上）形象思维方式的一个艺术因素"；"'童心'和'童心论'
是两个不同的概念，理应予以分别对待……这好比有人谈论自
由，就给他插上'自由主义'的标签，这可以吗?"；"退一步
说，'童心论'即使是资产阶级思想的产物，但是如果它还有合
理的成分，可取的内核，把它放在积极的前提下，正确的方向性
和目的性上，起到更有助、有利于进行共产主义思想教育的作

---

① 陈伯吹：《儿童文学简论》，长江文艺出版社 1982 年版，第 26 页。
② 同上书，第 10 页。

用，那又有什么不好呢?"① 陈先生的申述是符合事实的。"童心"和"童心论"不是同一个概念，陈先生说过"童心"，但没有说过"童心论"。陈先生说"童心"主要是从"艺术因素"即作家创作、编辑选择稿件时要站在儿童的立场上体会儿童的心理的角度说的，而不是从作品的思想内容、政治方向的角度说的，在"进行共产主义思想教育"等文学大方向问题上，陈先生和当时的文学政策是一致的。但是放在一个纯学术的背景上看，也不能说当时的批判就完全是张冠李戴、无的放矢。"童心"不等于"童心论"，但不能说二者之间全无关系；"童心论"不等于"人性论"，但也不能说二者之间全无关系。"童心"毕竟是一个从一般人、所有人当中抽象出来的概念，不是一个从特定的群体中抽象出的概念；如果"童心"存在，"人性"大体也可以存在了，这和当时正在宣扬的"阶级性"、"阶级情"、"阶级立场"、"阶级觉悟"显然是不合的。说它与"人性论"有些瓜葛不能说全是冤枉。从"艺术因素"的角度和从"方向性"和"目的性"的角度去说"童心"确实不一样，但不能否认二者之间存在联系。文本中的权力关系是现实生活中权力关系的投射、内化。从作品的"方向性"和"目的性"的角度谈"童心"是现实的权力关系，从"艺术因素"，从"怀着一颗童心去鉴赏"谈的是文本内的权力关系，要求文本内隐含作家向隐含读者靠拢，甚至在某种程度上以读者为中心、为本位，实现对隐含作家的某种程度的悬搁，儿童文学何以能像当时的主流意识形态要求的，成为"教育儿童的文学"? 其实也是在某种程度上将现实的"超我"、意识形态权力等悬搁了。这当然是那个年代的主流意识形态绝对不允许的。从这一意义说，当时一些批判说陈伯吹的议论中包含某种"童心论"、"人性论"的因素，不仅不是无中生有反倒有一些"政治敏感"。可问题恰恰在于，这种悬

---

① 陈伯吹：《儿童文学简论》，第 92 页。

搁是不是正确，是不是应该？儿童文学要不要有点"童心"，文学中可不可以有点"人性论"？"童心论"、"人性论"既然是一种超越阶级的属于普遍人性的价值取向，为什么一定要给它贴上"资产阶级"的标签？即使是资产阶级的意识形态，是不是一定要全部打倒？人们并不否认文学有对人的规训作用，但规训什么？怎么规训？人们没有统一的标准，但至少应放在艺术的范围内，以艺术的方式进行。儿童文学完全不从儿童的成长节律，成长需要出发，不怀着一颗童心去鉴赏，可能一开始在出发点上就不是儿童文学了。杜威说得不错，儿童中心主义、教育即生长是一种民主社会的理论，一种培养现代社会健全公民的理论，和专制制度和专制思想是格格不入的。周作人等处在五四那个传统文化分崩离析的时期，所以能将话说的较为直白。陈伯吹所处的环境则不同一些。他是在肯定"共产主义思想教育"的大前提下谈编辑选稿时要怀着童心去鉴赏的，而这个大前提与作者所要实际采取的方式间是有矛盾的，所以显得有些左支右绌、含混其词。本无道理的人气势如虹，本有道理的人畏缩逡巡，环境使然，是不能苛求于前人的。相反，我们应该体谅那代人的无奈、苦衷，并对他们在艰难的环境中曲折却顽强地说出一些自己的声音表示最大的尊敬。

六　超越本位之争

杜威的"儿童中心主义"产生于 20 世纪初；五四前夕传入中国，易名"儿童本位论"，五四时期达到高潮；60 年代以"童心论"的形式受到严厉批判；80 年代初"童心论"平反，"儿童本位论"又被重新评价，并以肯定的形式在许多作家的创作中表现出来，在整个 20 世纪，围绕"儿童本位论"的争论贯穿始终，至今，这种争论不仅存在而且还会继续下去。

不难看出，在 20 世纪中国儿童文学中这场儿童本位/成人本位、个体本位/社会本位、读者本位/作家本位的矛盾冲突中，主张成人本位、社会本位、作家本位的声音在大多数时间里是占绝对主导地位的。社会本位、成人本位、作家本位是强调社会、成人、作家对个体、儿童、读者的规训，是将社会、成人、作家置于主导地位而将个体、儿童、读者置于从属地位，用 20 世纪五六十年代时髦的话说，前者是矛盾的主要方面，后者是矛盾的次要方面，事物的性质、面貌是由矛盾的主要方面决定的。儿童文学所以呈现出这样的一种状态与其说是出于自己的选择，不如说是社会现实的折光、投影。一是中国的传统文化向来是社会本位、老者本位，这种文化在 20 世纪虽然变换了形式但却没有变换内容。二是现实的社会体制离杜威设想的民主主义的社会体制相去甚远，宝塔式的社会体制必然要求意识形态的一元化。三是儿童文学自身的原因。儿童文学是一个先确定了大致的读者范围而后进行创作的文学类型，而这个读者群体是一个在文化阅读能力、社会生活经验、审美能力和趣味都偏低的群体，与创作者之间存在着一个大的落差，客观上有利于形成"儿童文学是教育儿童的文学"的思维定势。即是说，在社会/个体、成人/儿童、作者/读者这一组矛盾中，以前者为中心为本位符合常识。虽然乔纳森·卡勒说过理论常常是反常识的，但在现实生活中，在大多数人那里，人们总是习惯于从常识出发、按常识去进行思维的。很多人谈儿童文学还是本能地从兴趣、游戏出发的，儿童喜欢游戏、喜欢玩，从儿童出发就是从儿童兴趣出发，所以，与"儿童文学是教育儿童的文学"相对的就是解放儿童的文学，娱乐儿童的文学，这显然是违背杜威理论的愿意的，且反过来又成为反对"儿童本位论"的口实。

也有颠倒过来的时候。或者说，至少在某些作品中，在处理社会/个人、成人/儿童、作者/读者这一对矛盾的时候，倾向将重心放在后者，将个人、儿童、读者作为矛盾的主要方面。如我们在前面已说的，五四时期虽然理论上高倡儿童本位、儿童中心，但其实并未在创作上表现出来。倒是在 20 世纪末和进入 21 世纪以后这段时间里，淡化教训，倡导游戏、娱乐，将儿童文学玩具化，个人、儿童、读者在儿童文学活动中的中心地位、主导地位才逐渐地凸显出来。最典型的就是李国伟、夏辇生等人的"魔方小说"、"魔方童话"。这类作品的主要特点就是在情节发展的关节点上设置许多种可能性，让读者根据自己的兴趣和愿望去选择故事下一步的发展趋向，不同的选择形成不同的故事，这样，读一本书就等于同时读了许多本书。如同买来一盒积木，你可以根据自己的兴趣和意愿选出其中的一部分搭成自己喜欢的事物。选择什么，最后搭成什么，完全是由游戏者自己决定的。在这类作品中，真的可以说"作者死了"，读者成了主体、中心、本位、矛盾的主要方面，出现一个没有上帝或自己就是上帝的世界。用"过度阐释"来形容这种文学现象已经远远不够了，它应是无政府主义文化思潮在文本构成上的一种投射。"无政府"是不满现任的"政府"又没有能力想象一个更好的"政府"，于是想采取极端的方式将其砸碎了事，其实是很难行得通的。

社会本位、成人本位、作者本位和个体本位、儿童本位、读者本位是文学对话中的两极。片面地突出社会本位、成人本位、作者本位是一种独断论，其表现在文学中便是社会、成人、作者对个体、儿童、读者的规训。而片面地突出了个体本位、儿童本位、读者本位，将社会、成人、作者及所有的规训都悬搁起来，看起来和前者不同，但在思维方法上却是大体相似的。都是从主、客二元对立的立场去观照世界，都将认识对象"一分为二"，都在二元对立的思维模式中寻找矛盾的主要方面，即所谓的"中心"、"本位"，只是确立的本位、中心和前者相反而已。在儿童教育中以教师为中心，一味要求学生围绕着老师、围绕着教科书转不对；来一个哥白尼式的转变，将学生变成太阳，老师围着学生转，学生要什么就给他们什么，是不是就一定正确呢？五四时期，以儿童为本位，以为儿童是小野蛮，他们的文学需要就是听世代流传的民间故事，满足儿童的需求就是搜集这些"神话的遗留物"给他们看，事实证明，这样做的效果并不是很理想的。20 年代以后，"复演说"、"儿童本位论"及建立在这些理论基础上的"原始人之文学"走向衰落，主要原因自然是社会形势变化，民主主义的文化思潮受到打击、排斥，但其中也包含着这些文化思潮本身的缺陷。即使是在西方、日本，儿童文学也不可能只是靠搜集传统的童话、儿歌来维持的。20/21 世纪之交的"魔方小说"、"魔方童话"的遭遇也如此。完全悬搁作者，文本成为可以自由拆卸、拼凑的玩具，文学也就很难是真正的文学了。

所以，问题并不在要不要规训或要不要对规训进行悬搁，或在规训与对规训的悬搁的二元选项中谁更正确，而是要从这种二元对立的思维模式中超越出来，变我/他关系为我/你关系，不是争论以谁为中心，以谁为本位，谁主谁从谁主谁客，而是互为主体，变规训或对规训的悬搁的关系为主体间的对话关系。皮亚杰在谈及人的认识时曾说："认识既不能看作是在主体内部结构中预先决定了的——他们起因于有效的和不断的建构；也不能看作是在客体的预先存在着的特征中预先决定了的，因为客体只是通过这些内部结构的中介作用才被认识的，并且这些结构还通过把它们结合到更大的范围之中（即使仅仅把它们放在一个可能性的系统之内）而使它们丰富起来。"① 这也应适合于我们对人的成长及儿童文学阅读中作家、文本与读者的关系的理解。在文学接受中，文本和读者其实都处在建构和被建构的过程中。读者面对文本，他不是一张任人涂抹的白纸，他有自己的文化、立场、兴趣、能力，即是说，他也是一个文本，这样，阅读便成为文本和文本、主体和主体之间的对话。读者按自己的期待视野对文本进行选择、重组、改造，文本也以同样的方式选择、重组、改造

---

① ［瑞士］皮亚杰：《发生认识论原理》，商务印书馆 1981 年版，第 16 页。

了读者，双方都处在永恒的塑造和被塑造的过程中。这方面，我们可能误读了杜威。在杜威的理论中，"教育即生长"是一个基本的、含义深刻的命题，所谓"儿童中心主义"、"儿童本位论"，其实是以这一理论为基石的。"教育即生长"是说人的生长是有自身的节律的，教育要从儿童自身的成长节律出发，促成、帮助这个节律的顺利实现而不是从外面灌输什么不适合这个节律的东西，试图改变这个节律或揠苗助长。但这并不是说儿童的成长有一个先在的、预设好了的结构，成长只是按这个预设好的结构按部就班一个阶段一个阶段地进行，教育就是协助这个隐在的预设的结构变成现实而已。人的成长和一切生物的成长一样，总有一个大致的程序，但也只是一个大致的程序而已。实现这个程序，这个程序的最后呈现形态有千万种方式。生命之为生命而非机械，就在它是时间中的存在，是随机而变、不可预设的。不要说人的情感、心理、知识、文化这些社会特征明显的部分，就是人的性格、兴趣、趣味这些看似和人的先天遗传联系较紧密的部分，很大程度也是被建构起来的。五四时期人们说儿童是小野蛮，喜欢听荒唐的故事，事实上不过是那个时代人们的一种认识，一种建构。后来环境变了，人们的认识多了，儿童的"兴趣"也变了。50年代的孩子爱玩抓特务斗地主，现在的孩子爱玩网络游戏，事实证明，我们从孩子身上抽取出来的东西常常是我们自己放进去的东西。拉康说，欲望是他者的欲望。因为觉得儿童"应该纯真无邪"，于是就被认为是"纯真无邪"或被建构为"纯真无邪"了。如柄谷行人说的，儿童就是以这样一种颠倒的形式被发现的。这里，不是承认不承认儿童的被建构的问题，而是如何建构，在建构中如何具有相对的确定性的问题。马克思说，建构不仅要有主体的尺度而且还要有物种自身的尺度，成长应该是这两种尺度的和谐统一。这里，成人依然掌握着建构的钥匙。但成人不是抽象的、统一的。组成"成人"的是一个个具体的个体，每个人都在具体的时空中生活，他们有自己的立场、观点、文化、心理、审美能力、兴趣，等等，同时又属于不同的阶级、阶层、群体，总之，是一种"社会关系的总和"，是一种场域中的、网络中的存在。在与儿童对话的时候，他们同时受到这一场域中的、网络中的合力的影响。他们可能受制于某一群体、某一意识形态，成为这一群体、这一意识形态的代言人；也可能听从自己内心的时钟，以一颗坦荡的心灵与儿童对话；可能较为民主，将读者的心声引进文本，使文本成为一个众声喧哗的场所；也可能较为独断，一味想把自己的认识往儿童脑袋里灌，使文本成为自己的独白。但无论是哪种形态，都改变不了这一点：文学作品和它的作者、读者一样，都是时间中的建构物。我们能做的就是意识到这种建构，将建构变得更自觉一些，民主一些，不是社会本位或个人本位，成人本位或儿童本位，作家本位或读者本位，而是一种对话，最后的获得物既包含了前者也包含了后者，在它们中途的某个地方。

第四章　红色儿童文学

——兼论 20 世纪儿童文学中的政治文化

　　红色儿童文学，在 20 世纪中国文化的语境中，主要指以无产阶级的革命意识形态为思想旗帜的儿童文学。将红色与无产阶级革命联系起来有颇为久远的历史，中国红色话语的直接导源应是苏联国内革命时期的"红军"、"红色政权"等（二次国内革命战争时期，中国共产党人称自己在江西建立的根据地为"苏区"，称自己的军队为"红军"，称国民党军队为"白军"、"白匪军"，就是全仿苏联十月革命后国内战争时期的说法）。五四时期，中国无产阶级革命的先驱李大钊就曾满怀信心的宣称："试看将来的环球，必是赤旗的世界！"以后，"红"就成了无产阶级革命、无产阶级意识形态独占的标志。"红旗"、"红军"、"红色思想"、"红色道路"、"红色暴动"、"红色政权"、"红色苏区"、"红色根据地"、"红色江山"、"红色接班人"、"红小鬼"、"红孩子"、"红卫兵"、"红领巾"、"红宝书"、"红太阳"等，就和"革命"一词在 20 世纪中国政治文化的语境中从原来的"激进变革"的语义中脱离出来，成为一种神圣价值一样，"红"也从原来的一种颜色、光谱仪上的一段波长变成了一种特定的意识形态概念。虽然是一种象征、隐喻，但在 20 世纪革命文化中，人们赋予它的核心内涵却有相当的确定性，变化也主要在"无产阶级革命意识形态"的范围内变化。由于 20 世纪中国社会现实和文化语境的特殊性，红色儿童文学成为 20 世纪中国儿童文学的主要类型，它的出现和存在从整体上影响和规定了

20 世纪中国儿童文学的面貌和走向。

一 红色儿童文学的三个时期三种类型

中国红色儿童文学的发端和迅速走向成熟是在 30 年代（1928—1937），但其某些萌芽在五四甚至更早的一些时候已经开始了。激进的左翼思潮是 20 世纪整个思想、文化、社会变革的一个主要推动力，对现代整个思想革命产生很大影响的进化论也包含了相当的革命因素。十月革命的炮声给中国送来了马列主义，以俄为师的现实选择使晚清以来绵延不已的左倾思潮迅速染上"红"的色彩，不仅创造社诸才子如蒋光赤、成仿吾等鼓吹赤化，就是文学研究会的许多作家也以"写实"的方式揭示现实的苦难呼唤现实的变革。叶圣陶五四时期的童话《一粒种子》、《鲤鱼的遇险》、《瞎子和聋子》、《稻草人》等，写出现实的诸多的不平、不公，对这些不平、不公表达出强烈地抗议和谴责，并借人物之口呼唤："天哪，快亮吧！农夫们，快起来吧！"虽然基本的出发点仍在传统的人道主义，但与后来的红色书写在精神上已是颇为接近了。五四以后，"复演说"、"儿童本位论"淡出，在主流文化的带动下，儿童文学迅速走上"赤化"的道路。

1949 年革命成功以前的红色儿童文学都可称为革命儿童文学。革命儿童文学的发轫之作是郭沫若的《一只手——献给新时代的小朋友》。这篇作品写于 1927 年 10 月，发表在 1928 年 1 月 1 日、3 月 1 日、5 月 1 日出版的《创造月刊》1 卷 9、10、11 期上，是一篇童话体的小说。作者虚构了一个叫尼尔更达的地方，由童工小普罗（英语"无产阶级"的音译）被机器轧断一只手为导火索，引发一场由克培（德文音译，意谓"共产党"）领导的革命。工人捣毁了工厂，驱逐了厂里的资本家，打败了前来镇压的军警，建立起自己的红色政权。因受刚刚发生的大革命失败的影响，作者将自己在现实中遭遇的挫折、失败、打击一并释放在虚构的话语中，作品写得粗糙但却悲愤激昂。这篇在冲动的情绪中写成的有些急就章性质的作品无意中定下了红色儿童文学的基调，它的成功与缺陷都在以后的儿童文学中一再地表现出来。

将革命儿童文学推向顶峰的是张天翼。在三四十年代，张天翼连续写下了《大林和小林》、《奇怪的地方》、《大来喜全传》、《秃秃大王》、《金鸭帝国》（未完）等作品，鲜明地表现出以无产阶级革命为指归的意识形态倾向。和五四儿童文学审父恋母、突出普遍人性、强调儿童本位的价值取向明显不同，张天翼笔下的儿童世界是分裂的。即使是孩子，是一母所生的同胞兄弟，如大林和小林，也因生活道路不同，所处的环境、地位不同，而分属不同的阵营，就和当时的革命诗人殷夫在诗歌中所描写的一样。作者所做的，或者说，作者认为一切儿童文学都应该做的，就是揭露包括旧儿童读物在内的所有旧文化旧意识形态的欺骗，让世界的真实显现出来。"只要不是一个洋娃娃，是一个真的人，在真的世界上过活，就要知道一些真的道理。"① 作者所说的"真的道理"就是贫富对立，阶级压迫，旧文化为统治阶级张目、欺骗蒙蔽人民不让人民起来革命，等等，革命文学就是要反其道而行之。张天翼三四十年代所有的儿童文学都在讲述一个共同的主题，即革命的合理性、正当性。这也是当时整个红色儿童文学的共同主题。

除了郭沫若、张天翼，还有许多作家也参与了红色儿童文学的创作。五四时期创作《稻草人》的叶圣陶写了《大喉咙》、《鸟语兽言》、《古代英雄的石像》等作品，明显地增加了作品现实批判的分量。陈伯吹写了《华家的儿子》、《波罗乔少爷》等，对整个文化、对正在兴起的资产阶级生活方式进行了解析和批

---

① 见《张天翼儿童文学作品全集》，湖南少年儿童出版社1996年版，第1081页。

判。贺宜的《小草》以更直接的方式呼唤革命，一些作品几近公开地将十月革命后的苏联看作世界革命的故乡。陈刚的《红叶的童话》以象征的方式诉说青年对革命的向往。应修人的《金宝塔银宝塔》则将笔触伸到当时还在受围剿的红色苏区。还有孙佳讯、苏苏、仇重、金近、黄衣青等，一起汇进三四十年代红色文学的大潮。尽管这些作品取材、立意及达到的艺术水准各不相同，但都以现实的社会生活为主要表现对象，取的都是革命的、批判现实的视角，否定现实秩序，召唤人们起来推翻这种旧秩序并建立新秩序，共同表现着对未来国家和未来的人的想象。

1949 年的政权更迭不仅使中国社会发生了转折性的变化，也使红色儿童文学发生了转折性的变化，此后 30 年的儿童文学是红色儿童文学的第二阶段。同是以无产阶级意识形态为旗帜，1949 年以前处在被压抑的位置，矛头所向是揭露、批判、颠覆旧的象征秩序，精神上是革命的、进攻的。1949 年革命成功以后，无产阶级意识形态成了国家意识形态，红色文学成了国家文学，作家成了体制内的"国家工作人员"，这时，其任务就不再是揭露、批判旧秩序而是"巩固无产阶级专政"，是对一种新的既成秩序的维护。而红色儿童文学，也由原来的对旧社会的批判变成对新时代的歌颂，由宣传、鼓动儿童参加对旧秩序的革命变成引导儿童参加社会主义建设、培养革命事业的接班人。就像《中国少年先锋队队歌》所唱的，"我们是新中国的儿童，我们是新少年的先锋，团结起来继承我们的父兄，不怕艰难不怕担子重"。现在有了一个可"接"之"班"，红色儿童文学作为一种政治文化，作为国家意识形态的一个组成部分，就是教育、引导少年儿童按国家意识形态的需要塑造自己，以备将来长大后将革命之班接过来传下来，千秋万代永不变色。这一时期儿童文学的内容主要表现在以下几个方面。

一是重述革命历史，讲述胜利了的人们关于革命历史的集体记忆，其实就是站在胜利者的角度对历史进行新的塑造。这是历史的常规。一场大变动过去了，人们有许多的故事需要诉说，有许多人物需要缅怀，诉说和缅怀都是对历史的重造。在这种重造里，革命者的行为不仅显得合法、合理而且变得伟大、神圣。缅怀历史也是为了现在，既然革命合理，以合理的革命手段夺取的政权自然变得合法。更进一步，对革命历史的缅怀，对革命历史中许多英雄人物、英雄事迹的叙说会形成一股强大的精神力量，成为"革命传统"参与对新的历史时期的年幼一代的精神塑造。这一时期的儿童革命历史小说中，最著名的作品有管桦的《雨来没有死》，华山的《鸡毛信》，刘真的《好大娘》、《我和小荣》、《长长的流水》，萧平的《三月雪》，徐光耀的《小兵张嘎》，卢大容的《和爸爸一起坐牢的日子》等。这些作品构成十七年红色儿童文学最闪亮的一个系列。

二是反映社会现实，特别是写在新的社会制度下，少年儿童作为革命接班人的茁壮成长。一些作品较直接地写现实的社会生活，如秦兆阳的《小燕子万里飞行记》、贺宜的《天竺葵和制鞋工人的女儿》、金近的《小鲤鱼跳龙门》，或写轰轰烈烈的抗美援朝运动，或写50年代蓬勃开展的社会主义建设，或写总路线、大跃进、人民公社三面旗帜指引下社会主义祖国发生的变化，但常常设定一个儿童的视角，不仅用以"看"，将变化呈现出来，更重要的是"想"，是理解，是受教育，认识到新的社会制度就是好，决心学好本领，准备将来参加社会主义革命和建设。更多的作品则直接写儿童自己的生活，学校、家庭，学习，参加社会活动、游戏，等等，但其主要内容一样落在与社会政治生活有关的方面，是将学校生活、家庭生活，甚至是游戏作为社会政治生活的一部分予以表现的。张天翼《宝葫芦的秘密》中的王葆是一个在思想起点上和《大林和小林》中的大林差不多的人物，但却走上完全不同的道路。因为大林的环境是负面的，它膨胀了大林思想中落后的方面，最后变成一个废人、恶人；王葆的环境是正面的，王葆思想中消极的方面受到批评、压抑，只能暗地与王葆纠缠，最后被暴露、被抛弃，通过王葆的变化，《宝葫芦的秘密》歌颂了新中国的社会环境，引导儿童拥护、维护、爱护这一社会制度。从《大林和小林》到《宝葫芦的秘密》，张天翼最清楚地表现了红色儿童文学从革命文学到国家意识形态的转变。金近的《小白鹅在这里》、严文井的《唐小西在下次开船港》、包蕾的《猪八戒学本领》、贺宜的《鸡毛小不点儿》、邱勋的《微山湖上》、任大星的《曾天纯那朵云》等，都是这时期较著名的作品。但最能代表这一时期的作品还是柯岩的儿童诗。和那个时代的许多作品一样，柯岩的儿童诗也是明显地具有作为国家意识形态组成部分特点的。柯岩儿童诗的基本格局就是写儿童较低的认识、行为能力和他们远大的志向、美好的愿望之间的不和谐，两者互相映衬，将美好的心灵更好地揭示出来。在《帽子的秘密》中，一个尚不能很好地区分生活现实与游戏，将扮演混同真实的孩子却想着将来要当解放军，要维护解放军的荣誉，幼稚的行为中包含着美好的让人感动的东西。但这种美好的让人感动的东西毕竟又是通过儿童幼稚的行为表现出来的，因而有一种"趣"，将作品的意识形态内容淡化、柔和化，使人感到不是一种特定的意识形态的宣扬、灌输，而是儿童的幼稚行为和他们远大理想、美好心灵之间的矛盾。通过这样描写，柯岩儿童诗在纯真美好、蓬勃向上这一点上找到儿童和 50 年代时代精神的契合点，写了孩子就写了时代精神，写了时代精神又柔化了意识形态灌输，是那个时代最优秀的作品，50 年代儿童文学因为拥有一批优秀作品成为其自觉以来最辉煌的一个时期。

三是反映无产阶级专政条件下的继续革命。1949 年革命胜利以后，无产阶级思想成为国家主导的、统治的思想，主要职能变成对现实的国家政权的维护，但在怎样维护这一点上，不同的人产生了不同的理解。占主导地位的认识是继续革命，就是利用革命意识形态成为国家意识形态的优势地位对旧思想进行打击，当时认为的这种旧思想就是资产阶级思想。但经过 1949 年的胜利，旧政权毕竟被摧毁了，虽然他们"人还在，心不死"，但毕竟掀不起什么大风浪。主流意识形态又认为他们改变了策略，主要不是自己披挂上阵，而是在共产党内部寻找自己利益的代理人。50年代后期，中苏两党分歧公开化，国际共产主义运动分裂。中国指责苏联向帝国主义投降，走上修正主义道路，修正主义领导者就是西方资产阶级、资本主义在共产主义运动中的代理人。这就不仅为早先的继续革命理论找到现实依据，而且将中国的资产阶级利益代言人和国际的资产阶级利益代言人在思想上组织上联在一起了。在批判苏联"修正主义"的时候，中国主流意识形态得出一个结论，为什么红旗在十月革命的故乡变色、落地？关键是接班人出了问题。所以，要保证无产阶级革命江山千秋万代永不变色，就必须培养千百万革命事业的接班人。在这一思想的指导下，在全党全国范围内掀起了声势浩大的反修防修、培养革命事业接班人的运动。从后来"文化大革命"揭示出来的情况看，这一运动并非只是在一般意义上泛论作为群体的革命事业接班人的培养，而是有具体的实际的所指，但在当时，社会上并不知道这些情况，只是将其作为一个一般意义上的运动展开了。上山下乡，忆苦思甜，批判文艺领域、教育领域的修正主义防线，走"五七"道路，"文化大革命"尚未开始，感觉中已是"山雨欲来风满楼"了。余虹在《革命·审美·解构》一书中谈及革命文学理论，曾将其划分为主义政治、政党政治、领袖政治三个阶段或层次，五四、30年代主要是主义政治；延安文艺座谈会以后，特别是1949年后进入政党政治；50年代末以后，强调党内不同领导人代表的路线斗争，强调主要领导人的文艺思想，便进入领袖政治的时期了。儿童生活本与政治斗争、路线斗争有很大的距离，但事关接班人的培养，事关千百万少年儿童的发展方向，运动还是很快地深入到儿童生活中来，儿童文学也掀起了响应毛主席号召，学雷锋，学王杰，学欧阳海等英雄人物，走"五七"道路等运动。"学生也是这样，即不但要学文，也要学工、学农，也要批判资产阶级"，政治斗争、路线斗争一段时间几乎成了少儿文学的唯一内容。贺宜的《刘文学》、胡尹强的《前夕》，都将少年儿童放在阶级斗争的风口浪尖上，让人物在与阶级敌人的搏斗中经风雨、见世面，提高阶级斗争、路线斗争的觉悟，最后成为可靠的无产阶级革命事业的接班人。就连一些传统的民间故事，也在这一新的话语系统中进行新的改编和定位。如《马兰花》，这是十七年在少年儿童中影响深远的作品。《马兰花》的故事原型是《蛇郎》，记述丑陋的蛇郎救了采药老人，要娶老人的一个女儿为妻，大女儿、二女儿嫌蛇郎丑陋、山中贫苦，不愿嫁，三女儿感激蛇郎救父之恩自愿请行。一年后，他们发家致富，蛇郎也焕然一新，引起大姐、二姐的嫉妒，大姐在三姐回家路上将其推下山崖摔死，自己扮成三姐进山，但最后还是败露，表现的是物质利益引诱、推动下人性的扭曲，同胞姐妹间的残杀。50 年代，任德耀将其改编为童话剧，首次引入老猫这一形象，将大兰害死小兰的行为归罪于好吃懒做的老猫的调唆。1960 年，作者又将作品改成电影，老猫一变而成为剧中仅次于小兰的主要人物。它并不是老猫，而是一只觊觎马兰花的老狼，它变成老猫来到小兰家，在和大兰一起送小兰回山的途中将小兰推下山崖，然后又教唆自私的大兰扮成小兰带着他混进马兰山。经过这一改编，整部作品俨然成了暗藏的阶级敌人利用少数私心很重的人破坏上山下乡运动的现代剧。至此，整个少儿文学都落入阶级斗争、路线斗争的桎梏。十年动乱尚未开始，这些虚拟空间的人物已在红色文本中进行了一次次的预演，待他们从文本中走出来，变成现实生活中具体的人物，"文化大革命"就开始了。

十年动乱之后，红色儿童文学也进入一个新的时期。十年动乱，极"左"思潮肆意泛滥，千万红卫兵横冲直撞，怀疑一切，打倒一切，释放此前人们通过各种渠道赋予他们的革命能量，成为一股充满破坏力的红色潮流，他们在达至极端后也耗尽自己，将自己推向反面和末路。红色文学是一种政治文化，但当它无限制地突出政治，在获得文化霸权的同时也让政治吞噬了自己。文学、文化行使政治的职能，成了政治，它就不再是文化、文学了。"文革"之后，红色儿童文学曾有短时间的复苏和复兴，就是在"拨乱反正"思想指导下向"文革"前的儿童文学复归。一是重版了大批十七年的文学作品，二是创作了一批新的红色儿童文学。《雾都报童》、《曙光》、《扶我上战马的人》、《奇花》、《寻找回来的世界》等，一方面配合社会上对老干部的平反，重塑老一辈革命家的光辉形象，一方面也包含对十年动乱极"左"思潮的反思。这种反思是在主流意识形态的推动下，按主流意识形态的要求进行的，其对生活的观照和评价自然不离主流意识形态的大视角。"拨乱反正"，即事先设定原有一个"正"在，十年动乱便只是一种偏离，所有的反思就是要回到那个"正"上去。一旦越出这个限度，便被视为"右"倾思想回潮、资产阶级精神污染之类。但所罗门的瓶子已经打开，要重新盖上已不那么容易了。特别是1978年5月开始的关于真理标准的讨论，同年12月中共十届三中全会的召开，明确提出不再提以阶级斗争为纲，明确提出将社会生活的重心转移到社会主义建设的轨道上来，中国社会进入后革命时期，传统意义上的政治文化在人们生活中的地位急剧地下降了。恢复高考制度，学生回到学校，学习成了他们的头等任务；出版社改制，在确保政治方向的前提下自负盈亏，码样、销量成了出版社追逐的目标；恢复稿费制度，作者主要不再是意识形态的代言人而是一种产品的生产者，利益的驱动自然凸现出来了。在这样的大背景下，以狭义的政治文化为主要内容的红色儿童文学不可避免地式微了。虽然由于中国特定的历史和现实，红色仍然是主流意识形态提倡的主色调，红色文学仍是主流意识形态规定的主旋律，但一则，提倡主旋律就是同时承认还有其他旋律的存在，这和十七年、"文化大革命"中的极度霸权，"只此一家，别无分店"的态度是不一样的。二则，主流意识形态提倡的主旋律与其在实际生活中的运行状况并不是完全一致的。三则，就是红色儿童文学自身，其内容和形式也发生了很大的变化，不再一味地突出阶级斗争、路线斗争；阶级斗争也不就是抓特务、斗地主、批判资产阶级生活方式。如张品成的革命历史小说，同样写二次国内革命战争，同样是江西苏区革命根据地，同样是"红色小子"，但已不像《闪闪的红星》只写红军与"白狗子"、胡汉三们的殊死搏斗，倒是渗进一些对战争、压迫、人性等的反思。故事中，一些敌方人员，甚至一些很重要的敌方人员，失败后逃到台湾，80 年代以后重返大陆，曾斗得你死我活的双方再次相见，竟生出些时过境迁、世事沧桑的感慨。这在以往的红色文学中是很难想象的。一些反映现实生活的红色儿童文学也有类似表现。"红"本来就是光谱上的一段波长，和其他颜色相比较而存在，回归光谱就是回归自我。摆脱那种至高无上的独霸一切的权力地位，对真正的红色儿童文学或许并不是一件坏事。在一个正常的谱系里，红色儿童文学仍有自己的地位。

二　红色儿童文学的精神向度

　　红色儿童文学是以无产阶级意识形态为思想旗帜的文学。从革命文学到国家文学，特别是从 1949 年到 80 年代初这段时间，还被直接纳入国家体制，隶属于党委宣传部门，担负着配合党在各个时期的政治运动、对民众进行宣传教育的任务，表现出强烈的政治文化的特征。"政治文化是由包括经验性的信仰、表达的符号及其价值判断三者所交织成的体系。它划定政治行为发生的背景，是政治活动的主观取向，包括一个政治体系的最高远的理想以及一般的行为规范。"① 红色儿童文学是红色文学的一部分，

---

① 弗巴语。转引自朱晓进《政治文化与中国二十世纪三十年代文学》，人民出版社 2007 年版，第 6 页。

自然也应放到这样的背景上去理解。

　　作为政治文化的一部分，红色儿童文学的首先特点便是作家的身份、作家和儿童读者之间的关系发生了变化。中国古代的儿童教育、与儿童有关的文学作品是向有代圣贤立言的传统的。即使一些民间传说、民间童话故事，也习惯从主流意识形态的观念出发，以圣人之意教化天下，作家是处在圣人和一般民众之间、将圣人之意传递给一般民众的圣徒和先知。五四"儿童本位论"颠覆了这种布道式的对话方式，强调以儿童、读者为本位，儿童、读者成了中心，作者要按照儿童自身成长的节律去选择题材、主题和对话方式，至红色儿童文学，这种颠倒又被重新颠倒过来了。在20世纪五六十年代，儿童文学曾被长时间地定义为"教育儿童的文学"。人们一般将这一定义的发明权归于鲁兵，因为他说得最为清楚和决绝，他有本书的书名就叫《教育儿童的文学》。但只要稍加深入就会发现，这其实是当时许多儿童文学作家、理论工作者的共同主张。

　　陈伯吹说："儿童文学不是教育学的一部分，但要担负起教育的任务，贯彻党所决定的、指示的教育政策，经常地密切配合国家教育机关和学校、家庭对这基础阶段的教育所提出来的要求——培养共产主义新人，通过它的艺术形象，发出巨大的感染力量，来扩大教育的作用，借以获得影响深刻的教育效果。"[①]

　　严文井说："儿童文学是教育孩子们的文学，不管它写的是成人或孩子，都应该是为了帮助孩子们而写给他们看和听的。它必须是孩子们所能接受并能从中得到益处的文学。所以，不论它写的是什么内容，它首先必须是少年儿童的。'为'少年儿童，这才是儿童文学最根本的一个特点。"[②]

---

　　① 陈伯吹：《谈儿童文学创作上的几个问题》，见《儿童文学简论》，长江文艺出版社1982年版，第23页。

　　② 严文井：《儿童文学写作浅谈》，见《儿童文学论文选》，第27页。

贺宜说："根据我长期从事儿童文学创作及对理论研究的探索，我对儿童文学形成了某些坚定不移的看法，这些看法在我个人的创作活动中，始终是支配我的创作思想的。其中最重要的一条，就是我坚决认为，儿童文学和儿童教育不可分，儿童文学必须有它的教育性"；"每一篇儿童文学都应当有它的教育任务。我们要用动人的艺术形象和优秀的思想感情来影响孩子们的生活。忽视这一点，就是作者们的严重失职。"①

舒霈说："我们的儿童文学需要的是高尚的健康的趣味，而不是庸俗的无聊的虚伪的趣味，这就要我们的儿童文学作家首先是一位心地纯洁、道德高尚的人，是一个为人民利益斗争的积极战士；他不只是要用儿童的眼光，更重要的是要用马克思主义的眼光去观察、研究生活，把马克思主义思想和生活真实、生活的趣味融合在一起。只有这样，才能写出趣味高尚的作品。"②

在张天翼、金近、袁鹰、柯岩、刘厚明那里，我们都可以找到类似的论述。

在这些具体作家的论述后面，则是国家意识形态的硬性要求。1955 年 9 月 16 日人民日报社论《大量创作、出版、发行少年儿童读物》："优秀的少年儿童读物是向儿童进行共产主义教育的有力工具……我们必须把他们培养成社会主义新人，把他们培养成体质健壮、具有共产主义道德品质、唯物主义世界观、科学知识、生产基础知识及文化教养的新人。一旦他们长大成人，就可继承父辈的事业，把艰巨的社会主义共产主义建设任务担当起来。"1978 年国务院批转国家出版局、教育部、文化部、共青团中央、全国妇联、全国文联、全国科协《关于加强少年儿童读物出版工作的报告》："少年儿童读物出版工作，必须为党在

---

① 贺宜：《为了下一代》，见《贺宜文集》5 卷，少年儿童出版社 1988 年版，第 535 页。

② 舒霈：《情趣从何而来?》，见《儿童文学论文选》，第 550 页。

新时期的总任务服务，用马克思主义毛泽东思想教育儿童，用现代科学文化知识武装少年儿童，引导他们好好学习，天天向上，使他们从小健全地发育身体，培养共产主义情操、风格和集体英雄主义气概，养成从小爱科学学科学用科学的优良风尚，逐步成长为德智体全面发展的共产主义接班人。"[1] 如果进一步追溯，上述要求的某些基本原则在红色儿童文学的早期便已出现了。毛泽东《在延安文艺座谈会上的讲话》提出的革命文学的基本任务——"团结人民，教育人民，打击敌人，消灭敌人"更是为这些理论定下了基调。

　　既然是"向儿童进行共产主义教育"，作家处在教育者的位置，儿童读者处在受教育者的位置，二者的关系不可能是平等的；但作为教育者的作家不是表达自己的思想，不是传递作为个人的自己对生活的认识，他表达的是主流意识形态的观念，是用革命思想教育下一代，是将儿童的思想感情统合到红色的、革命的轨道上来，所以，归根结底，是主流意识形态对年幼一代的召唤，是主流意识形态与儿童的对话。如果说五四儿童文学表现出强烈的审父意识，一定程度上将"父亲"悬搁起来，现在，这个严厉的"父亲"又回来了。

　　随着出发点的转移，红色儿童文学的题材、主题也很快地发生了变化。五四儿童文学主要是人类学的视角，以儿童为本位，儿童相对于成人被称为"小野蛮"，他们喜欢听野蛮、荒唐的故事，儿童文学就是要尽量搜集这些东西给他们看。所以那时的儿童文学中充满着神话、传说、寓言以及童心、母爱等等的内容。而诸如游行、提倡国货等则被视为是成人世界的内容而被拒绝进入儿童文学。红色儿童文学则是将其倒过来。红色儿童文学属政治文化，主要是社会学的视角。政治是国家大事。虽然政治文化不同于政治实践，但既涉及政治行为，是政治行为的背景，叙事

---

① 《出版工作》1979 年第 2 期。

自然具有宏大性。红色儿童文学从取材的角度看，就是将叙事空间从儿童世界转向成人占主导地位的社会，特别是战争、游行、群众集会、面对面的矛盾冲突等政治斗争十分激烈的场面。30年代，郭沫若的《一只手》，张天翼的《大林和小林》，陈伯吹的《华家的儿子》、《阿丽丝小姐》等都是抽象空间，但不是从普遍人性的角度抽象的，而是从阶级、阶级斗争的角度抽象的。最典型的是陈伯吹的《阿丽丝小姐》，前半部受卡罗尔《爱丽丝漫游奇境记》的影响，描写儿童世界，表现童心童趣，是从普遍人性的角度描写的；后半部笔锋陡转，让阿丽丝在幻想世界进行了一场反侵略的战争，是从社会生活、国家关系的角度描写的。现实的原因是作品写到一半发生了九一八事件，作者被爱国激情驱使着使故事中的人物行为发生变化，深层的艺术理念上的原因则是作者想象世界的出发点发生了从普遍人性到政治文化的转移。稍后的苏苏（钟望阳）、贺宜、金近、仇重、黄衣青等取的都是大致相近的视角。这一取材方式在1949年以后不仅延续下来，而且还由于无产阶级意识形态成为主流意识形态，红色文学成为国家文学、具有某种话语霸权的特征而得到进一步的强化。五六十年代红色文学的话题主要集中在重述革命历史、反映现实的社会主义建设、表现无产阶级专政条件下的继续革命等几个方面，显然都是宏大叙事。儿童文学中一些最具代表性的作品，如《鸡毛信》（华山），《雨来没有死》（管桦），《我和小荣》、《长长的流水》（刘真），《三月雪》（萧平），《小兵张嘎》（徐光耀），《闪闪的红星》（李心田），《刘文学》、《咆哮的石油河》（贺宜）等，几乎都是这一宏大叙事的展开。就是一些主要写儿童生活的作品，也显出强烈的宏大叙事的特征，因为这些儿童生活是被纳入社会政治生活、作为社会政治生活的一部分予以表现的。如柯岩的《小兵的故事》，写儿童游戏，但游戏内容却是扮解放军，表现儿童对成为解放军的向往；《眼镜惹出了什么事情》写孩子淘气，没事戴上爸爸的眼镜，想的却是眼镜是否有某种神奇的力量，戴上眼镜，就能像爸爸一样，设计出许许多多的高楼；《通条、通条不见了》，孩子拿走了妈妈通煤球炉的通条，是他听说地球是圆的，掏个洞可以一直通向地球的那一边，他想看看地球那一边据说还过着痛苦生活的小朋友。这些，都可看作是成人世界对儿童世界的侵蚀甚至是吞没。对此人们也曾有过不同的声音，但都无改整个儿童文学社会化、政治化的大趋势。

题材、话题不等于作品的价值取向，但在一定程度上又是对作品中价值取向的一种规范、限定。当红色儿童文学的故事空间、描写对象主要从儿童世界转向社会、政治领域以后，其对儿童进行思想教育的主题也就蕴含其中了。50 年代人们谈儿童文学，有一句似通非通的话，叫"共产主义的方向性"，这其实就是红色儿童文学基本的精神向度。虽然不同作品的内容并不一样，但大体都是这一基本主题的展开。举其要者，一、描写无产阶级意识形态视野中的世界图景。张天翼在 30 年代就曾说："只要不是一个洋娃娃，在真实的世界上生活，就要知道一些真的道理。"但什么是"真的世界"、"真的道理"？按作者在《大林和小林》、《奇怪的地方》、《秃秃大王》等作品中的表现，就是世界是分裂为不同的阶级的，有压迫者剥削者和被压迫者被剥削者，前者靠压迫剥削后者，后者受到前者的压迫和剥削。就是一母所生的同胞兄弟，也会因为生活道路和在社会生活中所处的地位不同而分属不同的阵营。二、有压迫就有反抗。被压迫者只有通过有组织的反抗才能改变自己的命运。旧儿童读物极力掩盖世界的真相，编造出小叫花遇上大富翁，一夜改变命运的神话，红色文学必须坚决揭露统治者的这些阴谋诡计。革命文学的最主要任务就是向群众宣讲革命的合理性并对未来的无产阶级专政的国家进行想象。革命胜利后，革命历史小说不仅通过对历史的重述对革命前辈进行怀念，更通过他们的事迹强调红色政权的合法性。《虾球传》、《和爸爸一起坐牢的日子》、《闪闪的红星》等都属于这样的作品。三、无产阶级取得政权不是革命的终结，要将革命进行下去，不仅要进行社会主义建设，还有进行无产阶级专政条件下的继续革命。反腐蚀，拒绝资产阶级的和平演变，更是年青一代在革命道路继续前进的主要内容。这在进入 60 年代以后的一些作品中表现的尤为集中和明显。四、上述种种，具体到儿童文学中，就是对年幼一代进行革命教育，提高他们的阶级斗争觉悟，将他们培养成革命的小战士和革命事业的接班人。在红色儿童文学中，成长就是向自觉的革命战士成长。所以，对儿童进行革命教育，就是红色儿童文学的元叙事。

不能说红色儿童文学完全没有写到阶级斗争、政治文化以外的内容。比如张天翼的《大林和小林》、《秃秃大王》、《金鸭帝国》等明显是政治化、阶级斗争化的，有些地方甚至感到它们在用形象的方式讲解马克思主义的政治经济学，但在具体表现中又充满儿童情趣，以至人们读完作品主要感受的就是这种情趣而非它们要宣讲的革命理论；刘真的《长长的流水》、萧平的《三月雪》都涉及带有普遍人性的革命情谊；徐光耀的《小兵张嘎》真正吸引人的也主要是在革命之外的那种嘎劲，这些都非思想意义上的政治、阶级斗争所能涵盖。但一则，这些内容都是红色儿童文学主导观念外的"溢出"，有时是为更好地宣传红色内容而加的作料，所以，当阶级斗争的弦一绷紧时，它们就会被压缩、排斥，其中一些作品如《长长的流水》、《三月雪》等就会受到批判。二则，即使表现这些内容，也是在政治、阶级意识的统率下进行的，是作为红色思想的一个组成部分予以表现的。十年动乱后，"儿童文学是教育儿童的文学"受到批评，一些人辩解说，我们所说的"教育"主要是思想品质、文化知识上的教育，古今中外的儿童文学不都有这方面的特征吗？应该说，这种辩解是不够诚实的。从我们前面引用的各家的说法可以看出，不论是官方的正式文件还是理论家、作家的理解、阐释，几乎无一例外地将"教育"理解为革命思想的教育，要求儿童文学用共产主义思想培养革命的新人，要求儿童文学首先要有"党性原则"，为党在不同时期的政治任务服务，即使提到文化学习，也是将其作为党的事业、共产主义新人的一部分予以要求的。这正是 20 世纪中国文学中的政治文化和西方文艺理论家，特别是后现代文艺理论家谈及的"政治文化"不同的地方。西方的一些文艺理论家如葛兰西等，他们追寻西方文学中的政治文化、追寻西方文化中的资产阶级霸权，主要是追寻包含在各种文学中隐蔽的政治文化、霸权文化的因素，在一些看似公正、不偏不倚的话语甚至媒介的运用中包含的统治阶级的意志，以"客观"的方式包含的集团利益和为统治集团服务的偏向。其所指的"政治文化"是广义的、宽泛的。20 世纪的中国则不同。20 世纪中国文学中的"政治"是狭义的，主要指阶级斗争，特别是无产阶级与资产阶级的斗争，指用暴力的手段去粉碎敌对阶级的国家机器或用国家机器去粉碎敌对阶级的反抗，清除他们的存在，包括他们在思想、文化上的存在。在 20 世纪文学和社会生活里，"政治"被极度地泛化了，它极大地压缩甚至取代文化的其他部分，使与政治、阶级斗争本有相当距离的儿童生活、儿童文学也被拉进政治、阶级斗争的漩涡，使五四一代人极尽全力争取来的儿童、儿童文学的生存空间消失殆尽。但我们也应承认，表现无产阶级思想统率下的道德、文化和直接表现社会矛盾、阶级斗争还是有区别的。道德品质、人性基础是儿童成长的重要内容，历来是儿童文学的重要表现对象。道德不是知识，其涉及的主要不是人与自然的关系而是人与人之间的问题，特别是个人和群体，个人和其他个人的关系，一般说，人的道德意识的生成，常常是先于阶级意识的。一个入世不深的孩子，可能没有很强的阶级意识，但不能不涉及人际关系。什么是好，什么是坏；什么是善，什么是恶，这从一开始就渗透在儿童生活的一切方面的。道德是分层次的。有公共道德，有私人道德；有阶级道德，有普适道德。在儿童那儿，他们接触到和应该培养的首先应该是普适的道德，即不同群体的人都能认同的道德。但在红色儿童文学中，却在一开始就将所有的道德都政治化、阶级斗争化了。首先，道德的最高境界被表现为对党、对领袖、对革命事业的绝对忠诚。像《闪闪的红星》中，红军大部队已经北上，留下很少的队伍和群众，在极艰苦的条件下，靠什么坚持下去？靠的就是对革命的信仰。个人道德和政治觉悟在这儿是一而二，二而一的。其次，在集体与个人的矛盾中，集体的地位是绝对优先的。如《刘文学》，面对地主，主人公自己只是一个孩子，但为了集体的利益，他毫无顾忌地冲上去，自己被杀害也在所不惜。在人类社会中存在着集体利益，存在着集体利益与个人利益的矛盾，在集体利益受损时，个人能站出来维护，甚至牺牲个人的生命去维护集体利益，是高尚的，是儿童需要学习和培养的，问题在这些集体利益应该确实是集体利益，不是某些个人利益的冒充，而且，在处理集体与个人这一对矛盾时，应该为个人，为人的个性、自由留出适当的空间。在西方文学如安徒生那儿，扼杀人的个性、自由也常常被视为不道德的。而这在红色儿童文学中是完全被忽略的。还有，在红色儿童文学中，道德与政治觉悟同一，道德常常是内化的、心理化的，即一些学者所谓的"道德内指"。"道德内指，大致说来就是在解决伦理选择带来的问题时，人们认为罪过在于主体'身体'内部的非法欲望，求取身心协调及人格同一的办法是'反求诸己'——不断地检讨自我、批评自我和压抑自我。只有将自我的内心清洗干净，方能获得去范导他人的资格。"[1] 这种综合着中国古代儒家文化"修身"与西方基督教文化"忏悔"特征的现代成长理念就是"兴无灭资"、"斗私批修"、"在灵魂深处爆发革命"，最后做到"心底无私天地宽"，"党教干啥就干啥"，像一颗革命的螺丝钉，"拧在哪里就在哪里闪闪发光"。胡尹强的《前夕》，写一群中学生高考前的心理矛盾，是

---

[1]　樊国宾：《主体的生成》，中国戏剧出版社 2003 年版，第 49 页。

追求上学还是服从党的挑选到最艰苦的地方去？有人处理不好公私矛盾，加之阶级敌人的破坏，走上错误的道路，但多数人坚持学习毛主席著作，终于战胜资产阶级思想，成为又红又专的接班人。革命觉悟再一次成为道德的最高诉求。

　　集中反映这种道德诉求的是 1963 年开始的学雷锋运动及当时的儿童文学对这一运动的表现。

　　学雷锋运动兴起和发展中的许多细节对许多人至今仍是不甚了然的。一般读者了解到的情况，雷锋原是解放军某部的一名普通战士，在一次执行部队的运输任务时被战友汽车撞倒的电线杆砸中而牺牲。这本是一次普通的意外工伤事故，但因在其遗物中发现了几本日记，日记记载了雷锋生前所做的好人好事，一些自觉地学习毛主席著作、用毛泽东思想改造自己、提高自己阶级觉悟的事例，引起宣传部门直至党和国家领导人的关注。于是，不仅将日记在报刊上公开发表，还由包括毛泽东在内的党和国家领导人题字表彰，号召"向雷锋同志学习"，在全国范围内掀起一个声势浩大的学雷锋运动。创作领域，特别是儿童文学创作领域都闻风而动，诗歌、小说、戏剧，都以此为题材创作出大量的作品，形成 60 年代儿童文学中的一个热潮。贺敬之的《雷锋之歌》、袁鹰的《向雷锋同志学习》等，都是传诵一时的作品。但近年有材料指出，雷锋、雷锋日记和学雷锋运动的出现，并不像人们从外部看到的一样是纯属偶然的。雷锋生前就受到许多关注和有意识的培养，他去世后发表的许多照片都是活着时摆拍的。[1]"摆拍"就有一个怎样"摆"、为什么这样"摆"、谁让这样"摆"的问题。即是说，"摆拍"是有着预设的意义指向的，是有意识地向着预设的意义指向"摆"和"拍"的。推而广之，这种"摆拍"是否不限于发表出来的照片，而是也影响到雷锋日记？

---

　　①　陈占彪：《雷锋照片是怎样拍出来的》，档案春秋博客 2010 年 9 月 6 日。

　　这就提出一个问题，雷锋日记的隐含读者是谁？一般情况下，日记的隐含读者总是写日记者自己。或为备忘，或为整理自己的心绪，或记录自己的心得，总之是向自己敞开心扉，向自己说的。雷锋日记也有这一侧面。但仔细体味，总觉得问题不仅如此。——这里显然还有另一个隐含读者，那就是党，是向党说的。当时有一首歌，歌词开始说取自雷锋日记，后来说是从雷锋日记中转抄的，题目是《唱支山歌给党听》，这首歌可以说很准确地表现了雷锋日记的特点：整个雷锋日记都可以看作是作者唱给党听的山歌。推而广之，当时许多歌颂雷锋的作品，甚至整个红色儿童文学，都可以作如是观：是作者们唱给党听的山歌。

　　问题是唱了些什么及为什么要这样唱。

　　在一般理解里，即人们通过雷锋日记阅读获得的最初印象里，雷锋事迹主要是"好人好事"。扶老大娘过马路，帮助等车的大嫂抱孩子，在公交车上为老人让座，到车站打扫卫生，给有困难的战友家里寄钱，给学校里的少年队员当辅导员，等等。扶危济困、助人为乐，做了好事也不留姓名，就事情本身而言，这种助人为乐的利他精神，无论是哪个社会哪个时代，放在旧道德新道德里，都是值得肯定的。人和动物不同，人是一种社会性群体性的存在，彼此间有很高的依存性。在生活中，每个人都会遇到困难，需要别人帮助。在别人需要帮助的时候慷慨地施以援手，救人危难，不论事情大小，都是一种高尚的行为。儿童从小学习这种品质，是其成长不可或缺的部分。儿童文学歌颂这种精神、赞扬雷锋和雷锋一样的好人好事，从内容上说无疑是正确的。就是在学雷锋运动以前，许多文学作品也是这样表现的，60年代学雷锋运动中不少作品深化了这种表现，即使一些作品表现形式较为粗糙，内容上也是应该予以肯定的。

　　但"好人好事"、"助人为乐"本是一种基本的公民道德，但在学雷锋运动和在学雷锋运动中产生的许多作品里，这种公民道德却被贴上阶级的标签，被纳入到革命思想、无产阶级思想觉悟的话语系统中予以宣扬，一些红色儿童文学也将其放到革命接班人的"德育"里予以要求。这种移花接木的逻辑是：革命政党是全心全意为人民谋福利的，越能为人民谋利益、越能为人民服务，就越纯粹、越高尚、越具有党性。雷锋全心全意地为人民服务，自然成为无产阶级革命队伍中的先进分子，成为最有阶级觉悟、最有党性原则的人。可是，阶级觉悟、党性原则与一般的公民意识、公民道德是有区别的，在道德谱系中属于不同的系统。列宁说："所谓阶级，就是这样一些大的集团，这些集团在历史上一定的社会生产体系中所处的地位不同，同生产资料的关系（这种关系大部分在法律上明文规定了的）不同，在社会劳动组织上所起的作用不同，因而取得归自己支配的那份社会财富的方式和多寡也不同。"① 阶级是一些利益相同的人结成的集团，阶级意识自然就是集团意识，阶级觉悟就是利益集团的觉悟。而公民意识、公民道德则是社会中每一个成员都应具有的。将"好人好事"、"助人为乐"等公民意识归于特定的阶级觉悟，是混淆了不同的道德范畴，将道德与政治的界限模糊了。

　　这种混淆和模糊对阶级意识和一般公民道德的效果都不全是正面的。从阶级意识的角度说，将一切优秀的社会道德都收编到自己阶级意识的旗下，从一方面看自然是抬高了本阶级在民众中的道德形象，提高本阶级在民众中的影响力，但付出的代价则是在某种程度上软化自己的阶级立场，使某个特定集团的阶级意识向普遍的社会道德诉求靠近，使自己的阶级意识含混不清。"文革"中，有人就曾提出雷锋日记、学雷锋运动中出现的一些文学作品的政治导向不够鲜明的问题，使得《雷锋之歌》在修订时又加进了雷锋在营房门口发现一个磨剪子的小贩原是阶级敌人的情节。从一般的公民意识、公民道德的角度说，将一些优秀的社会道德放到特定的阶级意识的麾下，被贴上某某阶级的标签，

---

① 《列宁全集》第37卷，人民出版社1986年版，第13页。

成为国家意识形态的组成部分，是被抬高。特别是当主流意识将其作为一种运动向全社会推广的时候，一时变得风光无限；但在另一方面，却也付出了将自己扭曲、越位、非民间化的代价，有时还将自身浅化、庸俗化。因为"好人好事"、"助人为乐"只是一种基础性的社会道德，是社会每个成员都必须具备的，将一种基础的、每个社会成员都必须具备的道德义务捧为似乎只有英雄才具有的崇高品质，社会要将其作为了不起的价值予以表彰，其实就将社会的道德水准极大地降低了。谢有顺曾说："'帮老太太过马路'、'捡到东西交还失主'，这些本来只要是一个正常人都会做的事情，是基本的常识，有时却被宣传成了一种了不起的壮举。久而久之，常识就被人们不知不觉的遗忘了。这种将常识盲目进行精神升华，从而造成真正的常识从我们的生活中隐匿的宣传方式，正在把越来越多的人带到一种不健康的心态之中：大家都在期待道德英雄、精神典范，希望所有的事情都由他们来做，自己则悄悄躲避作为正常人应尽的责任。所以，一个单纯用作好事的思想来支撑自身的道德体系的社会，表面上看来，是提升了民众的道德水平，实际上是使每个人都在降低自己的道德要求，并使他们丧失履行自身道德义务的热情。"① 因为将本属公民义务的内容纳入阶级觉悟的范畴，一些人就在该尽公民义务的时候不但退缩、逃避，将责任推给道德英雄，还为自己的逃避、不负责任找到了借口：既然这些事情是阶级觉悟的表现，我不属于那个阶级，不是你们认定的革命队伍的成员，也不想去争那份荣誉，自然可以不做了。你是某阶级的成员，是革命的先锋队，平时受着先进分子的礼遇，遇到事情，自然该你上了。于是出现许多我们在后来的报导中看到的一些人在有人危难时不施援手还对别人的救助冷嘲热讽的情形。民风衰败如此，多少是对公民道德泛政治化、泛阶级意识化的一种讽刺和惩罚。

---

① 谢有顺语，转引自樊国宾《主体的生成》，第 107 页。

　　将基本的公民道德纳入阶级觉悟，自然是从阶级意识的角度对人的一种规训。规训达到让被规训者以"摆拍"的方式向规训者显示自己的顺从和迎合，自然是规训的成功。规训者宣传这种"摆拍"，是将其作为一种模范、典型，以期进行更多更有效的规训。福柯在《惩罚与规训》中论及边沁的全景敞视建筑时曾说，"四周是一个环形建筑，中心是一座瞭望塔。瞭望塔有一个大窗户，对着环形建筑……他能被观看，但他不能观看……重要的是使他知道自己正在受到观察"。① 知道自己在被观看便不会肆意妄为，即使独处一室也会感到周围有许多眼睛存在。不仅不会肆意妄为还会有意识的迎合这些眼睛，表演给这些眼睛看。于是便有了种种"摆拍"的姿势。迎合观察的眼睛、摆姿势给眼睛看，久而久之，习惯成自然，就会进入一种自觉的出神入化的状态。20 世纪 60 年代，特别是"文化大革命"中，经常听到人们教育儿童的一句话："不是要我学，而是我要学"，只有进入"我要学"的境界才是真正理想的境界。"要我学"是被动，"我要学"是主动，进入"我要学"的境界，就是忘了周围的眼睛，忘了为周围的眼睛而进行的表演，本能地自动地发自内心地契合主流意识形态的意志，成为体制的齿轮和螺丝钉。学雷锋运动、在学雷锋运动中出现的许许多多儿童文学作品，要达到的正是这种效果。在这里，人的道德意识和政治觉悟就真的完全统一起来了。

　　这种统一当然是要付出代价的。在这种统一中，人的丰富性不见了，人的多层次性不见了，尤其是，人的主体性、能动性被压抑了，人变成某种完全按外在意志驱使而行动的力量。当这种外在意志出现偏差的时候，就会产生很负面的效果。而"文革"前的中国社会正是这种情景。阶级斗争的弦越绷越紧，青少年成

------

① ［法］米歇尔·福柯：《规训与惩罚》，生活·读书·新知三联书店 2007 年版，第 224—226 页。

长中的政治化要求越来越突出越来越单一，文化革命尚未正式开始，思想文化领域已成山雨欲来之势。十年动乱开始后，成千上万的年轻人冲上街头，成为一股非理性的破坏性潮流，追溯起来，不少红色儿童文学是难辞其咎的。

三　成人仪式与红色儿童文学的人物塑造

将革命教育看作红色儿童文学的元叙事，其教育的对象便是千百万的少年儿童，教育的方向和目的就是将他们培养成忠诚的无产阶级革命事业的接班人，或曰社会主义、共产主义的"新人"。这一点，在我们上节所引的题名《大量创作、出版、发行少年儿童读物》的《人民日报》社论及陈伯吹等人的有关论述中已清楚地表现出来了。这些论述后面的依据是毛泽东《在延安文艺座谈会上的讲话》："'大后方'也是要变的。'大后方'的读者，不需要从根据地的作家那里听那些早已听厌了的老故事，他们希望根据地的作家告诉他们新的人物、新的世界。"[①]对现实的儿童的教育主要是通过作品中的故事，特别是少年儿童自身的故事来实现的。在革命尚未成功的年代的红色儿童文学中，尚无一个实际的"班"可接，"新人"主要是指在革命思想指导下积极投身革命的小战士、小英雄，说到"接班"一般也只是指一种战斗岗位的接替；在革命胜利后的红色儿童文学中，则是指培养有高度阶级斗争觉悟和坚强革命意志的革命事业的接班人。从人物成长的角度看，红色儿童文学描写的就是一批批少年儿童在革命思想哺育下成长起来走向革命接班人的成人仪式。

成人仪式（或称成人礼）是原始文化中与儿童成长关系最密切、最重要的原型性仪式。

---

① 毛泽东：《在延安文艺座谈会上的讲话》，见《毛泽东选集》第三卷，人民出版社 1953 年版，第 878 页。

据许多文献记载，许多民族在其童年时代都曾存在过一种标志儿童走向成年的仪式。即儿童（主要是男童）长到一定年龄（一般是 15 岁），被部落安排到一个偏远的地方，由部落派出的成人带着进行许多艰苦的训练，请部落中能与神相通的人来给他们讲部落的来源及各种神奇的人物、事件，有时还有割开溺管等实际的身体毁伤，标志一个旧我的死去及一个新我的再生，这一再生常常由一个仪式来完成。通过成人仪式，部落认同了儿童、确立了儿童在部落中的身份和角色；儿童也认同了部落，成为部落的正式成员，享受部落正式成员的权利，同时也承担相应的义务。原始社会以后，这种神秘的仪式活动渐渐淡去，其一部分功能转化为后来的学校里的活动，一部分散布在节日的庆典及其他与儿童有关的仪式中。但作为一种文化原型，成人仪式仍作为一种集体无意识留存在人们的记忆里，一遇适当的激发，就会奇迹般地苏醒，以鲜活的形象重新表现出来（见本书第三章有关论述）。红色儿童文学以革命接班人的成长为主要表现，总体上形似一场革命接班人的成人仪式，许多作品都呈现出强烈的成人仪式的特征。

成人仪式的最先程序是分离，即将儿童从他们已在的环境中疏离出来，放到一个陌生的环境中，以便割断他们和旧环境、旧生命的联系，在一个全新的环境中开始全新的生命。有人也将这一过程称为"倾空"，即从自己的身体和灵魂中倒出所有先在的东西，腾出空间，以便神性的进入。《诗经·蒹葭》："蒹葭苍苍，白露为霜，所谓伊人，在水一方"，何新认为就是对古代成人仪式中男女少年分开后互相思念的实写。卢梭的《爱弥儿》，主张将未成熟的孩子放到一个与世隔绝的自然环境中，以免受到世俗文化的干扰，多少也残留着古代成人仪式的痕迹。红色儿童文学以唯物史观为自己的思想指针，强调存在决定意识，强调环境对人的成长的决定性作用，要使儿童成为革命的"新人"，必然要努力斩断其与旧环境的各种联系，将人与原来环境的疏离作为获得革命意识的前提条件。这在许多红色儿童文学中都有很具体的表现。

一是空间上的分离，即让人物离家，离开原来生活的环境，到一个新的、陌生的环境中去。环境可以指自然环境，更主要是指社会环境。社会环境是围绕着人物并促进人物行动的各种社会关系。马克思曾将人看成是社会关系的总和，即是说，人是复杂的自然、社会关系网络上的一个点，是各种自然关系、社会关系的产物，是在各种自然、社会关系促使下行动的，要改变一个人，首先就是要改变他的社会关系，而改变他的社会关系的最有效的方法就是将他从他原来的关系网络中拉出来，让他离家、离乡，与原来的环境分离。红色儿童文学最常见的离家方式就是投身革命。《闪闪的红星》（李心田），《高玉宝》（高玉宝），《好大娘》、《我和小荣》、《长长的流水》（刘真），《跟爸爸一起找红军》（鲁彦周）等，小主人公都是因为投身革命迅速去除原来环境留在自己身上旧东西而成长的。另一种离家的方式就是为生活所迫外出做工。如《奇怪的地方》（张天翼）、《骨肉》（胡万春）、《咆哮的石油河》（贺宜）、《小矿工》（杨大群）、《雪花飘飘》（杨朔）等，小主人公因离家而失去父母的护佑，将地主、资本家的剥削、压迫赤裸裸地暴露出来，为儿童迅速接受革命思想提供了契机。还有一种离家是上山下乡，如秦文君的《十六岁少女》，离开上海到大兴安岭插队落户，情形与离家参加革命队伍有些相近。此外，还有些离家是带强制性的，袁静的《小黑马的故事》、柯岩的《寻找回来的世界》、刘厚明的《绿色钱包》等，主要写工读学校儿童的生活，也是让他们脱离原来的环境，倾空原来所受的影响，更好地获得新生。虽然这种新生和潘冬子等在革命队伍中的新生不是一个含义，但由于环境的疏离而引起的思想、情感的转变则是相似的。

二是情感上的疏离。在日常生活中，儿童处身家庭、学校、村庄、社区，接触的主要是家人、亲友、老师、同学、伙伴、乡亲以及其他一些和自己差不多的熟悉的或不熟悉的人，接触的事情也主要是上学下学读书游戏做农活做家务这些大家都会遇到的事情，虽然由于各自所处的经济地位社会地位不同，会出现阶级差异阶级对立，但更多时候人们产生或感受到的情感也还是父母家人之间的关爱或责备，老师的表扬或批评，同学、同伴之间的友谊和矛盾，乡亲间的协作或仇恨等日常性的情感，很多属于自然的普遍的人性。红色儿童文学以阶级斗争为纲，将普遍人性视为资产阶级人性论，是阶级觉悟的腐蚀剂，是要极力防范和排斥的，儿童要成为红色接班人，自然要努力与他们疏离开来。有的研究者已经注意到，"十七年成长小说中有一个奇怪的现象，肉身之父即生父在本文中通常是缺席的"。① 如《红灯记》中，李铁梅的生父在大革命中牺牲了，现在的父亲是她生父的师弟，奶奶是父亲的师母，三个没有血缘关系也不同宗同姓的人组成一个以阶级感情为纽带的革命家庭。这种表现其实在红色儿童文学刚诞生时即已出现了。《一只手》（郭沫若）中的小普罗是工厂的童工，父母一开始不在他身边，后来又在罢工中被火烧死，真正引导他作为他精神的父亲是罢工领导者克培。小黑马（《小黑马的故事》）是流浪街头的孤儿，潘冬子（《闪闪的红星》）的父亲随红军北上，母亲又被胡汉三烧死；鲁彦周《找红军》中的父亲虽在身边，但其对革命的认识是一个和儿子差不多的人，在走向革命的途中，他与其说是父亲还不如说是伙伴。小娟（《三月雪》）的父亲已经牺牲，和母亲一起参加地下活动，虽然母亲最后牺牲，但在整个故事中却是一直在女儿身边的，其中也有一些母女间互相关心、惦念的描写，可也正因为如此，后来受到批评，说它有人性论倾向。而《雷锋之歌》中的雷锋，则完全是一个孤儿了。所有这些一般人格、人性对儿童的影响，都是要淡化、去除、倾空的。将他们从日常情感中间离出来，这样才能完

① 樊国宾：《主体的生成》，第 29 页。

成从日常人物向革命接班人的转变。

这种疏离也可以在不离家的情形下进行。红色接班人，特别是从非劳动人民家庭转变而来的红色接班人，都有一个"划清界限，转变立场"的要求，越能在不离家的情况完成疏离，完成从非革命者立场向革命立场的转变，越显出人物意志的坚决和立场的坚定。在颜一烟的小说《盐丁儿》中，主人公盐丁儿有些类似《青春之歌》的林道静，但出身于一个比林道静家更有权势、属于王公贵族的家庭。但生母死后受到后母的种种歧视和刁难，对旧家庭的腐朽没落有了一些认识，在进步书籍启发下，萌发了最初的革命愿望，一点点拉开与那个旧家庭的距离，最后和它划清界限，投身革命。张品成《赤色小子》中的瘦小在玩耍时不小心弄脏了一条标语，当村民不由分说地认定是地主疤胖干的，要拉他去批斗时，瘦小站出来承担了责任。但当疤胖拿着糍粑向他表示感谢时，他却打了疤胖一个巴掌。站出来承担责任，表现他普通人的良知；打疤胖一个巴掌，显示他作为革命少年的立场坚定。这种疏离行为有时也表现在亲人之间。浩然写于60 年代初的一些儿童小说就大多是以此为主题的。《大肚子蝈蝈》中的大旺、二旺是亲兄弟，但当二旺因为捉蝈蝈踩毁了队里的庄稼时，大旺还是毫不留情面地进行了批评。这些都让读者看到，即使在日常生活中，要成为真正的革命接班人，也存在一个情感疏离立场转变的问题。而只要心向革命，即使出生在非劳动人民家庭，也是可以完成的。

成人仪式中的第二个程序是锻炼和考验。通常的做法是将少年、儿童放到某种艰难甚至危险的环境中，让人物经历某些真实的危难、痛苦、折磨，包括一些真实的身体毁伤，既锻炼人的身体，更锻炼和考验人的意志品质和解决问题的能力。在诸多民间故事、民间传说中，人们将这些锻炼、考验虚拟化、神奇化、故事化，于是有了屠龙、斩蛟、去魔、除怪、打虎等的描写，成为童话和民间传说中绵延不已的一个系列。西方的《尼伯龙根之歌》、《天路历程》（班扬），中国的《西游记》都是这方面的佼佼者。这些故事中的龙、蛇、魔、怪、妖、恶人等，有些是险恶的自然力的具象化，有些是社会恶势力的代表，都是摆在人物前进路上的障碍，成长中的英雄只有一个个战胜它们，才能成为真正的英雄。红色儿童文学中的小英雄也要经历类似的磨炼和考验，虽然他们最后所要达到的目标非常不同。《闪闪的红星》中的潘冬子，出身于贫苦的农民家庭，六七岁时父亲随红军北上，妈妈又被还乡团烧死，他被游击队带出寄养在乡下一个大爹家，13 岁时，大爹又被还乡团抓走，他被游击队的人送到城里一家店里当学徒，受尽打骂和侮辱。更可怕的是，还乡团头子胡汉三知道这个红军的后代还活着，一直在找他。他有好几次和胡汉三正面相遇，差一点儿被认出和捉走。艰苦的环境培养了潘冬子坚强的革命意志，在与敌人的周旋中学会了周旋的艺术，最后在一次与胡汉三的正面遭遇中，手持大砍刀砍下了胡汉三的光脑袋。《三月雪》中的小娟，父亲不在身边，跟着母亲到敌占区做地下工作，到处是鬼子、伪军，还有出卖同志的叛徒，小娟不仅在这样的环境中生活还成为妈妈的助手。最后妈妈牺牲了，小娟则在经历了艰难的磨炼后成长起来。即使是在和平年代，这种锻炼和考验也依然存在。读书、升学，上山下乡，参加社会主义建设，和暗藏的阶级敌人斗争，荆棘可能生长在每一条前进的路上。《军队的女儿》中的刘海英，父亲是烈士，15 岁就离家去部队当兵，在军垦农场生了大病，但她却顽强地坚持下来；而《刘文学》中的刘文学却在与阶级敌人的搏斗中献出了自己的生命。俄罗斯谚语说："一个人的一生要在清水里浸三次，在盐水里浸三次，在血水里浸三次。"这也是红色儿童文学革命接班人的成长之路。

　　成长的障碍有时也来自人物自身。红色儿童文学中的成长和我们常见到的儿童成长小说不一样，它是以人的阶级意识、阶级觉悟的提高为基本尺度的。"意识"、"觉悟"都属人的内在方面，其变化自然也主要在人的内宇宙进行。且儿童，不管是革命年代的小战士还是和平年代的接班人，一般都不处在社会生活的中心，没有那么多的事迹可以展现，没有那么多的丰功伟绩可以作为成长的标志，他们的成长主要是通过思想、意识方面的变化表现出来，内在矛盾冲突的特征也往往更为明显。张天翼《宝葫芦的秘密》中那个和王葆纠缠不已的宝葫芦，其实是王葆心中的另一个自我，它和王葆的纠缠，其实是王葆心中两个自我矛盾冲突的外化。王葆要成为新中国一个优秀的儿童，一个红色的革命接班人，就必须在内心深处与宝葫芦代表的剥削阶级思想残余作斗争，并胜利地将它们清除出去。在作者的另一篇小说《罗文应的故事》中，小主人公的一个主要缺点就是"老管不住自己"。为什么"管不住自己"？在当时的语境里，就是缺少纪律性，革命的意志力不强。所以作者给他安排的改正办法就是在与志愿军叔叔的通信、交流中，听到许多志愿军战士在战火硝烟中模范地遵守纪律的故事，最后终于克服缺点，管住自己，跟上其他同学，成为一个优秀的少先队员。就是一些写战争年代小战士小英雄的作品，他们在与阶级敌人进行殊死搏斗的时候，往往也伴随着他们自己内心深处的矛盾冲突。如张嘎（《小兵张嘎》），就曾不顾纪律自由行动，缴了敌人的枪也不上交，这些缺点只有在革命的进程中得到认识和改正；也只有认识和改正了这些缺点错误，他们才能顺利地长成起来。从弗洛伊德心理学的角度看，人物内心的矛盾即是代表本能的本我和代表群体价值规范的超我的矛盾冲突。红色儿童文学要将儿童培养成革命接班人，自然要特别强调超我，强调革命思想对儿童的规训。进入60 年代以后，推广学雷锋运动，强调自觉地改造思想，规训的特点在这一时期的儿童文学中表现得尤为明显。在这之后有"斗私批修"，还有"在灵魂深处爆发革命"，都是要求少年儿童在情感深处将立场转变到革命的立场上来，成为彻里彻外的红色新一代。

但转变立场，"灵魂深处爆发革命"，仅靠自己的力量是不够的。红色儿童文学虽然认为在外因/内因这一对矛盾中内因是矛盾的主要方面，外因通过内因起作用，但在实际表现中却极为强调外来的激发、召唤、引领力量。在古代的成人仪式中，人的转变也要依靠某种外来的神秘力量，这种神秘力量就是神的召唤。成长就是人与神的互渗。古代成人仪式中一个重要的程序就是请部落能够通神的人来给参加成人仪式的人讲部落的神话、历史，讲部落的神秘来源，与神的关系，等等，而将一群从日常存在中间离出来即已被倾空的少年放到一个神秘的陌生的环境，本意也是杜绝世俗力量的干扰更好地与神互渗。一旦和神互渗，身心沐浴神的光辉，人也立即得到超升，走入一个与纯然的俗世不同的世界。所以，与神的互渗是成人仪式中最关键的环节。红色儿童文学深受成人仪式的影响，自然不会缺失这一重要环节。在有些红色儿童文学作品，甚至可以说，是为专门突出这一环节而写的。只是这儿的"神"不是神话意义上的神，而是领袖、导师，领袖著作，或代表领袖思想、路线的人物。在谈及中国当代成长小说的时候，樊国宾曾注意到不少作品中都出现"灯"这一意象。灯发光，光照亮在黑暗中探索的人们，灯光就是伟人思想的光辉。在红色儿童文学中，最常见的描写就是在向往革命的人们身边，或在他们最需要的时候，出现一个导师式的人物，他带来党和领袖的指示，代表正确的路线和航向，其所到之处，云开雾散，人心瞬时变得温暖。在《闪闪的红星》中，这一人物便是修竹哥。修竹哥原是个教书的，后来成了地下共产党的领导人。"爹原是个种田的庄稼人，他闹革命是修竹哥指引的。"他在荆山办了一个农民夜校，号召农民去上学：

> "嘿，上学！"爹连脚也没停，转身又往田里走："都二十多岁的人了，还上学，我当什么事呢！"
>
> 修竹哥走过去拦住我爹："行义叔，你听我说完呀！这

个夜校，不光念书识字，还有人给我们讲天下大事哩！去听
听吧，净讲些对种田人有好处的事。"

正是有了修竹哥办的夜校，有从夜校学到的许多革命道理，不仅
冬子爹冬子妈，冬子村上的许多大人参加了革命，连冬子这样六
七岁的孩子也懂得了"闹革命"的道理。这里，"夜校"成了一
盏灯，有了"神启"的性质。50 年代以后，这一景象就变成了
学习领袖著作。"抬头望见北斗星，心中想念毛泽东……"无论
怎样的艰难困苦，无论怎样的走投无路，一想起领袖教导，顿时
心明眼亮，充满信心和力量，困难也迎刃而解了。"互渗"的神
奇力量在这儿得到充分的体现。

经过分离、考验、互渗，成长者脱胎换骨，他已经从原来的
无名状态中超越出来，获得神的应允，可以成为部落的正式成员
了。但在这之前，他们还需要经过一个仪式，表示他们正式走入
部落成员的行列。这是一种新身份的获得，标志旧我死去，新我
诞生。直到今天，在日本等一些国家，这种仪式还延续着。红色
儿童文学是一种建立在唯物史观基础上的政治文化，当然不会这
么"迷信"，其仪式是以红色文学自身的方式进行的。最通常的
仪式就是入队、入团、入党、参军，被评为英雄、模范，或获得
奖励、被授予各种荣誉称号，等等。《罗文应的故事》是小主人
公成为少先队员；《闪闪的红星》是潘冬子奔向革命根据地，不
仅找到父亲还见到日夜梦想的领袖，得到领袖的表扬；《三月
雪》是李小娟入党；《小兵张嘎》是张嘎成为英雄；而在《寻找
回来的世界》中，则是一次工读学校的毕业典礼，学生和老师
都超越自己进入新的境界。也有些作品，如《刘文学》，主人公
为保卫集体财产在与阶级敌人的搏斗中牺牲了，但这牺牲本身就
一种仪式，因为它标志着人物已真正具有革命的阶级觉悟，成为
革命队伍中让人敬仰的小英雄。或许只有在这样的背景上我们才
能理解罗辰生《白脖儿》中的张小明。张小明因为性格上的一

些原因，直到小学毕业都未能入队。他虽然嘴里说："没啥"，心里却非常痛苦。一次，他趁没人注意一个人溜进中队陈列室，悄悄取下一条红领巾戴上，耳边似乎听到了鼓乐队的奏响的声音……张小明的痛苦是因为脖子上少了条红领巾，一条红领巾不只是一条红布，它是一种象征，一种命名，一种社会认同。没有获得认同的孩子是无名的孤儿，这就难怪张小明感到失落、孤独以至恐惧了。

　　成人仪式是一个古老的原型。作为原型，和人类童年时代一再反复的经验联系着，和现实生活的深层联系着。通过一个个有原型特点的故事，我们不仅接触到河面而且接触到"河床"，接触到变动的现实生活下面相对永恒的东西。红色儿童文学是一种有极强的现实特征的作品，写现实，为现实的阶级斗争而写，但透过它表层的人物、故事，我们能看到它与成人仪式这一原型的联系，一下子超越时空，将现实与远古，将红色革命与人类世代相传的经验联系起来，获得了一个深邃、开阔的视野，甚至看到了红色儿童文学和普遍人性相联系的侧面，使红色儿童文学顿时有了一种文化上厚重感。但是，从另一方面看，也使红色儿童文学的缺陷以更鲜明的形式表现出来。成年仪式反映童年时期的人类对人、对如何成长为人的理解，它虽然涵盖巨大的时空但却不是全然超越时空的，仔细辨认，仍然打着古代社会，尤其是史前社会人类生活的特征。古代社会，尤其是史前社会生活不分化，经验浑茫，成人和儿童没有明显的区分。成人仪式看起来似乎是标出了儿童与成人的界限，但其实是一种假象：它标明经过成人仪式以后的人是部落的正式成员，但却没有说成人仪式以前的人是什么。所谓"长大成人"，长大了才成为成人，没长大算不算"人"？至少是没有明确地说，反映着那种生活条件下的人对未成年人的忽视、漠视。这种忽视、漠视也反映在红色儿童文学中。罗文应（《罗文应的故事》）老是管不住自己，张嘎的嘎劲，其中都包含着儿童游戏天性，一定条件下都可引出极富生命意义的内容，但在作品中，都被作为可能危及革命纯正性的东西忽视或压抑了。成人仪式的本质内容是对"人"的认定和对如何"成为"人的规划，但其所说的人是群体的人，是"部落成员"，成"人"就是成为部落成员，个人认同群体也为群体所认同，是更重视群体而非个人自我。所以人们说，其"既引起独立意识，而在同时又禁止独立意识"。这一点也明显地表现在红色儿童文学中。《闪闪的红星》中的潘冬子最初出现在故事中只有六七岁，《刘文学》更是从小主人公刚生下来说起，《三月雪》中的小娟在故事中也只有十一二岁，但他们都被深深地卷入严酷的阶级斗争，没有自己的童年世界，似乎生来就只在阶级矛盾中，活着的全部意义就是为了本阶级的利益去战斗。五四时期周作人等提倡的儿童本位、个人本位在这儿全部被排斥了。不唯如此，古代成人仪式突出的还只是社会本位，群体本位，但到红色儿童文学，则转变为阶级本位。无产阶级、资产阶级，不是无产阶级就是资产阶级，中间没有调和的余地，成长就是兴无灭资，斗私批修，变成纯粹的红色儿童、红色少年、红色接班人，人的童年性、生命性、具体性被抽空，变成单纯的社会符号、阶级符号，甚至沦为阶级斗争的工具，这不正是十年动乱中千百万红卫兵在广袤的中国大地上上演的活生生的现实吗？这种成人仪式所"成"的是否仍是"人"是很成疑问的。成人仪式无疑是一种包含了极大合理性的前提，从一个合理的前提出发却走向一个有些荒诞的结果，其间许多教训是值得汲取的。或许是意识到这一点，十年动乱之后，红色儿童文学自身也作出许多调整，成人仪式也逐渐回归它本来的含义，在以后的儿童文学中，成人仪式一定会焕发出新的生命力的。

四 红色儿童文学的时间维度

成长是儿童文学的基本主题。成长是一个矢量，有起点、有方向，而且包含了变化，是一个过程，这就必然涉及时间。红色儿童文学以自己的特殊方式设计人，预设人的成长，自然就有自己设计、安排时间的方式，这就成为我们理解红色儿童文学的另一维度。

　　和整个红色文学一样，红色儿童文学在涉及编年史时间时，一般都用公历。这在 1949 年以后写的、涉及 1949 年以后的时间自是理所当然。1949 年的胜利推翻了原来的政府，"中华民国"作为一个政权在大陆已不存在，新建立的政权又没有像过去的政权一样为自己设立一个新的年号，自然按国家的规定统一使用公历了。可在 1949 年以前，当那时的许多作品与官方保持一致以"中华民国"为纪年时间时，红色文学一般也用公历。本来，自西方纪年方式传入中国后，中国纪年就有了两套不同的谱系：一是用公历，二是用传统的"年号"。先是清朝的"道光"、"嘉庆"、"宣统"，1911 年后便是"中华民国"。1949 年以前的红色文学坚持用公历而不用"中华民国"，意在回避或拒绝承认现政权的合法性。1949 年以后，红色文学提到这段已成历史的时间仍拒绝使用"中华民国"，即仍拒绝承认"中华民国"在这段历史上的合法性（最近一段时间已有变化）。至于 1949 年以后为什么统一使用公历而不像 1949 年以前一样也改一个什么"元"，然后按这个"元"进行纪年，那自然是一个政治领域的问题而不是文学领域的问题。"建元"、"改元"毕竟是封建社会流传下来的古制，是和"王朝"连在一起的，是有始有终、有开始也有结束的，一个希望红色江山千秋万代永不变色的政权是不愿给人这种联想的。但更重要的，统一使用公历，包括将整个中国历史纳入到公历的时间谱系中予以重组，是表明将中国历史纳入世界历史、融入以公历为标记的世界历史的现代化进程。"当我们采用西历来组织我们的时间的时候，则意味着我们向西方现代化敞开。因此，通过西历来组织革命历史，实际上是对革命的现代意识的认同：我们的革命就是要将自己组织到整个世界的现代化的进程之中。"① 儿童文学本来就是现代社会的产物，以这种组织时间的方式，红色儿童文学不仅与红色文学也与儿童文学的内在精神达成了一致。但是，在认同世界的现代化进程、用公历对中国革命的历史进行重组的时候，红色文学也对这一纪年方式进行了改造。"公历"原为"西历"，西历以"圣诞"为纪元开端，然后向后、向前延伸，明显具有西方基督教文化的特征，这与红色文化的历史唯物主义理论显然是不符的。但编年史时间是一种公共时间，其使用的人越多，覆盖的空间越大，抽象的程度就越高，内容也就越稀薄。在红色文学之前，"西历"已因在世界范围内广泛使用而成为"公历"，成为一个高度形式化了的作为编年史使用的时间构架，原来的"圣诞"、基督教的内容已被淡化。中国红色文学在使用时不仅突出其"公历"性，对其西方文化内容进一步淡化，从不让人产生与"圣诞"有关的联想，而且以革命的内容对其进行了置换和改造。这样，一部中国历史，虽用公历，仍成了一部革命史，一部阶级斗争史。"阶级斗争，一些阶级胜利了，一些阶级失败了，这就是历史，这就是几千年的文明史。"② 陈胜、吴广、黄巢、李自成，直至一场不彻底的资产阶级革命推翻两千年的帝制，十月革命一声炮响给中国送来了马克思列宁主义，然后是三次国内革命战争和一次抗日战争，中国人民彻底获得解放，当家作了主人。1949 年后则是抗美援朝、反"右派"、大跃进、反对"右"倾机会主义、三年自然灾害、史无前例的"文化大革命"，等等，红色文学、红色儿童文学就按这样的框架重构了历史，并在这样的时间框架中想象作品中的故事，评价故事中的人物，确定他们在历史谱系中的位置。比如，在红色儿童文学中占有重要位置的革命历史小说，大

① 杨厚军：《革命历史图景与民族国家想象》，湖北教育出版社 2005 年版，第 39 页。
② 《毛泽东选集》第 4 卷，人民出版社 1960 年版，第 1491 页。

多以第二次国内革命战争为背景。在红色文学里，第二次国内革命战争指 1928—1937 年即大革命失败到抗日战争全面爆发这段时间。按主流意识形态的描绘，由于 1927 年蒋介石背叛革命，轰轰烈烈的大革命失败了，革命暂时陷入低潮，转入农村坚持革命。"左"倾机会主义分子不顾实际，急躁盲动，要求立即举行起义，争取一省数省首先胜利，结果使革命遭受巨大损失。紧急关头，毛主席代表的正确路线挽救了革命，先是在苏区建立根据地，粉碎五次反革命围剿，而后又在日本帝国主义反动侵华战争时北上抗日……当人们用"第二次国内革命战争"指称 1928—1937 年这段时间时，人们同时就接受这种关于历史的描述。这正是我们在红色儿童文学中看到的状况。《闪闪的红星》、《和爸爸一起找红军》、《赤色小子》、《北斗当空》等，基本上都是这一语义的展开或为其提供的例证。"第二次国内革命战争"既是一段特定的时间，也是按特定意识形态给出的语境。其他将故事背景放在"解放战争"、"十七年"、"十年动乱"、"新时期"的作品，同样是一个在公历的编年史框架中包含了意识形态内容的设定。这样，我们在使用西历/公历、努力融入世界现代化进程的时候，又抽去了西方文化所说的现代化的一些内容，拉开了与西方现代化的距离，整个红色儿童文学都是在这样的大语境下进行的。

这种背景时间对具体作品的时间设定就构成一种限定。虽然巴尔扎克说过："时间是什么？是钉子，用来挂我的小说。"作家可以以自己的方式想象、虚构，最大限度地拉开"小说"与现实生活的距离，二者间只需存在一些重合点，使人们可以经由作品引起对现实的联想而已。但既将"小说""钉"在历史的某个时空点上，完全不受其影响是不可能的。童谣、民间故事等常常没有具体的背景时间，或者只是说"从前"、"老早"，将时间虚化，似乎不受背景时间的限定，那是因为童话、民间故事等表现较普遍的人性，表现不同时代、不同阶层的人们都能认同的、具有共通性的价值，并非绝对地没有时间。五四儿童文学受进化论的影响强调运动、变化、积极进取，且这种变化主要不是从外面强加的，而是来自事物自身的节律，于是就有了对童年的尊重，强调童年在不受外在的社会政治影响下的自由运行。红色儿童文学走的是与五四儿童文学有些相反的道路，主要不是按儿童自身成长的节律而是按某些外在的要求来设计儿童的成长，用外在事件的时间来安排儿童成长的时间。这里所说的"外在事件"主要指革命历史和正在进行的革命和建设，于是，一些与此距离较远、不太相干的时间便自然地受到排斥。比如童话，本是一种以非生活本身形式塑造相对虚化的时空以表现超越性价值的作品，这和红色儿童文学的价值取向显然不一致，其在红色儿童文学中的遭遇便要么是受排斥，要么是被改造。改造的结果一是减少诗化童话发展讽刺童话，一是改变传统童话的造型方式，使其向写实的方向偏转。张天翼的《宝葫芦的秘密》，艺术世界总体上是时空虚化的非生活本身形式，但这种虚化主要是借助一个梦的框架，梦境中引入大量现实生活本身的形式，如"红领巾"、"少先队"、"抗美援朝"等。更能说明问题的是 1960 年前后关于"新童话"的提倡。"新童话"的基本出发点就是一些人敏感到传统童话非写实的造型方式和主流意识形态关于文学要反映社会现实的要求不一致，要设法进行弥合。弥合的方法就是在童话非写实的形象系统中加入一些写实的因素，使童话在总体保留非写实的前提下尽可能的贴近社会现实。如贺宜的《天竺葵和制鞋工人的女儿》，用一双天竺葵的眼睛"看"一个制鞋工人新中国成立前后生活的变化，天竺葵的"眼睛"是虚拟的，从天竺葵眼睛中呈现出来的制鞋工人的生活却是生活本身形式的。金近的《小鲤鱼跳龙门》，一群被拟人化了的小鲤鱼从深山里游出来，去寻找并最终跳过了老祖母给它们说的"龙门"，但叙述者又让读者分明地看到，那"龙门"其实是现实生活中龙门水库的大坝，那"天堂"就是现实生活中龙门水库四周的人们创造的人间仙境。由此，新童话完成了传统童话的虚拟时空和现实时空的结合，在神话时间中渗入现实时间，顺带着也将现实时间神话化了。这种神话化恰是那个"一天等于20年"的"时代精神"所需要的。这也影响到红色儿童文学中一些写实类的作品。如我们上一节刚刚论及的《闪闪的红星》、《刘文学》、《咆哮的石油河》等红色成长小说，都是按照革命事业的进程来安排人物成长的历程的。没有革命，潘冬子可能只是修水城里一个任人剥削的小伙计，王进喜可能只是保长杨世奎家的一个放猪娃、一个在油矿上卖苦力的小工，革命不仅改变了他们的生活历程，也改变了他们的精神世界，人物的成长道路和中国革命的发展道路完全重合在一起了。

　　红色儿童文学是一种政治文化，政治是国家大事，其叙事自然是宏大叙事，其故事时间也倾向公共时间，并常常以在主流话语中占有重要位置的事件来标示时间。传统儿童文学当然也写公共时间，周作人40年代写的《儿童杂事诗》有一部分就是以民间公共时间——春节、元宵、清明、端午、七月半、中秋、冬至等来命名的。红色儿童文学中的公共时间主要是具有政治意义的公共时间，比如用"解放前"、"解放后"、"三反五反"、"反右派"、"大跃进"、"文化大革命"等重大历史事件来标示编年史，用"三八妇女节"、"五四青年节"、"六一儿童节"、"七一党的生日"、"八一建军节"、"十一国庆节"等来置换春节、元宵、清明等传统节日，就是写到传统节日，也用革命内容对其进行改造。如春节，本是一个圖家团圆、拜天祭祖、祈求新的一年平安幸福的日子，贴春联，吃团圆饭，拜年，探亲访友，表现出来的是一种亲情友情其乐融融的气氛，也是孩子最快乐的日子。但在提倡"过一个革命化的春节"的年代，内容主要成了到军烈属家慰问，到经济有困难家庭访贫问苦，宣传勤俭节约反对铺张浪费等。清明节本是一个上坟祭祖的日子，经过改造，内容变成为革命先烈扫墓，继承先烈遗志，沿着革命道路继续前进等。在日常生活中，农民本是掐着季节耕地、播种、施肥、除草、收割；工人按着钟点上班下班；学生听着铃声上课下课，在红色儿童文学中，这些划分、度量时间的方式虽然存在但却常常被隐匿、淡化，加入和突出一些与政治活动有关的时间，如学毛著的时间，读报纸的时间，开中队会、请老红军老工人老贫农做报告、看革命电影、唱革命歌曲的时间，到"文化大革命"，则变成开批判会、斗私批修会、学习毛主席著作讲用会的时间，等等。孙幼军的《小布头奇遇记》是一部很儿童化的作品，主人公是一个拟人化的幼儿形象，生动活泼、充满情趣，但它的时间也是很公共化政治化的。不爱惜粮食，大铁勺给他忆苦思甜，讲今天的幸福生活的来之不易，他也不听，负气出走，跟着支农的大货车到了乡下，其实是作者有意识地安排他去农村亲眼看一看农民伯伯是怎样辛勤地劳动、生产粮食的。生活教育了小布头，他认识到不爱惜粮食的错误，还参加了一场为保卫粮食而和老鼠进行的战斗。当他和跟着支农的爸爸到乡下定居的小主人再次相遇时，他已不是原来的小布头了。虽是一个幼儿故事，时间还是被公共事件充斥了。与此同时，自然是个人时间的被挤压。所谓"八小时内拼命干，八小时外多贡献"，所谓"用无产阶级思想占领一切阵地"，就是将一切与政治和革命不甚有关的内容全部从个人生活中驱逐出去。在张天翼的《罗文应的故事》中，小学生罗文应因为"老是管不住自己"受到自己小队的少先队员的批评，而"管不住"的具体表现就是上学路上贪玩差点迟到、回家路上蹲在商店门口看橱窗里的小乌龟、想知道乌龟在雨天会不会感冒之类。这里有一个孩子意志力薄弱、需要改进的问题，也有孩子的好奇心不应被过分挫伤的问题，不管是哪种，都是一个孩子的个人生活的问题，不应放到少先队里由队员们来讨论，但在文本中，故事却是由少先队某小队队员给在朝鲜的志愿军叔叔写的信的方式呈现出来，并说罗文应是在听了志愿军战士的英雄的事迹后，受了教育，才终于改掉自己坏毛病，跟上集体前进的步伐，这分明告诉读者：小学生应向志愿军看齐、用志愿军的标准要求自己。很显然，在这一过程中，罗文应自己的兴趣、爱好，罗文应自己的世界被忽视、被排斥了。在红色儿童文学中，这种现象绝不是个别的。

　　时间公共化的另一表现就是对个人心理时间的挤压和排斥。心理时间是最个人化、私人化的，尤其是带潜意识特征的个人心理，不受外在的现实时间的制约，上天入地、过去未来，大多是隐秘的、不规则的，尤其是个人心理中的非理性是非常不符合红色意识形态的要求的。这里有儿童文学自身的原因。儿童文学主要面对少年儿童，少年儿童的接受能力总体偏低，他们喜欢看得见摸得着、有头有尾、时序井然的故事，心理活动没有视觉形象，运行也不像故事一样单纯、规则，把握起来较有困难，所以，在儿童文学中，心理描写在作品中所占的篇幅本就不多。50年代，柯岩的儿童诗大受欢迎，原因之一就在她把儿童天真、幼稚的心理转换成他们充满情趣的行为，成为可以用人的视觉直接把握的对象。但这不是绝对的。儿童文学也可以写人的心理，包括一些很隐秘的带有潜意识特征的儿童心理。同是50年代很受欢迎的作品，如刘真的《长长的流水》、萧平的《三月雪》等，就有一些较深入较个人化的儿童心理描写。红色儿童文学作为一个整体偏向排斥个人心理时间，主要因为红色儿童文学偏向宣传、教育，宣传、教育要用某种集体意识去塑造个人意识，要受宣传受教育者听懂、听明白，所以要尽力把话说得单纯、清楚、意思明确、无歧义。红色儿童文学不仅在表现对象上重故事轻心理，而且按故事时序安排叙事时序，使个人的心理时间在集体的公共时间中得到整合。在《闪闪的红星》中，潘冬子的妈妈为掩护自己的同志，被保安团的胡汉三抓住吊在树上用火烧死了，当人们将她临死时的情境讲给潘冬子时，作者对潘冬子心理的描写是：

> 这时，我的眼前像燃起一堆火，在那火光里我看见了我
> 妈妈：她两只眼睛大睁着，放射着明亮的光彩，她的一只手
> 向前指着，在她的手指下面，胡汉三害怕地倒退着。妈妈的
> 另一只手握着拳头举起来，像前天晚上那庄严地宣誓。火光
> 越来越大了，妈妈浑身放着红光……

这与其说是一个六七岁孩子此时的心像，不如说是我们从电影电
视上看惯了的英雄人物就义画面，不管这种描写是否准确，它确
实反映了红色儿童文学将人物心理整合到集体的意识形态层面上
的努力。这在《雷锋日记》中反映得更为明显。"日记"本是一
种非常私人化的书写，但在《雷锋日记》中，我们看到的主要
是公共事件、公共情感、公共时间。

作为一种意在教育儿童、引导儿童在思想觉悟上不断向前的
文学作品，红色儿童文学的时间在向度上大体是线性的、向前
的。过去、现在、未来，现在优于过去，未来优于现在，最美好
的时代在未来。初看，这和进化论的时间观很相似。但进化论强
调物竞天择、优胜劣汰，动力在物种自身；红色儿童文学强调教
育的力量，动力主要是外在的。虽然红色儿童文学也说"灵魂
深处爆发革命"，"外因通过内因起作用"，但这主要是说变化最
后要落实到具体的个体，而不是说变化的动力在个体。个体要有
变化的愿望，而变化的真正实现却在革命思想的启发和引导。甚
至变化的愿望也是革命思想激发出来的。进化论，特别是和儿童
本位论结合在一起的进化论，强调生命是一个可以分成许多阶段
的过程，每个阶段都有自身的任务和意义，一个完满的生命就是
一系列完满阶段的链接。红色儿童文学则将价值放在未来的还未
到来的某个地方。革命还未胜利时，是为了革命的胜利；革命胜
利后，要继续革命，永无止境。这引导人不断向前，但有时也会
导致价值空无。

在十七年儿童文学中，严文井是少数几个对时间进行正面思

考的作家之一，他的《小溪流的歌》、《唐小西在"下次开船港"》是儿童文学中最具哲学品格的作品，其对时间的思考达到那个年代儿童文学的最大深度。严格地说，《小溪流的歌》、《唐小西在"下次开船港"》等也许算不上最典型的红色儿童文学作品，因为它们并未涉及无产阶级思想教育下儿童阶级觉悟的提高，但其内在精神又和那个年代主流意识形态的要求颇为一致。《小溪流的歌》将人生比作一条河，小溪流、大河、大江、大海是人生的不同阶段。以河流喻人生，自古有之。"子在川上曰："逝者如斯夫，不舍昼夜。'"罗素以溪、河、江、江的入海口喻童年、青年、壮年、老年，每阶段都有自己的意义和追求。严文井强调贯穿在大河、大江、大海中的小溪流精神，即贯穿在整个人生中的童年精神，这个精神的要义就是：前进，前进，永不停息！小溪流不顾枯草树桩的抱怨，不断向前；大河不顾乌鸦的恐吓，继续向前；大江不顾泥沙的抱怨，仍然向前；即使到了大海，仍不肯休息，因其生命中依然响彻着永不停息的小溪流的歌。生命就是向前，停止就是腐败、堕落、死亡。在作者的另一篇童话《唐小西在"下次开船港"》中，这一思想得到了更充分的体现。故事中的唐小西是一个"玩儿不够"的孩子。每次，当他玩得正高兴、忘了时间的时候，老师、妈妈、姐姐就会来提醒他、批评他："真是一点时间观念都没有！"这就自然地引起了他对时间的疑惑。

　　慢慢地，小西总觉得另外有一个怪东西特别喜欢同他捣乱，就是不让他痛痛快快地玩儿。那个看不见的东西叫时间，它比谁都厉害。明明是它管着老师、妈妈和姐姐，再让老师、妈妈和姐姐来管着小西；可是姐姐动不动又对小西说："抓紧时间啊，抓紧时间啊！"好像小西又能管住时间似的。

　　这到底是怎么回事啊？如果时间是能抓住的，那么，它到底是什么东西？是什么模样？为什么又这么厉害？

唐小西显然是无法回答这些问题的。为了让唐小西和唐小西们明白这一点，作者利用他编故事的权力，满足了唐小西的愿望：让时间停下来，创造了一个没有了时间的"下次开船港"，将唐小西放到那个没有了时间的地方，让他自己去看去体验一个没有了时间的世界是一种什么样的状况。没有了时间，没有了运动，花不开，鸟不唱，风不吹，船不开，连太阳都像一个昏黄的圆饼一动不动地挂在天上。没有了时间，没有了进步，一些腐朽的、喜欢黑暗的东西便活跃起来了。白瓷人、洋铁人、灰老鼠，他们纠合在一起，自己不劳动，到外面去抓一些小女孩为他们干活，稍不满意还任意地打骂她们，把一个本来生机盎然的城市搞得乌烟瘴气。事实使唐小西认识到，世界不能没有时间。没有了时间，世界停滞了，我们就会陷入腐朽、反动、黑暗。要做的事情要赶快去做，不能等那个所谓的"下次"！"时间小人，快回来吧！"在唐小西的热情呼唤下，"下次开船港"终于复活了。运动战胜了停滞，前进战胜了后退，世界又恢复了生机，唐小西们又一次扬帆起航了。"以后唐小西是不是把那几道算术习题都做完了，那个闹钟是不是坏了，以后是不是修好了，我都不大清楚。我只知道，后来唐小西慢慢懂了一些事情，比方说，应该怎样对待功课和游戏。"在该做功课的时候，他大概不会再说"下次"了。

但问题并没有完全解决：如果唐小西听从作家的劝告，从此不把作业推到"下次"，那是不是每次都把"玩儿"推到"下次"呢？如果那作业永远做不完或者那作业本来就是不值得做的呢？唐小西是有名的"玩儿不够"。所以"玩儿不够"，所以希望在玩的时候时间能停下来，是因为他在玩的时候感到快乐，希望能将这份快乐无限地放大、延长；为什么要将作业推到"下次"？因为他不能在作业中得到快乐或不能得到同等的快乐，所以希望这段时间无限地推迟或永远不要出现。但颠倒过来以后，唐小西不是要永远处在无味、无聊甚至痛苦之中吗？不能否认"现在"指向"未来"，有向"未来"过渡、为"未来"准备的性质，但如果"现在"不如意，怎样保证"未来"的意义呢？在编年史的意义上，我们可以把时间划分为过去、现在、未来，可"过去"是已逝的"现在"，"未来"是正在到来的"现在"，我们能接触和经历的永远只是"现在"。只有"现在"才是现实的、感性的、丰富的、生动的。如果将"现在"掏空，将现在变成只是未来的预备，甚至是为了"未来"不得不承担的忍受，我们难免不走向价值的虚无。在《浮士德》中，上帝和魔鬼打赌，浮士德什么时候感到满足，希望时间停下来，魔鬼就胜利了。最后，浮士德果然在自己创造的成就面前希望时间停下来，这与其说是魔鬼的胜利不如说是人类审美精神的胜利。只是浮士德对自身本质力量的欣赏不一定要等到看见自己创造的成果而是贯穿在整个奋斗过程中。唐小西的想法在少年儿童中是极具代表性的，作者为唐小西指出的方向在儿童文学，特别是红色儿童文学中也是极具代表性的。50年代的红色儿童文学首先否定过去，认为那是一个劳动人民受压迫受剥削的时代，现在终于过去了；但又没有将价值放在现在，因为革命尚未成功。要想革命不半途而废，就要艰苦奋斗、继续革命，要警惕享乐主义、修正主义，那些都是资产阶级、帝国主义为争夺年青一代而施放的糖衣炮弹。《小溪流的歌》、《唐小西在"下次开船港"》等是对少年儿童成长说的，但显然也有那个年代社会政治生活的投影。1949年革命胜利以后，主流话语就一直强调"继续革命"，但革谁的命，怎么革命，一般民众是不怎么明了的。50年代末以后，中苏分歧公开化，中国指责苏联投降帝国主义，停止、放弃革命，是修正主义，并在对国际修正主义进行批判时联系到国内修正主义，问题才慢慢变得清晰起来。这或许就是《小溪流的歌》、《唐小西在"下次开船港"》等力倡"前进"、"永不停息"的时代背景。对于这种为了未来而牺牲现世幸福的主张，陀斯妥耶夫斯基曾说：你们把"黄金时代"都预约给他们的子孙后代了，你们拿什么给他们自己呢？或许是作为一种反拨罢，到世纪末，商品文化消费文化大潮涌起，人们更多地不是强调"未来"而是强调"现在"，强调现世的幸福，声言要"快乐地过好每一天"，虽然世俗，虽然被批评为短视，但却激动了千千万万的人，显得生气勃勃。这或许是对五六十年代抽空"现在"的一种惩罚罢。于是，我们又重新想起了五四。生命是一个过程，其包含了许多阶段，但每个阶段都是有意义的，谁也不是谁的附庸。为唐小西计，关键是改变对"作业"和"玩儿"的理解。这二者不是截然对立的。"玩儿"不一定是无意义，"作业"也未必是苦差事，关键是将二者都纳入统一和谐的生命进程，在游戏中看到意义，在学习和工作中感到快乐，将现在未来化，将未来现在化，生命走向每一个具体的瞬间，幸福也就当下化了。在这一意义上，人即"此在"。"快乐地过好每一天"，生命也就变得充实而快乐了。

五　红色儿童文学的艺术张力

红色儿童文学是一种旗帜鲜明的无产阶级意识形态文学，1949 年以后，还成为国家意识形态文学，有着鲜明的政治文化的特征。以马列主义、毛泽东思想为指导，塑造立场坚定的革命者的形象，用革命的、共产主义的思想培养革命接班人，总之，"政治挂帅，思想领先"，艺术从属于政治，艺术是为作品的政治思想服务的。茅盾先生评论 1960 年儿童文学的著名论断："政治挂了帅，艺术脱了班，人物概念化，故事公式化，语言干巴巴"，[①] 虽只是对一个年度的儿童文学而言，却也是相当一部分红色儿童文学的共同特点。但也不能因此说所有的红色儿童文

① 茅盾：《六〇年少年儿童文学漫读》，《上海文学》1961 年第 8 期。

学全是政治教育的工具、传声筒，全无自己的艺术追求。事实上，20 世纪 50 年代的儿童文学在整个 20 世纪儿童文学发展中可以说是一个高峰（这和成人文学不同），而红色儿童文学最有代表性的作家张天翼、柯岩等人的作品，至今也是人们很难达到的一个高度。循其原因，恰恰不在这些作品言说了些什么，即它们的思想内容，而在它们言说的方式，在它们艺术上取得的成就。这使我们不得不对红色儿童文学从思想和艺术的统一中表现的红色美学，对红色儿童文学的艺术张力，作些更深入的探求。

　　红色儿童文学一般都是宏大叙事。或以为儿童文学以尚未成年的孩子为主要表现对象，生活空间主要在家庭、学校，生活内容主要学习、游戏，不会太多地涉及社会的重大事件、重大主题，但事实恰恰相反。这就和人们以为古代社会人口少、居住分散，少有大型集会群体场面而事情恰恰相反一样。福柯说："古代社会是一个讲究宏伟场面的文明。'使大批的人群能够观看少数对象'，这是庙宇、剧场和竞技场的建筑所面临的问题。因为场面宏大，便产生了公共生活的主导地位，热烈的节日以及情感的接近。在这热血沸腾的仪式中，社会找到了新的活力，并在霎那间形成一个统一的伟大实体。"[1] 儿童年龄小，无论是在实际生活中还是在精神上，都没有形成自己的世界，他们接触到的文化、文学，常常最基本的，他们的心理、知识、认识能力都是低浅的、粗线条的。而基本的、粗浅的内容一般都是宏大的。好人、坏人；真的、假的；正义、邪恶；美好、丑陋，等等，只有有了大的基本层面的区分，才能走向局部、细部。基本层面的区分简约，细部的区分幽深；简约的东西涵盖面宏大，幽深的东西涵盖面尖细，传统的民间文学、儿童文学的内容涵盖面都是倾向简约和宏大的。红色儿童文学的内容从传统儿童文学的一般道德、人性、知识、经验转向政治文化，政治本来就是"国家大

---

① ［法］米歇尔·福柯：《规训与惩罚》，第 243 页。

事"。以革命教育为元叙事，突出阶级、政党、国家、夺取政权、继续革命、培养无产阶级革命事业接班人，等等，描写的都是重大题材、重大主题，由"红"而"宏"，因"宏"而"红"，红色儿童文学的内容和叙事方式就这样统一起来了。《一只手》、《大林和小林》、《秃秃大王》、《三月雪》、《长长的流水》、《闪闪的红星》、《刘文学》、《咆哮的石油河》、《新来的小石柱》、《雾都报童》、《奇花》、《寻找回来的世界》、《赤色小子》等，都是跳动在一场红色大合唱中的小音符。但如果仅如此，红色儿童文学很难产生生动的艺术感染力，至少不会在红色文学思潮渐渐淡淡去以后还有生命力，如进入 21 世纪后，湖北少年儿童出版社组织编选的《百年百部经典》，其中有相当部分就是红色儿童文学。红色儿童文学，至少是其中的一部分，还是注重儿童的艺术感受、注重作品的儿童情趣的。最典型的，如张天翼，他的作品大多有一个革命教育的框架，或揭露旧儿童读物对人的蒙蔽、欺骗，将旧社会阶级剥削、压迫的本相暴露出来，鼓励人民在觉悟到自己的利益后义无反顾地去反抗去斗争，或歌颂新时代革命、进步的大环境对残余的剥削阶级思想造成的压力，使这些旧思想不能不退到暗处与一些儿童纠缠，而最后还是被揭露、被否弃，但其真正的成功并不在这个主题，不在这个叙事大框架，而在作品中随处可见的充满情趣的细节，在这些细节后面鲜活生动的儿童心理，在这些细节、心理与革命教育主题、叙事框架形成的张力，在这些细节、心理对教育主题、叙事框架的突破。如柯岩，她写于 50 年代的儿童诗是最能反映那个时代的时代精神的。作为红色儿童文学，她的作品也有鲜明的意识形态指向。《帽子的秘密》，"我"在侦察哥哥的行动时被哥哥的人抓住，要被作为"奸细"拉出去"枪毙"，"我"奋力反抗："我长大了要当解放军，说我是奸细就是不行。""长大了要当解放军"是那个年代孩子们的一种精神指向，表现着成人的、主流意识的价值取向，在这首诗中，真正让人忍俊不禁的主要不是这种精神指向，而是表现这种精神指向的方式，是符合主流意识形态的精神指向和人物幼稚的孩子气表现方式呈现的张力，特别是前者对后者的衬托。而且，经由这种衬托，前者，即符合主流意识形态的精神指向也被弱化。"要当解放军"与其说是一种政治指向还不如说是一种美好的精神企求，只是一个矗立在远方的美好事物，和现在孩子所渴望的宇航员、南极探险者、作家、科学家没有太大的区别。在这些作品里，真正让读者喜欢的，也主要不是思想而是情趣，不是宏大的主题而是生动的细节。

红色儿童文学是政治文化，是无产阶级的意识形态，特别是革命成功以后，成为国家意识形态，处在正统地位，或者说，具有官方性。在人们印象中，官方的东西总是严肃的、刻板的、缺少亲和力的，在红色儿童文学中，确实存在着大量的这类作品。特别是进入60年代以后，整个社会都要求"政治挂帅"、"以阶级斗争为纲"，一些作品就专为宣传、阐释这个"帅"，这个"纲"而写，或是对这个"帅"、这个"纲"的演绎，变成思想的传声筒，整个地工具化了。《刘文学》、《咆哮的石油河》以及后来的《新来的小石柱》等，都有鲜明的这种倾向。但在不少儿童文学中，这种过分阶级性、国家性的特征还是受到一些抵制；即使表现阶级的、国家的意识形态，也将其和传统的表现方式结合起来，显出一些群众化、民间化的特征，出现一些官方化内容、民间化表现方式的艺术张力。儿童文学本有很强民间文学渊源，在作品内容变得比较单一、僵化、缺少亲和力的时候，作家们常常自觉不自觉地借用较有亲和力的民间文学表现方式拉近作品与读者的距离，使作品变得较有弹性。在红色儿童文学中，《小兵张嘎》是一部较为优秀的作品，其受欢迎不仅在于它是一部以抗日战争为表现对象的作品，具有"保家卫国"这样一种民间文化情结，与直接写阶级的作品拉开了距离，更在于它塑造了张嘎这样一个充满了"嘎"劲的小英雄的形象。这一形象和民间文学中的草莽英雄，特别是粗中有细、鲁莽中包含狡黠的草莽英雄如鲁智深等是很有几分相通的。《闪闪的红星》所以在一段时间被捧得万众瞩目，一方面固然在以原著为底本拍摄的电影出现在"文革"后期那个情感干涸、精神世界极度荒芜的年代，以稍稍拉开时空距离的方式为被现实折磨得疲惫不堪的人们送来一阵较为清凉的风，一方面也在它的故事具有某种传奇性。传奇性是民间文学的主要特征，也是儿童文学的主要特征。传奇一般都是线性叙事，从一个环节到另一个环节，从一个事件到另一个事件，符合儿童的接受习惯；更重要的，奇、险是一种非常态，是一种陌生化，使人从庸常的生活中超越出来，走进一个个神奇的、不平凡的世界。《鸡毛信》、《雨来没有死》、《三月雪》，以及刘真、胡奇的小说，甚至一些童话如孙幼军的《小布头奇遇记》等，都充实、发展着传统儿童文学讲故事的方式，并使故事、传奇成为作品主要的审美对象。在国家意识形态与民间文化这一对充满张力的矛盾中，国家意识形态借民间文化广泛传播，民间文化也使国家意识形态稍显柔和。在这种互相的渗透和作用中，两种价值取向不同的文化达成某种程度的和解。

还有一个创作个性、艺术风格的问题。儿童文学面对年龄较小的读者，受读者接受能力制约较大，本不易表现出作家的创作个性；红色儿童文学又是一种阶级的、国家的意识形态，担负着教育接班人的责任，更不适合将作家个性、风格表现出来，所以，大多数红色儿童文学作品，都是无个性、无风格的。但这也不是绝对的。作品毕竟是作家个人创作的，无论是意识形态的限制还是读者的要求，抑或是来自题材、表现手法等方面的制约，最后都要经过创作者心灵的整合，化作创作者自身的观念、知识、文化、艺术感受，而后才能进入创作，这就为作家创作个性的表现留出了一些机会，一些自主意识较强、创作风格较明显的作家还是能借此将自己的个性表现出来，形成一些个人的风格，这同样构成红色儿童文学的一种艺术张力。张天翼的作品是有创作个性的，柯岩的作品是有创作个性的，刘真的儿童小说也是有自己的创作个性的。《我和小荣》、《好大娘》、《核桃的秘密》、《长长的流水》，都是以革命战争年代的生活为表现对象，属于革命历史小说一类。但作者既未正面写战场上硝烟厮杀，也未写围绕革命出现的各种政治力量的明争暗斗，只是用一个生活在革命队伍但又未实际地参加战斗、处在战场边缘的小女孩的眼睛看战争、看革命，感受革命队伍中各种人际关系，在战争、革命这个大学校里成长。虽然是红色文学的大视角，但却写得清新明丽，《长长的流水》等篇，还显出女作家的委婉细腻。严文井的作品也是较有创作个性的。同样是主流意识的大视角，同样有着对儿童教育的含义，同样反映现实生活，却能从具体的生活事件中超越出来，偏重对社会、人生的形而上思考，如时间、运动、曲折、牺牲，等等，洋溢着一种从生命深处绽放出的激情。这些作品使总体上较为单一、单调的红色儿童文学显出一些不同的色彩，使红色儿童文学显出一些纵深感。

红色儿童文学基本的美学色调是"红"。红是热烈，红是战斗，红是激情，红是洪流，在不同的条件下，红也有不同的表现形态。在革命文学的年代，"红"主要是反抗、是战斗，在儿童文学中，讽刺曾是战斗的主要形式。张天翼的《大林和小林》、《秃秃大王》，陈伯吹的《华家的儿子》，贺宜的《凯旋门》，金近的《红鬼脸壳》等，几乎全以讽刺为主调。1949年以后，红色儿童文学成为国家意识形态，其情感基调变成歌颂。由于儿童、儿童生活与社会中心的天然距离，儿童文学虽采取主流意识形态的大视角却可以避开现实生活中一些尖锐的社会问题，如"三反五反"、反"右派"、大跃进、反"左"倾等政治运动，着力表现新中国刚成立时，积极向上的社会氛围和儿童成长的同构，如柯岩的儿童诗，显出一片明媚的气象，和同时期的成人文学有较大的不同。但由于整个社会的主流政治对文化的制约、影响越来越强烈，文学中伪浪漫主义的倾向越来越明显，热情变成激情，激情变成狂热，"红"作为一种色调一种社会情绪，迅速地弥漫开来，由主色调向唯一色调的方向发展，最后终于红旗飞舞，大街小巷都成了红色的海洋。而红之为红是因为有多种颜色存在；没有了其他颜色，红就不成为红了。在极度的膨胀之后，我们已很难说临近"文革"和"文革"中出现的革命儿歌、革命故事还是不是文学了。虽然十年动乱后，红色儿童文学作出了许多调整，包括向作为许多颜色之一的"红色"这一美学范畴的回归，但作为一种文学思潮，毕竟已到可以作总结的时候了。作为一种思潮退潮以后，红色儿童文学，红的美学范畴都会继续存在，只是我们需从另外的角度来看待它和对它进行评价了。

第五章 走向人的现代化

——启蒙主义和 20 世纪儿童文学

　　在 20 世纪中国儿童文学中，一个本应注意但却没引起人们充分注意的问题就是它与启蒙文化的关系。在人们的一般印象里，与儿童有关的各种文化，如儿童教育、儿童文艺、儿童文学等，都是与启蒙天然地联系在一起的。"启蒙"是对蒙昧、懵懂状态的开启。孩子进校读书就叫"启蒙"、"发蒙"，第一个老师就叫启蒙老师、发蒙老师，最初使用的教材就是启蒙、发蒙教材。在乡间，人们问"你家孩子几岁发的蒙"，就是问别人孩子几岁上学读的书。推而广之，整个初级教育就被称为"蒙学"。张志公先生的《传统语文教育教材论》就是一本研究中国古代蒙学教材的专著，专著涉及中国古代许多蒙学教材，这些教材中就保留了一些古代的儿童文学作品，是我们发掘中国古代儿童文学作品的一个重要来源。但是，真正谈及启蒙主义、启蒙主义文学，立刻就会发现，20 世纪儿童文学离它们其实是颇为遥远的，甚至是颇为陌生的。谈启蒙主义的人极少提到儿童文学；谈儿童文学的人也很少涉及启蒙主题。为什么本与儿童生活距离很远的政治文化在 20 世纪儿童文学中登堂入室，而与儿童生活很近的启蒙文化却咫尺千里？这本身就是一个值得探讨的问题。

　　上述矛盾首先是由语义上的歧义引起的。张光芒在《中国近现代启蒙文学思潮论》中说，"启蒙"一词有泛指和专指之分。泛指意谓语言文字上的普通用法，如《辞海》等工具书中的义项：第一，指初学的人得到基本的入门的知识；第二，指普及新知识，使人们摆脱愚昧和迷信。专指也有两层含义。一指资产阶级人文主义思想和封建主义思想体系之间的矛盾冲突。二指人的觉醒，这主要不是一种政治运动，而是思想文化、心理结构上的运作。"概括起来说，启蒙主义就是伴随着资本主义生产关系从萌芽到发展而出现的一系列以人性反对神性、以人权反对神权和皇权、以理性探索为核心的原则，以个性解放为目的的文化思潮。"① 在一般情况下，如儿童教育中所说的"启蒙"、"发蒙"主要是在第一层次上、就启蒙一词的泛指意义而言的；但在 20 世纪社会学理论、一般文学理论中所说的"启蒙"，却主要是就其专指含义而言的。而专指意义上的启蒙，即人文主义与封建主义的矛盾冲突，人的个性的觉醒，属于思想革命的较深层次，儿童文学的内容较为清浅，思想情感不十分分化，适合表现具有普遍意义的内容而非较深的更具个性化的内容，在一个启蒙思想不是普遍受到推崇而是受到压抑、打击的环境里，往往更难表现出来。这样，一个看起来与儿童生活距离很近的文化思潮却在 20 世纪儿童文学很少得到表现和关注，也就不难理解了。

但这绝不是说专指意义上的启蒙思潮与儿童文学真的就没有了关系，或儿童文学一点儿也没有表现出真正的启蒙意识。事实可能正好相反，不是没有反映没有影响，而是影响极其重大，只是影响的内容和形式较为不同。现在人们多倾向认为，20 世纪中国文化经历了三次启蒙高潮。"作为一项巨大的社会工程，中国式启蒙自近代戊戌维新，到五四新文化运动，再到新时期思想解放和 80 年代新启蒙，在知识精英对大众进行现代性总动员思路的引领下，逐步构成了不断被遏制又相对完整的运动形态，可以称之为三次启蒙运动。"② 前两次，从戊戌维新到五四新文化

---

① 张光芒：《中国近现代启蒙文学思潮论》，山东文艺出版社 2002 年版，第 16 页。

② 姜异新：《互为方法的启蒙与文学》，中国社会科学出版社 2010 年版，第 4 页。

运动，中国儿童文学尚处在草创阶段，启蒙作为一种文化思潮不可能在儿童文学中有多大的表现，启蒙对儿童文学的意义主要是对儿童文学作为一种只能建立在现代文化基础上的文学类型的产生所起的作用；只有新时期、80年代的新启蒙，才在儿童文学内部产生影响，出现真正的启蒙主义的儿童文学。我们对中国儿童文学中启蒙主义的认识，也主要放在这这一时期。

一　启蒙思潮与中国儿童文学的诞生

在第一章里，我们讨论了中国儿童文学的产生、自觉之路，认为清末民初由于西方列强的入侵导致的人们的时间观、世界观、人生观、儿童观的变化，由于新教育对一个儿童文化群体、一个现实的儿童文化市场的创造，由于白话文的广泛使用导致平民对文学创造的参与及儿童与成人在信息领域的沟通，由于一大批一流作家对妇女、儿童问题的关注导致他们在作品中对儿童隐含读者的设置，促使中国儿童文学在清末民初，即从戊戌维新到五四运动这段时间走向自觉，用20年左右的时间走完西方人从17世纪中到19世纪末两个多世纪走过的道路。但仔细考察这一段历史，会发现，在这些儿童观、教育实践、传播媒介等变化的后面，都隐隐浮动着一个更深的观念、一个更基本的推动力，那就是启蒙主义思潮——不是传统的广义的以知识开发为主要内容的"蒙学"，而是狭义的、以反对封建主义、启发和培养人的个性和质疑精神为主要内容的现代启蒙精神。这种启蒙精神不仅推动了儿童文学的自觉而且形塑了自觉时期儿童文学的基本形态。

最先让中国人睁开眼睛看世界并实际地启蒙了中国儿童文学的是西方文化，特别是西方儿童文学的译介。中国文化本有译介、借鉴异域文化的传统，而译介古代的民间文学，包括一些与后来的儿童文学非常接近的作品，历来是其中重要的组成部分。两晋、六朝、隋唐汉译佛经如《佛说大意经》、《佛说鹿母经》

中都包含了一些和后来的儿童文学非常接近的民间故事。明清以后，随着西方传教士进入中国，翻译介绍的对象主要转向西方，民间文学，包括一些能为儿童接受的寓言、童话、民间故事等，也仍是翻译、介绍的主要内容。如《伊索寓言》，自明万历三十六年（1608）意大利传教士利玛窦将其介绍到中国以来，翻译、译述、改写、评介不绝如缕。《况义》、《意拾寓言》、《意拾蒙引》、《海国妙喻》、《伊索寓言》、《伊索寓言演义》、《伊索译评》，版本之多之杂竟致无法统计，不仅对中西文化交流、对中国寓言乃至整个儿童文学创作都产生深远的影响。① 至清末民初，至迟至五四，西方儿童文学的一些最重要的作家、作品，包括一些创作性儿童文学，在中国都有了翻译和介绍，如格林童话、豪夫童话、安徒生童话、王尔德童话、儒勒·凡尔纳科幻小说、《一千零一夜》、《列那狐的故事》、《爱丽丝漫游奇境记》，等等，晚清还出现过"凡尔纳热"。1909 年商务印书馆创办《童话》，30 年代周作人讽其"差不多都是抄译日本岩谷小波的《世界童话百种》"，虽有夸大，但译介外国儿童文学应是其主要部分。当时的翻译虽以意译者居多，其中也不乏周桂笙那样以很优雅的白话文译出的艺术性文本。这些译介的最突出意义在于，它向中国人、向正在走向自觉的中国儿童文学提供了一个"他者"形象，使我们看到一个似我又异于我的存在。人们认识自己是需要参照的。没有参照，无法将自己对象化，也就无法拉开距离观照和反思自己，无法较为客观地获得关于自己的认识。西方文化、西方儿童文学的译介使我们获得了一个参照系，一个镜像，我们可以通过这个镜像来审视自己。何况，这不是一个一般的镜像、一个一般的参照系，而是一个从遥远的古希腊罗马走过来、和中华文化一样源远流长的文明，一个相对于中国的天人合

---

① 参看杜惠敏《晚清主要小说期刊译作研究》，上海世纪出版社集团 2007 年版，第 235—293 页。

一、以仁德为本、以尊卑等级为基本秩序的文明更注重客观世界、更注重法制、更关注个体个性的文明，一个已经过资产阶级的启蒙运动、已进入现代社会的文明，那不是一个一般意义上镜像，而是一个榜样，一面旗帜。比如，从安徒生、王尔德童话中表现出来的人道主义，包括与儿童成长密切相关的人道主义，就和中国传统的人道主义颇为不同。中国式的人道主义多是站在精英的立场上同情下层劳动人民的疾苦，需要时敢于挺身而出为民请命，更多关注的是人的形而下的痛苦，如古代文学中一些对孤儿、童养媳的表现就是这样。安徒生、王尔德童话中的人道主义包含这些内容，但更关心人的形而上层面的苦难，关心社会对人的精神、个性的扭曲和压抑，认为压抑、扭曲人的个性是一种大的不人道，这对习惯了中国古典人道主义的人便有一种振聋发聩的启示意义。

新教育的深层其实也包含着明显的现代启蒙主义的含义。中国人将传统的初级教育称为"蒙学"，认为上学读书就是"发蒙"、"启蒙"，这当然是有道理的。人是一种会创造和使用符号、利用符号创造文化的族群，文化是物化在符号中，并借符号得以保存和流传的。符号是群体使用的约定俗成的象征系统，不读书不识字就不能进入符号系统、不能进入文化，就无法获得作为族群一员的人的本质，这就是"蒙"，这就是不开化半开化的蒙昧状态，"发蒙"、"启蒙"就是将人从这种蒙昧状态中解放出来。理论家将这种启蒙称为一般意义上的启蒙也是合理的。但是，上学读书，学知识学文化，也可能造成新的遮蔽。知识本有对错之分，对的知识也有其适用范围，一时一地正确的东西也不可能永远正确。而且，知识是一种权力，人们在获得知识使用知识的时候，总是从特定的视角出发，并打上特定的权力烙印、为特定的权力服务的。统治者为了垄断权力，不仅千方百计地垄断知识而且按自己的意愿去讲述知识，在这样的背景里，顺着统治者的"教科书"去学习知识，很可能就是，"知识"越多，越陷入统治者设置的枷锁、圈套，成为统治者期望的顺民和奴仆。这时，要获得新的知识，就得去蔽，就得进行新的启蒙。晚清兴起的新教育一方面尽可能地面对普通民众，变贵族教育为大众教育，使社会的知识、文化下移，使广大民众，特别是广大出身贫寒家庭的子弟，有了一线走出蒙昧的机会；另一方面，读书也不再是为着唯一的科举考试，学的也不只是诗云子曰、经书八股，而是转向能经世致用的现代科学、现代文化知识，以成为社会各行各业中的有用之才。即是说，不是简单地将原有知识向大众普及，而是提供新知识新视角，并从新视角出发对原有的知识进行了全面的检测、审视、批判、重构。现在人读晚清或清末民初的文学作品，可能会怪讶在那时为什么会出现一个科幻小说热、凡尔纳热，不仅儒勒·凡尔纳等人的许多科幻作品被介绍到中国来，一些中国作家还模仿着进行创作。这里自然有这类作品形式新颖、容易走红市场的原因，但更重要的还在其以新奇的想象讲述了许多闻所未闻的知识，将读者带到一个个在现代科学烛照下的神奇世界，让长久封闭的国民感到一种建立在现代科技、现代文明基础上的现代生活的气息，契合了国民迫切向往现代科技、现代文明的心理。甚至可以说，正是社会上有一种向往建立在现代科技基础上的现代文明的热潮，这些作品才会成为市场上的宠儿。启蒙带来了新知识，新知识的广泛传播又推动了启蒙的深入。新知识的传播不仅是人的觉悟的重要条件，也是人的觉醒的重要内容和表征。梁启超、黄遵宪、严复等从强国保种、民族复兴的大业出发，将希望放在儿童、少年身上，自然特别重视对他们的知识、文化的启蒙，因为在他们看来，西方人正是凭借他们先进的教育，先进的科学文化知识，凭借他们建立在先进科技基础上的坚船利炮才超越老大中国，列于世界强国之林。梁启超的《未来中国游记》，黄遵宪的《幼稚园上学歌》、《小学校学生相和歌》，特别是杜威儿童中心主义引进中国后出现的赞颂童心、儿童的诗歌小说，几乎全为此而写。"天上星，参又商。地上水，海又江。人种如何不尽黄？地球如何不成方？昨归问我娘，娘不肯语说商量。上学去，莫徜徉。"在这些看似直白的诗歌里，不仅表现着一代文化先驱的赤热心肠，也表现着他们作为启蒙者的远见卓识。

　　不难看出，无论是西方儿童文学译介带来的启发、示范意义，还是新教育创造的新文化、新精神，对中国人儿童观、对中国儿童文学最重要的启蒙，都聚焦在对人、对人的主体意识的召唤和创造上。即我们需要什么样的儿童什么样的人，需要什么样的成长。梁启超提倡"新民"，鲁迅提倡"立人"，周作人强调的是"辟人荒"、"人的发见"。"欧洲关于这'人'的真理的发见，第一次是在十五世纪，于是出现了宗教改革和文艺复兴两个结果。第二次成了法国大革命，第三次大约便是欧战以后将来的未知事件了。女人和小儿的发见，却迟至十九世纪，才有萌芽……中国讲到这类问题，却须从头做起。"① 如何"从头做起"？"如今第一步先从人说起，生了四千余年，现在却还讲人的意义，从新要发见人，去'辟人荒'。"作者依据达尔文的生物进化论——人是"从动物进化的"的理论，深入探索了人同时具有"兽性"和"神性"、"灵肉二元"存在事实，从"人是从**动物**进化的"和"人是从动物**进化**的"两个侧面或两个层次开始他的关于人、关于人的文学、关于人的成长的理论的建构。相对于当时许多关于人、关于儿童、关于成长的理论，"人是从**动物**进化的"强调人身上的动物性，是"退"。但恰是这种"退"，悬搁和消解了旧文化加在人身上的种种桎梏，将人从旧礼教旧道德的束缚中解放出来，实践了鲁迅"救救孩子"的呼吁，还人一种本源性的真实。这是"退"，也是"进"。从这个本源性基点出发，作者进一步谈及人的存在的另一个侧面："人是从动物**进化**的。"人有动物性，但不能只是动物性；人有兽

---

① 周作人：《人的文学》，见《周作人散文全集》2 卷，第 86 页。

性，但不能只有兽性。人之为人，恰在他超越了动物性、兽性。"人性有灵肉二元，同时并存，永相冲突。肉的一面，是兽性的遗传。灵的一面，是神性的发端。人生的目的，便偏重在发展这神性……兽性与神性，合起来便是人性。"①周作人所以要以退为进，回到兽性重新出发以走向神性，因为其当时面对的主要是"礼教吃人"这一侧面。最狭义的启蒙主义，即作为一个运动的启蒙主义思潮，原就是资产阶级走上历史舞台时，面对中世纪的宗教神权对人的异化、压制，要求以人性反对神性，以人权反对神权，以理性反对宗教蒙昧，还人以充盈的自由的个体。中国封建社会后期以至五四，我们面临的其实也是类似的状况。社会本位，老者本位，仁义礼智，百善孝为先，到程朱理学，更演绎出"存天理、灭人欲"的极端自律形式，抽干人的生命汁液，将人变成干枯僵化的道德符号，这时的启蒙，首先要作的，就是将那些禁锢人的所谓"天理"悬搁起来，回到本源的"人欲"，恢复人的生气贯注，然后才有走向神性的可能。所以，作者借鉴西方文化人类学的"复演说"和杜威教育理论中的儿童中心主义，称儿童是和成人一样有自己独立人格的人，是"小野蛮"，看起来是撤除了儿童身上的道德规范，其实是以悬搁、撤除僵化的道德桎梏的方式达致人的解放，完成对尚未被旧文化吃掉、还未学会吃人的儿童的启蒙。

五四是一个审父的时代。从晚清到五四，在中国漫长的历史上一直默默无闻的"儿童"突然受到那么多文化巨人的关注，和"妇女"一起，成了中国社会、中国文学中令人瞩目的"问题"，浮出历史的地表，并向社会的话语中心移动，构成五四新文化运动中的一道奇观。但深入一点的阅读会发现，五四儿童文学还主要是写儿童的文学（即周作人所说的"歌咏"儿童的文学）而非真正供儿童阅读的文学，其真正的隐含读者与其说是

---

① 周作人：《人的文学》，见《周作人散文全集》2 卷，第 87 页。

儿童还不如说是成人自己。这些写儿童也被称为儿童文学的作品在思想内容，特别是美学色调上和当时的文学主潮看起来有很大的不同。前文曾论及五四文学主潮以审父、全面反传统为主要旗帜，昂扬奋发、激越凌厉，有一种摧枯拉朽、所向披靡的气势，一些以儿童、儿童生活为主要表现对象的童话、散文、小说，却常常写得委婉、清雅，甚至是精致的，表现出强烈的恋母倾向。但相反相成，恰构成五四新文学的另一侧面。儿童文学中的这种现象与女性文学颇为相似。戴锦华论及女性文学时曾说："除却作为褒姒、妲己一类亡国妖女，女人以英雄的身份出演于历史的唯一可能，乃是父权男权衰亡、崩塌之际。"[①] 在社会生活中，儿童比妇女更边缘，儿童要有机会获得关注、提高在话语中地位，也只能是在父权崩塌之际。五四恰是这样一个时代，刚刚自觉的儿童文学赶上这一时机实属幸运。审父与恋母是一枚硬币的两面，以恋母形式出现的五四儿童文学是五四反传统文学的另一种表现形态。人们以"救救孩子"的呼喊推动了五四新文化的启蒙，五四新文化的启蒙精神反过来又凸显儿童问题，推进了中国的儿童文学。

晚清、五四两次启蒙运动高潮催生了中国儿童文学，极大地改变了中国儿童文学的进程，但这种启蒙精神毕竟没有真正进入儿童文学内部，以儿童文学的内容、审美精神等形式表现出来。即是说，是启蒙思潮启蒙了儿童文学，而非儿童文学表现了和进行了启蒙。人们谈儿童，更多是将其作为一个"问题"去反思社会、拿"儿童"说事而非真正关心儿童的文学接受，甚至没有将儿童作为一个群体去进行真正的启蒙，在外部给儿童文学自觉以极大推力的启蒙意识在儿童文学内部又被程度不同的压抑和忽略了。说到底，是儿童作为一个文学的接受群体还没真正进入作家们的视野，因此也不可能将儿童作为启蒙对象放到隐含读者

---

① 戴锦华：《涉渡之舟》，北京大学出版社 2007 年版，第 8 页。

的位置上去设置。这方面，倒是儿童教育领域表现得更扎实一些。虽然新教育理论，特别是杜威的儿童中心主义，在实践中也曾引起许多争论，出现许多偏颇，但却在不断的实践中越来越深入人心，事实上成为五四后儿童教育的主要指针。即使五四启蒙思潮消退以后，它也存活在人们的心灵深处，并在具体的教学过程中一再地表现出来，在深层给五四后的儿童文学以推动力。五四以后，启蒙思潮在儿童文学中的延续，与其说得力于文学，不如说更得力于儿童教育。

在儿童文学中形成一次实实在在的启蒙思潮，需等到一个甲子之后。

二 启蒙主义视野中的新时期儿童文学

80 年代的新启蒙思潮是在"十年动乱"后这一历史背景下产生的。"十年动乱"是一场历史浩劫，不仅全面地破坏社会秩序，将国民经济推向崩溃，极大地延缓了中国的现代化进程，更极大地破坏了社会的道德、文化，尤其是侮辱、损害了人的尊严，在精神层面对人对社会造成了极大的伤害。它以权力争夺为中心，将中国仍严重存在的封建思想、文化、意识统统召唤出来，在 20 世纪中后期的中国大地上进行了一次丑恶的、淋漓尽致的表演。说忠字话，走忠字路，唱忠字歌，跳忠字舞，办忠字班，诉忠字情，在全世界都在走向现代后现代的时候，一个叫做中国的地方却在一夜之间退回到蒙昧的中世纪。这使"十年动乱"刚结束后的人们感到，专制的、皇权的、等级制的传统文化阴魂未散，流毒深广，反封建的任务远未达成，要使中国走向现代化，必须重补西方在 16、17 世纪向现代社会转变时曾经做过的功课，即再进行一次以反封建为主要内容的思想启蒙。于是，"反封建"、"文明与野蛮的冲突"，成了 80 年代中国文学的基本主题。

新启蒙首先是从对十年动乱对人的戕害、异化的控诉、批判，从人性的复苏中开始的。"十年动乱"恶行累累，但与普通人关系最深的就是它的非人性、反人性特征。与天斗，与地斗，与人斗，在全社会推行一种斗争哲学。学生斗老师，子女斗父母，群众斗干部，干部斗群众，群众斗群众，干部斗干部，整个社会成为某些人有意识挑动和操纵的人民群众互相争斗的战场，将人性中最野蛮最丑恶的东西召唤出来，人性中美好的一面，包括在长期社会发展中培养起来的最基本的人际人伦关系都被摧毁了。"文革"后最早引起巨大社会反响的作品《伤痕》，主要内容就是女青年王晓华在"文革"结束后回家探望病重的母亲，而母亲在她到达前已经停止呼吸，她面对母亲遗像的哀哀哭诉。哭诉不只因为母亲在"文革"中受尽迫害，更有自己在所谓的阶级斗争理论的怂恿下揭发母亲，在母亲最困难的时候绝情地和母亲划清界限，使母亲在心理上失去最后的勇气和希望的悔恨。母女关系、血缘亲情，是人类社会最基本最牢固的联系，"十年动乱"竟将这种人伦亲情也破坏了。但王晓华为什么在母亲最困难时有那种绝情的举动？最根本还是受了"四人帮"那套"革命"理论斗争理论的熏染、调唆。以王晓华的忏悔，将"四人帮"那套斗争理论的反人性性质清楚地揭示出来了。在《伤痕》之后，中国文学一段时间曾出现一个表现"伤痕"的热潮。儿童文学中的《失去旋律的琴声》、《弯弯的小河》等都是这一过程受人关注的作品。在众多写"伤痕"的作品中，刘心武的《班主任》是最具反思深度的。《班主任》是一篇写中学生生活的作品。谢惠敏是一个本质很不错的学生，积极热情，要求进步，但在"四人帮"推行的愚民政策的大语境里，"进步"就是提高阶级斗争路线斗争的觉悟。"觉悟"就是听话，按报纸上政治教科书上的要求去做，这样，她越积极"进步"，就越教条，越僵化，不仅离人的自由意志越远，连与最普通的人情人性也拉开距离，最后和完全不读书、类似小混混的宋宝琦走到同一立场，都否定人类在长期发展中积累起来的优秀文化，陷入野蛮、愚民的深渊。同是愚昧，谢惠敏比宋宝琦更让人触目惊心，因为宋宝琦的愚昧中包含较多的个人因素，而谢惠敏的愚昧却主要是社会造成的，是"四人帮"的愚民政策将一个本质不错的中学生扭曲、异化成一个僵化的、机器般的人物。通过谢惠敏，作者发现了"十年动乱"留在人心灵深处的创伤，成了对"十年动乱"、对愚民政策最深沉的控诉。在《班主任》之后，葛翠琳的《半边城》、《进过天堂的孩子》、《翻跟斗的小木偶》，程远的《彩色的梦》，郭明志的《Q女王的魔法》等都揭露、批判十年动乱对人的异化、扭曲。与此同时，呼唤人的个性的声音也表现出来了。刘健屏的《我要我的雕刻刀》，一个名叫章杰的学生就是因为喜欢雕刻，和班里其他同学的步调不甚一致，就受到老师的批评，没收了他的雕刻刀。在家访的时候，老师发现章杰的父亲原来也是她的学生。20多年前，他只因在作文中说了些实话，写到"大跃进"时代饿死人的事，受到批评，一段时间情绪低落，一个可造之材差点被毁掉。两代人放在一起比较，老师意识到我们的环境曾经怎样像锉刀，在孩子们成长的时候锉平他们的棱角，使他们变得庸庸碌碌。这篇作品是从老师的角度叙述，因而有一种反思的色彩。特别是对章杰父亲这个人物的表现，已触及中国几十年政治生活的某些方面，是较为尖锐和大胆的。

知识、文化的问题也被突出地提了出来。我们在前面刚说过，一般情况下，人们说知识、文化，主要是相对无知、迷信而说的，属启蒙的泛指含义，但在"文革"后那个语境中，人们清楚地看到这不是一个一般的开化不开化、迷信不迷信的问题，而是一些人为达到自己不可告人的目的而有意识地推行的一种愚民政策。在所谓的"又红又专"的口号下，推行政治挂帅，以阶级斗争为纲，将坚持学习、坚持知识和文化、坚持业务的人都定为"白专道路"、"专家路线"、"唯生产力论"，甚至上纲上线，说这是资产阶级不甘心灭亡，利用他们在知识、文化领域的优势向无产阶级、劳动人民进攻，企图改变社会主义红色江山的一种方式，所以"宁要社会主义的草，不要资本主义的苗"，出现了在偌大的一个国家，在近10年的时间里，学校不开学不招生、学生不上课这种亘古未有的怪现象。进入80年代以后，随着主流意识形态的调整，科学知识被确定为第一生产力，人们对科学知识、文化的观念发生改变，对一些以否定文化知识的方式进行愚民的企图也看得更清楚了。孙幼军的《没有风的扇子》，以一场浩劫后两个女孩为一把外观华丽却搧不出风的扇子寻找风的过程，揭露了故事中的老妖婆等一伙人对年青一代的毒害。金近的《一篇没有烂的童话》更让人看到一些居心叵测的人为将儿童变为没有文化的奴才所使用的种种阴谋。因此，歌颂知识，表现儿童为现代化发奋学习的作品也大量出现了。对知识、文化的重视成了启蒙人从荒诞的"文化大革命"中走出来的重要内容。与此同时，在"十年动乱"甚至更早一些时间来主要作为负面形象的"师"也主要作为正面形象出现在儿童文学中。在张洁的《从森林来的孩子》中，梁老师在自身受到迫害、被发配到边远山区的情况下，还坚持培养孩子，既传承了文化的薪火也传承了一种人格精神。在《班主任》中，张俊石更是一个启蒙主义者的形象。《寻找回来的世界》（柯岩）中的于倩倩，《黑箭》中的佟老师更是言传身教，自身成了照亮孩子心灵的光。数十年儿童文学中"师"的形象的浮沉，从一个侧面折射着中国社会文化、知识、启蒙精神的变化。

但80年代的新启蒙文学主要是在主流话语的倡导、推动下发展起来的。十年动乱，不仅生灵涂炭，人性沦丧，国民经济几近崩溃，原来的意识形态，原来的方针政策也受到冲击，动乱之后，主流意识形态迫切需要"重整乾纲"，于是提出"拨乱反正"、"正本清源"，回到原先已有的正确轨道上去。1979年12月，中共召开十届三中全会，正式提出"实践是检验真理的唯一标准"，号召对"十年动乱"进行批评和反思，这激发了启蒙文学的灵感，一些重要的启蒙文学作品——当时称为"伤痕文学"、"反思文学"——就是在这样的背景下产生的。这也是启蒙文学和主流话语相处最和谐的时期。主流意识形态不仅为启蒙文学拉开序幕，提供舞台，而且为启蒙文学制定视点、角度和反思的范围，许多启蒙文学也正是在这样的视角、范围内进行反思的。这曾使启蒙文学获得极大的动力，一度僭越哲学、历史、社会学，成为新时期启蒙、反思的旗手。但也因陷在主流话语的视角里，以主流话语的视角和范围为出发点和归宿，甚至以再度成为主流话语的代言人而沾沾自喜，无法获得启蒙文学自身的自觉。康德说："启蒙就是指人摆脱自己导致的监护。监护指人若没有他人的指导就不能运用自己的理解力。自己导致的监护不是出于缺乏理性，而是出于他没有他人指导的情况下就缺乏应用理性的决心和勇气。"① 按照这一标准，当时启蒙文学独立地"应用理性的决心和勇气"不是完全缺乏的也是极其贫弱的。一些研究者已经指出，当《伤痕》中的王晓华对死去的母亲表达"永远也不会忘记你和我心上的伤痕是谁戳下的"时，同时又表达对新政治领袖的狂热崇拜，"这才是她心灵上触目惊心的伤"。可无论是人物还是作者，对此都毫无自觉。"她对问题的看法仍然像当初认为自己的母亲是叛徒一样地对政治权威话语执迷不悟，没有自我思考的基本能力。"② 在《班主任》中，作者虽指出"四人帮"的愚民政策造成了国家民族的内伤，但将愚民政策主要归结为不让人们读书，不让人们读《牛虻》等好书，是不全面的。其实，极"左"路线并非完全不让人们读书，至少在十七年，《牛虻》一类书在青少年中还是畅通无阻的。可"愚民"不是从那样的环境中开始的吗？钱锺书说："旧时的愚民政

① 康德：《什么是启蒙运动？》见夏中义编《大学人文读本：人与国家》，广西师范大学出版社 2002 年版，第 79 页。

② 姜异新：《互为方法的启蒙与文学》，第 177 页。

策是不让人受教育，新时的愚民政策是让人只受某一种教育。"就是作品中作为正面形象推崇的石红，所读之书也不过是"马列、毛主席著作"之外加了一些革命、进步、无害的作品如《暴风骤雨》、《红岩》、《茅盾文集》、《盖达尔选集》、《欧也妮·葛朗台》、《唐诗三百首》而已。"张老师曾经把石红通读过的《共产党宣言》、《马克思主义的三个来源和三个组成部分》和《毛选》四卷，以及她的两本学习笔记，拿到班会上和家长会上传看过，但是，他觉得更可欣喜的是，这孩子常常能够根据马列主义、毛泽东思想的原则去思考、分析一些问题，这些思考和分析，往往比较正确，并体现在她积极的行动中。"一个中学生能不能读懂这些书并学以致用且不论，但读书如此政治化、单一化，与谢惠敏怕也只是在五十步与百步之间。还有葛翠琳的《半边城》、刘厚明的《黑箭》等，都在正确地反思"十年动乱"的同时向人们传达这样一个信息："十年动乱"是一小撮阴谋家、野心家搞起来的，现在，雨过天晴，大地回春，历史又回到正确的航道，我们又可以在英明领袖的带领下，高歌猛进，从胜利走向更大的胜利了。柯岩更将其表现"十年动乱"后人们不断寻觅、前进的小说直接命名为《寻找回来的世界》。既然历史的航道已经拨正，既然失去的世界已经寻找回来，再反思再寻找就不仅多余而且还可能是别有用心的了。更有沈石溪的《第七条猎狗》、《一只猎雕的遭遇》一类作品，虽也不满故事中的"人物"受到的不公正待遇，但突出的却是他们对主人的忠诚，表达自己的忠诚得不到主人的理解甚至被误解时的委屈感。猎狗在主人招呼它"上"的时候没有"上"，因为它在对付主人脚下一条悄悄靠近的蛇。主人误解了它，骂它，打它，赶走它，但它忠心不改，终于在主人又一次遇到危险时救了主人，在奄奄一息时听到主人对它的悔悟和歉意，带着极大的满足离开这个世界。猎雕的主人让它去偷别人已经捕获的猎物，它拒绝执行，也受到主人的打骂、驱逐，但也依然对主人忠心不改，在后来主人陷入茫茫雪野、就要冻饿而死的时候，它不仅回到主人身边而且让主人喝它的血吃它的肉，不仅不痛苦，还从心底"油然升起一种被放在祭坛上的欢乐"。这已不是在提倡启蒙，而是鼓吹和赞美奴性了。

　　或许是意识到现实生活的题材已被高度地模式化，拘囿在这个天地里，既不被允许也没有能力离开权威话语给出的大视角，于是，在 1985 年前后，当成人文学中一批作家从现实生活中疏离出来，把目光投向文化、投向传统、投向民间、投向蛮荒，掀起一个寻根文学的热潮的时候，儿童文学不失时机地予以响应，兴起了一个"逃亡"、"野出去"的风潮。最先是班马的《六年级大逃亡》，小学六年级学生李小乔因不满学校的灌输式教育自我"逃亡"，离开学校跟几个大人到外面去闯荡，卖西瓜，贩黄鱼，走遍了半个中国。和别人谈起自己的学校时，径直将其比作一个工厂，甚至一所监狱。所以是监狱，因为什么都不自由，一切都由老师管着；所以是工厂，因为学校像生产机器零件一样生产人，突出的不是人的个性而是统一化、标准化。李小乔的逃亡就是以自己的方式将学校现存的教育方式悬搁起来了。这里，我们可以看到五四儿童本位论的某些影子。但李小乔所说的学校、教育，已不像当时许多拨乱反正的文章只是对"十年动乱"时的状况而说的，更主要的是对进入 80 年代以后正在实行的现实教育制度而说的。这学校是几十年一贯制的学校，这制度是几十年一贯制的制度（"文革"中，受到冲击，是嫌它还不够"左"，还不够政治化）。这种统一化标准化的生产人的方式正是计划经济、社会体制单一化大一统化的一种反映。班马让李小乔从学校逃亡出去，仍是想用原始的充满野性的自然来复苏儿童已经被学校教育弄得僵化的心灵，使异化了的、工具化了的人在自然母亲的爱抚中再次变得生气勃勃。差不多在《六年级大逃亡》同时，班马又写了《鱼幻》、《迷失在深夏古镇中》、《康叔的云》、《幽秘之旅》、《绿人》等，让李小乔不仅离开学校而且离开都市，走入江南腹地、河汉港湾，走入古镇，走入野地，走入莽莽苍苍的川蜀深山，不仅把学校、家长、教科书代表的来自成人社会的权力悬搁起来，而且将由这些权力投射在自己人格结构上形成的超我也悬搁起来了。同时期的作品还有金逸铭的《月光荒野》、左泓的《鬼峡》、蔺瑾的《冰河上的激战》、常新港的《沼泽地上的那棵橡树》、沈石溪的《牝狼》等，都是将表现对象、将儿童放到野外，放到荒山野岭，放到戈壁大漠，放到一个个地老天荒、人迹未至的地方，放到和狮虎熊豹同一维度。在这些作品中，班马们强调的不是社会、文化，而是荒、蛮、力、野，强调的是未经规范的生命力。其实，未经文化规范的荒、蛮、力、野也是一种文化，一种不同于规范、僵化、柔弱、苍白的文化，张扬荒、蛮、力、野正是对体制化、规范化、标准化、工具化的人的反拨、救赎，是冲击新式礼教的一种启蒙。张旭东说："在'启蒙'和教养的标题下，我们可以重新审视新社会的'礼'和'野'的互动关系，从而为一种持久的、现代的、理性的、批判但又合乎传统习俗的人格和社会秩序找到更深的依据。"① 以"野"悬搁"礼"，80 年代儿童文学的"野出去"换了一个看待社会人生的大视角，或许比当时许多拨乱反正、控诉"十年动乱"留在人们心灵上的伤痕的作品更彻底、更深入地进行了人性的启蒙，为儿童、儿童文学从"十年动乱"的桎梏中走出来起了更有效的作用。这里，我们显然又一次看到五四先驱者倡言的"复演说"，以原始人、乡野人、儿童的未经规范的天性更新僵化礼教的策略。只是五四一代人做得公开热烈，而 80 年代的作家做得曲折含蓄罢了。也因为这种曲折含蓄，多少和传统的山水文学联系起来，既未触动传统文化的根基，又回避了对现实生活的干预，加之表现上的朦胧、隐晦、幽深，引起一些关于

----

① 张旭东、王安忆：《对话启蒙时代》，生活·读书·新知三联书店 2008 年版，第 97 页。

《鱼幻》是不是儿童文学等停留在作品表面的争论，作品在疏离现实的时候失去了对现实的作用，在儿童文学发展中未引起像五四"复演说"那样的影响，到写实文学复兴、娱乐文学大潮涌起时，就逐渐淡出了人们的视野。

启蒙毕竟是一个和人们的现实生活联系十分紧密的文化现象。虽然对十年动乱的批判，对文化寻根的表现也是启蒙的一种方式，但经过一番曲折后，80 年代的新启蒙最终还是回到主要反映现实生活的轨道上来。这种表现在 80 年代初已经开始了。较早的作品如程玮的《来自异国的孩子》，描写 80 年代初一个外国专家的孩子到一所小学插班引起的波澜。学生插班不是什么大事，不是大事的插班引起波澜因为他是外国人。一所学校，上上下下，在一个外国孩子面前表现得如此慌乱、紧张、如临大敌，表现出长期的闭关锁国造成的包括一些主管部门在内的国民的心理孱弱。愚民政策是建立在文化垄断、信息垄断、信息不透明的基础上的。十年动乱甚至更长一段时间，一些"教育儿童的文学"一直告诉孩子们说西方的资本主义如何反动如何落后，生活在资本主义制度下的人们如何不幸，如何过着痛苦的生活，眼巴巴地等着我们去解放。可突然，一个实实在在的西方孩子站在我们面前，不仅不痛苦不卑微，还带着我们中国孩子少有的热情、开朗、自信，穿着当时中国人还很少见到的滑雪衫，给封闭保守的中国人带来一股现代文明的风！在这个普通的外国孩子面前，一切瞒和骗的文艺精心编造的西方苦难的神话顷刻间悄然瓦解。这就是参照的作用，这就是真实的力量，这就是比一切语言启蒙更重要的启蒙。在这样的语境里，人们很容易生发出许多对环境、对文化、对生活、对历史的质疑。刘心武的《我爱每一片绿叶》，刘健屏的《我要我的雕刻刀》，陈丹燕《黑发》、《上锁的抽屉》，张微的《雾锁桃李》等都表现出一种用自己的眼睛看世界、对许多人正在推行的价值观进行批评和拷问的倾向。这种倾向或可称为儿童文学中的审父意识。"审父"，就是对父性文化、父辈文化进行审视，有批判地理解和接受。这种审视，在曹文轩的《暮色笼罩的祠堂》和《古堡》中是表现得较为集中的。在《暮色笼罩的祠堂》中，一个本很聪明的少年亮子，只因为有一些在周围人看来有些奇怪的想法，如说要写一部小说，就以村里原来的祠堂即现在的学校为背景，最后要将这祠堂推倒等，不中学校老师的意，被关进祠堂，后来真的精神失常了。学校和祠堂，一个代表文明、启蒙，一个代表封建宗族、封建文化、封建愚昧势力对人的束缚禁锢，原是两个多么不协调的空间、不协调的事物，在这儿却被奇异地放在了一起。学校不仅建在祠堂里还采取了祠堂的规矩和方法，学校成为祠堂，祠堂也就成为学校了。这里，不难看到鲁迅五四时期的小说《狂人日记》、《长明灯》的影子，只是，时间过去了大半个世纪，祠堂和狂人的故事还在中华大地上不断地上演着。"在黄色的暮色的笼罩下，祠堂显得越发高大和森严，它已不知经历了多少年头的风吹雨打，居然还显得那么牢固"，这是小说最后的话，无奈中传达出深深的忧虑。而《古堡》，则在揭示盲信盲从的同时，对人、对儿童自由意志表现出深深的赞颂。都说不远处一座山的山顶上有一座古堡，美丽神奇，演绎过无数的故事，可世世代代，就是没有人真正上去过。山儿等几个孩子想亲眼看一看这神秘的古堡，可当他们历尽艰辛爬上山顶，却发现传说中的古堡并不存在。孩子们有些失望。但站在山顶，他们看到一轮正在升起的又大又红的太阳。孩子们是失败了还是成功了？没有实际地到过山顶见过古堡却传说山顶有座古堡，这其实是一种迷信，迷信产生一种话语力量，控制着人，使人失去自由意志，失去选择判断的能力，流传越久越普遍，力量越大。打破这种迷信的最好办法就是实践，自己爬上去看。山并不远，爬上去有困难但并非不能做到，但传说的时间那么久了可为什么就没有人爬上去看一看呢？人有惰性，更有迷信，大家都这么说，世代都这么说，人云亦云，越传越神，假的也成真的了。故事中的山儿等孩子要自己到山顶去看看这个传说中的古堡，开始很难说是出于对传说的质疑这一动机，可能只是好奇，只想亲眼见识一下这传说中的神奇。但好奇常常是发现之母。因为好奇，不以听别人的传说为满足，要去自己亲眼看，这一看便看出了问题：传说中的古堡并不存在！是一个虚妄！历尽艰辛爬到山顶想看古堡却没有看到，山儿们自然有些失望。但实实在在的是，他们首先爬上了山顶，用自己的眼睛证明了古堡的不存在，证明了传说的虚妄！他们未能证明古堡的存在却证明了古堡的不存在。证明古堡的不存在是一种证伪，山儿们的行动是一次成功的证伪。在现实生活中，特别是科学——不论是在自然科学还是社会科学活动中，证伪和证实一样重要，有时甚至更重要。因为人们容易被各种各样的迷信所迷惑、所控制，随大流、一窝蜂地去相信某种话语所传扬的东西，而不去想想这些话语所传扬的东西是否真的存在，是否真的正确，是否真的有价值。总之，是缺失了没有他人的指导就无法独立地进行选择、判断的能力，甚至是缺失了没有别人的指导就无法运用自己理解力的决心和勇气。所以，在故事的结尾，作者在山儿等孩子面前升起了一轮又大又红的太阳。这绝不只是一种假设、一种只存在话语领域的理论操练，在刚刚过去的"十年动乱"中，中国大地正上演了一场声势浩大的现代迷信。所谓革命政权正面临红旗落地的危险，所谓资产阶级正与无产阶级争夺下一代，所谓我们正在成为世界革命的堡垒，所谓我们正在成为一个红彤彤的新世界，等等，很多后来都被证明，它们都类似那传说中的古堡，是一种虚妄。虚妄而被盲从，就是少有人去证伪，少有证伪的决心和勇气。不仅自己少有、没有证伪的勇气、决心和智慧，当别人表现出这种勇气、决心和智慧时，还进行批评和打击。这也是"文化大革命"成为民族悲剧的重要原因之一。《古堡》对表现在孩子身上的证伪精神的赞颂，是 80 年代儿童文学中新启蒙精神的高峰。

从拨乱反正、到"野出去"、到对现实生活的独立反思和叙事，新时期儿童文学中的启蒙意识总体上向生活和文化的深层不断地拓进着。但在更多时候，人们的关心还主要停伫在社会生活的层次，成长也主要是向社会、群体的成长。但"人"应该是一个比国家、民族更大的概念，成长应首先是作为个体的人的成长，应该把国家、民族、成长等放到人的大背景上予以审视。在80年代的启蒙文学中，这一长期被忽略的视角终于被提出来了。除了前面提及的曹文轩等，程玮、黄蓓佳、韦伶等一批女作家都开始从人生的角度反思社会和人的成长，写出许多从人生角度表现成长的启蒙小说。其中，最值得探讨的是陈丹燕的少女小说，尤其是《一个女孩》。

三 个案分析：《一个女孩》

陈丹燕的《一个女孩》是一部典型的成长小说，1992年由江苏少年儿童出版社出版，1995年被译成德文，题名《九生》，在瑞士出版发行。数周后，被德国之声电台评为最佳童书，次年获得奥地利国家青年读物金奖，德国青少年读物银奖，德国青少年评委金色的书虫奖。1997年获联合国教科文组织全球青少年倡导宽容文学奖，德国柏林市政府了解外来文化图书特别奖。① 比较之下，国内则显出明显的冷落。1992年出版后便无单独再版。1997年太白文艺出版社在一套丛书的《陈丹燕作品精选》中选编了这部作品但却是删节的，全书7章只选了前4章。只有1998年山东明天出版社出版的《陈丹燕青春作品集》中收录了这一作品。这种反差很大程度上也折射着新启蒙文学在中国的命运。

《一个女孩》以女孩三三从七八岁到十七八岁的生活为主要表现对象，从1966年秋天三三第一次坐在教室开始到1976年秋

---

① 见《陈丹燕创作年表》，载《广场空荡荡》，少年儿童出版社2006年版，第242—250页。

天"四人帮"被粉碎，恰好涵盖了十年动乱的全部时间。这就将三三的童年、少年及走向青年的全部时间都放在纷乱的"文化大革命"的背景上，十年动乱成了影响三三成长的决定性因素。和《黑发》、《女中学生三部曲》等一样，作者采取的主要不是社会学的视角而是人类学的视角，不是对社会动乱本身进行评说而是表现人在这一动乱背景下的遭际和成长。"同学们，无产阶级文化大革命开始了"，三三第一次坐进教室听到的第一句话其实就宣布着，她的噩梦般的童年、少年已经注定了。接下去便是烧书、贴大字报、停课、开批判会、父母被停职、武斗、死人、上山下乡，直至"四人帮"被粉碎，"十年动乱"结束，作品不仅展现了三三眼中的十年动乱，更展现了十年动乱条件下人的苦难和成长。和我们此前经常看到的将现实社会表现为一个理性的确定物，文学就是教育儿童、引导儿童向社会确定的目标成长不同，作者将人的正常、和谐成长确定为最高尺度，不是从抽象的社会需要来规范人，而是以人为最高原则来衡量社会，在这样的视野里，十年动乱的野蛮性、反动性便彻底地显现出来了。明明是为着少数人的私利，却打着群众运动的旗帜，将亿万人裹挟其中，特别是像三三这样的孩子，从七八岁到十七八岁，正是需要社会呵护、学知识学文化、生成良好的人性基础的时期，可学校没有了，正常的社会秩序没有了，人类在长期的进化中确立的人性原则没有了，一些人连家庭都破碎、没有了，相反，映入眼帘的皆是喧嚣、动荡、烧书、游行、抄家、打砸抢、文斗武斗、自杀、欺骗、说谎，人类心灵中的最原始的丑恶都被召唤出来，将三三们的童年、少年时代整个地推到一片金光灿烂的昏暗之中，环境不是促人成长而是将人拉向堕落、罪恶的渊薮。三三和同学们总结自己童年生活时曾说，我们是喝狼奶长大的。环境不是将孩子引向高度文明的人而是引向动物，只能说明这个环境是不适合人的生存，是反人性的。《一个女孩》作为启蒙小说的首先意义就在它揭示了不仅"十年动乱"时期的主流话语而且十年动乱后的主流话语都未说出的真实，使人们，包括从十年动乱走过来的人们看到一个真实的时代，一个真实的 1966 年至 1976 年的中国。

然而吊诡的是，至十年动乱结束，一代喝狼奶的孩子，至少是他们当中的大多数人，并没有变成狼而是变成了比此前的孩子更具人性的人。这在某种意义上倒真要感谢"文化大革命"，因为"文化大革命"的动乱将此前一直掩盖着的生活真实、真相揭示出来了。"文化大革命"中暴露出来的种种弊病，种种不利于儿童成长的因素并不是直到"文化大革命"爆发的那一刻才有、才出现的，只是，在一个社会秩序较为正常、社会超我较为统一地控制着它的成员的条件下，这些内容被较为有效地压抑和掩盖了，人们较多看到的是一些被用金灿灿的话语装饰出来的假象，留给人们的能独立思维的空间极为有限。十年动乱中，虽然主导话语依然高度统一，甚至更加单一，更加具有强制性，但是组织起来向年青一代进行灌输和控制的内在机制，特别是各级教育机关、学校都被砸碎了，一些家庭甚至也被打乱或分裂成不同的派别，这自然极大地削弱了社会超我对儿童的制约力量，为个体的自由发展留出了一些空间。这种削弱在很多时候自然不都是好事。故事中的小靴子就因为父母被抓走、学校管理松弛，和一帮与他处境差不多的孩子纠集在一起，组成战斗队，最后死于武斗，年仅 11 岁。但有时，这种社会超我的撤出也给人的合理自我的生成创造了一些有利的条件。三三刚进学校，老师为防止高年级造反派的学生闯入教室，在门上加装一个门把，用绳子将两个门把拴在一起使门不易被推开。高年级学生发现后闯进教室质问，老师害怕，谎称门把原来就有的，并暗示同学们帮她作证，使三三第一次看到老师也会说谎，或人在某种条件下不能不说谎，说谎在某种条件下也是保护人的一种方式，这是她从书本上从一切正常途径很难看到的。运动初期，三三认识了住在她家屋后一幢小楼中的童话作家，在那里听到许多美丽的童话，这些童话在三三幼小的心灵里开启了一个个瑰丽的世界，童话作家自然成了她心目中高大圣洁的人物。可一场突如其来的抄家却使三三看到，童话作家在红卫兵的淫威下不仅表现得卑躬屈膝，而且还把他用娟丽的小字写下的认罪书贴在自家的大门上和街道的墙壁上，把自己的童话说成大毒草，向被他毒害的读者道歉、认罪。这不只是在向自己身上泼脏水，也是在向表现着真善美的童话、在向三三心灵中那个美好圣洁的世界泼脏水。三三多么希望自己没有看到童话作家在红卫兵押着往自家大门上贴认罪书的那一幕，然而她看到了，这不能不使只有七八岁的她感到痛苦和困惑不解。近 10 年以后，三三的高中同学王玲玲在困惑、疲惫、厌倦城市生活同时又不乏真诚地在对理想追求的多重动力的作用下放弃留上海的机会，报名去了农场，受到此时对虚假宣传已毫不相信的同学们的肆意猜忌、嘲弄，使三三感到真诚为什么那样不被人理解，人与人之间为什么那么的难以沟通。在假作真时真亦假的大语境里，三三多少洞察出一些世道人心。"黑夜给了我黑色的眼睛，我却用它寻找光明"，这是那些发动、推进"文化大革命"，企图用金灿灿的口号、标语欺骗人蒙蔽人的人，是那些以瞒和骗为主要特征的文学读物始料未及的罢。

真相的外显为人们真实感知和理解世界创造了条件，但要真正把握世界、获得世界的真知识还需要主体的透视力。对于一个成长中的儿童、少年，如何获得这种透视力是一个复杂的问题。在一些作品和理论文章中，陈丹燕曾对孩子身上的普遍人性表现出较大的信任，认为孩子未被格式化的清新精神会反抗已被格式化的成人社会，成为推动社会向善的一股力量。在 1998 年写成的《我的妈妈是精灵》中，更以形象情节显示："女孩变坏不容易。"但是，这种基于人的本性的向善力量毕竟是有限的。人在实际的时间、实际的社会关系中生活，受着各种文化、各种社会力量的塑造。比之相对抽象的普遍人性，人更是各种"社会关系的总和"。我们无法离开具体的社会关系来谈人的成长。在

《一个女孩》的第一章，还是小学一年级学生的三三拉着小男孩小靴子的手排队从大街上走过，看到小靴子的妈妈被人押在汽车上、戴着纸糊的高帽子游街，不由自主地将拉着小靴子的手放下了。"以后，每次想起这件事，我都不相信人之初性本善这句话。甚至我不知道如果我的爸爸那时是个造反派的话，我是否也会像老鹰那样做一些非常可怕的事出来，我也不知道欺凌弱者，是不是也是人的本性之一。"① 所谓"童心"是大人们塑造出来的，大人说孩子天真无邪并不是他们相信孩子天真无邪而是他们觉得孩子应该天真无邪。在《一个女孩》中，作者就描写小靴子等男孩将猫活埋，将猫浇上汽油点火燃烧等残酷的游戏，描写了男孩子们参加武斗将匕首刺进对方胸膛等暴行。美好的人性既不是与生俱来也不是自发产生的，即使普遍人性也是人类作为一个群体在与环境的抗争中不断进化的结果。能召唤人启蒙人引领人在文明的阶梯上攀登的只能是先进的文化，只能是人类在历史发展中创造的最优秀的文化成果。"文化大革命"为什么成为历史上一个最反动最野蛮最无人性的时期？因为它公然地把矛头指向文化，尤其是人类最优秀的文化。在三三的感觉里，"文化大革命"就是从烧书开始的。不仅烧书，砸唱机，砸高跟鞋，扔唇膏，将《星星索》、《桑塔·露齐亚》、《鸽子》等和垃圾堆在一起烧成灰烬，连高傲美丽的舞蹈演员都因不愿受辱而选择了从楼上跳下。但文化不只是存在于书本上唱片里的，它更存在于人的心里。书本唱片可以烧毁，心里的文化却很难抹去。三三看到自己崇敬的童话作家在红卫兵面前卑躬屈膝，心中的偶像顷刻崩塌，但作家形象的崩塌并没有使那些童话消失，或许，正是因为那些童话已深深地印在心里，她才为现实生活中作家形象的崩塌感到痛苦、羞愧。而且，大规模地烧书、砸唱片，将古今中外最优秀的作品都作为封资修的大毒草来批判，也未真的彻底地隔断

---

① 陈丹燕：《一个女孩》，明天出版社 1998 年版，第 153 页。

这些精神食粮与人们的联系。稍稍长大，当"文化大革命"如火如荼地进行，大人们，甚至许多男孩子都忙于文斗武斗的时候，三三在学校老师的推荐下考进了市少年宫的合唱队，在那里认识了少年宫艺术指导老卡拉，并由他带领着接触到欧洲音乐中一些最著名的作家作品，海顿、巴赫、贝多芬；《少女的祈祷》、《如歌的行板》、《梦幻曲》、《蝴蝶夫人》、《卡门》，等等，还听他讲他想象中的欧洲。"他那时并没有到过欧洲，他是一个住在1925 年欧洲人盖的小楼里，听着十八、十九世纪欧洲人伟岸而浪漫的音乐，小心地隐藏着欧洲人年代不明的旧咖啡杯，拿一只写着 salt 的盐瓶当笔插的七十年代上海的青年，小心地收集着点点滴滴来自欧洲的碎片当星星点缀自己的天空。是指导，把他心中象征着全部无法形容也无法想象的美丽欧洲，像一截树根一样，从他心里插进我们一片空地的心里，使它疯狂地生长，盘根错节，以致永远不能收拾。"① 这或许也是那些仇视进步文化，命令人们烧书、砸唱片的人没有想到的。他们想用毁灭一切进步文化、制造一片荒漠的方式来推行愚民政策，让人民甘心俯首地听任他们摆布，不想荒漠更增加了人们对甘泉的渴望，只要哪里出现一点滋润，便会不顾一切地扑过去，并在想象中将它们塑造得更加美丽。在《一个女孩》里，产生了海顿、巴赫、贝多芬，产生了《少女的祈祷》、《蝴蝶夫人》的欧洲是一面旗帜，在这面旗帜的映照下，只会抄家只会喊口号只会唱语录歌的"文革"中国显出茹毛饮血般的野蛮和苍白。

海顿、巴赫、《少女的祈祷》、海涅的诗歌等所以成为文明的旗帜，不断地启蒙着人们走向前进，不仅在它们以感人的形式表现了人性的优雅、美丽、高贵，更在它们浸透着人们从蒙昧中走过来将世界和人的心灵一起照亮的理性。《一个女孩》也是一部闪耀着理性之光的作品。十年动乱，是一场大的民族迷狂。数

① 陈丹燕：《一个女孩》，第 220 页。

亿人用一个脑袋思维，一方面说怀疑一切打倒一切，一方面又说一切行动听指挥，指到哪里就打到哪里。成百上千万的学生、工人、士兵等都成了"卫兵"，抄家抓人开批斗会，形成一股冲毁文化的洪流，以革命的名义演出了一场真正的历史大反动。《一个女孩》出版于1992年，在"文革"开始二十余年、结束十余年之后，时间的流逝、环境的变化，尤其是作家本人启蒙思想的成熟，使作品有可能拉开很大的距离对那时的迷信、疯狂进行反思。《一个女孩》采取的是主人公第一人称叙述，以长大了的已成为作家了的三三的回忆的形式写成，且不是那种完全沉浸到当初的经历、让经历时的生活较为具体较为客观地呈现出来的那种回忆，而是比较清楚地凸显叙述者现在所在的这个点，不断地走进回忆又不断地从回忆中走出来，以现在的作为成人叙述者的"我"的目光观照、审视作为人物的"我"的经历，以现在的"我"的理解对当初的经历进行清理、评论的叙述。现在的三三是一个作家，是一个不仅到过当年少年宫老师神往的欧洲而且对当年少年宫老师讲述的海顿、巴赫、贝多芬、海涅等都十分熟悉的人，她是站在现代文明的制高点上省视中国的"十年动乱"和自己在"文革"中的经历，不仅将经历掰成一瓣一瓣和着咖啡放在嘴里咀嚼，品味出酸甜苦辣，更将其放在心灵的光照里，让理性照亮其每一个角落。三三和老鹰（应小红）原是邻居、同学。"文革"初期，三三的父亲成了批判对象，老鹰的父亲是造反派，老鹰便变着法儿欺负三三。后来，老鹰的父亲也被打倒了，自己也沦落成和三三一样的人。有点出人意料的是，在别人欺负老鹰的时候，三三不仅没有跟着起哄还和老鹰成了朋友。这不是因为善良，而是因为她知道，人在孤独无援的时候容易不顾自尊，三三就是要利用老鹰危难时的孤独打击她的自尊，以些许的示好迫使她来讨自己的好。多少年以后，两人在欧洲相遇，谈起这段往事，三三真诚地感到愧疚，并惊讶当初的心里怎么会有那么多的恶。这种自省当然不是童年时代能有的收获。理性的烛照更主要当然表现在对十年动乱的认识上。这方面，小说最后的那个情节是最深刻、最值得细细体味的。1976 年，"四人帮"垮台了，消息传来，举国欢庆。成千上万人涌到街上，敲锣打鼓，放鞭炮，喊口号，一遍遍地欢呼：灾难终于结束了，正确路线终于胜利了，天亮了，新时期开始了。这是我们在 80 年代许多文学作品中一再看到的情景。《一个女孩》也写到类似的情景。听到"四人帮"被粉碎的消息，不仅大街上一下子贴满了"活剥张春桥"、"油炸江青"的吓人标语，革命群众还自发地汇成一股洪流，涌向张春桥在上海的家。不仅将其衣物门窗砸得一片狼藉，连嵌在墙上的金鱼缸也被人用大锤砸碎，"水珠四溅，碎玻璃、水、水草和金鱼向四处喷出来，金鱼在地板上跳，然后鼓出眼睛，在地上不动了……"① 这使已经长大的三三和她的同学老鹰都生出一种疑惑："我们这是干什么？抄家吗？"这种疑惑终于使她们脱离继续奔涌的洪流，"远远地离开了我们所痛恨的情景"。这一描写和当时及此后许多作品涉及同一场面的描写明显不一致，但正是这种不一致使《一个女孩》的启蒙意识达到新时期启蒙文学的最高峰。一百多年以前，狄更斯在《双城记》中对法国大革命中狂暴的民众革命场面进行过批评性的描写，"文化大革命"中，一些中国人曾对此感到愤怒，说他污蔑革命，污蔑群众运动。"十年动乱"后，许多曾义愤填膺地声讨"文革"初期红卫兵抄家破四旧狂暴行动的作家又满怀激情地歌颂革命群众的狂暴行动，理由是它们的性质不同，前者是非正义的后者是正义的。可正义的行为就可以不择手段吗？目的的正义和手段的正当真的能明显地区分开来吗？狄更斯也是肯定法国大革命的，但他对包含在法国大革命中的某些非理性、非人性的行为进行了反思、批评，陈丹燕对 1976 年发生在张春桥家里的群众行为的描写，是继承了狄更斯、有一个启蒙主义作家的反思的

---

① 陈丹燕：《一个女孩》，第 297 页。

深度的。不能只反对别人抄自己的家而不反对自己抄别人的家，而是要认识到"抄家"这种行为本身的错误。20 世纪 30 年代，周作人在谈及"救救孩子"时曾说："只有不想吃孩子的肉的，才真正配说救救孩子。现在的情形，看见人家蒸了吃，不配自己的胃口，便嚷着要把'它'救了出来，照自己的意思来炸了吃。"① 更多的人嚷着"救救孩子"并不是那吃法不配自己的胃口，而是自己吃不着，没得吃，所以要把"它"救出来，救出来以后自己吃。阿 Q 革命，愤愤不平要打倒赵老太爷赵秀才假洋鬼子，不是痛恨他们依靠压迫依靠剥削把自己的奢侈建立在普通民众痛苦上的生活方式，而是实施这种剥削压迫的不是自己，他想象中的革命首先就是将秀才娘子的宁波床抬到自己的土谷祠来。《湖南农民运动考察报告》中的农民运动，把地主打翻在地再踏上一只脚，最后也是要到小姐的牙床上去滚一滚。说到底，对旧制度不是痛恨而是羡慕，对吃人者不是痛恨而是嫉妒，革命就是要将那个制度的执行权夺到自己手中。一旦有了机会，就不是改变原来的制度而是由自己来实行这个制度，由自己来享受这个制度。陈丹燕是觉悟到这种危机的。一些描写 1976 年政治大变局的作品，在描写革命群众庆祝"十年动乱"结束的时候几乎是不期然地生出大地回春、历史在克服一段迂回的小插曲后终于重返正确的航道，从此迎来一个新时期，有一种翻身得解放的感觉，可这种"翻身"是属于少数人还是广大民众？如果没有新的意识、新的思想、新的制度，仍然你胜利了抄我的家，我胜利了抄你的家，在同一个层面反复循环，会不会是新一轮政治较量的开始？人类历史上这种换汤不换药的起义、造反、政变、革命，我们见得还少吗？从这一意义上说，《一个女孩》面对 1976 年群众抄家时表现的忧虑正表现了一个启蒙主义者的觉悟。这觉悟是属于 1976 年经过"十年动乱"已经长大的三三，更属于

---

① 　周作人：《论救救孩子》，《周作人散文全集》6 卷，第 413 页。

1992 年回忆这段经历讲述这个故事的三三，最终，自然还是属于创作这部小说的作家。它也属于中国儿童文学，中国的儿童文学正因为有了陈丹燕的《一个女孩》（及曹文轩的《古堡》）等作品，可以自立十年动乱后新启蒙文学之林而不特别地逊色。

四　走向日常生活的启蒙

20 世纪第三次启蒙高潮从 1979 年"实践是检验真理的唯一标准"的讨论开始，到 1989 年一场大的政治风暴结束，正好覆盖 80 年代的 10 年时间。虽然不少人认为这次高潮实际达到的深度远不及五四、晚清前两次启蒙高潮，但在儿童文学中却是唯一的切切实实的一次，虽然它不像成人文学一样明显地形成规模，许多作品也未达到真正的自觉，但它毕竟作为一股细流汇进了整个启蒙文学的大潮，或者说，启蒙文学的大潮终于波及、涌进了儿童文学，将儿童文学和文学主流紧紧地联系在一起了。

第三次启蒙文学的夭折主要是受到主流意识形态和消费文化的双重夹击。仅从 80 年代新启蒙文学的起始时间即可看出，其与现实的社会政治生活的进程、与主流意识形态话语的联系是十分紧密的。主流意识形态的拨乱反正不仅拉开了启蒙文学的序幕，也实际地开启了启蒙文学的思维空间，至少在开始的一段时间，二者互相需要、互相支持，在话语的内容和目标上也表现得颇为一致。但这也恰恰暴露着此次启蒙思潮的致命弱点：许多人是站在主流意识形态的大视角上进行反思和启蒙的。这不仅极大地限制了反思和启蒙的深度，而且，当反思进一步深入，主流意识形态认为已达到拨乱反正的目标、中止反思，将社会生活的重心转移到经济建设的轨道上来，淡化意识形态上的争论，即将现存的意识形态秩序作为确定不移的东西予以"坚持"的时候，希望进一步反思的启蒙话语不仅失去了援手而且受到严重的阻遏。特别是经济大潮涌起、全社会"向钱看"的时候，继续坚持人的精神追求的启蒙话语竟显得有些不合时宜了。这时，不是精英文化而是大众文化、消费文化和主流意识形态结成同盟，特别是经过80年代末一场风暴后，启蒙话语逐渐被边缘化了。而就儿童文学而言，由于读者的年龄偏小，思想、情感、意识及其接触的文化都不十分分化，启蒙于他们的意义更多在一般含义即祛除蒙昧迷信、获得知识的层面上，而于启蒙的精义即自由意志的获得则常有一些距离，所以，当80年代整个启蒙文学退潮时，儿童文学中的启蒙思潮是消退得最快的。

但作为一个运动的启蒙文学的退潮并不意味着启蒙、启蒙文学完全退出人们的视野。一方面，如前所述，知识、文化上的学习、获得也是一种启蒙，这种泛指意义上的启蒙也和专指意义上的启蒙紧密地联系着；另一方面，就是在专指的含义上，自由意志也有丰富的内容和形态，自由意志的获得也有不同的途径和形式。在20世纪走向结束的时候，中国又一次获得走向现代商品经济社会的机会，幸运的是，中国这一次没有像晚清、五四、40年代后期一样浪费这次机会。一个商品经济的大潮正在古老、广袤的中国大地兴起，改变着生产力也改变着人之人之间的关系，更在深层改变着人的文化心理结构。虽然商品经济和建立在商品经济基础上的人际关系也有许多不同的形式，但商品经济的基础是自由贸易，而要进行自由贸易则必须改变人对土地、对传统生产方式的依附，使人成为自由人。虽然这里所说的自由人和启蒙思潮所说的自由意志不是一回事，但要实现后者，实现前者是一个必要的条件。18世纪初，启蒙主义思潮在欧洲蓬勃兴起就是以新兴的资产阶级登上历史舞台为背景的。启蒙思潮在20世纪的中国难以落地生根，中国社会不是一个商品经济的社会，人没有挣脱封建社会造成的人对土地及其他传统的社会关系的依附性，没有自由民的身份是一个主要原因。而世纪末商品经济大潮的兴起正在创造这方面的条件。一些敏感的作家已经意识到这一点，他们已试探着用自己的作品将这种变化表现出来，使人们在后启蒙时代仍能感受到中国儿童文学中的某些启蒙性。其中最有特色的，应是一种走向日常生活的启蒙。

走向日常生活的启蒙首先表现为对普通人的凡俗人生的肯定。虽然在现实社会中，我们绝大多数人都是普通人，都凡俗地生活着，但在文学中，普通人的凡俗生活却常常是被忽视、被遗忘的。神、英雄、传奇故事，不仅作家喜欢写，读者也喜欢读。20 世纪中国儿童文学的价值取向大多是趋向群体的、不平凡的人生的。世纪初梁启超等倾向的是国家的、民族的儿童，背负的是在弱肉强食的世界环境里振兴国家、民族，使中华民族自立于强者之林的希望；红色儿童文学培养阶级的儿童，成为无产阶级革命事业的接班人，让红色江山千秋万代永不变色；80 年代启蒙文学重提人的主题，虽然承接鲁迅"改造国民性"的思考，却忽略和淡化鲁迅对个体生命悲剧性体验，依然走向宏大叙事，被赋予塑造未来民族性格的重任。陈丹燕的作品强烈地关注个体人生，关注人的自由意志的生成，但其意义指向却有强烈的精英性。不只以精英意识进行启蒙，而且启蒙的结果也是指向精英。《一个女孩》中的三三最后成为一个作家，站在欧洲文化的峰巅俯视她走过的道路及与此相关的文化，就是一个清楚的表征。神、英雄、传奇自有自身的意义，但它们更多是一种童话思维的产物。而人的成长恰恰要从这种童话思维中走出来，认识到生活本身的凡俗性、日常性。启蒙和指向精英的启蒙也不是一回事。虽然在许多人的印象中，启蒙思想总带些精英性质。先觉觉后觉，精英觉大众，20 世纪许多启蒙文学也是从这一角度切入的。但启蒙是主体意识、自由意志、个体独立叙事能力的获得，与是否成为精英并无必然的联系。20 世纪中国社会的反启蒙思潮，如推行现代迷信，搞愚民政策、蒙昧主义，首先就是破坏普通人的日常生活、尘世幸福，将人们的日常生活政治化、虚空化，最后成为"自己被卖了还帮着数钱"、自己的现世幸福全被掏空还跟着政治骗子高喊"就是好！就是好！"的群盲。海子说："在一个无神的时代，我只想作一个普通人。"经历了五六十年代轰轰烈烈的造神运动、"三突出"运动之后，理解普通人的日常生活，在无故事的生活中寻找生活的意义，便成了一种启蒙。几年前，我在评论秦文君的儿童小说时曾注意到这样一种现象："秦文君写的是一个凡俗的世界，一个民间的世界，或一种从凡俗的民间的目光折射出来的世界，一个体现着大众、芸芸众生的理想、情感、价值观念的世界，一个大多数人、大多数儿童生活于其中但常常又被文学，特别是儿童文学遗忘了的世界。"① 比如《十六岁少女》，写"文革"中红卫兵的上山下乡，本也是一个充满英雄情结的题材，但作家一开始就将这方面的内容作了淡化。既没有站在故事发生时的时间点将上山下乡写得激情飞扬，也未站在"十年动乱"后反思的时间点对这一事件进行充满伤感的控诉。女孩当时想离开上海到大兴安岭去，主要是腻烦都市有些沉闷的生活，想到外面的天地见见世面，出发点不属低但也未见出崇高。在大兴安岭的岁月，既未突出改天换地、反修防修、广阔天地炼红心；也未写艰苦的知青生活对一代人心灵的戕害。故事中母女之间的矛盾及化解，邻里之间关心和帮衬，同学、知青之间的相知和背叛，林林总总，无大奸大恶，是一些普通人的艰涩和温暖。所以如此，就在于作者使用的是普通人的观照视角，写出的也是普通人的生存百态。80 年代以后儿童文学中的这些变化，显然受一些外面的——国外的和港台的——儿童文学的影响。如台湾作家桂文亚的《二郎桥那个野丫头》，写亲情，写友谊，写生老病死，写一个女孩对周围日常生活的感悟，平平静静，但成长就包含在这种感悟中。这种取材方式和表现方式后来出现在许多大陆作家的儿童文学作品中。这表明，经过长时间的辗转反复之后，中国儿童文学，或者说中国儿童文学中的

---

① 吴其南：《守望明天：当代少儿文学作家作品研究》，宁夏人民出版社 2008年版，第 92 页。

一部分作品终于从代圣贤立言，代主流话语宣传说教的立场上疏离出来，努力发掘凡俗的、普通人生活的价值意义，引导小读者理解凡俗的、普通人的生活也成了一种启蒙。

从神话传奇、英雄伟绩到日常生活、凡俗人生，多少也反映着人们对当下幸福的觉悟和肯定。存在总是现实的、具体的存在，幸福也是此岸的现世的幸福。可在五四以来的中国儿童文学中，特别是红色儿童文学中，现世一维却常常被忽视或被压抑了。人们强调的总是未来，童年存在的全部意义就是"时刻准备着"。到"十年动乱"之后，竞争加剧，儿童又被要求将全部精力用在学习、升学上，社会、学校、家庭都在升学、前途的旗帜下联合起来，以未来的名义对现在进行疯狂的剥夺。可欧洲的文艺复兴、启蒙运动首先就在对这类时间的反抗中开始的。中世纪的宗教以神权泯灭人权人性，将人们的目光引向彼岸，引向上苍，引向来世，今生今世也受苦受难，压抑、摒弃一切欲望，以争取死后进入天堂，进入极乐世界，享受永远的快乐和幸福。人文主义者反对这种幸福观，认为幸福首先是此岸的现世的幸福。五四时期周作人提倡人的文学，强调幸福是全部人生的幸福而不是说哪一段是哪一段的附庸，用这一段的牺牲去换取那一段的幸福。但建立在"牺牲论"基础上的幸福观却从来没有停止过。八九十年代，尤以"不能输在起跑线上"这种形式表现出来。"不能输在起跑线上"就是不能在开始的时候落后。而所谓"起跑线"，有人指上学读书，有人指幼儿班，有人连"胎教"都算上了；所谓"落后"，就是知识不及别人多。说不能输在起跑线上，想的却是"抢跑"，要一开始就跑在别人的前头。"前头"是一个位置，是相比较而存在的。你想占住这个位置，我也想占住这个位置，于是孩子在生命的起始处便被要求着进行以知识多少为主要内容的竞争。面对这种现象，近些年的中国儿童文学表现出少有的一致：义正词严地批评和声讨。班马的《六年级大逃亡》、陈丹燕的《女中学生之死》、曹文轩的《暮色笼罩的祠堂》、张微的《雾锁桃李》、谷应的《黑色的七月》、张之路的《奇怪的纸牌》，都揭示这种以"将来"的名义进行的掠夺的野蛮性、残忍性和非人道性。《女中学生之死》中，作家更让笔下的 15 岁女孩宁歌以死相争。在这种义无反顾的抗争的后面，是作家们对人的童年时代快乐幸福的肯定和执著。由此便有了儿童文学中对"快乐"、"娱乐"，甚至"欲望"等的认同。比如陈丹燕的《黑发》、《中国少女》，程玮的《豆蔻年华》等都写到时髦的发型、时髦的服装、时髦的饰品、时髦的化妆品等在女孩子中的受欢迎，甚至于追捧，对漂亮异性的爱慕、朦胧的爱情、早恋早已不被视为洪水猛兽，"欲望"也成为公开谈论的对象。儿童、少年不仅经历身体发育而且欣赏身体发育，不仅看到青春的美丽而且享受青春的美丽。这是一个淡化了政治、没有了英雄的世界，一个物质重于精神的世界，一个个体重于集体的世界，一个关注现世幸福的世界。总之，这是一个日常生活的世界，一个在没有了英雄只想做普通人享受普通人生的世界。这种新的描写对象、描写方式和评价尺度，是以往的启蒙儿童文学少有的。这些，我们将在下一章作深入的评述。

但对日常生活的认同并非是对庸常的认同。庸常是主体的陷落，是人放弃理想后的随波逐流。没有了理想之光，人在肯定物质的时候沉溺于物质，认同于大众的时候失去自我，最后人也被物质化。这种可能性是存在的。在近年的儿童文学中，热闹、娱乐、消遣、游戏，一浪高于一浪，而理想性、超越性则呈一种明显的递减趋势。但在一些优秀的少儿文学中，作家们在肯定物质性、日常性的时候，并没有完全沉溺其中，仍是将理想性、超越性作为文学的最重要的品质予以追求。曹文轩一直强调文学的悲悯特征，他的《草房子》以浓郁的诗意表达着作家对成长的理解。程玮的《少女的红围巾》是作者去国近 20 年后新出版的作品，描写来自中国乡村的女孩在异国他乡的奋斗。尽管身处物欲横流之中，在生命即将走向终结的时候，她去的不是别处而是西藏。她见到了拉萨，见到了大昭寺，见到了雪山。"那些被苍茫的白雪所覆盖的山峦静静地矗立着。在积着残雪的寺庙中，穿着红色僧服的僧侣静静地打扫着道路，经堂中传出浑厚的诵经声和鼓声。法螺吹响，在气势庄严的寺院中回荡，让人不由得从心底升出一种敬畏。"在整个社会都在走向商品化的时代，走向西藏，走向雪山，在一些作家笔下，似正成为一个新的向度。而在张抗抗的《七彩圆盘》（一名《暑假的卡拉 OK》）中，则更强调日常生活中先进文化的启蒙作用。钟淙的母亲离婚后进城再嫁，几年后来信让他进城度暑假。爷爷奶奶爸爸本和妈妈有矛盾，怕他受妈妈的影响，也怕他受城市的诱惑，临行时嘱咐了不少提醒他的话。可他一进城，一走进母亲现在的家，这些提醒很快就失效了，并不是妈妈使用了什么魔法，而是他感到走入了一个新世界，看到、感受到一种先进的文化。继父是大学讲师，懂文学，懂艺术，懂音乐，懂足球，更为难得的是，他们有现代人的民主精神，尊重人，包括尊重他这个孩子的一些并不成熟、并不十分正确的想法，不经意间就在他面前开启了一个现代文明的世界。比之这种现代文明，钟淙在乡间的生活，在乡间生活中形成的种种观念，包括他的亲人、族人给他灌输的种种观念，顿时显得那么封闭、落后、阴暗，其失败、崩溃是不可避免的。现代文明照亮了日常生活，它代表着启蒙的方向。

　　蒙昧有千百种形态，文明也有千百种形式，启蒙，走向文明的方式也各不相同，但是，从野蛮到文明，从专制到民主，从压制、忽视人的自由意志到肯定、张扬人的自由意志，这个大方向、大趋势应该是不会改变的。世界走向现代化，中国也在走向现代化，尽管现代化有不同内容，不同表述方式，但处于核心地位的，是人的现代化。如果说现代文明正在建构一个法制的、理性的、较为公正的公民社会，现代文化则应努力培养一代能建造和愉快地生活于其中的合格公民。儿童文学应为建构健全社会的合格公民而努力。

第六章 从蝌蚪到青蛙

——20世纪儿童文学中的身体叙事

将儿童和成人放在一起比较，最直观的差异首先是从身体上表现出来的。"人们的自我认同感通常是与人的身体和记忆联系在一起的……我们能认出某个人是指我们能识别他们的外表：他们的物理特征（physical apprarance）。"[①] 但是，身体又不只是躯体、肉体，身体是"生存的现实性"，"是我们拥有一个世界的一般方式"，[②] 是自然、社会、人生、历史等多重意义的交汇点。在历史发展及多维视野的观照中，"身体"上积淀了太多的互相矛盾的文化、审美信息，很多时候反倒将身体自身遮蔽了，以致人们想要再一次面对身体时，不得不到文化的丛林中去寻找、去"发现"。一部20世纪儿童文学史，在某种意义上就是一部在多维文化的交互作用中，少年儿童的身体不断被发现、被遮蔽、又被发现的历史，梳理20世纪儿童文学中的身体叙事，是我们理解这段时间儿童文学的一个不可缺少的视角。

一 "安琪儿"的文化含义

在文学中，将儿童身体和自然界的小狗小猫、小花小草放在

---

① ［加］马克斯·范梅南、［荷］巴斯·莱维林：《儿童的秘密》，教育科学出版社2004年版，第110页。

② 转引自黄晓华《现代人建构的身体维度》，中国社会科学出版社2008年版，第1页。

一起，写成自然界本身一样的天然、纯净、美丽，几成一种通例。汪曾祺就曾说，世上最美的事物，自然界是春风燕子，人类社会是妇女儿童。虽然儿童文学中写儿童也不是绝对没有丑的恶的形象，但在大多数作家的大多数作品中，儿童多被写成是纯洁、美好的。叶圣陶的《稻草人》是 20 世纪儿童文学中的开创性作品，集中的第一篇作品《小白船》就是极写儿童的纯洁美好，包括他们身体上的纯洁美好的。一条小白船载着两个孩子，"一个是男孩儿，穿着白色的衣服，脸色红得像苹果。一个是女孩儿，穿着很淡的天蓝色的衣服，脸色也很红润，而且更加细嫩"。他们和船一起被风吹到一个陌生的地方，遇到一只见人不去的小白兔和它的主人，一个初看有点可怕的乡野人，那人答应送他们回去，但要他们回答三个问题：

> 那个人说："第一个问题，鸟儿为什么要歌唱？"
> "它们要唱给爱它们的人听。"女孩儿抢先回答。
> 那人点头说："算你回答的不错。第二个问题：花儿为什么香？"
> 男孩儿回答："香就是善，花是善的标志。"
> 那人拍手说："有意思。第三个问题：为什么你们乘的是小白船？"
> 女孩举起右手，如像在课堂上回答老师似的："因为我们纯洁，只有小白船才配我们乘。"

真是冰清玉洁、纤尘不染。在冰心的《寄小读者》、黎锦晖的《月明之夜》、老舍的《小坡的生日》，直到"十年动乱"后的许多作家的作品中，都可看到类似的描写：典型的安琪儿的形象。就是在红色儿童文学中，儿童的身体被压抑、抽象，也仍可看到对儿童身体的赞美。那时街头最常见的儿童宣传画，就是红旗下站着一男一女两个孩子。男孩，白衬衫，蓝色西装短裤，衬衫掖在短裤里；女孩，白衬衫，花裙，衬衫也掖在花裙里。两人右手都高高地举过头顶，鲜艳的红领巾在胸前飘动。虽然表达的是政治含义，但多少仍显示着儿童身体上的美好，这是我们阅读20世纪儿童文学最常见到的儿童身体形象。

对儿童身体的这种表现有儿童文学文体上的原因。儿童文学以少年儿童为主要读者对象，少年儿童接受能力偏低，他们对世界的把握具有明显地简约性、绝对性。如马科斯·吕蒂说的："童话倾向于极端和对立，从而提供一个明晰整洁的世界。"① 真的，假的；好的，坏的；好人一切皆好，思想好，品德好，长得也好；坏人一切皆坏，思想差，品德坏，长的也难看。他们还不善于理解深邃的、区分细致的、朦胧多义的人物形象，不善于理解人物的内心和外表的不一致，更不善于理解人物内心世界的矛盾，如好中有坏，坏中有好，不好不坏，时好时坏，有时甚至根本不能简单地用好坏、善恶、美丑这样的标准去衡量。儿童文学中也写恶人，但儿童文学中的恶人大多是成人或年龄模糊的人，如胡汉三（《闪闪的红星》）、周扒皮（《高玉宝》）、秃秃大王（《秃秃大王》）、阴阳脸（《半边城》）、老妖婆（《没有风的扇子》）等。只有少数情况下，才写到丑恶的儿童形象，如《大林和小林》中的唧唧（即作了大财主叭哈儿子的大林）。这种两极化的表现方式和作为表现对象的儿童在生活中所处的地位也有关。现实的儿童处在生活的边缘，人际关系及个人心理都比较简约。加之儿童认识上的浅表性、绝对性，儿童文学中人物塑造中出现两极化的现象也是很正常的。特别是20世纪的中国，文学与政治的关系极为密切，政治将文学当作宣传、教育的工具，宣传教育强调简洁、明晰、通俗易懂，将话说满，不留余地，导致人物塑造上的脸谱化。到50年代还将主题单纯、性格突出作为最基本的美学目标予以追求，儿童文学中两极化、绝对化的现象

① ［加］佩里·诺德曼、梅维斯·雷默：《儿童文学的乐趣》，第56页。

自然进一步加强了。

这种将儿童身体美好化的表现方式和 18 世纪以来浪漫主义文学对自然的看法也有很大的关系。浪漫主义文学批判社会现实，崇尚自然，将儿童也作为未被文化濡染的天然予以推崇，以致出现所谓的儿童崇拜。儿童崇拜，崇拜的并不是真正的儿童，而是以儿童形象为载体表现出来的一种美学观念、社会观念和关于人的观念。老子尚柔，以"无为"求"无不为"，儿童，特别是婴幼儿，恰处在柔弱、无为但却有无限发展可能性的阶段，所以老子提倡"能婴孩"，婴孩成了一个理想的、美好的形象。后来许多人提倡"童心"，鼓吹"回到童年"，取的是和老子差不多的思路。天真、稚拙、无机心，简单地说，就是将文化归零，将文化悬搁起来，回到无文化的自然状态。以这样的思想为指导形塑出来的儿童，就是和未受污染的大自然本身一样的形象。清纯、天然、和谐、充满生机，按生命本身的节律自由地生长；回到孩子，回到童年，就是回到自然，回到悬搁了所有文化后的天然、天真状态。于是我们就有了儿童如花朵、春风、小草、小树、小苗、小鸟、小溪流、小狗小猫等等的比喻，有了我们在《小白船》一类作品中看到的对儿童天使般身体的描写。特别是在人们意识到自己面对的文化僵化、腐败、堕落，对这种文化感到绝望的时候，需要将这种文化悬搁、消解的时候，便自然想到尚未被污染的自然，要求回到自然中去，孩子清纯、自然的形象便被凸显出来。五四反传统，对旧文化进行猛烈的抨击，抨击的武器之一就是请出自然、孩子这类形象。或以孩子之被吃对旧文化进行控诉，或以自然中未被异化的孩子与扭曲了的文化进行对照，所以，鲁迅作品中有"被吃"的孩子，也有《社戏》中和大自然融为一体的清俊的儿童形象。这在 80 年代的一些儿童文学中表现得尤为明显。80 年代中期儿童文学中一个突出的表现就是提倡"野"。如班马的《鱼幻》，写的就是一个文弱的上海少年沿黄浦江逆流而上走进江南腹地时身体和心灵上发生的变化。刚离上海，船员丁宝受少年父亲之托来照顾他："拿出两只乌黑的熟芋艿硬塞给你：'吃！'你不想吃，他一把抓住你的手腕，抓得是那么痛。他转身走了，你竟不敢把那芋艿扔掉，委屈地吃了。你怕这野人一样的人。他下身穿着一条破烂的长裤子，上身却精光的赤着膊，被太阳嗮了一身黑皮……"可到乡下后不久，自己的身体也发生了类似的变化："你掀开手腕上的电子表，表底下一块皮肤还是泛白的。这次来乡下，手脚都嗮红了"；"粗大的雨点打在你光身的肉体上，激起一阵酥痒的感觉，它密密麻麻地按捺着你的皮肤，又化成一体抚摸的漫水。你欣喜地看着它在手臂和胸脯上弹射成晶莹的水沫，着迷地承受着湿发的浸沁，又仰起脖子，闭起眼，张开嘴巴去接雨，辛味的水马上灌满了你的口使你狂喜不已……觉得自己真像原野上的一株植物"。从文弱的上海少年到晒得像乡下人，而且觉得自己变成了植物，这是一个回归的过程。回归自然，回归乡野，回归到动物般植物般的人。有类似表现的还不止班马。左泓、蔺瑾、沈石溪、常新港等，连儿童文学中的动物也在一夜间从温顺的小狗小猫小白兔换成了野性十足的狮熊虎豹。但自然并不是纯然的自然，自然也是一种文化。我们将文化换成自然，放进去的不过是另一种文化而已。从社会到自然，从文弱的身体到蛮野的身体，是浪漫主义文学观念的又一次回归。

在更深层次，在儿童文学中出现大量天真的、纯净的安琪儿式的儿童形象，也是成人自己的一种需要。佩里·诺德曼说：17世纪英国的清教徒之所以为孩子出书，是坚信人都是生而有罪的。"然而在19世纪，一种截然不同的对人生经验意义的看法导致了一种很不一样的童年观，即认为儿童生来不会受罪恶腐败世界的污染。这种观念似乎支持了现在的另一类假设：孩子的纯真需要保护，以免受到邪恶世界的影响；童年的无知是快乐的；孩子很快就会发现罪恶。……如果认为儿童是纯真的，成人就会担心他们沦为其他成人的潜在受害者，就应该教他们变得更像成人一样，以减少受伤的可能性。"① 教会对儿童的看法也是不尽相同的，"安琪儿"的形象其实就来自教会。一些没有性别的小孩长着翅膀在空中飞翔，不仅自己快乐也给别人送去快乐。"对于中古教会人士来说，童年的最大好处是没有性欲。"② "万恶淫为首"，无"欲"无"淫"，自不会堕入恶的深渊了。但这与其说是客观事实的描述，不如说是成人的愿望。成人被自己的欲望、腐败、堕落吓昏了头，迫切要将儿童封闭在他们认为的美好与天真中。"安琪儿"只是成人的一个梦，虽然对儿童来说，也是一个不差的梦。

二 被虐的儿童身体

符号化、纯净化虽是儿童文学身体叙事中的一种常见方式，但这种叙事方式与其说是对身体的叙述还不如说是借身体言说而表达的精神、美学追求，并未真正进入对人的身体的叙述。在儿童文学中，身体叙事最早，最引人注目的表现是那些对儿童幼弱、正在成长的身体施加的超出常态的规训。清末，龚自珍曾写过一篇《病梅馆记》，描写人们为追求一种病态的美，如何将舒畅的鲜嫩枝条压抑扭曲使之成为怪异的形态，这种方法也广泛地出现在 20 世纪的儿童生活，特别是与儿童有关的教育中。20 世纪儿童文学对这些压抑和扭曲进行了广泛、深入的描写，特别是揭示那些在革命、现代文明名义下对儿童身体进行的野蛮修剪，传达出作家们对这种非人性规训的愤怒抗议。

（一）

野蛮规训的最触目表现就是对儿童身体的直接摧残、戕害。

---

① ［加］佩里·诺德曼、梅维斯·雷默：《儿童文学的乐趣》，第 137 页。
② ［英］柯林·黑伍德：《孩子的历史》，第 52 页。

　　应该说，这种摧残和戕害是有久远历史的。在人类童年时代的成人仪式中，有一项就是剪破男性少年的溺管、打落少年的牙齿，以这种方式标志一个旧我的死去和一个完全不同的新我的诞生。其实是用一种残酷的方式对即将进入成人社会的少年身体进行规训。原始社会以后，这种包含实际危险性的陋习被弃置，但各种以道德、以美的名义出现的类似毁伤却层出不穷、绵延不已，如缠足、束腰、穿耳、隆鼻、饿腹、吸脂，等等。至清末，至五四，甚至至现在，仍有许多陋习存在，儿童文学对儿童身体规训的种种批评，也以此最为激烈。

　　缠足在中国有久远的历史，这是典型的在美的名义下进行的对儿童身体的摧残。缠足，是将女性身体导向"娇柔"的价值取向。三寸金莲，一步三摇，自然就婀娜多姿，这显然是出自贵族的、男性的目光。劳动家庭的妇女要下地劳动，这种价值取向在他们那里自然无法完全实现。但社会的统治思想是统治阶级的思想，当统治者以他们的政治特权将他们的美学标准推向社会，成为社会生活中占主导地位的价值取向后，不仅一些劳动人民家庭的女孩也随风跟进，一些不愿或无力跟进的人就成了鄙夷、嘲弄的对象。但至晚清，一些最先醒来的中国人要自强保种，富国强兵，要增强民众的体质，缠足自然也成了严厉批评的目标。戊戌变法期间，康有为曾直接向光绪皇帝上书《请禁妇女裹足折》，光绪帝同意后，发布上谕，命各省在劝导的基础上禁止妇女裹足，成为现代女性解放最先触及的内容。后变法失败，此一运动也有反复。鲁迅以1916年张勋复辟为背景创作的《风波》，故事的结尾仍是："六斤的双丫角，已经变成一支大辫子了；伊虽然新近裹脚，却还能帮同七斤嫂做事，捧着十八个铜钉的饭碗，在土场上一瘸一拐的往来。"萧红写于30年代的《呼兰河传》，张爱玲写于40年代的《金锁记》，都还写到女孩裹足。对此，梁启超、胡适、鲁迅、周作人等都曾给予严厉批评。康有为说："缠足一日不变，女学一日不立。"岑春煊说："皆因女子缠足，一国男子的身体会变得软弱起来，国家也就慢慢地积弱起来。"① 周作人说："我最嫌恶缠足。"并说见到缠足的女子，仿佛回到文明未启的野蛮社会，自己也变成了执矛握盾的丛林生番。② 与缠足相近的还有束腰、束胸。"楚王好细腰，国人多饿死"，算来也是历史悠久。只是五四妇女解放运动以后，缠足之风渐趋消歇，而束腰、束胸还流韵未减，为细腰而饿饭，甚至还有"骨感"美人之说。如在成人，别人不便多言；如在儿童，则实是摧残。

　　童养媳也是一种戕害女孩的陋习。将一个年龄还很小的女孩放到另一个完全陌生的家庭里，没有父母的感情呵护且不说，还常常被逼着干很重的体力活，有时还要挨打挨骂。更难堪的是一种身份的暧昧。说不是"媳"，却顶着"媳"的名分；说是"媳"，又没有"媳"的地位。在人群中，特别是孩子群里，始终是别人开玩笑、取闹的题目。长大后，男方看不上你，很容易找个理由将你打发了；而你即使对男方再不满意，也没有选择的自由。而且，童养媳的结婚年龄大多偏早，有的自己还是孩子便结婚生子，严重损害女子的身心健康。因为生存状态较为特殊，在古代儿童文学尚未自觉时，在一些于儿童有关的童谣、民间故事中，童养媳便是一个受人关注的题目。进入 20 世纪以后，这种现象仍较普遍。叶圣陶的儿童小说《阿凤》描写的就是这种现象。阿凤只有 12 岁，父亲死了，母亲改嫁，经人说合，送给别人当童养媳，"就此换了个母亲"。这个"母亲"是帮人做佣工的，阿凤也就跟着作了佣工。帮主人抱孩子、做杂活，不仅受主人的骂，还要受同做佣工的"母亲"的骂。作品没有直接写阿凤的佣工生活，而是写她"母亲"进城了，她获得一天相对的自由，于是在干完主人的活后，能快乐地唱歌，和小猫一起玩耍。"这个当儿，他不仅忘了诅咒、手掌和劳苦，伊连自己都忘

---

① 转引自黄晓华《现代人建构的身体维度》，第 9 页。
② 周作人：《天足》，见《周作人散文全集》2 卷，第 384 页。

了。世界的精魂若是'爱'、'生趣'、'愉快'，伊就是全世界。"① 因为有片刻的自由便幸福如此，读着让人心酸。可明天呢？她"母亲"回来之后呢？五四以后，童养媳的陋习少了，但一直存在，茹志鹃以其新中国成立初期在土改工作队的经历为背景写成的小说《在果园里》，还写到这种现象。直至现在，这种现象还以变了形的方式在儿童文学中出现。如董宏猷《一百个中国孩子的梦》中的《女儿潭边的呐喊》一节，15 岁的女孩，因哥哥痴呆，30 多岁未婚，家里便逼着她"换婚"，嫁给一个有残疾的老光棍以换取他的妹妹和自己的哥哥结婚，为家里"续香火"，她不愿意，最后跳了潭。时值今天仍读到这样的故事，不能不让人感到时间的停滞、历史的沉重。

童工也是摧残儿童身体的方式。30 年代，夏衍的《包身工》等作品就涉及童工这种现象。在儿童文学中，比较集中地反映这个群体生活的是胡万春。他的《骨肉》等作品，写孩子小小年纪被送到工厂当童工，干和他们体力不相称的重活，有时还要到老板家带孩子做杂工，偶一失误，就要遭到打骂，所得却比成年工人少得多。胡万春是 20 世纪 50 年代著名的工人作家，他的视角自然是当时主流意识形态的视角，以新中国成立前工人的非人遭遇讲述革命的合理性，但确使我们看到那时儿童生活的某些侧面。儿童是一个本应受到社会保护的群体，如果社会不仅不予保护还要从他们身上榨取利润，这已逼近道德和存在的底线，其合法性自然就变得可疑了。不幸的是，到世纪末，随着中国的原始资本积累的加速，使用童工的现象又在中国社会的许多地方复活，而这次，却很少在我们的儿童文学中得到反映。

（二）

在各种侵犯儿童身体的形式中，体罚大概是最普遍的。

---

① 《叶圣陶儿童文学全集》，中国少年儿童出版社 2005 年版，第 495 页。

　　儿童最易受体罚的场所是家庭。因为它太普遍，以致在中国人的观念里，大人打孩子是一种教育，算不得体罚；体罚也是必需的，"不打不成材"，"棍棒下面出孝子"，打孩子不仅无错还是有功的。正如鲁迅说的，一些人"以为孩子的身体是父母给的，可以自由地处置它"。《颜氏家训》载："王大司马母魏夫人，性甚严正。王在湓城时，为三千人将，年逾四十，少不如意，犹捶挞之，故能成其勋业。"① 一个人年逾四十，做了带兵三千、镇守一方的将军，母亲"少不如意，犹捶挞之"。打的人理直气壮，被打的人俯首领受，看的人也不以为非，还称其母为人谦和，治家严谨，"朝野皆称其为明哲夫人"，一时传为美谈。看来大家都认为，儿子能成"勋业"，都是母亲"捶挞"的结果。在刘厚明写于 1979 年的小说《黑箭》中，张小栓因为偷人东西且屡教不改，身为工人的父亲一怒之下剁了他两根手指，在作品中也显得正气凛然。可是人们忘了，孩子再小也是一个人，有基本的人权，身体不受侵犯是人权的底线，哪怕这个侵犯者是他自己的父母。父母生了孩子，但孩子是独立的有生命的个体，不是父母的私有财产，那种以为父母生了孩子就可以自由处置他的观点是混淆了人与物的界限，更是违背了众生平等这一人类社会的基本信念。五四时期批判旧的封建伦理，这是一个基本的部分。如周作人的《荆棘》：

　　　　我的间壁有个小孩 \ 他天天只是啼哭 \ 他要在果园的周围 \ 添种有刺的荆棘 \ 间壁的老头子发了恼 \ 折下一捆荆棘条 \ 小孩的衣服掸在地上 \ 荆条落在他的背上 \ 他的背上着了荆条 \ 他的嘴里还是啼哭 \ 他要在果园的周围 \ 添种许多有刺的荆条

---

① 参见《蒙书十经》，山东电子音像出版社 2008 年版，第 54 页。

小孩想在果园的周围添种有刺的荆条，是想用有刺的荆条保护自己的果园，围出一个自己的世界；老头子不让他种荆棘，这样他就可以自由地没有任何阻拦地出入果园，在孩子的世界横冲直撞、任意践踏。小孩不同意，他就用有刺的荆条抽他。虽然这首诗带有很强的象征性，但不也是我们日常生活中许多父母对待子女常见的教育方法？

　　将"棍棒出孝子"、"不打不成材"等延伸到学校，家庭暴力就变成了学校暴力。旧式的拜师学艺不用说了，打骂不仅是常事而且还演化出一个又一个教育佳话，说某某人后来成为名人名角全靠师傅当年的拳头棒子，严凤英的自传中就有许多这类记载。在私塾，戒尺更成了塾师不可或缺的"教具"。鲁迅曾在《从百草园到三味书屋》写到老师的戒尺，好在"并不常用"；周作人的记载便可怕多了。"普通在私塾的宪法上规定的官刑有两种，一是打头，一是打手心。有些考究的先生有两块戒方，即刑具，各长尺许，宽约一寸，一薄一厚。厚的约可五寸，用以敲头，在书背不出的时候，落在头角上，砰然一声，可以振动迟钝的脑筋，发生速力，似专作提示之用，不必以刑罚论。薄的一块则性质似乎官厅之杖，以扑犯人之掌，因板厚仅二三分，故其声清脆可听。通例，犯小罪，则扑十下，每手各五，重者递加。我的那位先生是通达的人，那两块戒尺是紫檀的，处罚也很宽，但是别的塾师便大抵只有一块毛竹的板子，而且有些凶残好杀的也特别打的厉害，或以桌角抵住手背，以左手握其指力向后拗，令手心突出而拼命打之。此外还有类似非刑的责法，如跪钱板或螺蛳壳上等皆是。传闻曾祖辈中有人，因学生背书不熟，以其耳夹门缝中，推门使阖，又一叔辈用竹枝鞭学生出血，取擦牙盐涂其上，结果二人皆被辞退。"① 五四以后，这种体罚渐渐少了。一则是因为学校从以家族为背景的私塾转向现代学校，体罚失去了

---

　　① 周作人：《体罚》，见《周作人散文全集》5 卷，第 760 页。

长辈族人管晚辈人的依据；一则也是现代的人权观念的深入，体罚已为明文的法律所不允许。但此类现象并未完全绝迹，比如罚站、罚跪、罚做作业。在陈丹燕的《黑发》中，女生何以佳被老师罚以在操场上跑步。还有一些改变了方式的体罚，最常见的就是冷暴力。在陈丹燕的《女中学生之死》中，老师开始是批评宁歌，后来便冷嘲热讽，再后来就干脆不理她；不仅自己不理她，还发动同学不理她，宁歌后来走向绝路，和这种被孤立的处境不能说没有关系。

体罚一般都是他人施行的。但如果施虐的主体变成了受虐者自己，受虐便变成自虐。自虐常常是在某种崇高的目的诱惑、导引下进行的。所谓"头悬梁，锥刺股"，这些历史上流传下来的美谈，都是一些成人创造出来让儿童为着一个宏远的目标而压抑眼前的欲望，甚至对自己的身体进行自虐的榜样。五六十年代号召知识青年上山下乡，号召少年儿童不要贪图资产阶级的生活方式，提倡"艰苦奋斗"、"自找苦吃"、"思想向高标准看齐，生活向低标准看齐"，到最艰苦的地方锻炼自己，其极端就是对身体的自虐，并在自虐中感受到一种崇高、快乐，自虐便成为虐恋。李锐《无风之树》中的苦根儿便是这样一个形象。苦根儿从小生活在一个相对安乐的环境里，为了锻炼自己，把自己培养成坚定的无产阶级革命事业的接班人，他申请到最艰苦的环境中去，有时竟故意地忍饥挨饿，经寒受冻，并为自己经受这些肉体上的考验兴奋不已。不能完全否定人为宏远的目标压抑眼前的欲望的某些合理性，弗洛伊德就认为本我遵循快乐原则，趋利避害，厌苦喜乐，但每个人都遵循快乐原则，那些能使人快乐的财富从哪里来呢？所以，文明的发展必然地包含对本我、对个人欲望的某些抑制。但一则，这种抑制要控制在一个合理的、使人的人格结构和谐发展的范围内。二则，那些引起压抑的理由应该是正当的、必要的。为着某种空虚的道德原则压抑自己的合理欲望，或者只是为了获得一种更大的利益，"天将降大任于斯人也，必先苦其心志，劳其筋骨……"，"吃得苦中苦，方为人上人"，一种以反封建、反资产阶级生活方式为号召的行动，最后又走到与封建主义、资产阶级理想相一致的道路上去了。

和缠足等一样，体罚也是一种暴烈地规训儿童身体，或通过对儿童身体的规训去规训儿童的道德、思想、情感的方式。但缠足一般还挂着一个"为了美"的标签，而体罚却常常是以惩戒的形式出现的，成人的权力在这儿表现得尤为明显。儿童处在弱势地位，他无力反抗，反抗常常招来更重的惩罚。所以，体罚的伤害绝不只是肉体上的。它会影响到儿童的心理，影响到儿童的性格形成，甚至会影响到儿童对环境、对社会的态度。佩里·诺德曼就认为，大人打孩子，老师惩罚学生，很大程度上与他（或她）自己幼时受到的同类惩罚有关。可现在的孩子也会长大，等他们长大了，他们是否也会以同样的方式去对待自己的学生和子女？"十年动乱"中，红卫兵以暴烈的方式对待老师和其他成人，主要原因当然是当时一些政治力量教唆、煽动，但和此前的教育，包括一些文学作品对暴力的鼓吹是否也有关系？在"文革"以后的许多描写"十年动乱"的小说和回忆录中我们都可看到，一旦失去约束，一些孩子心中的残忍和恶会以怎样残酷的方式表现出来，如将猫身上泼上汽油，点着了取乐，将老师挂牌游街，将妇女剃成去一半留一半的"阴阳头"拉出去批斗，"由表及里地触及灵魂"，等等。这些体罚也不能说全无他们曾经看到的大人体罚孩子的影子。对社会生活中各种对儿童的体罚，20世纪儿童文学在大多数情况下都是批判的、反思的。一个颇有意味的表现就是，在20世纪五六十年代，中国动画借助古典名著的改编，创造了孙悟空和哪吒两个充满儿童气的反叛者形象。孙悟空是石猴所变，无父无母，无所顾忌，一条金箍棒打遍天宫地府，被压在五指山下也不肯屈服。哪吒更因在与四海龙王的战斗中被父亲出卖，愤而割肉还母，剔骨还父，从肉体上割断了与父母的联系，想以此抽去中国人观念中因为子女身体是父母给的，因而可以对子女自由处罚的最后依据。这看起来很彻底，但却是建立在承认父母有权体罚子女的观念之上，比较之下，还是五四周作人等张扬的人权观念更实际、也更合理一些。

（三）

扭曲儿童身体还有较隐蔽的方式，那就是去身体化。所谓去身体化，就是尽可能地让身体缺席、不在场；即使在场，也让其抽象化、同质化、符号化，没有具体内容，以一种人们不易察觉的方式对身体进行扭曲和虐待。

去身体化的常见方式是将身体简约化和同质化。中国京剧表现人物一个主要手段就是脸谱化。脸谱化的主要理论依据就是假定人的心理恒定不变，人的内在心理、性格和外在表现一致，人们通过人物的外貌能直接把握人物的心理，而人物的心理、性格又能简略地分成几种类型，用几种脸谱便能将人的性格、心理概括殆尽。这种表现当然有其艺术上的依据，因为如此创造的人物容易辨认，容易把握。儿童文学将人物简约化、类型化、内心世界与外貌呈现一致化，也有这方面的原因，但更主要的原因却不在这一方面。京剧脸谱化虽然简约，但毕竟仍将人区分成几种类型，儿童文学写人物，特别是写人物的身体，却常常将这种类型性的差异也忽略了。陈丹燕《黑发》中的赵老师，50 年代还是个中学生，和所有年轻人一样，爱美、追求个性和时髦，作文爱用"忧郁"一类的词，受到身为"少共"的团委书记的批评，从此下决心改造自己。"大家都穿黑布鞋，蓝列宁装，两排黑纽扣，把头发拢到后面，剪得整整齐齐，露出耳朵和脖子。有一次国庆游行的时候，怕剪得不齐影响我们学校的阵营，红英还给我用尺比着剪……"至"文化大革命"，则一律绿军装。"中华儿女多奇志，不爱红装爱武装"，连男女的差异都取消了。可人是具体的，任何存在都是具体的、个别的存在，特别是在涉及人的身体方面，更是无法统一、无法通约的。强行统一和通约，扭曲和异化便不可避免地发生了。

标准化、通约化的结果必然导致身体书写的非个性化、非物质化，最后走向反身体化。标准化、通约化必然导致抽象，抽象是从具体、个别中抽取一般，而身体它是感性的、个别的、具体的。离开了感性、个别、具体，身体便逐渐地隐匿了。为什么要隐匿身体？一则是身体难以通约，突出身体就会显现个性，这在一些统一论、无差别论者那里是难以容忍的；一则是身体代表感性、欲望，这在一些唯理论、唯精神论者那里也是不能容忍的。宋明理学强调"存天理灭人欲"，要存天理就必须对人的身体进行抑制，导演出一幕幕礼教吃人、杀人的人间悲剧。可在 20 世纪的中国文学中，这种对身体的不信任感仍一再地表现出来。60年代，反修防修，培养革命事业接班人，认为资产阶级正千方百计与无产阶级争夺下一代，争夺的主要手段之一就是施放糖衣炮弹，用小恩小惠、物质利益引诱少年儿童离开革命队伍，成为资产阶级的俘虏。那时，学校组织学生反复观看、讨论的电影之一就是《千万不要忘记》。作品中的林育生原是革命烈士的后代，因为娶了出身小市民家庭的妻子，贪图享乐，不思进取，上班时间去打野鸭子，结果走到堕落的边缘。这里，物质化的身体是作为资产阶级生活方式的承载体，作为与革命精神完全对立的因素出现的。既如此，排斥、批判，让其离场便是理所当然的了。反物质化、让物质化的身体离场的极致性表现就是"献身"。从表面上看，"献身"是身体的在场、出场，而且是一次辉煌的出场，与寻常意义上去身体化是完全不同的。但是，在许多革命文学里，人们最重视身体时也是因为它是"革命的本钱"。既是"本钱"，目的不在自身，当革命需要时，自然要无保留地献出去。在郭沫若的《一只手》中，小普罗的身体便是一个阐释革命与身体关系的有象征意义的意象。童工小普罗的一只手被压断了，激起工人发动一场大暴动，当反动军警赶来镇压时，小普罗挥动着自己断下的手臂参加了战斗。小普罗的身体起了两重作用，一是显示资本家的冷酷、残忍，因而成为激发工人暴动的导火索；二是小普罗举着自己被轧断的手臂参加战斗，手臂成了武器。两次出场的共同点：身体成为革命的手段、工具。在此后大量出现的红色儿童文学中，诸如此类的表现俯拾皆是。身体是最切己的存在，"献身"是失去身体的彻底方式。在群体利益需要时英勇献身，是崇高的，是应该受到人们敬仰的，儿童文学歌颂这样的人物，这样的行为，是正确的，必要的。但这毕竟是付出生命的代价，面对尚未长大的孩子尤需谨慎。献身是为着更多人的生命和利益，绝不是去满足某种抽象的道德原则，哪怕这种原则是以革命、阶级觉悟的形式出现的。这在以和平年代为背景的儿童文学中尤其应该是这样。如《刘文学》（贺宜），中心情节是少先队员刘文学发现地主偷队里的海椒，立刻出面制止并声称要去队里报告，地主掐死了他，最后自己也被处决。具体的细节在作品中被写得很含混、模糊，但一般而言也只是一个刑事案件。但因杀人者是个地主，身份特殊，就被上升到阶级斗争、不甘心失败的地主阶级破坏社会主义建设、仇恨共产党仇恨社会主义的层面上，后来还在全国掀起一个学习刘文学的运动。不说事件本身，即为了几个海椒失去两条人命的事是否需要反思；事后写小说写文章，号召全国少先队员向刘文学学习，这做法是否妥当？少年儿童还缺少自我保护的能力，社会应该保护他们而不是出现危险时鼓励他们往前冲。这一点，直到 20 世纪末才被人们认识到。

（四）

进入"新时期"之后，儿童文学中对儿童身体扭曲、虐待的描写又有了新的表现，那就是在升学、学业压力下出现的不堪重负，使不少儿童的心理、身体甚至整个生存状态都趋向恶化。

"文化大革命"是中国人社会生活中的一场浩劫，也是中国教育、中国儿童生活中的一场浩劫。那么多的人在那么长的时间里没有书读，一代人的童年、青春在政客们无休止的争斗中白白流失，在民族精神的深层留下永远也抹不去的伤痕。十年动乱之后，人们如饥似渴地要将失去的时间补回来，高考的恢复，各级学校重新招生又给新一代人提供了机会，但旧的教育制度、教学方式也乘机卷土重来。而且，随着入学人数的增多，竞争的激烈，教育对儿童的压抑、扭曲也以一种变本加厉的形式表现出来。仍然是照本宣科，仍然是填鸭式的灌输，上课下课，死记硬背，没完没了的作业，没完没了的考试，为的只是在高考的独木桥上不要掉下去。这种竞争不只出现在高中阶段，初中、小学，甚至幼儿园，孩子几乎一出娘胎就被卷入了这场注定是极其残酷的竞争。这种残酷的竞争对许多儿童的身心造成了直接的伤害。于是，一些中学生将高考的七月称为"黑色的七月"。在这一时期的儿童文学中，人们也读到一个个触目惊心的故事。在陈丹燕的《女中学生之死》中，宁歌本是一个成绩不错的女孩，初中毕业考上市重点龙门中学以后，压力陡然增加。加上严重偏科，学习越来越吃力，以至达到难以承受的地步。同时又遇到家庭、社会上一系列问题，彻底击垮了这个女孩的信心，最后从楼顶上跳下去，用她血肉模糊的身体向这个世界作了最后一次抗议。在张微的《雾锁桃李》中，临江中学为争取升学率将学生分为快慢班，不仅慢班的同学加班加点要争取考上高中，快班的同学也加班加点要使更多的人考上更好的学校。结果快班的纪志萍因"长期贫血和疲劳过度，心肌损坏严重，肺部郁积淤血，导致全身性缺氧，医学上叫心力衰竭"而死。慢班的秦芬则因压力过大、劳累过度而患上了精神分裂症！五四时说礼教吃人，现在人们看到，不合理教育制度、考试制度、教学方法原来也吃人。如果说这只是较为极端的例子，那么，在唯高考、唯成绩、唯分数的教育观念的指导下，人们片面追求升学率而忽视生命的和谐，忽视童年生活的丰富性，使人从小就趋向单维人，则是一种普遍的现象。张之路的《奇怪的纸牌》是一部童话，故事中的老太婆是一个会妖术的巫婆，她将小孩子以及兔子、猫等小动物抓来，用胶水粘在一张白纸上，任你怎样叫喊、挣扎，就是挣脱不了。几天后，等这些小孩和小动物没有力气了，老太婆就用一种特制的机器对他们进行压制，直到将他们压制成画上的人或小动物，老太婆用这样压制出的画片制成一副副扑克牌。这扑克牌与一般扑克牌最大的不同就在，虽然人物、动物和别的扑克牌上的人物、动物一般无二，但其眼睛却还能像活的人和小动物的一样转动。将活生生的人和小动物变成纸上的画片，人变成了画片，眼睛还能像活人一样转动，这是一幅多么触目惊心的画面。可仔细想想，这不正是我们现在许多孩子的真实处境？人本应是鲜活的，随缘化生，有无限发展的可能，片面地拉长某一维，按一种设定好的程序成长，人就变成了机器，变成体制人、程序人、平面人、单维人。人变成机器，身体就不复是人的身体而是机械或某种事先设置的程序了。这种对儿童身心的扭曲、异化或许不像体罚那样一目了然，但带给儿童的苦难却一样深重。

对儿童尚在生长的身体实施体罚、虐待是一种残忍，但施行这种体罚、虐待的却常常是儿童最亲近的人，父母、老师，他们一般不是出自恶意，而是真诚地为孩子好。一种善的愿望以一种恶的形式表现出来，有的是教育方法上的简单粗暴，有的是认识上的偏差，有的则是出于无奈。教育方法上的简单粗暴不必说了；认识上的偏差在于人们倾向认为，"玉不琢不成器，树不剪不成材"，人要成材也要"琢"也要"剪"。这里包含了合理性，人的成长确实包含着某种"修剪"、规训，全无规则的成长必然是散漫无序，最终也很难成材的。这就涉及对"修剪"、"规训"的理解了。"修剪"、"规训"是否一定要通过体罚的形式进行？体罚是一种暴力，暴力有时看起来很有效，但其实很难获得真正的成果。人是活生生的人，他有思想会思维，没有进入儿童思想、思维的规训即使有效也是不能持久的。修剪、规训要建立在对儿童成长规律的理解上，没有对儿童成长规律的理解，强行规训，为规训而施加暴力，很容易走到相反的方向上去。且这种不尊重儿童基本人权的施暴方式，从一开始就是不合法的。不合法的施暴，特别是我们前面讲到的较为隐性的对儿童身体的虐待，又不绝如缕地存在着，深层的原因不全来自施暴者个人，如父母、老师等，而是来自社会。梅子涵在《女儿的故事》中说，白天在学校学了一天，晚上还要送到黄老师绿老师家里补课，除了学校的课还有钢琴、书法、舞蹈，作业做到晚上十点还不能睡觉，你以为父母不心疼？可你不做别的孩子在做。这就是一个体制的问题、文化的问题、权力的问题。社会将权力刻印在孩子身上，社会也将权力刻印在父母身上，社会假父母之手将权力刻印在孩子身上。20 世纪的儿童文学，特别是"十年动乱"之后的儿童文学对儿童被虐的身体关注颇多，但对儿童身体之所以被虐的深层原因追问的却并不多。而这正是儿童文学需要特别着力的地方。

三　身体发育与社会身份的建构

在现实生活中，将儿童的身体和成人的身体进行比较，有两方面的特点是非常明显的。其一，处在生长发育阶段，是"小孩"，还未长大，未定型，不成熟。不成熟主要指未达到性成熟年龄，儿童是不应有性行为的人。其二，身体以极快的速度成长、变化着。平时我们所说的成长，首先是身体的成长。这样，如何表现发育中的儿童身体，如何表现身体发育与性有关的内容，如何表现主要属于生理范畴的身体发育与社会身份建构的关系，就为儿童文学、少年文学的创作留出一个广大的空间，20世纪的不同文化都在这个空间发出自己的声音。最常见的表现就是回避对儿童发育中的身体的描写。前面说的《小白船》等作品，将孩子放在纤尘不染的环境中，儿童自己自然也是纤尘不染；后来的红色儿童文学，具体内容虽然和叶圣陶笔下的安琪儿形象并不一致，但在重"灵"轻"肉"，重思想、精神而排斥欲望的价值取向上，与后者完全一致。这里有描写对象自身的原因。儿童是一个覆盖面颇广的概念，从四五岁到十四五岁的孩子都可以包含其中。一些作品写年龄较小的孩子，或在较抽象的层面写儿童，当然没有必要一定要涉及与身体有关的内容。但如果写年龄较大的孩子，因为要突出人的精神而在应该描写儿童正在发育的身体的地方却予以回避，那就是另一个问题了。弗洛伊德认为，性意识其实在婴儿时期就已经存在的，贯穿整个童年期，只是表现的形式不同罢了。深入地理解儿童发育中的身体，应该是儿童文学的重要内容。但 20 世纪的儿童文学在大多数时间里，不是回避，就是将其简单化。20 世纪 50 年代，阮章竞在民间传说《田螺姑娘》（又称《白水素女》等）的基础上创作了长篇儿童诗《金色的海螺》，将原作明显的性爱、婚姻故事处理为一种迷濛的少男少女之间类似友谊的美好感情，广受好评，认为找到了一条儿童文学中表现与爱情、性有关的内容的好方式。作为一种探索，这无疑是有意义的。但扩大到整个儿童文学，则显然过于偏狭了。80 年代初，丁阿虎的《今夜月儿明》更引起广泛的关注和讨论。作品以初二女生解丽萍的一段情感经历为主要表现对象，但是是以已经走出那段感情并已考上大学的主人公的回忆形式展开的。虽然有一种朦胧的温馨和甜蜜，但总体上是一种居高临下、拉开一段距离俯视小孩过家家式的清醒与理智，即将那段朦胧的情感看做是真正恋爱前一种充满童稚气的行为，它会随着年龄的增长自然地褪去，不必过于认真地去阻止，也不必过于认真的地去追求它，就像是真正爱情开始前的一个春梦。作为一种探索，它也有意义，但也是显然带着柏拉图式的纯精神化的特征，留着刚刚从漫长的禁锢走出来，不可避免的仍带有它刚走出来那个时代的痕迹。

　　真正意识到身体在儿童文学中的意义并开始在自己的作品中予以关注和表现的是一批"文革"后新走上创作道路的作家，

尤其是一些年轻的女作家。如韦伶的《出门》：

> 凌子朝镜子走去，她一下子心跳起来：镜子里的那个姑娘就是她吗？那纯粹是个姑娘，而不是个女娃娃！那样的身段，只有在一个长大了的姑娘身上才看得见。而且由于穿的游泳衣太贴身，那些线条显露的多明显呀。凌子的几个脚趾头在冰凉的地面上紧张地弯勾起来。

这是十五岁女孩子凌子第一次对着镜子看到穿游泳衣的自己的情景。作者对人物此时的心理的描写是："凌子感到一阵害羞，这害羞里夹着一丝儿兴奋和慌乱。"这把握很准确，应是女孩子在此情景下心理活动一个真实的反映。"害羞里也夹着兴奋和一丝儿慌乱"，很正常，可在 20 世纪儿童文学里，特别是涉及女孩子身体的描写里，却是迈出了很重要的一步。因为它不仅写出了女孩的"害羞"和"一丝儿慌乱"，更重要的是写了女孩的"兴奋"，一种对自己正在发育的身体的欣赏和肯定。在作者的另一篇散文《那夜的幻殿》中，作者对舞蹈中的女孩的身体有更细致的描写："少女在舞蹈中，有着怎样丰富的体验呵！她可以惊喜地看着自己逐渐饱满的手、臂、腿，在超凡的弹跳舞动中画出漂亮的线条和光亮。她可以在舞蹈中松弛或制造一种伴随着青春的紧张，将压抑未宣的种种情感，通过无言的身体动作，激烈或舒缓地借题发挥出来……她生就一付柔软、美丽、渴望如花一样向世界绽放的身体，生就了极富语言表情灵巧无比的一切身体关节，而她稚嫩的感觉器官正在新奇地张开，每一根神经全都在全神贯注地感触到自然界、人类秘库，以及逐渐走近的那些未知领域的预告和暗示。"身体在这儿不再是一个应该回避的滋生罪恶的渊薮，而是生命的、诗意的源泉。

比之韦伶颇具灵性的感悟，陈丹燕更具理解力和透视的深度。

那天，我一路走，一路琢磨胸口那一阵阵的怪痛，也不像摔破皮的痛，也不像拉肚子的那种痛，胀鼓鼓的倒像小时候快长新牙时候的那种感觉。生了什么病吗？拐进校门那一刻，我突然明白过来！低头看看，衬衫果然很可疑地高出了一丁点。我要变成大人了，变成一个真正的女的。①

也是突然间意识到自己身体的变化，也是感到"很慌、很害怕、很激动，又莫名其妙"，也是同时就有了兴奋、幸福的感觉。"我早就希望成为一个大姑娘了，大姑娘意味着极其丰富的生活，意味着会懂得许多，还可以爱上一个小伙子，真正懂得爱情到底是怎么回事。"于是，"我"决定开始写日记。"随便议论这种事是不好意思的，但可以写给自己看，要不然憋得慌。"不仅写日记，还立即到锁店里配了把钥匙，把自己的日记放到一个抽屉里锁起来了。"在我心里，充满了对将来的秘密的温情。"一个上了锁的抽屉，锁进一本少女的日记，其实也围出了一个自己的世界。因为一个人主体意识的生成，就是从有自己的秘密开始的。对此，马克斯·范梅南和巴斯·莱维林在《儿童的秘密》一书中曾有很精致的分析："桌子、抽屉和柜子不仅让我们能够收集、整理和安排自己的一些家当，它们也给我们一种经验。'我的桌子'，'我们家的柜子'——这些都给我们一种体验亲密空间的机会，这是一个家庭及其成员内部的一个空间，是一个'不会向任何人开放的空间'，对一个幼小的孩子而言，这样的桌子和抽屉会给他一种从内心体验家庭亲情的机会，让他体验一种独特的、生动的秘密。"② "在孩子们不愿将某些感觉告诉父母和家里其他人的时候，他们会第一次体会到秘密神奇的分隔力

---

① 《陈丹燕经典少女小说》，少年儿童出版社 2009 年版，第 65 页。
② 《儿童的秘密》，第 32 页。

（extreme separating powers of secrecy）。当他们觉得自己与别人不同时，他们也就有可能获得一种自我认知。在体验秘密的过程中，孩子们会发现一些新的东西：内在的灵性（self – knowledge）、隐私以及内心世界里其他看不见的东西（inner invisibility）。因此，孩子们对自己感觉的隐藏其实是一种成长的标志，是他们走向独立的标志。"① 身体的变化引起了心理意识的变化，从意识到自己变成一个"大姑娘"，一个"真正的女的"，同时就获得自己一种社会身份的确认。

　　女孩初潮也是这批作家经常写到的一个内容，因为这是"跨进青春的门槛"。程玮的《豆蔻年华》以一个女生宿舍为中心，写一群女中学生走进青春期的成长，其中自免不了女孩身体发育的内容。"从上初一起，体育老师就常常提起'特殊情况'这个词。也常常看到，在跑步的时候，总有那么几个女生神秘地、羞答答但又不无自豪地从队伍里退出来，站在一边。"注意这里作者用了"不无自豪"这个词。在传统文学里，人们写到这类情况多用"污秽"一类的词，甚至将其视为不祥的东西，将女孩隔离到一个人群难以接触的地方，过完了这段时间再回到社会中来。可在程玮笔下的这群女孩儿，却一扫这种感觉，写得明媚以致充满自豪。"我小学五年级就有了，那会儿我还在跳皮筋呢！张娣说得眉飞色舞，像是在讲一段光荣史。"② 相反，一些女生到高一迟迟未来这种"特殊情况"，如故事中的高晓晓，则开始焦虑、担忧，有一种被青春遗弃的感觉。"高晓晓还在抽抽泣泣地哭着。这一阵，她越来越感到被遗忘，被丢弃的滋味，好像做集体游戏——两个人拉着手，搭成一个门，大家排着队，挨个儿从这门中钻过去。轮到高晓晓钻时，那胳膊却放下来了，

---

①　《儿童的秘密》，第 78 页。
②　程玮：《豆蔻年华》，江苏少年儿童出版社 2008 年版，第 74 页。

把她挡住了，不让她过去了。"① 正常的身体发育在这儿恢复了它健康、积极、蓬勃向上、给人带来成长喜悦的本来面貌，而未正常发育则被视为某种病态，儿童文学对身体发育的评价也回到了较为正常的轨道。

再稍往前，便涉及真正与性有关的内容了。这在儿童文学中，确是一个较难处理的题材。它不仅涉及与这一题材相关的男孩女孩身体、心理发育的特殊性，涉及这一话题在少年儿童读者中的敏感性，更涉及成人作家、成人社会对这一话题及相关许多问题的态度。作家最难把握的是处理这一题材的分寸感，即所谓的"度"。前面谈及的《金色的海螺》、《今夜月儿明》等主要从精神的角度切入，尽量让身体出局是一法，但这种表现方法因完全回避身体也有自身的限度。"文革"以后，一些作家尝试冲击这一禁区，如班马的小说《留在树皮上的》，两个只有幼儿班年龄的男女孩并排躺在操场的沙坑里，把沙盖在自己身上扮爸爸妈妈；一个小学生在刻有班里女同学名字的小树上撒小便，想让这小树快点长大，被一个心术不正的成人看见，说是黄色、流氓，要拉去批斗。作家感慨地说，肮脏的不是孩子的行为，而是成人的目光。这在当时应是一种大胆的表现，但在观念上仍是孩子与性无涉这一视角。在《青春的翅膀能飞多远》中，陈丹燕第一次大胆地写到高中女生丁丁的性幻想，虽然用的是象征的意象、语言，但仍将女孩对性的想象写得鲜丽而明亮。这种幻想不只是出现在女孩身上。曹文轩的《白栅栏》就是写一个男孩与异性身体接触时产生的不断发酵的想象。作品中的"我"只是一个 8 岁的小男孩，那女性也不是别人而是自己的老师。一次偶然的机会住在年轻的女教师家里，光着身子和老师躺在一起睡了一夜。这里自然没有一般意义上性的含义，但因为这一经历，感觉在日后的回忆中一再被塑造而产生意义丰富的内容。"我对她

---

① 程玮：《豆蔻年华》，江苏少年儿童出版社 2008 年版，第 74 页。

身体的感觉，起初很不清楚，只是觉得烫。不像是睡在被窝里，倒更像是沐浴于温水里，后来才慢慢有了一些其他的感觉。随着长大，经验的日益丰富，那些感觉便有了细微的层次，并且还在不断地增加着印象。我发现，有些感觉是不会消失的，会一辈子存活在你的灵魂里，并且会不时地复活、生长，反而将当初还很朦胧的感觉丰富起来、明晰起来。她的身体特别光滑，像春风吹绿的油亮亮的白杨树叶那样光滑，像平静的湖水那么光滑，像大理石那么光滑。非常柔软，像水那么柔软，像柳絮那么柔软。渐渐地，我不再觉得她的身体烫人了，反而觉得她的身体有点凉阴阴的，像雪，像晨风，像月光，像深秋的雨，像从阴凉的深水处刚刚取出的一只象牙色的藕，又像是从林间深处飘来的，略带悲凉的箫声。"① 这显然已不全是当初那个 8 岁小男孩的感觉，但又和当初那个 8 岁小男孩的感觉紧密相关联着，它甚至不包含欲念，对成熟的异性身体的感觉在隔着时空距离的回忆中完全被诗化，朝着艺术、美学的方向转化了。

从刻意回避甚至污秽化到明媚、亮丽、充满生气的描写，中国儿童文学对发育中身体的表现在 20 世纪最后一段时间发生了转折性的变化。但随着对现实的正视和理解的深入，包含在身体发育过程中的各种矛盾、困惑、烦恼，甚至痛苦也被揭示出来了。程玮《豆蔻年华》中高晓晓因发育不良导致的被遗弃的感觉即是一例。韦伶曾经描述"十三四岁，正当青春伊始，身体与思维正在灌浆成形。许多感受在体内冲击酝酿，许多初发的自审自恋和对未来世界的向往，交织成无限的希冀，要向自己和世界倾诉"，以及因为忙于文化课考试而不能每天进行"舞蹈训练"而产生的"压抑、委顿"，和身体情感方面感觉到的无法言说的"进不来，出不去"的状态和走向成熟的女孩像含苞欲放

---

① 曹文轩：《白栅栏》，见《曹文轩精选集》，新世界出版社 2005 年版，第 91 页。

的花朵一样等待又惧怕被采摘的感觉。更重要的，这也是一个社会的"修剪期"。就像一株小树走向成形时会受各种各样的修剪一样，正在走向成熟的儿童、少年也会受到来自社会的各种规训、压抑甚至阉割。孩子要长大，要脱离父母的庇护而另创一个世界，有时会激起父母的反应；更重要的，从一代人到另一代人，由于时代、环境等原因，价值观上会出现差异、矛盾。在孩子的自我意识觉醒、要按照一种不同于上辈人的价值及原则去建立自己的独立人格时，两代人的矛盾有时就会变得不可避免。《黑发》是女孩何以佳梳了一个"直立式"的发型走进教室激起的矛盾，《上锁的抽屉》则将这种矛盾深入到由于女孩身体变化引起的自我空间的建立而导致的两代人之间冲突。这一代的作家不仅深入地发现了这一矛盾，表现这一矛盾，而且大都站在年青一代的立场上，为他们的立场和权益进行有力的辩护。《上锁的抽屉》表现的是较为理想的状况：虽然"我"将抽屉上锁曾引起父母的猜疑和质问，但父母很快意识到，女儿大了，她应有自己的秘密，自己的生活和情感空间，不应过多干涉，女儿也理解到父母的关爱，两代人在互相理解的基础上达至和解。但在另一些场合，儿童和少年却未必都有这么幸运了。在同是陈丹燕写的《男生寄来一封信》中，女生陈致远在一份文学刊物上发表了一篇习作，一位男生看了很有兴趣，便给她寄来一封信，谈了自己对作品的看法。这本是一件再正常不过的事情，却受到老师、家长的怀疑，又是找女生谈话又是找其他同学陪她回家，仿佛流氓男生就在路边等着她。其实，作品有人关注、欣赏，且关注、欣赏的是一个年龄和自己差不多的男生，女生心里是很自豪、很快乐的，可母亲、老师的行为不仅将她的快乐全破坏了，而且平添出一份担忧。担忧母亲、老师的干预会延伸到那个男生和那个男生所在的学校，那就将一个自己尚不认识的人伤害了。这并不是多虑。她一个同学的哥哥就因为高一时给邻班的一个女生写信，想和她讨论作文和人生，结果信被那个女生在班里当众宣读，从此变得阴郁，对女性充满莫名的仇恨。还有《女中学生之死》中的宁歌，最后促使她走上自戕之路、成为压死骆驼最后一根稻草的，也是她把自己在黄山遇到男青年、和男青年有一段时间的交往、男青年还到上海来看过她的事告诉班主任后，从班主任那里看到的极度鄙夷的眼神。规训和对规训的反抗，依然是儿童文学中围绕着儿童身体展开的重要主题。

围绕着儿童、少年身体发育及其导致的上一代人和下一代人的矛盾冲突有两代人价值观上的差异，这在一个社会变化迅速，文化范型转换快捷的年代尤其如此。20世纪末，中国恰处在这样的年代。从中世纪般的"文化大革命"中走出来，社会生活从以阶级斗争为中心转变到到以经济建设为中心的轨道，孩子们没有包袱，很快适应，或者以为本来就是如此；成人却背着因袭的重负，每跨出一步，都会感到突破的艰难。80年代初，程玮就在《来自异国的孩子中》写过这样的故事：一个外国专家的孩子到一所小学插班。面对这个长得不一样、穿得也不一样的外邦人，大人们——学校的领导和老师紧张得如临大敌，又是内部会议又是领导指示，又是"热情欢迎"又是"内外有别"，连谁和他同桌怎么和他说话都作了安排，可孩子们却很快便适应了，一起上课一起下课一起游戏一起争论，就是一个新同学，没有什么大的差别。这样的故事在80年代以后的儿童文学中一再地上演。这真实地反映着两种文化范型之间的矛盾冲突。上一代人经过长期的阶级斗争理论、意识形态理论的熏陶，喜欢将什么都拉到思想、精神的层面上去，对身体的、物质的内容习惯性地进行抑制；而八九十年代以后出生和成长起来的年轻人却现实得多，他们更关心现世的幸福，不愿在物质上委屈自己，更在意在灵与肉的统一中追求生命的和谐。他们不仅不害怕个性而且有意识地标新立异，甚至特立独行，披肩发、喇叭裤、露脐装、鸡冠头，跟时髦赶浪头成为一种时尚，在与异性交往等方面也解放得多、开放得多。在新潮文化方面，他们其实掌握着比他们的长辈更多的话语权，行为也具有比他们长辈更多的合法性。这与传统不能不形成碰撞，不能不发生冲突。这是一个长期磨合过程，中间会有困惑、不解、误会甚至使冲突达到激烈的地步，但灵与肉的统一应该是彼此都能认同的目标。只是这种统一有千百种方式，不能强行地要求一致。这就又回到我们在谈文学启蒙时说过的观点，要使人们成为未来公民社会的合格公民，要维护自己的权利也要尊重别人的权利，要有宽容精神，在一个多样化的时代，每个人都有无限发展的可能性，这当然也包括他们的身体。

但两代人围绕身体出现的矛盾冲突也还不只是一个不同时代的文化观念、价值观念的差异问题。在深层，还是人们根深蒂固的对身体、对人的感性的不信任。重精神、重理性而轻身体、轻感性，认为人的身体、感性容易被诱惑，这是一种历史久远的观念。柏拉图要将诗人驱逐出理想国，也是认为诗人能以感性的话语蛊惑人心。在陈丹燕等人的作品中，父母、老师因为女孩收到一封男生来信，留了一个新潮点的发型都紧张得如发现敌情，固然是他（她）们几十年所受的教育、几十年的生活经验导致的反应，但也不尽然。八九十年代的儿童文学写到这种现象常有一种指责，说他（她）们忘记了自己的童年，忘记了自己当初也是这么走过来的，这显然是过分简单和皮相的。事实可能正好相反，正因为他（她）们记住了自己年轻的时候，知道欲望的巨大力量，才对孩子，特别是女孩子可能被诱惑表现出巨大的恐惧和不安。一个或可佐证这一观点的实例就是，在近年一些表现两代人矛盾的作品中，尤其是以少女为主要表现对象的作品中，与女孩形成尖锐冲突的常常是她们的同性别长辈，如母亲、女教师（班主任、生活老师）等，而父亲等男性长辈却常常被表现得较为宽容。这一方面可能是在现实生活中，女孩成长中与身体有关的事情多是母亲、女教师指导的，接触机会多，容易产生矛盾；另一方面，也是因为这些同性别的长辈是过来人，她们对欲望的存在，对女孩在欲望面前容易被诱惑，对女孩真的被诱惑后可能产生的后果有真切的感受和理解。即是说，她们对女孩可能被引诱的警惕和防范，其实是源自对自身欲望的恐惧。在《儿童文学的乐趣》一书中，诺德曼等曾引杰奎琳·罗斯的话说："是童年的本性——尤其是童年的性欲——吓坏了成人。因为成人已经接受了某种思考模式并视之为常态，所以就把其他一切当作混乱和威胁，特别是童年当中那些她们曾经拥有并相信自己成长后已经超越的东西。为保护自己不受这种混乱知识的侵扰，他们构建了这种去掉一切威胁的童年意象。"① 但心有余悸的成年人可能真的忘了，当初自己面对欲望、引诱是怎么走过来的？当初自己能够坚定地走过来，为什么不相信今天的孩子也能坚定地走过去呢？在陈丹燕的长篇儿童小说《我的妈妈是精灵》中，女孩陈淼淼为了阻止父母离婚，在同学李雨辰的鼓动下，夜里去泡吧，以向父母暗示，你们如果离婚，你们的女儿就可能变坏。可真到了那个环境，她们别说做坏事，就是想说一句脏话也说不出来。"女孩变坏不容易。" 对这一代儿童、少年抗拒诱惑的能力，人们理应有更多的信任。

四　身体在磨难与对规训的反抗中升华意义

在关于人类童年的各类描述中，有一种误会一直是根深蒂固的，那就是认为童年是一段纯洁的、天真的，与衰老、腐朽、堕落、死亡等无关的时间。表现在文学、艺术作品中，就有了纯洁的安琪儿、祖国的花朵、早晨八九点钟的太阳等意象的构建和创造。这从某一方面说自然是有其合理性的。童年处在生命的源头，他们的身体犹如刚出土的幼苗，刚迎风生长的小树，朝气蓬勃，充满无限的生命力，成人和社会也会给他们特别的关爱；但这往往又掩盖了童年生活的另一面，即带有本体性的苦难和磨难

---

① 《儿童文学的乐趣》，第 149 页。

的一面。在中世纪的欧洲，有人说儿童是"离天堂最近的人"，但也有人说，童年是"除死亡外，人性中最堕落最悲惨的阶段"。① 台湾作家孙晓峰在给桂文亚小说《二郎桥那个野丫头》所写的"序言"中也说："不懂儿童的人，才会说儿童像天使；记性不好的人，才会说童年甜蜜无忧。"② 这至少提醒我们，对儿童，对童年，对还处在源头的生命要更全面、更辩证地看待，不能只株守传统文化那种简单的、习惯化了的定位。对此，20世纪的儿童文学，特别是世纪末一些与儿童身体表现紧密相关的小说，是有一些颇为深入的思索的。

说苦难和磨难在童年是具有本体性的，是说苦难和磨难是注定要伴随生命、伴随童年，是无法避免的，只是苦难的形式和经受苦难的方式有所不同而已。在弗洛伊德的精神分析理论中，童年是充满压抑和焦虑的。由于一种与生俱来的俄狄浦斯情结，男孩本能地将母亲作为第一个爱恋的对象，而将父亲视为竞争者，这一罪恶的念头不仅受到父亲、社会的打压，而且会受到儿童自身人格结构中由社会规范转化而来的超我的谴责和压抑。由于害怕受到父亲的阉割，男孩一直处在一种莫名的"阉割的恐惧"之中。女孩由于先天的阳具缺失而在一开始就觉得自己是一个不完全的人，由此产生阳具嫉妒，同样陷在焦虑之中。弗洛伊德的理论是以一种晦涩、带性心理倾向的语言说的，容易产生误解。如果我们从这些隐喻的、带象征性的语言中超越出来，在较为抽象的文化层面使用"父亲"、"母亲"、"阳具"、"阉割"这些概念，会发现这些内容其实是很现实的。俄狄浦斯情结很大意义上是以生物学的语言表现出来的社会学的、文化学的含义，即儿童成长中的身份焦虑，一种从自然个体向社会成员转变的身份认同问题。在这一转变中，儿童不仅会遇到属于特定社会、特定文

---

① ［英］柯林·黑伍德：《孩子的历史》，第21页。
② 参见桂文亚《二郎桥那个野丫头》，民生报社1996年版，第1页。

化、特定意识形态施加的规训、压抑及其导致的异化、扭曲，还会受到许多普遍的、本体的、在人的成长中必然会出现的压抑和规训。这些压抑和规训一样会造成儿童的扭曲，造成儿童成长中的诸多苦难。表现这些苦难也是儿童文学的重要内容。儿童正是在对这些苦难的经历和理解中，领会生命的意义，走向身体和精神的成熟。

20 世纪儿童文学并不缺少表现苦难，包括表现对儿童身体进行戕害的作品，如我们前面论及的缠足、童养媳、包身工、体罚、将身体同质化、去身体化，等等，都属于苦难，特别是童年苦难的不同表现方式。我们缺少的是一种从人生、从生命本体，即从哲学人类学的立场来观照这些苦难的角度。我们更多的时候是从社会学、阶级矛盾阶级斗争的角度来反映这些苦难的。朱自清的散文《生命的价格：七毛钱》，写一个女孩被父母以七毛钱的价格出售，这是很让人触目惊心的。通过这个形象，作者表现了在兵荒马乱、天灾人祸的年代对生命的践踏；叶圣陶的《阿凤》表现对儿童生命的漠视；夏衍的《包身工》表现对童年生命的榨取；《红岩》中小萝卜头，小小年纪就跟随父亲生活在铁窗里，最后竟无辜地被枪杀，更表现对童年生命的残害。作家们揭露这些社会现实，通过儿童的苦难遭遇去揭露、批判、谴责社会的腐败、黑暗、不公，是正确的、必要的、有意义的。但这不是理解苦难的唯一角度。放在特殊的时空背景中看，儿童生命中的苦难都有其偶然性；但是，拉开距离，人们不是经历这样的偶然便是经历那样的偶然，不是经历这样的磨难的就是经历那样的磨难。有时，优裕的生活对生命也是一种考验或磨难，因为它会使生命变得松懈、膨胀、没有意义。从这样的角度看，苦难对于人、对于童年便具有某种宿命性、本体性，包括我们上面说的来自社会现实的各种苦难都可以放到这样的视角里去理解。20 世纪的中国儿童文学在相当长的时间里由于缺少这一观照视角，多少也减损了其理解、透视的深度。

比较自觉地从这一角度去理解生命、理解童年生活苦难的是台湾一些儿童文学作家的作品，如桂文亚的《二郎桥那个野丫头》。《二郎桥那个野丫头》是一个短篇小说集，大部分作品用主要人物第一人称事后叙述，带有一些作家自传体文艺作品的特征。但文本突出的不是作为成人的叙述者现在所站的这个点，而是作为人物的"我"当初的经历。但同时，"我"又是一个视点人物，故事借助"我"的眼睛去看周围的人、周围的事件；借助"我"的心灵去感受、体会、理解周围的人、周围的世界。在这样的视野里，欢乐也好，苦难也好，都作为生命的常态呈现出现了。在《泪的小花》中，"我"的好朋友潘梅得了血癌，一朵还未开放的花朵就要凋谢。虽然她那么爱生活，自己和她那么要好，可死神还是毫不留情地一步步逼近。在死神面前，我感到那样的无助。在《阿公你安睡》中，阿公病危，阿婆先是跪在医生面前求医生帮帮自己救活阿公，说阿公死去自己也没法活了，可看到阿公极度痛苦的样子，女儿也为此累垮了的时候，她再一次跪在医生面前。这一次是求医生"给我丈夫打一针，让他快点死吧，我们不能让他受这个罪，他太痛苦了"。两次截然不同的要求，都出于爱，都反映着阿婆的无奈和无助。在《婆，四月的春草绿了》中，死亡降临到阿婆自己身上。婆虽然一直那么爱我，但这会儿"我"一听到她喉咙里发出的痛苦、难听的怪声，就忍不住躲进厕所里去呕吐。"我"尽可能地走避，好像只要不看见婆，就自由了，就轻松了，就可以永远快活了。可"我"最后还是看到，婆趁人不在的时候用剪刀狠命地剪那维系着她生命的氧气管，"眼里透着一种特别的恐惧、绝望、忧伤、痛苦和疯狂"。死亡中的身体的丑陋、生命的脆弱、人的绝望就这样一无遮拦地暴露在一个十余岁的女孩的面前。没有回避，没有诗化，作品因对生命的一种真实揭示而显示出一种强大的艺术震撼力。80 年代以后，这类表现也逐渐出现在大陆儿童文学作家的笔下。如《老人的黑帽子》等，同样采取儿童视角，同样写生命的衰老和逝去，读后一样给人一种以往儿童文学少有的深邃和苍凉。

　　理解苦难是人生中一种日常的、本体性的存在，我们对生活中的苦难、不幸就会有一种不同的态度。在陈丹燕的《灾难的礼物》中，女孩庆庆在唐山地震中不仅失去父母成了孤儿，自己也被压断了一条腿，成了残疾人，伯伯把她接到自己工作的南方，看到别人都健康、幸福地生活，心里难免想到命运对自己的不公。"我常常可怜自己，我在心里对自己说，庆庆，你是一个可怜的人哪！"看到邻居女孩有一双结实的腿，心里有些嫉恨，当那女孩参加学校的游泳却没有合适的游泳衣时，自己明明有游泳衣却不肯借给她，还有些幸灾乐祸。可是伯伯却不这样。伯伯也是一个不幸的人，1957年被错划成"右派"，前程被毁，连妻子也离婚走了，可他仍坚强乐观地活着，译书，写文章，一旦别人有需要就想方设法地去帮助。他说灾难也是送给受磨难的人的一种礼物。"俄罗斯文学中有一句著名的话，叫：在血水里泡三遍，盐水里煮三遍，碱水里浸三遍，人就彻底干净了。"在伯伯的影响和教育下，庆庆的心胸也变得开阔、亮堂起来。她不仅主动把游泳衣借给邻家女孩，还从中感到一种从未有过的幸福。在作者的另一部小说《我的妈妈是精灵》中，陈淼淼还在读小学，爸爸妈妈却要离婚了。这对一个孩子无疑是一种天要裂了天要塌了的事情，她本能地反应就是无法接受，想了各种办法阻止这一事情的发生。但是，当她看到已毫无感情的父母因为她的原因而被勉强地捆在一起、生活得很痛苦时，她觉出了自己的自私。一个年幼的孩子，父母离异自是一种巨大的不幸，但人不能因为要获得自己的幸福就让别人作出牺牲，即使那作出牺牲的人是自己的父母。有了这样的理解，淼淼不再阻止父母的离婚。经历这一次大的变故，淼淼也获得了灾难的礼物：她长大了。中国古人说，"祸兮福之所倚，福兮祸之所伏"，诚是。一个孩子只能享福不能经祸，稍有不顺就怨天尤人，说老天对自己多么多么的不公，是永远也长不大的。

在人生要经历的各种苦难、磨难中，死亡是最后也是最大的。中国人称死亡为"大限"，因为一旦死亡降临，身体消亡，个人的一切都不存在了。孩子处在生命的源头，死亡对他们是极其遥远的事，遥远得似乎可以忽略不计。可仔细想来，"遥远"是事实，"忽略不计"却不可能。海德格尔称人为"必死者"，就是说人是时间中的存在，是一个时间段，有起点也有终点。我们必须联系死来考虑生。正是因为有一个终点，生命作为一个过程才显出它特别的意义。儿童文学要引导儿童理解人生，也必须引导他们把生命看成一个时间段，结合死来理解生。在进入新时期以后的儿童文学中，程玮的《老人、孩子和雕塑》是较早从这一角度思考生命意义的作品。一个老人像枯叶一样被风带走了，但却在广场上留下一尊他创作的雕塑，使看它的人感到了永存的生命。老人是死了还是活着？这至少使一个看似十分简单的问题需要作一番认真的思索了。但故事中的男孩力力显然还没有能力将这一问题理解得很深入，他只是觉得雕塑中一个女孩像他已经死去的妹妹而觉得那些原本冰冷的石头有了人的体温，而对创造了这一雕塑的老人心存一份感激。比之《老人、孩子和雕塑》，曹文轩的《药寮》则将生与死、短暂与永恒等的思考变得近切得多、实际得多了。因为它将死亡这一对孩子本应十分遥远的事情突然地提到了眼前，逼着人们从死的角度看待和思考生。男孩桑桑在没有什么预兆的情况下发现脖子上出现一个肿块，医生诊断的结果说是生了癌，病情一下子变得非常凶险。这一突然到来的变故不仅使桑桑而且使桑桑周围的人都陷入巨大的恐惧和痛苦中。平时严厉的父亲带着儿子四处求医，一夜间白了头发；母亲暗暗流泪，但在儿子面前却要装着坦然和坚强；教师们抢着为桑桑父亲代课；同学们也争着向桑桑表示友好和善意。特别是桑桑的语文、音乐老师温幼菊，自己常年生病、连居住的小屋都被同事戏称为"药寮"，但在桑桑最艰难的那段时间，却成了他精神上的支柱。一声"别怕"，一首苍凉悠长的无字歌，在几乎无言中透露出深厚的力度和韧性。正是在父母、老师、同学及无数人的关爱中，在与死神的搏斗中，桑桑对生活、对生命、对周围的世界都有了新的感受和理解。他感受到生命的可贵，感受到活着的美好，感受到世界的温暖，同时就有了对自身生命的反思和检讨，学会了感恩，想到许多平时想做还没有做的事情。在这种反思中，桑桑不知不觉中进入一个新的层次、新的境界。最后，桑桑没有死，他挺过来了。他不只战胜了一次疾病，而是在死亡的拷问下上了人生最严峻的一课，这是没有这一经历的人很难体会的。死是人生的大限，面对死亡，人放下日常生活中的小利益、小恩怨，问题变得简单、基本，思考变得深邃、通透，这里，苦难又一次成了礼物、财富。

桑桑没有死，但《泪的小花》（桂文亚）中的潘梅确是死了，《女中学生之死》（陈丹燕）中的宁歌确是死了，《雾锁桃李》（张微）中的纪志萍确是死了，《老人、孩子和雕塑》中力力的妹妹确是死了，《独船》（常新港）中的石牙确是死了，当然还有许许多多的大人也确是死了。走向世纪末的中国儿童文学突然表现出对死亡的某种热衷，表明人们意识到这个原本看似与儿童生活不太相关的题材对儿童文学的重要意义。此前的儿童文学也写死亡，比如红色儿童文学。但那时对死亡的观照主要是从群体利益、从意识形态的大视角出发的，为了群体的利益，个体应该毫不犹豫地舍弃自己的生命；个体生命只有在集体利益中才能获得永生。这一视角至今仍有意义。但放到一个更大的背景上，这不应是思考死亡和生命意义的唯一视角。生命属于人只有一次，生命的意义首先就在生命自身。特别是孩子，他们还处在生命的源头，一切都刚刚开始，他们理应得到更多的关怀，获得更广阔的前景。这时，出现对儿童身体的戕害，特别是出现对儿童生命的剥夺，就显得特别残忍。世纪末一些儿童文学涉及的死亡，很多都是以此类现象的揭示，对造成这种残忍的力量表示出强烈的控诉和抗议。纪志萍（《雾锁桃李》）是让繁重的学业和随之而来的心理压力给压垮的，一个柔弱女孩的双肩还承不起这样的重压，她的死是向不合理的教育制度、教育方式发出的强烈控诉和抗议。宁歌（《女中学生之死》）也如是。只是她的死除了学业的压力，还多了许多社会内容，如生活的重负、社会的偏见、环境的冷漠等。宁歌的死是她自己选择的，但一个十五岁、正在生命花季的女孩作这样的选择只能说明她已没有别的选择。"宁歌是黎明前爬上这七层楼上跳下来的。那时候大人们在哪儿呢？男人和女人为自己的希望累了一天，睡着了。他们不知道从他们门边走过一个十五岁的女孩，她不想活了。他们没有醒。"作者并不同意宁歌的选择，作品真实地写出了一个十几岁的女孩被社会修剪时的"疼痛和惊悸"，她还没有学会忍让和某些必要的妥协，面对突然的打击不能从容地应对，她在被规训时的反抗有时是偏激的。可她毕竟是一个只有十五岁的女孩，家庭破碎，孤立无援，对她的遭遇，人们除了同情还能多说什么？以一个女孩从七楼跳下坠地的声音，作者能让那些睡着的大人醒来吗？

　　向死而生。对于儿童，死亡毕竟是一个遥远的话题。在儿童文学中引入死亡话题，一是为生活提供一个深邃的背景，引导儿童更好的理解生活理解人生，更重要的是对社会而说的，关爱孩子、关爱生命。在这个世界上，没有什么比孩子的幸福更可贵的了。生命就是目的，孩子就是目的。这是一个明如白昼的道理，但文学在这里可以获得最深邃的人性深度。

第七章　消费文化和儿童文学存在论上的危机

进入世纪之交，中国儿童文学中出现了一种非常奇特的现象：一方面是创作、出版前所未有的繁荣，各种作品琳琅满目、铺天盖地，让人应接不暇；另一方面，理论领域又不断传出一阵紧似一阵的儿童文学即将走向消逝的预言和警告，二者形成强烈的反差，即使身处其中的人有时也会感到困惑：从清末民初到现在，中国儿童文学才走过一个世纪的历程，在人们印象中，它应该也正处于生命的童年时期，今天的人们在现实生活中看到的实际状况似也确乎如此，可为什么此时仍有人发出了"消逝"的警告和疑虑？如果不是杞人忧天或故意耸人听闻，这当中又传达出那些值得我们关注的信息？

形成这种看似十分矛盾的现象的原因可能十分复杂，但有两点无疑是最值得我们关注的，那就是大众传播的普遍使用和消费文化的兴起。

一　消费，作为一种文学观念

消费，作为一种文学观念，在 20 世纪儿童文学中并不是十分为人熟知的，人们更熟悉的是学习、受教育。当把儿童文学界定为"教育儿童的文学"后，从儿童、读者一端说，自然只有学习、受教育的份儿。虽然人们对这儿所说的"教育"有从极宽到极窄的区分，但大体不出文学工具主义的范畴。这种文化霸权在红色儿童文学中达到极致,而红色儿童文学恰是 20 世纪儿童文学的主要形式。

另一种接受文学的方式是鉴赏。康德说:"当对象的形式(不是作为它的表象的素材,而是作为感觉),在单纯对它反省的行为里,被判定作为在这个客体的表象中的一个愉快的根据(不企图从这对象获致概念)时,这愉快也将被判定为和它的表象必然地结合在一起,不单是对于把握这形式的主体有效,也对于各个评判者一般有效。这对象因而唤做美;而那通过这样一个愉快来进行判断的机能(从而也是普遍有效的)唤做鉴赏。"①鉴赏是拉开与对象的心理距离,站在一定距离之外对对象进行品评、玩赏,是多少带点贵族气息的接受方式。儿童意识不够分化,他们还很难以鉴赏的方式对待文学。所以,班马说在儿童文学接受中"学习大于欣赏",大体是符合实际的。但从发展方向上说,儿童的文学接受是逐渐减少"学习"的分量而增大"欣赏"的分量。"鉴赏"在中国 20 世纪文学的多数时间里也是受到排斥的。但鉴赏与文学的审美本性相联系,源远流长,具有深远的生命力。

消费作为一种文学观念、接受方式其实也是源远流长的。作为一种能满足人们某种精神需求的产品,凡文学都包含了消费性。在早期,这种消费性多以娱乐、消遣的形式表现出来。科林伍德说:"一件制造品的设计意在激起一种情感,并且不想使这种情感释放在日常生活的事务之中,而要作为本身有价值的某种东西加以享受,那么,这件制造品的功能就在于娱乐或消遣。"②在传统文学中,国家意识形态文学偏重教育,精英知识分子文学偏重审美,民间大众文学偏重消遣、娱乐。儿童文学因其浅近、通俗,不仅与国家意识形态文学关系密切,与民间文学也十分接

① [德]康德:《判断力批判》上,商务印书馆 1985 年版,第 28—29 页。
② [英]科林伍德:《艺术原理》,中国社会科学出版社 1985 年版,第 80 页。

近，娱乐性、消遣性的特征也很明显。中国儿童文学走向自觉的时候，正是社会动荡、传统文化受到猛烈批判的年代，没有一个强有力的主导性的意识形态，没有一个由此转化而来的强有力的"超我"，本来处在受压制地位的"本我"便有机会探出头来，而"本我"恰是以"欲望"为主要内容的。从现在人们发掘出来的资料看，20世纪初那段时间，民间文学、大众文学是很活跃的。雨后春笋般的白话报纸，登载在这些报纸上的民间传说、都市轶闻趣事、翻译的西方文学，尤其是一些从旧文人转化而来的新都市文化人创作的言情小说、黑幕小说、公安小说等，都在儿童文学的自觉中起了积极的作用。有意义的是，一些写作儿童文学或组织儿童文学写作的人，就是从意识到儿童文学的娱乐性开始的。孙毓修编撰《童话》，发刊词开宗明义即说："教科书之体，宜作庄语，谐语则不典；宜作文言，俚语则不雅。典与雅，非儿童之所喜也。故以明师在先，保姆在后，且又鳃鳃焉。虞其不学，欲其家居之日，游戏之余，仍以庄严之教科书相对，固已难矣。即复以校外强之，亦恐非儿童之脑力所能任。至于荒诞无稽之小说，固父兄之所深戒，达人之所痛恶者，识字之儿童，则甘之寝食，秘之于箧笥。纵威以楚夏，则仍阳奉而阴违之，决勿甘弃其鸿宝焉。盖小说之所言者，皆本于人情，中于世故，故往往故作奇诡，以耸听闻。其辞也，浅而不文，率而不迂，固不特儿童喜之，而儿童为尤甚。"①《童话》所载，大部分都是搜集、改编的通俗性民间故事，包括从西方、日本翻译过来的民间文学、通俗文学。到五四经周作人等鼓吹，"趣味"被突出到儿童文学的中心位置。五四退潮以后，红色儿童文学走向舞台中心，这一价值取向被排斥但未完全退出人们的视野。不要说三四十年代有众多的以趣味为指归的作品，就是革命胜利、红色

① 孙毓修：《〈童话〉序》，见王泉根编《中国现代儿童文学论文选》，第17页。

文学成为国家意识形态以后，娱乐、消遣仍以某种变了形的方式在儿童文学中顽强地存在着。50 年代对"儿童情趣"的推崇，对《小兵张嘎》中"嘎"劲的欣赏，特别是对作品中故事性、传奇性的追求，都有娱乐性、消遣性的因素。

"文化大革命"结束后，人们的文学观念发生了转折性的变化。80 年代初，当主流文学还在政治文化的大视角里拨乱反正的时候，儿童文学里悄悄地兴起一股热闹型童话的思潮。热闹型童话有些近似西方的怪诞性儿童文学，一般是以大幅度的夸张为主要表现手段，背景抽象简约，人物形象滑稽怪诞，适于表现喜剧、搞笑的故事，所以常常显得"热闹"，有一点类似漫画的艺术效果。新时期最早创作热闹型童话的有郑渊洁、周锐等，很快引起反响，遂成潮流。从内容上看，最初的一批热闹型童话仍是包含了很强的教谕性特征的。以郑渊洁的创作为例，《黑黑在诚实岛》模仿科罗狄的《木偶奇遇记》，讽刺、调侃一些孩子的不诚实；《脏话收购站》批判一些人说脏话、不文明；《哭鼻子比赛》挪揄一些孩子的爱哭；《皮皮鲁外传》也有影射"文化大革命"社会现实的影子。但和当时许多从主流意识形态的视角出发、在政治文化的范围中拨乱反正的作品不同，它们将内容转向了非政治的一般道德、文化领域，形成了对已经僵化的政治文化的悬搁，使儿童文学回到了自身。更重要的，热闹型童话真正吸引读者、在广大少年儿童中产生影响的，并非它多少仍带说教倾向的意义指向而在它正从这种说教倾向中超越出来的热闹性、游戏性、非意义性。如《脏话收购站》，从内容上说，是批评一些人说脏话、不文明，这自然是内容上的含义；但在作品中真正起作用的，却是骗子论斤按两的收购脏话，然后教唆别人说脏话，待别人学会说脏话需要脏话、脏话行情上涨的时候出卖脏话从中牟利的想象。《哭鼻子比赛》挪揄、调侃一些孩子的爱哭鼻子，也有其意义指向。但"哭鼻子"还有"比赛"吗？将两个矛盾的、不兼容的概念突然地放在一起，产生了一种明显的不和谐，这就有了一种幽默的、喜剧的效果。这样，作品对读者的意义便在阅读中悄悄地发生了偏斜，不是将故事、修辞、语言当作工具去追溯文本后面的意义，而是将故事、修辞、语言自身当作审美对象，越过显层的内容上的含义而关注那些喜剧的、游戏的、无意义之意义的东西。这看起来违背了长期以来由教育性儿童文学培养起了的阅读规则，但实际上更贴近文学自身的规律，和克莱夫·贝尔所说的"有意味的形式"、康德所说的"无目的的合目的性"倒更近了。从有目的到无目的，热闹型童话向消费文化迈出了关键性的一步。

　　理论上也表现出类似的倾向。其中最引人注目的，便是游戏精神的提倡。当时讲得最多的是班马。他在《中国儿童文学理论批评与构想》、《前艺术思想》、《从游戏精神进入游艺功能》、《略论游戏精神和原始态心理表现》等专著与论文中，反复阐释了他对游戏精神的理解。1990 年，他将此前的论文选成一集在甘肃少年儿童出版社出版，书名便是《游戏精神和文化基因》。他这样总结自己在这方面的理论：

　　　　游戏精神是儿童美学现象的深层基础，也是正可在此充分体现儿童文学审美双向结构由交叉所形成的作品美学内容。它所指的已不是外在的儿童游戏，而是内涵的美学（活动）精神——

　　　　1. 它的"玩"的表现形式，是儿童和成人都乐于接受的形式，是把成人和社会的传递内容和儿童的审美特点最巧妙，也最有效地融合一体的做法。

　　　　2. 它通过"模仿"的意义，实现了儿童的精神投射，也完成了社会的期待。

　　　　3. 它的"儿童反儿童化"倾向，正应了成人及社会希望通过审美来促使儿童的心理成熟的企求。

　　　　4. 它的儿童前审美的功能，即"学习大于欣赏"的目的，也正合于成人社会对儿童期"能力"的思考，双方在"未来实践"上沟通起来。

　　5. 它突出了身体的意义和操作的意义，沟通起了暗示性、感知型的儿童审美方式，成人的文学传递效应正该通过调动非特定心理的潜移默化去达到。①

这一段论述比较全面地反映了班马关于"游戏精神"的观点。概括起来，有以下几点值得特别注意：1. 作者取的是文化精英主义的视角；2. 和传统的精英主义者一样，作者是将儿童游戏作为一个整体与文学艺术进行比较，讨论二者的共同点，如作者所说的"'玩'的表现形式"就非常接近康德所说的"无目的的合目的性"；3. 作者将儿童游戏和儿童文学放在一起进行了比较，是此前谈游戏的人们较少涉及、较有创意的部分，如"模仿"、"儿童反儿童化"、"突出了身体的意义"等，是对儿童文学美学非常有意义的探索。但也恰在这最后一点上，作者谈得过于简略、含混，更未谈及这种"游戏精神"如何在文本上体现、落实。将儿童文学和儿童游戏放在一起、在儿童文学中谈游戏精神，毕竟是一种带比喻、象征的说法，在比喻中不能准确地给出本体和喻体的契合点，能给人想象但易流于歧义、朦胧和模糊。这一点果然被后来的谈游戏精神者所利用。八九十年代，随着班马谈游戏精神者甚夥，但多少人认真地读过班马的相关论述、读懂了班马的相关论述，是很成疑问的。因为他们走的是和班马几乎完全不同的道路。他们取的主要是通俗文化的视角，不是将儿童文学作为一个整体与儿童游戏比较着谈其超越性、非功利性，而是谈一个个作品具体写到的游戏，写作品中的人物在游戏中体会到的愉悦，将这种愉悦"作为本身有价值的某种东西加以享

　　① 班马：《中国儿童文学理论批评与构想》，湖北少年儿童出版社 1990 年版，第 126 页。

受"。如有论者谈郑渊洁的《皮皮鲁外传》，认为皮皮鲁攀着一只飞升的"二踢脚"来到天上，开始一番天上人间的神奇游历，自由自在、无忧无虑，表现了游戏精神的极致。这显然是混淆了作为美学范畴的"游戏精神"和作为作品描写对象的人物行为。作为作品描写对象的人物游戏不一定就表现出游戏精神，游戏精神也不一定非得通过人物的游戏活动表现出来。将游戏精神认同于游戏活动，将审美愉悦认同于游戏快乐，其实是回到席勒所说的"世界"，回到席勒所说的"感性冲动"，将美感等同于快感了。80 年代后，儿童文学中"游戏精神"所走的恰是这一条道路。游戏就是"好玩"，作品要有游戏精神就是作品要写得"好玩"，人物在故事中"玩"，读者用人物、故事去"玩"。玩，享受玩，成了儿童文学的主要价值取向。和"热闹"一样，"玩"、"游戏"也在悬搁政治文化的同时悄悄地向消费文化偏转、成为消费文化的开路旗帜了。这或许是"游戏精神"的始倡者班马始料所未及，但却是符合八九十年代中国文化、文学的发展逻辑的。

但在促使儿童文学向消费性儿童文学偏转的过程中，真正起大作用的并非儿童文学理论，亦非热闹型童话等通俗性儿童文学创作，而是现实的社会生活。十届三中全会明确提出，不再提"以阶级斗争为纲"，将社会生活的中心转移到经济建设的轨道上来。发展经济，重视人的物质需求，从形而上转向形而下，马克思主义的一个基本命题，人只有满足基本的物质需求，才能从事政治、宗教、文化等活动，又重新回归了。经济活动、物质的生产和消费与人的基本生存需要、与人的原始欲望相联系，是人的生命和社会生活中最原初、最活跃、最持久的推动力，特别是在经历了长期的"以阶级斗争为纲"的中国人那里更是如此。于是，似乎是在一夜之间，一些在不久前还讳莫如深，甚至避之唯恐不及的词如物质、市场、商品、消费、娱乐、消遣、享受等，潮水般地涌到人们的生活中来，改变了人们的观念也改变了人们的生存状态。人们不再热衷于广场上的红旗招展，不再热衷于班组会上的斗私批修，而是努力经营自己的"日子"。"钱不是万能的，但没有钱是万万不能的"，这些充满铜臭气的经验总结成了人们心目中最智慧的生活格言。土地承包、民营资本、私人企业、外资流通，许多工人下岗，许多农民进城，最后是经济的全面提速。延伸到儿童生活，就是其生存状态发生了深刻的变化。尽管地区之间、学校之间、家庭之间、个人之间存在着许多不平衡，但总体而言，人们的物质生活还是有了较大的改善。包括一些父母到城里打工自己在农村"留守"的儿童，父母在城市里挣的较多的钱也使他们不必像五六十年代的农村孩子，从小就要为生计奔波。学校也不再一味地强调思想灌输，文化知识被放到了学习的中心，虽然不甚合理的考试、升学制度给学生带来许多负担、痛苦，甚至造成悲剧，但毕竟使大多数学生有了希望，有了走向希望的一些途径。随着招生规模的扩大，招生人数的增多，中小学生的学业负担也会有一定程度的减轻。所有这些都在创造一种较为宽松的环境，人可以在一定程度上为自己活着，快乐地过好每一天。这不仅创造了消费品也创造了消费主体，促成了儿童文学从仪式到广场，从只注重膜拜价值到也注重消费价值的变化。

人们关于消费的观念也在发生改变。据威利斯的说法，"消费"一词的最早含义是"摧毁、用光、浪费、耗尽"。① 这是一个与早期工业资本主义生产紧密相关的概念，其对象主要是物质性的。引申到文化、文学领域，科林伍德说的将文学激起的情感"作为本身有价值的某种东西加以享受"也深受这种消费观念的影响。这种基本的消费理念贯穿在以后的一切消费活动中。但随着社会物质产品的极大丰富，随着消费文化时代的到来，这种消费理念也悄悄地发生了变化。"当代消费文化改变了以往人们对物质产品的使用观念，'实用'的观念逐渐退位，取而代之的是对各种意义符号的消费，而意义符号的建立则是一个不断变化、

---

① 见郑崇选《镜中之舞》，华东师范大学出版社 2006 年版，第 17 页。

无限开阔的领域，所以对符号意义的追求，也就是对欲望本身的追求，是一个无止境的消费过程，这种消费过程所驱动的行为方式则是一种典型的消费主义生活方式。"① 电影、电视、碟片、网络、卡拉 OK，等等，连人们享用这些艺术的场所、方式都成了消费的对象。人们不再用鉴赏的眼光看待文学，而是倾向消费。不要说那种清心斋服、净手焚香而后才能弹琴听曲的膜拜情境不再存在，就是那种一书在手、物我两忘的情境也难得觅见。人们钟情的是快餐式，随生随灭，快生快灭，在欲望的牵引下，一往无前，娱乐至死。在这场消费文化的大潮中，年轻人站到了前沿，成了引导新潮流的先锋。少年儿童也被裹挟其中，成为"时尚"最稳定、最强大的后备力量。这种时尚不失时机地影响到儿童文学，或者说，儿童文学也是影响这种时尚的因素之一。热闹型童话是新时期最早出现的消费性文学样式之一，还有魔方童话、幻想小说，等等。儿童文学领域的人爱说，市面上行销这些作品是儿童喜欢这些作品，是儿童的阅读兴趣决定了这些作品强大的生命力。其实，兴趣也是创造出来的，甚至是"发明"出来的。就像柄谷行人所说的"风景"。人们发明了"风景"却把"风景"当作一种客观存在。而且这种"风景"不但是发明的而且是不断发明的。我们不仅创造了儿童的兴趣、欲望而且还在不断地创造着儿童的兴趣、欲望。这是一个被欲望引领着的世界，我们不仅在消费产品也在消费欲望，甚至在消费着消费。

在这一过程中，消费性儿童文学还得到一股特殊的推动力，那就是以电子传媒为主的现代大众传媒的普遍使用。

二 消费文学兴起过程中的媒介因素

媒介，一般词典上的解释是"使双方（人或事物）发生关

---

① 见郑崇选《镜中之舞》，华东师范大学出版社 2006 年版，第 17 页。

系的人或事物"。以此类推,艺术媒介应就是使艺术活动的双方
(审美信息的发送者和接受者)发生关系的中间介质。托尔斯泰
说,艺术活就是"在自己心里唤起曾经一度体验过的情感,在
唤起这种情感之后,用动作、线条、色彩、声音以及言词所表达
的形象来传达出这种情感,使别人也体验到这同样的情感",①
这里所说的"动作、线条、声音以及言词"便是艺术媒介。但
"使双方(人或事物)发生关系的人或事物"是一个宽泛的、有
些模糊的概念,如诗歌中的声音(音韵、节奏)既是"使双方
(人或事物)发生关系"的艺术媒介,也是审美信息本身。所
以,学者们将艺术媒介划分为两个层次,一是表现媒介,类似亚
里士多德说的"材料因",即审美信息如此这般显现出来的物质
形式,另一是负载和传递这些物质形式的物质。"传媒学意义上
的媒介,是指传播显现符号的物质实体,也包括与媒介相关的媒
介组织,具体有书籍、杂志、报纸、广播、电视、电影、网络、
多媒体等多种形态。"② 艺术媒介的这两个层次有时合二为一,
如口头文学;有时则有清晰的区分,如电影中,审美信息表现为
可视可感的画面和声音,而负载和传递这些画面和声音的是电磁
波和与电磁波的生成、发送、接受相关联的一整套设备。但不管
是哪种,媒介都不只是媒介。所以,媒介历来都是文学艺术发展
的关键因素之一,对儿童文学的出现和存在更有决定性的意义。

　　口语是最早的社会性传播媒介,也是最早的艺术媒介。口语
作为语言传递审美信息,是直接的也是间接的。口语叙事、创造
的艺术形象是间接的、不在场的;但口语的声音、音韵节奏也是
审美信息的一部分,它们是直接的、在场的。口语传递受自然声
响、人的听觉能力的限制,只能在一般较小的自然空间里进行,

---

　　① 列夫·托尔斯泰:《什么是艺术》,见《西方文论选》下卷,上海译文出版
社 1979 年版,第 433 页。

　　② 张邦卫:《媒介诗学》,社会科学文献出版社 2006 年版,第 127 页。

而且在传递的过程中极易受到磨损和发生变异。一个信息，A 传递给 B，B 传递给 C，每次传递都会减少些内容，增加些内容，最后留下的是所有参与信息传递的人都能认同的公约数，所以，口头文学是最难创造和保存个性的，也是最难将不同文化群体的审美需求区分出来的。在漫长的古代社会中，口头文学中也曾出现不少适合少年儿童的文学作品，如童谣、民间童话等，但总体上仍是零散的、非自觉的。在这样的语境里，儿童文学是很难形成一种相对独立的文学类型的。

文字是人类发展中第二种覆盖全社会的传播媒介。文字将飘忽不定、转瞬即逝的声音凝定下来，使物化在文字中的审美信息不致在传递的过程中再受磨损，作家的创造个性、风格，包括不同文学类型的个性、风格，在文本中出现并保存下来，便成为可能了。但在文字出现和被使用后的相当长的一段时间里，儿童文学作为一个文学类型并没有出现，因为文字作为传播媒介的使用受到很多条件的限制，这些限制在儿童那儿表现得尤为明显。首先是物质载体的问题。中国最早的文字是刻在龟甲、兽骨、陶片、青铜器、竹简上的，刻写艰难，还极不易传播；东汉才出现造纸术，文字可以写在纸或绸绢上，但手工书写和手工刻写一样速度缓慢。写一件是一件，仍无法大面积的传播。这反过来又造成了中国文字的简古深奥，使教育不可能真正走向民间。加之统治阶级为维护自己的统治有意地推行文化垄断，文字、文化、文学在很长时间里只是贵族阶级的专利。宋代人发明的活字印刷首次实现了印刷物的复制，开辟了解放文字、解放文化的广阔前景，在促进教育、推动文化下移中起了极大的作用，但这种印刷、复制基本上仍是手工的、作坊式的，所以未能成为一次现代意义上的媒介革命。这种革命是由文艺复兴后的西方人完成的。西方的文字也曾写在树皮、莎草、羊皮纸等物体上，不是价格昂贵就是不易保存，同样不利普及，文化也长期为贵族和僧侣阶级所垄断。15 世纪中叶，德国人古登堡发明了第一台印刷机，由此开辟了一个新时代——机械复制的时代。机械复制可以大批量地、一次又一次地印刷同一文字、文章、作品甚至图画，文字、文化、知识以前所未有的速度在前所未有的广度和深度上扩展开来，出现一次真正的知识爆炸，使包括儿童教育、儿童文学在内的整个社会生活发生了革命性的改变，其中就包括了"童年"的产生或发明。按尼尔·波兹曼在《童年的消逝》一书中的论述，人们是因先发明了"成年"而后才发明"童年"的。中世纪没有"童年"也没有"成年"的概念，因为中世纪的人"不论年龄大小，其行为都以幼稚为特征"，① 是阅读使不同的个体、人群发生分离，创造出"个性"的概念。"印刷创造了一个新的成年定义，即成年人是指有阅读能力的人"；② "自从有了印刷术，成年就变得需要努力才能挣来了。"③ 新的成年概念里不包括儿童，"由于儿童被从成人的世界里驱逐出来，另找一个世界让他们安身就变得非常必要。这另外的世界就是人所众知的童年。"④ 这里，波兹曼创造了另一个概念，即所谓的"知识差距"（knowledge gap）。儿童和成人相比，一个最简单的不同就是"他们活得还不够长"⑤，而知识的多少是和学习时间的长短即已经活了多久是直接相关的。这样，经由"阅读能力"这个中介，人的生物年龄即"活了多久"便和文化年龄即知识的多少、文化的高低联系上了。文化自然不止是识字多少知识多少的问题，它还创造了"秘密"。"识字文化的最大的自相矛盾之处，就在于当识字文化使秘密广为人知的时候，它同时也为获得秘密制造了障碍。人们不得不缓慢地、按部就班地、甚至痛苦地进步，与

---

① ［美］尼尔·波兹曼：《童年的消逝》，第 19 页。
② 同上书，第 26 页。
③ 同上书，第 53 页。
④ 同上书，第 29 页。
⑤ ［加］佩里·诺德曼、梅维斯·雷默：《儿童文学的乐趣》，第 154 页。

此同时，人的自我约束和概念思维的能力也得到丰富和发展。"①
印刷术将信息和信息的发送者分离开来，创造了一个思维的世界，强化了对头脑和身体二元性的看法，一些与身体紧密相关的知识和经验被作为"秘密"与儿童世界隔离开来，由此创造了"羞耻心"。儿童就是还不知道身体的秘密、对身体的秘密怀有羞耻心的人。而要做到这一点，就必须依靠印刷文化的另一个特点，即其某种程度的可控性，能将人们认为不宜让儿童知道的内容放在较深的文字里，将人们认为可以让儿童知道的内容放在较浅的文字里，这样便将成人文化和儿童文化区分开来，一个既区别于文盲又区别于有知识的成年人的"未成年人"的文化群体就这样被创造或被"发明"出来了。这种创造或发明是一个过程，西方创造或发明童年的时间在 16 世纪中期到 18 世纪中期，中国则要到 19 世纪末 20 世纪初（见本书第一章）。时间不同，内在的动力和发展道路却是大体一致的。

　　发明童年的同时也就发明了儿童文学。是童年的发明带出了儿童文学还是儿童文学的发明带出了童年，可能是一个永远也说不清的问题，它们很可能是一种互相发明的关系。有什么样的童年意识就有什么样的儿童文学，童年意识不同，建构出来的儿童文学也不一样。在印刷术发明童年之后，儿童文学在欧洲经历了一个快速发展的时期。不仅将口语时代创造的能为儿童阅读的作品重新搜集、整理，以印刷复制的方式将其凝定下来，在读者中广为流传，产生了格林童话、纽伯里童话、安德鲁·朗童话等一系列影响深远的作品，还产生了安徒生、凯斯特纳、诺索夫、林格伦等许多创作大家。中国 20 世纪的状况与此相近。或许是儿童文学在欧洲产生的时间与启蒙运动、与浪漫主义文学兴盛的时间相一致，或许是建立在印刷术基础上的童年观念（即将童年看成是一个纯洁的、与成人秘密无涉的世界）与浪漫主义对世

---

① ［美］尼尔·波兹曼：《童年的消逝》，第 120 页。

界的感受和理解相一致，这一阶段的儿童文学深受浪漫主义文学的影响，表现出许多与浪漫主义文学相近的特征。这从卢梭的《爱弥儿》在儿童文学中的巨大影响便可以看出来。安徒生的作品其实也是有很强的浪漫主义特征的。这种浪漫主义不只表现在神奇的想象和由此产生的瑰丽色彩，更在作品中诗化的、充满个性主义特征的主题。中国早期的童话如叶圣陶的《稻草人》也有类似的表现。以前，我们讨论此类现象，总是归因于作家的个性，或从社会生活方面去找原因，忘了这其实也与印刷文化相关，是印刷文化创造的童年观念使作家如此这般地看待童年和童年世界，必然青睐这样的主题和创造这样的儿童文学。

至 20 世纪中后期，正当印刷文化方兴未艾的时候，一种新的媒介——电子媒介悄然兴起，并在很短的时间里达至高潮，影响到社会生活的一切方面，其中自然也包括儿童文学。电子媒介是至今第三种通行全社会的传播媒介，它是现代高科技的产物，它的出现和被广泛使用被认为是古代社会和现代社会的分界线。从 19 世纪 30 年代法拉第发现电磁感应现象或从 19 世纪 60 年代马克斯维尔提出放射性电波可以通过无线方式传递的电磁学基本原理算起，在一个多世纪的时间里，电子传媒的使用已获得突飞猛进的发展。电话、电报、电影、电视、计算机、网络，在这些现代传媒面前，再说机器印刷很难不给人隔日之感了。其实，电子传媒自身也是不断发展的。至今，人们根据其传播与交流方式的不同，又将电子传媒区分出"第一媒介"和"第二媒介"两个时代。"前者指电影、广播、电视等为媒介的'播放型传播模式盛行时期'；后者指互联网带来的以'双向型、去中心化'的传播方式为主的时期。"① 不论是"播放型传播模式"还是"双向型、去中心化"的传播方式，电子传媒都带来传统传媒没有

① 单小曦：《现代传媒语境中的的文学存在方式》，中国社会科学出版社 2008 年版，第 101 页。

的特点。

其一，电子传媒的快捷性带来的对时空距离的压缩和超越。口语的交流是交流的双方都在场，交流要在同一时间同一很小的自然空间中进行，这对信息的传递无疑是巨大的局限。印刷文化超越了信息传递的时空同一性，一本书可以远距离传递，可以在上一代人、上几代人和下一代人、下几代人之间传递，极大地拓展了信息传递的时空，但在传播的速度和效率上仍受到很大的局限。旧时的民间故事以"从前"、"老早"开头，一开始就将故事推到一个不确定的、和现在不同的时空里，突出了时间的垂直性、非现实性。可电子传媒却能将此时此刻正在某个遥远的地方发生的事情拉到眼前，让观众隔着一个遥远的距离去经历事件的发生。威尔伯·施拉姆和威廉·波特在《传播学概论》里曾这样描写大众媒介伸展到一个传统的村庄后发生的前景："可以得到的信息的数量大大增加。传播来自更远的地方。地平线几乎一夜之间向远处退去。世界越过最近的山头或看得见的地平线延伸到了更远的地方。村民们关心别人是怎样生活的。力量从那些能记住很久以前的事的人那里，传到了那些掌握遥远地方有关信息的人那里。把过去的事写下来就成了共同的财产。人们的注意力转向可以用于实现变革而不是维持一成不变的信息。新的概念和想象在传播渠道中流通……于是，正如哈罗德·英尼斯精辟地指出的：村庄的生活从口传文化发展为媒介文化之后，就以空间而不是以实践、以将来可能怎样而不是以过去怎样为中心了，变更的轮子从此转起来。"① 电子传媒压缩空间，将地球变成地球村；电子传媒压缩时间，把历时性变成共时性，这使儿童的学习、成长都发生了变化。玛格丽特·米德曾将整个人类文化划分成三种类型：前喻文化、并喻文化和后喻文化。前喻文化，年轻人向年老的人学习；并喻文化，相同、相近年龄的人互相学习；后喻文

---

① 转引自张邦卫《媒介诗学》，第 138 页。

化，年老的人反过来向年轻人学习。① 前电子传媒时代主要是前喻文化、并喻文化，电子传媒时代，则主要是并喻文化、后喻文化了。

其二，电子传媒将口语、印刷文化的间接形象变成直接形象，使社会进入一个"读图时代"。这是就媒介的表现功能而说的。口语面对面交流，声音是直接的，但所叙述的物象、事象是间接的；印刷文化将口语变成文字，声音和形象都是间接的。电子传媒将声音、图像转化成电磁波传递，读者/观众通过一定的装置将电磁波负载的声音、图像还原，呈现在读者/观众面前的声音和图像都是直接的。间接形象有间接形象的弱点，如朦胧、模糊、多义、不确定，但由此却给读者创造了距离，提供了一个巨大的想象和再创造的空间，文学的诗性很大程度上就是由文学形象的这种间接性造成的。文学形象的间接性阻隔了人的直接感觉（主要是视觉），一定程度上压抑了感觉快感在欣赏活动中的直接参与，文学可以表现人对世界的形而上体验。所以，文学的焦虑主要是形而上焦虑，如我是谁，我从哪里来，我到哪里去，什么是幸福，什么是无悔的人生等，而不是具体的个别的形而下的焦虑。但电子传媒提供的却是直接诉诸人的感官的视听图像。特别是后现代文化所提供的视听图像，不仅不同于传统文学中只出现在想象中的视听图像，甚至不同于早期电影中的视听图像。早期电影中的视听图像虽然是具体的直接的，但主要还是作为一种符号、符号系统而存在，人们能通过这些形象感悟后面的意义，有一种叙事的深度。但现在许多电子媒介提供的图像却连这一深度也取消了。图像只是图像，图像后面一无所有。图像不言说意义而是将自己变成"视觉盛宴"，图像不是不在场世界的象征而是自己就是全部的在场。杰姆逊将这种图像称为"最严格

---

① ［美］玛格丽特·米德：《文化与承诺——一项有关代沟的研究》，河北人民出版社 1987 年版，第 27 页。

字面意义上的浅表化"的图像。"所谓'最严格字面意义上的浅表化'就是纯粹的表面性，不能去设想'在它的下面或者背后'，也就是说不能存有表象与真实、现象与本质二元对立的形而上学观念。'浅表化'即'无深度感'，而'无深度'则造成了'平面感'。杰姆逊的论断是对一切后现代主义特征的指认和概括，当然更包括了此类视觉文化最核心的部分即图像以及'图像转向'。"① 或如有些人所说，电子传媒带给我们的不是传统的"形象"而是"拟像"，我们正在走入一个"拟像"的时代。

其三，电子传媒改变我们感知世界的方式，同时也改变了我们感知中的世界。哈罗德·英尼斯曾认为新的传播技术不仅给予我们新的考虑内容，而且给予我们新的思维方式。"书籍的印刷形式创造了一种全新的组织内容的方式，从而推动了一种新的组织思想的方式。印刷书籍所具有的一成不变的线性特点———一句一句排列的序列性，它的分段，按字母顺序的索引，标准化的拼写和语法——导致一种詹姆斯·乔伊斯戏称为'ABC 式'的思维习惯，即一种跟排版结构非常相似的意识结构。"② 线性的、"ABC 式"的或曰排版结构式的编撰信息的方式其实也是传统儿童小说常见的结构故事的方式，即将信息最大限度地从它们原来的背景上间离出来，按照作者的意图进行新的排列组合，具有明显的理性特征。电子传媒，特别是被称为"第二媒介"的网络的组织信息的方式主要是空间性的。网络的空间是跳跃的、不连贯的。通过"链接"，人们从一个信息跳到另一个信息，从一个时空跳到另一个时空，所谓"心游万仞，精骛八极"，所谓"身在江海之上，心存魏阙之下"，中国古人关于艺术想象的描述，在这儿变成了生动的、看得见的、完全可操控的事实。在这种自

---

① 金惠敏：《媒介的后果》，人民出版社 2005 年版，第 43 页。
② 见［美］尼尔·波兹曼《童年的消逝》，第 45 页。

由的、随心所欲的"点击"、"链接"中，不仅人的思维是跳跃的、发散的、空间化的、非连续的，人感知中的世界也变成片断的、拼贴的、非时间性的。在网络操作中，人感到自己获得解放、自由，成为自己和世界的主人，纵横捭阖，驱动万物，玩世界于股掌之中。但拉开距离看，这种自由又是程序化的，是事先设定好了的，人们只是按照某种程序在操作。人在自由地操控某一程序的时候，也被程序自由地操控，思维仍难逃机械化的窠臼。

还有一点，电子传媒还使自己负载的想象表现出强烈的同质化和大众化的倾向。这一点，人们是有争议的。麦克卢汉认为，印刷媒介影响人的视觉，使人的感知成为线性结构；电子媒介影响人的视觉、听觉、触觉，使人的感觉成为三维结构。口语媒介、印刷媒介是人的个别器官的延伸，电子媒介是人的中枢神经系统的延伸；口语媒介、印刷媒介使人特化、分裂化，电子媒介将人重新整合成一个有机的整体，重新"部落化"。①但杰姆逊则认为，电子传媒创造的后现代文化具有很强的统制性。网络将人从剧院、影院的广场拉回到个人的房间，焉知不是把个人的房间变成一个福柯意义上"敞视建筑"？通过网络点击，我们通过自己的链接、阅读知道别人在读什么；同样，别人通过点击、链接阅读也知道我们在读什么。面对一部电视机，我们通过自己的观看知道别人在看什么；同样，别人也通过观看知道我们在看什么。电视一方面将公共空间私人化，一方面又将私人空间公共化。我们以为自己在自主地、个性化地链接、阅读、观看，但其实是在"复制"，是在互相复制，如此互相复制的结果自然难逃统一化、同质化了。游牧中的人们常常相信神、相信上帝，以为冥冥中有一种超验的看不见的力量在操控自己的命运，但他们的

---

① 麦克卢汉：《1969 年〈花花公子〉访谈录》，见《麦克卢汉精粹》，南京大学出版社 2000 年版，第 281—288 页。

实际生活方式却能与他人区分开来，显得自由和有个性。电子传媒驱逐了神和上帝，人以链接的方式在虚拟的世界里呼风唤雨、纵横驰骋，但却被一只"看不见的手"掌控着，像孙悟空之越不出如来佛的手掌心。电子传媒虽然是多媒体，即既负载图像也负载文字、声音，同时诉诸人的视觉、听觉、触觉，但是否能因此将人再有机化是很成疑问的。在网络中，程序是事先设定好的，无论选项多么众多，阅读仍是机械性的而不是生成性的，而生成性恰是生命性、有机性的基本特征。而且，网络链接使思维和意识跳跃化、分散化、非连续化，在将人从单一的线性结构中解放出来的同时多少也将人碎片化了。在电子传媒和后现代文化的语境里，人不再拥有一个统一的稳定的自我，而是变成"漂浮的能指"，这或许就是西方人在尼采说完"上帝死了"后又说"作者死了"、"人死了"的含义吧。

　　电子传媒大规模影响到中国文学艺术的时间并不长，但发展的速度极为迅速。中国制作儿童电影主要始于20世纪50年代，而作为电子传媒最主要类型的电视，要到80年代后才真正普及开来。但短短二三十年的时间，电视已进入城市、乡镇甚至大部分农村的家庭。尼尔·波兹曼谈及20世纪美国社会时曾说，现在走进一个家庭，没有孩子，人们不会奇怪，但如果没有电视机人们一定非常奇怪。这种现象至少在中国的城市也已开始出现。"媒介即信息。"电子传媒的普遍使用不仅改变人们接受信息的方式，也改变了人们的生活方式、存在方式。电子传媒是一种大众传媒，它不仅使文化下移，将千百万没有文化、少有文化的人带进文化、文学的行列，而且消弭了精英文化和大众文化、庙堂文化和民间文化的界限，将不同阶层的人都召唤到广场，广场上是没有神、没有权威也没有禁忌的。广场上的世界是一个狂欢的世界，人的欲望可以纵情地、一无遮拦地表现出来。在广场上，有的是欲望的宣泄、追逐而非精神上的超越，这自然使建立在电子文化基础上的文化、文学有了消费性。或者说，电子传媒→大众传媒→消费文化，它们本来就有着非常内在的联系，走进电子传媒、大众传媒的时代，走进"读图时代"，就不可避免的走进消费文化的时代。人们创造着消费文化也创造着消费文化的欲望，不断循环、向前，永无止境。消费文化时代的儿童文学就在这样的大环境里生成、发展、繁荣，并焕发出勃勃生机。在漫长的岁月里，通俗文化、文学一直受到庙堂文化、精英文化的压制，现在它终于迎来了一个属于自己的美好的新时代。

三　消费文化语境中儿童文学的存在方式

消费文化在 20/21 世纪之交迅速兴起，既有世界性的大众传媒、后现代文化的背景，又有中国社会生活转型的现实背景，所以基础深厚，影响到社会生活的一切方面，持久而且深远。它不只是众多的文化思潮中的一支，它还是一个"场"，一种"语境"，自然地影响到这一"场"、这一"语境"中的一切存在，当下的儿童文学就是在这一"场"或"语境"的作用下发展和变化着。

大众传媒、消费文化大潮影响下的儿童文学存在方式的变化主要表现在两个方面：一是一些主要建立在新媒介基础上的文学类型获得了爆炸性的发展；二是进一步影响到传统的印刷文学，使印刷性儿童文学也不得不调整自己，以使自己适应这种语境和时代。

建立在电子媒介基础上新文学类型首先是电影。电影是一种视听艺术，其通过摄影、电光传送等手段将画面、声音清晰地展现在观众面前，使接受者不需要跨越文字的门槛就可以接受艺术中的形象。当众多的观众集中在影院或室外场地这一公共空间时，人们就仿佛被带到仪式中的广场。黑暗将人们的日常意识都悬搁了，人们在银幕上的故事剧情和周围观众的反应共同形成的"情绪场"的作用下，进入一种公共情绪，使自己的情感和表达情感的方式都得到塑造，现出明显的趋同倾向，所以人们又将电影称为公众的梦，将电影业的代表好莱坞称为世界性的"梦工厂"。电影这种与生俱来的特性使它一开始就有很强的大众性和消费性。在中国，这种消费性虽然受到意识形态的长期压抑还是顽强地表现出来，并在进入新时期后得到膨胀性的发展。虽然在新时期初期也有像《泉水叮咚》、《城南旧事》、《红衣少女》、《豆蔻年华》、《多梦时节》、《绿色钱包》、《四个小伙伴》、《我和我的同学们》等一批品位纯正、带有一定诗化倾向，并对人的精神世界进行塑造的作品，但热闹、游戏、娱乐、搞笑的倾向已经表现出来，而且越来越向话语的中心移动。像《失踪的女中学生》，一个 14 岁的女孩爱上一个音乐学院的大学生，于是有了一段单纯又复杂的情感经历，以致发展到离家出走的局面，大体属于"青春片"的系列，这在少儿电影中自然是有意义的。但它受到众多的关注并不在它对青春的理解或它的艺术表现，而在它触及了女生早恋这一话题，使得这一隐抑在众多少男少女心中的想象在公开的话语中浮现出来，人们关心的与其说是《失踪的女中学生》这一作品，不如说是由这一作品涉及的社会问题，甚至是将"早恋"这一问题作为一种能激起很多人兴奋情绪的话语而予以消费。如果说《失踪的女中学生》一类作品的消费倾向还是较为隐含的，《三毛从军记》等则是将游戏、娱乐当作公开的旗帜了。《三毛从军记》是战争题材，印象中该是宏大而严肃的。"三毛"来自《三毛流浪记》，原是一个典型的流浪儿的形象。在原故事中，其特殊造型及遭遇已有很强的戏剧性。让"三毛"从军，将一个喜剧性的流浪儿置入战争，自然激发出许多滑稽、具有讽刺意味的想象，以致笑料迭出。加之演员的出色表演，成为有代表性的娱乐性儿童电影作品。与此相近的还有《开心哆来咪》、《女生日记》、《足球大侠》、《花季·雨季》等，题材也遍及儿童生活的一切方面。"在选题和表现内容上，城市题材的校园影片表现了学生们在衣食无忧之后，主要的问题是面对学习的压力，家长和老师的不理解。在表现这些主题和内容时，也折射出城市的浮华，时尚因素的加入——篮球、网络、歌星、名牌、酷哥靓女、与老师家长斗智、男女之间的爱慕、渴望别人理解但不去理解别人、怨天尤人。快餐文化的影响都不同程度地在这些影片中得以体现。"① 这一倾向在英国儿童娱乐大片《哈里·波特》引进后达到高潮。

儿童电影中的一个大项是动画片。"动画"是画之动，是将绘制好的一幅幅画拍摄下来，然后按电影艺术要求的速度放映出来，形成动画电影。中国一般称美术片。"美术片"涵盖的范围比"动画片"宽，意谓一些不以绘画形式出现的画面如木偶、剪纸等，也可以在拍摄后成为动"画"片。动画片不像一般电影那样要用真实的演员去表演，也不用选择和创造真实的艺术环境，对电影创作无疑是一条新途径，在具体表现中，动画片可以尽量地淡化背景，突出较为固定的人物性格，叙事简洁，特别适宜造型夸张、变形的形象与环境，与热闹、怪诞、带传奇性的童话叙事最相适应，历来是此类题材的作品最喜选择的艺术形式。将动画与漫画结合起来，便形成动漫艺术。以工业生产的方式生产动漫产品，就形成动漫产业。动漫产业是现代文化产业中最欣欣向荣的产业之一。中国在 20 世纪五六十年代即已生产出诸如《大闹天宫》、《牧笛》一类优秀作品，进入新时期以后，更由于《米老鼠和唐老鸭》、《猫和老鼠》、《蓝精灵》、《机器猫》、《聪明的一休》等一批作品的引进而大放异彩。现在三四十岁以下的人有许多都是看着这些作品长大的。尽管这些作品并非中国原创，但国界在这儿显得并非十分重要，它们已经融入中国儿童的童年生活，成为中国儿童童年生活的重要组成部分。新时期以来，中国人自己也创作出不少较好的美术片，如《三个和尚》、《雪孩子》、《阿凡提的故事》、《黑猫警长》、《邋遢大王历险

---

① 张之路：《中国少年儿童电影史论》，中国电影出版社 2005 年版，第 161 页。

记》、《金猴降妖》、《舒克和贝塔》等，但因为这一时期中国的相关政策和产业机制都不完备，不能把有关的创作人员和其他资源都有效地动员、组织起来，所以在总体上还不能与美国、日本等动漫大国相比，在 90 年代还出现了衰落、下降的趋势。① 但到新世纪以后，有关方面出台了一系列鼓励发展动漫产业的政策，采取许多发展动漫的措施，各地还创办了《中国卡通》、《少年漫画》、《漫画大观》等刊物，一个新的产业正在兴旺起来。

儿童电影在 80 年代以后得到较大的发展，无论数量质量都超过以往任何一个时期，但其在儿童中的影响却不像五六十年代那么大。主要原因就在于，它受到了电视、网络这些更现代的新媒介艺术的挑战。电视也是音像艺术，但依据的不是摄影而是电子扫描，接受的也不是胶卷放映产生的声音、图像而是电视屏幕上呈现的影像。电视影像可能不像银幕形象清晰、富有美感，但快捷、迅速，能与时间同步，制作、传递也相对简单。特别是接收方式，电视是分散在每一个家庭进行的，没有影剧院的仪式感却非常自由。可以一面说话一面看，一面做事一面看；可以晚上看也可以早上看；可以盯着一个频道看也可以许多频道换着看。这对学业紧张、抽不出整块时间去影剧院看戏看电影的少年儿童无疑是一种解放。曾有资料显示，城镇儿童平均一天有三四个小时化在看电视上。电视上播放的可以是文学艺术作品，也可以不是文学艺术作品；电视文学艺术作品可以是朗诵诗歌散文、讲故事，也可以是放电视剧。电视对文学艺术的更大贡献是将电视和电影结合起来，通过电视播放电影。上面谈及的动画片，绝大多数是通过电视荧屏与儿童见面的。但所有这些都不是最重要的。电视对人，特别是对儿童，最重要的还在其与社会亚文化的联系。球赛、服装、汽车、广告，歌舞晚会、歌星、球星、模特

---

① 参看张之路《中国少年儿童电影史论》，第 225—228 页。

儿，等等，它们将年轻人黏合在一切，成为一个个以现代、后现代为标榜的各种各样的"族"，既特立独行又盲目从众，虚飘浮躁但引导着时代的新潮流。电视不只是电视，电视创造了而且还在不断地创造着新的生存方式。这种亚文化及其创造的生活方式比任何一种艺术形式都强有力地影响着这一代少年儿童。

近年消费性儿童文学的兴起还有一个重要表现，那就是图画书的大量涌现。图画书又称绘本，可能是人类社会最早的多媒体艺术。但由于印刷技术等多种条件的限制，相当长的时间只停留在插图的水平。连环画曾是儿童文学中的一种重要形式，上海的《小朋友》杂志也因为图文并茂受到小朋友的欢迎，从五四一直办到现在。现代绘本因为现代印刷技术的改进而超越了插图和连环画的水平，成为儿童文学中一个相对独立的类型。绘本是"绘"本，更突出图画而非文字。故事简单、单纯，画面则要求尽量美观。说绘本是一种消费文化，不只指它的内容多与消费文化相联系，也指其作为一种物质产品较一般印刷物远为昂贵，生产、消费这类产品是需要一定的购买力作条件的。中国近年图画书有较大发展，是近年中国社会的物质条件有较大改观的表现。中国儿童图画书的爆发期在 90 年代。一是引进了一大批国外的著名的图画书，如德国的"雅诺什系列"、"米切尔·恩德童话绘本"，荷兰的"青蛙弗洛格的成长故事"，瑞士的"无字图画书"；另一是创作了一系列中国人自己的图画书，如湖南少儿社的"黑眼睛丛书"，海燕出版社的"小鳄鱼丛书"，浙江少儿社的"绿蝈蝈丛书"、"彩绘中国民间故事"，江苏少儿社的"中国民间故事大画库"等。此外，还创办了《超级宝宝》等杂志。如今，图画书不仅是低幼儿童的主要读物，在年龄较大的儿童中也有许多读者。

电视、电影、图画书，还有广播、广告、网络、碟片、流行音乐、卡拉 OK，等等，共同组成了一个流行文化网络，这个网络迅速地从潜层走向表层，从边缘走向中心，从亚文化走向主流文化，本来就处在文化边缘的儿童、儿童文学受到的影响自然更大。新时期以来，学业负担增大，儿童能自己支配的时间本已有限，现在，这有限的时间也多被网络、电视等流行文化充斥，传统的印刷文化、文学的地盘自然受到挤压，大片大片地被侵占了，就像当初印刷文化侵占口语文化的地盘一样。说印刷文化受到挤压，甚至被边缘化，并不是说它们的数量有所减少。事实上，这些年来，印刷性儿童文学的数量一直是在以较大的幅度增加的。五六十年代只有上海、北京两家少儿出版社，现在几乎每一个省都有少儿出版社，还不算许多非少儿出版社出版的大量少年儿童读物。印刷性儿童文学的被边缘化主要表现在它们在儿童生活中地位的下降。更进一步，则是因为受到大众传媒和消费文化的巨大影响，印刷性儿童文学自身也在向消费文化转变，出现印刷性儿童文学消费化的倾向。

首先是启蒙文学的衰落。前面我们曾经谈到，80年代，当中国从中世纪般的十年动乱中走出来时，中国文学曾经历了一个短暂的启蒙文学的时期，儿童文学也难得地达到启蒙文学的高潮。但是，这一思潮没有长时间地延续下去。一方面是与主流意识形态的分道扬镳，另一方面则是消费文学的兴起。消费文学不对现实秩序提出异议，主流意识形态则默许消费文化与政治文化的疏离，两者很快达成共谋，启蒙文学受到双重压力，只能步步退却，最后销声匿迹了。像80年代曾作为启蒙文学友军向僵化的意识形态作战的热闹型童话、游戏精神等纷纷转向，融入消费文学，转过来对启蒙文学进行消解。郑渊洁的创作就是很好的例子。他早期的作品强调热闹、游戏，但矛头所向是僵化的政治文化，但到80年代末以后，便只剩下玩、游戏、娱乐了。

与此同时，幽默作为一个美学范畴在儿童文学中得到前所未有的关注，在一些儿童文学作家那里，甚至达到言必谈幽默、似乎没有幽默便不成儿童文学的地步。郑渊洁的皮皮鲁系列，秦文君的男生贾里系列，周锐改编自中国古代文学名著的幽默系列，杨红樱的马小跳系列，以及蒋方舟的少女写作系列，几乎都是以幽默为标榜并真的是以幽默获得读者走红市场的。幽默本身自是一个不错的美学范畴。在大的方面，它属于喜剧，以发现对象的不和谐、意识到自己对这种不和谐及对尚不能看出这种不和谐的人的超越、产生愉悦感为生成机制。儿童处在生命的源头，心灵美好而知识不多，两者错位产生喜剧情境是一种常见的现象。从接受的角度说，儿童每天以极快的速度成长着，昨天还不懂的今天懂了，昨天还看不出不和谐的事情今天看出来了，因而明显地意识到自己的成长，笑着和自己的昨天告别，产生较多的幽默感、喜剧感是一种正常的现象。柯岩 50 年代的儿童诗就是以此为主要特色并获得广泛的好评的。但幽默、喜剧是分层次的。有深层次的不和谐，也有浅层次的不和谐；有深层次的幽默，也有浅层次的幽默。近年儿童文学中的幽默常拿浅层次的不和谐说事，有时还拿别人的生理缺陷搞笑，浅陋甚至恶俗。杨红樱"马小跳系列"中，有个女孩个子太矮，问马小跳有什么办法可以帮助自己长高？马小跳捉弄她，说需要浇水，小树不是每天浇水才长高的吗？女孩信了马小跳的话，让马小跳给她浇水，结果被浇成了落汤鸡。诸如此类的搞笑方式在儿童文学中比比皆是，可以看作是成人轻喜剧、相声、小品等在儿童文学中的延伸。幽默成了搞笑，搞笑为了畅销，如此幽默有时便成了对幽默者自身的反讽。

幻想文学。幻想文学的提倡也被认为是世纪末儿童文学中的一件大事。幻想，大幻想，亦真亦幻，一时此起彼伏。这与《哈里·波特》的引进有关，《哈里·波特》系列就是因为写想象中的魔法学校而被认为是当今幻想性儿童文学的集大成者。幻想文学在中国 20 世纪末儿童文学中的走俏不仅表现在 21 世纪出版社出版了一套外国大幻想儿童文学丛书和一套中国大幻想儿童文学丛书，更表现在其作为一种创作原则深入到许多作家的创作中。这里有一个认识上的问题，即一些作家把一切以非生活本身形式创造艺术形象的作品都称为"幻想"、"幻想文学"，把一个本属创作心理的问题变成一个艺术形象的问题，使"幻想"一词变得模糊不清。撇开这一层歧见不说，就是将近年以非生活本身形式塑造艺术形象的作品作为一个整体看，也出现明显的对消费文化的趋同倾向。21世纪出版社推出的大幻想文学丛书就有几本是写鬼故事的，借鬼、借"幻想"创造"惊悚"，"惊悚"成了审美对象。作为一种创造艺术形象的方式，非生活本身形式的艺术形象自然不是必然地导向娱乐、游戏和消遣的，许多充满教训意味的童话便是明证。但虚拟的艺术形象毕竟和心理学上所说的幻想较为接近，而心理学上所说的幻想则主要指潜意识，潜意识是和欲望、欲望的虚拟性满足紧密联系在一起的。当作家回避现实问题，借幻想以离开现实，或在幻想中获得一种虚拟性满足，幻想便向柯林伍德所说的"腐化型想象"[①]的方向转化。在这一意义上，世纪末幻想文学的勃兴可看作是提倡启蒙文学的知识分子在现实挫败后的一种消极逃避。

传奇、历险文学。传奇、奇遇、历险文学历来是儿童文学的大项。"奇"、"险"都是生活的非常态。人们不满常态生活的平淡、平庸，向往新奇是一种很自然的现象，儿童尤其如此。当实际的现实生活不能给人们提供新奇、惊险的奇遇时，转向文学、想象便成为一种自然的选择。在儿童文学中，历险、奇遇是常和成人仪式中的锻炼、考验连在一起的，是成长内容的组成部分，在很多时候是不被视为消遣、娱乐的。但因向往新奇而走入充满奇、险的艺术世界，在虚拟地经历艺术世界的奇、险时获得一种快乐，即是"将激起的情感当作某种有价值的东西予以享受"，其中自然包含了消遣、娱乐的因素。近年的儿童文学淡化了与成长有关的内容，娱乐、游戏的因素则是极大地增加了。如周锐的

---

① ［英］罗宾·乔治·科林伍德：《艺术原理》，中国社会科学出版社1985年版，第224页。

《幽默西游》、《幽默水浒》等，虽然改自古典名著却全无原著的历史感、文化感、人性深度，传达出来的主要是猎奇、搞笑、逗乐，是当前社会的游戏、娱乐精神在儿童文学中的投射。还有一些网络游戏，在故事中设计很多的武打、格斗动作，儿童通过自己的操作经历冒险的过程，站在哪一边是可以自由选择的，这就取消了传统传奇小说常有的正义倾向，只追求操作的刺激、快感而不在乎善恶是非。在阅读这些作品的时候，读者无法形成一个统一的自我，时时感到自己是分裂的。分裂而充满快感，就是杰姆逊说的"吸食毒品的感觉"。①

动物小说。中国动物小说在 80 年代曾有过相当的繁荣。沈石溪、蔺瑾等曾写出一批很优秀的作品。那时的动物小说有一种倾向，就是拿动物比人，以动物与动物、动物与人的关系比附人类社会、人与人之间的关系，即使不赋予动物人的语言也赋予动物人的心理。但渐渐地，或许是受到加拿大著名的动物小说作家汤·西顿的影响，逐渐淡化动物小说中的拟人化倾向，把动物当动物写，在对动物、动物与周围环境的真实描写中引起读者对人类社会、人与人之间关系的联想。这凸显出一种新的美学追求，即所谓的"野"，所谓的"动物化"倾向。写荒山野岭，写大漠深谷，写大体量的动物，写动物间充满野性的拼搏厮杀，"野"、"动物性"成了一种吸引人的美学特色，成了一种消费对象，犹如吃惯鱼肉大餐的人要换换口味，要去吃点农家小炒、山乡野菜一样。

情感小说。80 年代以来儿童文学中的情感小说可谓起伏跌宕、生动有致。最先是琼瑶的纯情小说在大陆的风行；后来是关于《今夜月儿明》、《柳眉儿落了》等作品的讨论；然后是曹文轩对"悲悯"、"为儿童提供人性基础"的提倡；还有就是程玮、

---

① 弗·杰姆逊：《后现代主义与文化理论》，陕西师范大学出版社 1986 年版，第 178 页。

陈丹燕、韦伶等的少女小说写作，等等。在这一时期儿童文学"回归"文学的过程中，情感小说是起过积极作用的。但曾几何时，这种"情感"也被异化。看到坊间许多作品被冠以"纯情系列"、"真情系列"、"朦胧爱情系列"、"少女小说系列"等，就知道"情"早已成了出版商招徕顾客、吸引读者的手段。唯恐"力度"不够，一些作者还学习成人文学中的"私人写作"，半遮半掩地推出"身体叙事"，在作品中大谈"初潮"、"胸部发育"等传统儿童文学避之唯恐不远的话题。杨红樱的《女生日记》就因此赚获了不少少年读者。最令人惊讶的是一些少年自己的写作。80年代的《柳眉儿落了》还躲躲闪闪，将早恋写得很"朦胧"，但到蒋方舟的《青春前期》，十一二岁的女孩子谈胸部发育、谈月经，像家庭妇女谈萝卜土豆、谈鸡腿猪蹄一样，袒露至此，直感到坊间促销打"纯情小说"、"真情小说"的招牌都有些矫情了。

还有"魔方童话"、"惊悚小说"等。

总之，在消费文化、电子传媒文艺的推动下，中国的印刷型儿童文学也正在经历某种影响深远蜕变。这种蜕变和前面谈及的电子传媒文艺综合在一起，正从总体上改变着儿童文学的面貌。这不只是淡化某些文学类型强化某些文学类型甚至新创某些文学类型以使儿童文学更倾向消费化的问题，而是儿童文学正在经历某种质的改变：儿童文学是不是正在进入一个拟像的时代？

"拟像"也称"仿像"，指一种没有现实所指的形象。"拟像"原也指对现实的复制，但逐渐脱离现实而独立。波德里亚将这个过程划分为四个阶段：第一，它是对一个基本现实的反映。第二，它掩盖和歪曲一个基本现实。第三，它掩盖一个基本现实的缺席。第四，它与任何现实都没有关系：它是自身的纯粹拟像。[①] 从"对一个基本现实的反映"到"与任何现实都没有关系"，拟像

---

① 转引自金惠敏《媒介的后果》，第45页。

经历了从"表象"到"假像"再到"拟像"的变化，"如贝斯特和凯尔纳所理解的，'拟像'的'真实是按照一个模型而生产出来的。此时真实不再单纯是一些现成之物（如风景或海洋），而是人为地（再）生产出来的（例如模拟环境），它不是变得不真实或荒诞了，而是变得比真实更真实'：'拟像'由此而建构了所谓的'超现实'（hyperreality）"。①

可以以周锐的《幽默三国》为例。《幽默三国》改写自罗贯中的《三国演义》。《三国演义》是以东汉末年黄巾起义到西晋重新统一中国六十余年的历史为背景创作的长篇小说，其艺术世界自然是有其现实所指的。但到《幽默三国》，虽然借用了《三国演义》的故事框架及曹操、刘备、孙权、诸葛亮、周瑜等人物形象，但和《三国演义》的所指、和从东汉末年到三国归晋的历史已了无干系，曹操、诸葛亮、周瑜等像卡通片中的人物一样在完全抽象的背景上活动。如其中的一个小故事：诸葛亮发明了一只"飞鸡"，让大将张飞驾着去轰炸曹营，回来时误落在东吴的地界上。周瑜派人热情地招待张飞，自己则钻进诸葛亮的"飞鸡"偷学了它的制作方法，不久后也驾着自己的"飞鸡"去面会诸葛亮，表示自己也掌握了制造"飞鸡"的技术。但因学得不到家，要回来时"飞鸡"出了故障，不能起飞，出了大洋相，云云。这里用了《三国演义》的故事背景和人物形象，但不仅没有原故事的历史所指，也没有改编的新故事的现实所指，人物、故事被彻底地平面化了。文本之外，一无所有，剩下的只是游戏、搞笑。曹操、诸葛亮、周瑜等与其说是小说中的人物不如说是玩具，作者、读者都用这种玩具游戏，自己也被从时间中抽离出来，游戏化、平面化了。

这不也是我们在杨红樱小说、郑渊洁童话以及李国伟等人的魔方童话中看到的情形？杨红樱的"马小跳系列"、《五·三班

---

① 金惠敏：《媒介的后果》，第 46 页。

的坏小子》等或用一个人物或用一个空间将一系列小故事串联起来，合在一起，是一个长篇；拆开来，是一个个短故事，是典型的快餐文学。更重要的，它们大多都取消了时间，像卡通片一样，人物都在抽象的背景上活动，说着今天人熟悉的语言、做着今天人熟悉的事情，但又有着与现实生活中具体的个体的距离，像影子一样从现实生活中漂浮起来。它们像网络世界的人物一样属于一个虚拟的世界。但它们又不像传统的童话世界的人物，童话世界的人物是虚拟的但有着现实的指向，是形象，是现实世界的隐喻，但杨红樱等人小说中的人物却是自足的，人们把他们生活的世界叫"塞博空间"。塞博空间填平了现实世界与想象世界之间的界限，是现实世界的虚拟化，是虚拟世界的现实化。一方面是审美的扩展，另一方面是审美的消解。生活都是艺术，艺术就不再是艺术了，生活与艺术的界限就这样消弭了。李国伟等人的魔方童话，在事件发展的每一个关节点上设置许多可能，让读者选择不同的可能发展出不同的故事，这样，读一本书就等于同时读了许多本书。犹如买来一盒积木，可以根据自己的意愿搭出各种各样的作品。即是说，最后实际得到的是什么样的作品，不取决于作者而是取决于读者。1994 年，我在《中国少儿文学也在走向后现代主义?》一文中曾对这类作品作过批评，肯定其对儿童文学创作所作的探索但预言其不可能获得多大的成功。后来的事实和我的预计大体一致，魔方童话的魔法没有奏效，不仅很少有人跟进，他们自己也无法继续下去，最后只好销声匿迹。但这种拆散结构所表现的游戏精神却在许多儿童文学作品中得到大规模的"发扬光大"，使人更加有理由疑问：中国少儿文学也在走向后现代主义?

　　这种处理时空的方式一定意义上也影响到整个儿童文学。在世纪之交，中国儿童文学的一个典型表现就是非时间性，不仅童话、寓言、幼儿故事中没有时间，许多写实性小说中也没有了时间。一个小现象或许能说明一些问题。近年一些出版社出版了一些作家的选集、全集、合集，所选作品大多不标写作时间。这显然是出版社统一要求留下的痕迹。因为标出时间就有可能因时效过期而产生的影响购买欲望的问题。虽然写作时间并不是作品中的故事时间，但这二者肯定会有联系。这也反映着作者、编者、出版者的一个选择作品内容的标准：尽量选择那些时效性不强的作品。但任何存在都是时间性的。离开具体的时间就是从具体的存在中抽象、漂浮出来。如果抽象、漂浮出来的世界再失去所指，艺术世界便会向"拟像"的方向偏转。文本中的人物成为一个个积木一样的玩具，阅读便成了游戏。上帝死了，作家死了，人也死了，剩下的只是激情消遣中的"空心玉米"，波兹曼所说的"娱乐至死"的时代似也不远了。

在这样一个时代，儿童文学还能存在吗？

四　儿童文学存在论上的危机

儿童文学存在论上的危机并不是今天才提出来的。毋宁说，从它刚出现的那一刻起，质疑的声音就一直存在着，什么是童年？什么是儿童？什么是儿童文学？童年、儿童、儿童文学和成年、成人、成人文学之间有清晰地界限吗？回答一直是游移、模糊的。一些一辈子为儿童写作的人也对儿童文学的特性"到底是什么都不太清楚"。"不一定非有儿童文学这种东西不可。没有儿童文学也一样活得很好。曹雪芹他们那时候看什么儿童文学？最多学两首儿歌了不得了。鲁迅他们那个时代的人怎么样？也没有什么儿童文学，什么图画书供他们阅读，即使有一点写儿童的，也不是什么'浅语'，而是文言。他们不也一个一个活得很好很健康吗？那时候没有人想起来，要创造专门的东西——可供儿童欣赏的东西。所以我有时候挺偏激的，反对总是强调儿童文学的特性。我甚至连这些特性到底是什么都不太清楚。我是凭我的直觉写，有个大概的意识。我不想搞得太清楚我究竟要注意一些什么东西——那些叫作儿童文学的东西。这么多年的创作，有过困惑，但那是另样的困惑，唯独没有关于什么是儿童文学的困惑。但现实是，在我的全部作品中，除了极个别的作品有一些越轨、不太像写给孩子的东西外，我以为我的绝大部分东西，还是适合儿童看的。"[①] 但也正因为人们说不清童年、儿童文学存在的依据，反过来也说不清其不能存在的理由。尼尔·波兹曼《童年的消逝》的特殊意义就在于找到了一个特殊的视角，从印刷媒介的角度发现启蒙运动以来童年、儿童文学被建构的基础，同时也就为其标出存在的限度：当印刷术本身的存在受到冲击，它为儿童文学提供的基础发生动摇时，儿童、儿童文学消逝的钟声就会响起。而这个时间随着电子传媒的普遍使用似乎已经到来了。

儿童文学消亡论的另一依据来自一般文学理论。在黑格尔那儿，绝对精神是一个相对封闭的发展演变过程。从艺术的直观形式到宗教的表现形式再到哲学思维的形式呈现出某种梯度，当艺术为发展程度更高的宗教和哲学所替代，艺术便会走向"终结"。如果说这在黑格尔那儿只是一个推断的话，近年因大众传媒、消费文化的兴起，一些后现代主义大师们关于消亡的论述便显得颇有凭据了。德里达说，"在特定的电信技术王国中（从这个意义上说，政治影响倒在其次），整个所谓文学的时代（即使不是全部）将不复存在，哲学、精神分析学都在劫难逃，甚至连情书也不能幸免。"[②] 这确是人们不得不予以重视的事情。儿童文学是文学的一部分，文学消亡或终结了，儿童文学自然无法继续存在下去。这样，儿童文学存在论上的危机便在两个层面上表现出来：文学消亡，作为文学一个组成部分的儿童文学必然消

---

① 曹文轩：《论少年小说》，见《语文改革与儿童文学研究》，香港教育学院2004 年版，第 71 页。

② 参见希利斯·米勒《全球化时代文学研究还会继续存在吗?》，《文学评论》2000 年第 1 期。

亡；文学不消亡，作为文学一个特殊部分的儿童文学也有可能消亡。历史上并不缺乏这样的例子。随着社会发展，不仅神话消亡了，就是原来几乎覆盖一切受众的民间口头文学也因印刷文化、电子传媒文化的兴起和普遍使用而极大地缩小了地盘，变得几乎可以忽略不计了。

先说第一层面即儿童文学自身的问题。尼尔·波兹曼认为，"童年"主要是印刷术构建起来的。印刷文化因其可控性分割了受众，儿童因其文化限定不能接触成人社会的秘密，对秘密的这份羞耻心演化为儿童世界的道德感，但这种秘密、羞耻心、道德约束在电子传媒时代受到全面的侵蚀和消解。"电视侵蚀了童年和成年的分界线。这表现在三个方面，而它们都跟电视无法区分信息使用权密切相关。第一，因为理解电视的形成不需要任何训练；第二，因为无论对头脑还是行为，电视都没有复杂的要求；第三，因为电视不能分离观众……电子媒介完全不可能保留任何秘密。如果没有秘密，童年这样的东西当然也不存在了。"① 童年不存在不仅意味着儿童成人化，一定程度上也意味着成人的儿童化。"人们常说，电视是为 12 岁儿童的心智设计的，但忽略了电视极具讽刺意味的一面，即电视不可能设计出其他智力层次的节目。"② "在电视时代，人生有三个阶段，一端是婴儿期，另一端是老年期，中间我们可以称之为'成人化的儿童'。"③ 这话说得有些极端，但类似的现象确实是存在的。闫旭蕾举过一个很有趣的例子：一个女孩和爸妈在客厅看电视，来了爸妈的一个朋友，刚坐定，电视屏幕上出现了男女接吻的镜头，妈妈忙让女儿给来访的阿姨倒水。不一会儿，电视中又出现接吻的镜头，妈妈再次让女儿给阿姨倒水。过了一会儿，接吻的镜头又出现了，这

---

① 《童年的消逝》，第 115 页。
② 同上书，第 166 页。
③ 同上书，第 141 页。

次，不等妈妈说话，女孩就问："妈妈，还要给阿姨倒水吗？"①
电子传媒使成人社会洞开，人们已经很难将儿童世界与成人世界
区分开来。"成人化的儿童"不是真正的儿童，为适应"成人化
的儿童"而制作的电视艺术也不可能是真正的儿童文学。中国
进入电视时代的时间并不长，但人们已经清楚地感到电视文化无
所不在的渗透力，看到电视文化对童年速度极快的消解。在这一
意义上，波兹曼的观察和论述是敏锐而又深刻的。

　　但问题似还可从另外的角度去看。

　　首先是区分童年和成年的标准的问题。尼尔·波兹曼认为这
一标准是羞耻心。② 口语不能分离听众，印刷术能够分离读者。
印刷术将社会认为不宜让儿童知道的内容放在较深的文字里，构
成一个儿童无法进入的保有秘密的世界，儿童对这些秘密，如
性，保有一种羞耻心，这种秘密、羞耻心便是儿童与成年的分
界。这一标准从某一侧面看自然是深刻的。在儿童尚未长大的年
龄引进性的内容，自然是对儿童成长节奏的破坏。但从儿童到成
人，是否只有羞耻心这一尺度？即使是性秘密、羞耻心，其本身
是否也是一个渐变的过程？至少在弗洛伊德理论中，性生理、性
心理可以区分出若干阶段，只要不大幅度地破坏其自然进程，与
儿童的对话其实不完全排斥谈与性有关的内容。现在一些中小学
就设有生活老师，对儿童，特别是对进入青春期的女孩进行与身
体发育有关的指导，并不是越封闭越好。而且，即使是在印刷文
化的时代，完全封闭也是不可能的。口语不能区分听众，在印刷
文化占统治地位的时代，口语也是大量使用的。特别是在印刷文
化较少到达的广大农村，在民间口头文学如歌谣、民间故事、笑
话中，夹带大量的"荤话"是一个普遍的现象。一些人甚至认

---

① 闫旭蕾：《教育中的"肉"与"灵"——身体社会学研究》，南京师范大学
出版社 2007 年版，第 242—243 页。

② ［美］尼尔·波兹曼：《童年的消逝》，第 12 页。

为，古代儿童的性启蒙，就是依靠这些"荤话"进行的。"荤话"的意义不全是负面的。即使在是印刷文化中，性的、色情的内容甚至也是可以通过"浅语"来传递的。正统的儿童文学可以过滤，儿童在这些作品中看不到与此相关的内容，但他们可以去看成人通俗文学，可以去看手抄本。近年环境稍显松宽，一些正统的儿童文学也试探着描写与性相关的场景，有些还将此作为招徕读者的一种手段。所有这些都说明，将性秘密、羞耻心作为区分童年与成年的主要的甚至是唯一的标准，以为童年完全是由印刷文化建立起来的，多少有些天真和不完全符合实际。

　　如果不将成人秘密、羞耻心作为区分童年的主要的甚至是唯一的标准，那么，我们应该怎样看待童年与成年、儿童与成人的区别？我认为，童年与成年的区别主要表现在他们的存在状态及由此引起文化、心理上。这可主要从三个方面予以说明。1. 生理上的不同。从生理上说，儿童就是未成年的人。未成年可以表现在许多方面，最突出的就是未达到性成熟的年龄。生理年龄不等于文化年龄，但生理意义上的儿童群体对文化意义上的儿童群体应是一个大的限定，而生理意义上的儿童群体是永远存在的。2. 生存方式和状态上的不同。由于年龄较小，儿童还不能进入社会生活的中心，他们的生活空间主要在家庭、学校，生活内容也是有计划、有组织、有系统地学习前人的经验，这些经验大多也是较为浅显、不够分化，不同社会不同阶级、阶层的人都可认同的。即是说，无论是学习者还是学习内容，都是尚未十分分化的。古代没有一个社会学意义上的儿童群体，因为那时尚无普遍存在的学校，"儿童"和现代意义上的学校几乎是同时产生的。这种与成人有区别的生活方式短时间内也不会发生大的变化。3. 文化上的差异。存在决定意识。由于生理上、存在状态上有明显的差异，最后必然要在文化上表现出来。我认为，尼尔·波兹曼所说的主要就是这一层次上的差异。文化上的差异是较易受到外部条件的影响的。所以，使用的媒介不同，接触到的内容不同，接触这些内容的方式不同，都会对童年的存在、童年与成年的区别产生即时的影响。使用口语不能区分听众，使用印刷符号则较易区别童年与成年，而电子传媒又使这种区分变得模糊。但模糊不等于不存在。综合以上各点，第二点，即儿童相对有特色的存在方式、状态是最重要的，只要这种存在方式、状态不完全被成人社会同化（目前尚无这种迹象），童年及面对童年的儿童文学就还会继续存在下去。

电子传媒对童年、儿童文学的存在也不全是负面的。电子传媒、音像艺术不能从视觉画面上分离观众，但作为一种符号和符号系统，儿童文学，包括电子传媒负载的儿童文学，其对儿童的作用更多还是从内容上表现出来的。内容上于儿童的宜或不宜是可以通过结构（编码）来区分的。我们不能阻止成人社会的生活画面渗入儿童视野，但可以以音像符号建立最符合儿童兴趣、需要的艺术，使他们循序渐进地走向成人生活（而不是将成人生活画面视为洪水猛兽）。电子传媒对童年建构的更重要意义还在于其极大地拓展了童年的疆域。前面论及，"童年"作为一个文化概念不仅有其上限也有其下限的，下限就是与没有文化的文盲相区别。旧时"儿童"作为一个群体不能出现，问题不仅出在上限也出在下限上，甚至可以说主要出在下限上。占总数大多数的儿童不能上学读书，没有阅读能力，不能分享人类文化的成果。电子传媒极大地突破了这一界限，在电子传媒及其负载的形象（如电视）到达的地方就有观众，不管他们有没有文化，有没有阅读能力。千百万的儿童就这样被带进文化受众的行列，极大地拓展了文学的疆界。这是印刷文化在几千年的时间里都未曾做到的。所以，至少在电子传媒走向普及的这一段时间里，其对儿童世界的拓展作用要大于其对儿童精神内涵的销蚀作用。

主要的问题还在第二个层次，即儿童文学作为一般意义上的文学所面临的危机。儿童文学在这一层面临的危机不像第一层面那么受人关注，但其实是更为严重、更为紧迫。这主要表现在以下几个方面。

其一，距离感的消失。文学是以距离为其存在基础的。文学表现生活但又不等于生活。文学是生活、世界的隐喻，隐喻模拟生活又是对生活的整理、秩序化、象征化，是对生活的理解、解释。这在传统文学中，首先是通过语言形象的间接性来保证的。语言提供了一个想象的空间，形象是可视的，具体可感又充满无限的可创造性。电子传媒创造的形象却是确定的，可用人的感官直接把握的，因此更偏重感官刺激而非理性感悟，偏重快感而非美感。

其二，机械复制，失去韵味。"韵味"，也称光韵、灵韵。本雅明说："究竟什么是光韵呢？从时空角度所作的描述就是：在一定距离之外但感觉上如此贴近之物的独一无二的显现。"①除了距离，就是"独一无二"。大众文艺如电视、电影、碟片、网络等，建立大量的机械复制的基础上。不仅同一拷贝自我复制，不同拷贝之间也充满了互相复制。复制使众多的观众参加到文化行列中来，但内容却趋向单质化，就像海德格尔所说的"闲谈"一样，你向我讲述从别处听来的东西，我再将从你这听来的东西讲给他听，无数次重复却没有"韵味"。

其三，审美的泛化。审美本来是一个发生在精神领域的事件，在文本"总谱"的基础上自我想象、创造，是很个性、私人化的。电子传媒却将文学接受从个人空间引向公共空间，从精神空间引向物质空间，从虚拟空间引向实体空间，出现"拟像"、"拟现实"、"仿真世界"，自然也就有了"拟审美"、"仿审美"。服装美学、运动美学、生态美学……审美被泛化，同时也被稀释，什么都是美学也就什么都不是美学了。美成为一件普通的消费品，人们对美、对艺术品的态度不是欣赏而是消费，美、艺术在回归世界的同时也消失在世俗的现实生活之中了。这

---

① 转引自张邦卫《媒介诗学》，第 52 页。

种现象在儿童文学中不仅表现得很普遍而且表现得较突出。郑渊洁的童话，杨红樱的小说，还有蒋方舟等人的少年写作，都是努力填平生活和艺术之间的界限，平面化、碎片化、快餐化，以一种幽默、搞笑的方式将生活审美化，趣味化。阅读这些作品，人不再有传统剧院的仪式感，而是被带到广场，没有权威，没有崇高，有的只是游戏，只是欲望的宣泄，这或许就是一些人提倡的"儿童文学就是解放儿童的文学"的真实呈现吧。而且，这不是个别的、少数作家的一种追求，它已经形成一种潮流，并正在向中心移动，变成主流，变成出版商、文化经纪人、写家、传媒操作者以及广大读者都乐在其中的集体意识，理论也不仅不予以阻击还推波助澜，各人都从这消费文化的大潮中分得一杯羹，而无人关心儿童文学的文学性是否存在。一类事物要走向消亡常常是从其边缘处开始的，儿童文学正处在文学的边缘。在大众传媒的语境里，所谓文学的消逝，不是消逝在"文化大革命"时期那种什么作品都不产生的文化真空或沙漠里，而是消逝在到处是作品、到处是文学、到处是讲座、到处是得奖，出版商、文化经纪人、作家、读者以至评论家都弹冠相庆的消费文化的大潮中。

但这也并不意味着文学、儿童文学真的马上就要"消逝"。首先，从电子传媒自身的角度说，虽然它是一种大众媒介，创造的音像艺术会直接诉诸人的感官，但也不是绝对地不能拉开与感官的距离、创造较为诗化的形象。比如电影《城南旧事》，取材于林海音的同名小说，虽不能在所有的方面都忠于原著，但还是将原著的神韵基本都表现出来，而且以电影的方式进行了新的创造，应是一部很诗化的作品。电视剧《牧笛》、《小蝌蚪找妈妈》、《雪孩子》等，虽不像许多动作性卡通在儿童中那么普及，但看上去像一首首抒情诗，表明音像艺术也可以有很细腻的表现力。就是《米老鼠和唐老鸭》、《猫和老鼠》这类作品，细细品味，也非完全平面化、毫无历史深度。其次，在电子传媒时代，音像等视觉艺术确实掌握着霸权，逐渐成为人们传递信息的主要形式，但是，它们不会完全取代语言艺术、取代文学。彭亚非在《图像社会与文学的未来》① 一文中曾谈及这样一种现象：今天许多文学名著如《三国演义》、《水浒传》、《红楼梦》、鲁迅的小说、巴金的《家》等都被搬上银幕或改编成电视剧，但在读过原著的观众那里，反映大多不好。这里有改编者、导演、演员自身的缺陷或不足，更有两种艺术媒介、两种艺术类型天然的差异。文学形象是间接的、朦胧的、多义的、不确定的，留给读者的想象空间是无限的，比较适合表现人的形而上焦虑，人对世界、社会、人生超越性的思考，而影视形象是具体的、个别的、与感性的世界相联系，对人的想象，特别是形而上的想象有很大的制约性，这正是文学永远不能为音像所取代的地方，是文学具有永恒魅力、能永恒存在的依据。在更深层次，则是人对永恒、对超越生生不已的追求。席勒认为，人身上存在两种不同的要求，一者是持久，称为"人格"；一者流动多变，称为"状态"。"人格"要求人从时间性中超越出来，获得永恒自由，属于理性冲动；"状态"要求人的当下快乐，具有现实性，属于感性冲动。两种需求引起人的内在冲突，使人陷入分裂的痛苦。弥补这种分裂，人需在自身唤起另一种冲动，即游戏的冲动。"游戏这个名词，通常说明凡是在主观和客观两方面都不是偶然而同时又不受外在和内在强迫的事物。在美的直观中，心灵是处在规律和需要之间临到好处的中点。正因为它介于两者之间，它才避免了规律和需要的强制。"② 席勒这里所说的"游戏冲动"指的就是艺术，这和我们生活中所说的游戏是不同的。虽然都没有直接的功利性，艺术强调距离和反思，游戏则将自身变成自然的一部分。虽然现在的建立在大众传媒基础上或与之紧密相关的文学艺术更倾向我们生活中所说的游戏而非席勒所说的"游戏冲动"

---

① 彭亚非：《图像社会与文学的未来》，《文学评论》2003 年第 5 期。

② ［德］席勒：《审美教育书简》，中国文联出版公司 1984 年版，第 85 页。

即真正的文学艺术，但人类追求超越、永恒的冲动是永远存在的。即使在某一时期（如后现代时期）由于某些原因（如大众传媒的普遍使用）使社会在一段时间内更倾向游戏、娱乐，但当社会文化普遍提高后，人们一定会从这种只偏重"世界"的感性冲动中挣扎出来，反思和超越会再次显示出它们巨大的力量。这或许才是文学不会走向消逝的最深层的动力。

在电子传媒和消费文化的语境下，新世纪的中国儿童文学正迎来它历史上惬意也最艰难的一个时刻。它会不会走向消逝？回答是：有可能但不必然。一切取决于我们怎么做。童年、儿童文学本来就是建构起来的，建立在某一观念基础上的"童年"、"儿童文学"消逝了，也不意味"童年"、"儿童文学"永远消逝了，再不会出现新的"童年"、"儿童文学"。现在的"童年"、"儿童文学"观念主要建立在印刷术、现代性的基础上，但时代既已发生变化，人们关于"童年"、"儿童文学"的观念也会发生变化，对电子传媒时代的儿童文学形态也有新的理解。也许，经过一种凤凰涅槃般的死亡—再生，儿童文学呈现出一种新状态也未可知。推到极端，儿童文学即使消逝了，也未必一定可怕，因为人们一定会找到新的东西替代它。在艰难的历史前行中，人类需要一片精神的绿洲，不管人们对这片绿洲怎样命名，它会永远与童年同在。

结语：走出现代性

中国儿童文学自觉于清末民初，距今已整整一个世纪。若不计最近这一段时间，自觉后的中国儿童文学主要是在 20 世纪度过的，20 世纪的儿童文学史，很大程度上就是整个中国儿童文学史；对 20 世纪儿童文学史的探讨，差不多也是对整个中国儿童文学史的探讨。在这多灾多难，充满困惑、彷徨、痛苦又满含希望、不断蜕变不断走向新生的一世纪中，儿童文学和整个社会生活和整个文化、文学大体是同步的。以上，我们从不同侧面不同层次探讨了 20 世纪不同文化对儿童文学的影响，但当我们将这些内容放在一起时，发现其深层都关联着一个共同的我们在上面的论述中还较少涉及的内容，那就是人们所说的现代性。现代性是 20 世纪中国社会生活、文化艺术的一个主要特点，作为 20 世纪文学一个部分的儿童文学，其发展自然无法摆脱与现代性的纠结。

"现代"原是一个时间概念，相对于"古代"指现在的时代。可什么是现在的时代？古代人将时间看作是循环的，转一个圈后，现在成了过去，过去成了现在，现在是过去某个阶段的重复，仅从时间上无法见出现在和过去的区别。只是进入现代社会，特别是引入进化论等观念以后，才突出线性时间观。过去、现在、未来，世界成了一个不断向前的运动过程。从这一意义上说，"现代"本身就是现代社会、现代文化的产物。但在机械的钟表时间里，时间是抽象的、同质的、匀速的，抽象同质匀速的时间自见不出阶段上的区别，能见出阶段上区别的不是时间的形式而是其内容。"古代"、"现代"、"后现代"都不只是一个时间概念而更是一个价值判断。"现在的社会"不一定是一个现代化的社会，生活在现代社会的人、产生在现代社会的文学作品也不一定自动的具有现代性。关于现代化的理解，不同的人不尽相同，一般认为，"现代化"主要指社会生活、社会生存方式方面特征，如工业化、现代社会体制的建构；"现代性"则主要是现代社会精神表征，虽然这二者是紧密联系的。

现代社会生活的变化虽主要属于物质的层面，但对儿童文学的影响却常常是很直接的。在第一章我们已经论及，儿童文学本身就是现代社会生活、现代教育、现代生存方式的产物。古代没有自觉的、作为一个类型的儿童文学，因为那时没有现代型的儿童教育，没有一个儿童的"知识集"，也没有相应的能与儿童沟通的艺术媒介，这些都在进入 20 世纪后发生转折性的变化并获得解决，而解决这些问题的原动力便是中国社会的现代化进程。1840 年以后，列强用枪炮打开中国的大门，给古老的中国大地带来战火、带来苦难，也带来先进的科学技术和生存方式。在西方人坚船利炮的刺激下，一批先进的中国人被惊醒，睁开眼睛看世界，主张"师夷之长技以制夷"，开洋务，办学校，改革文言，出版杂志，特别是在沿海地区，迅速地加快了现代都市化的进程，等等。初看，这些似乎都与儿童文学无关，但都在深层创造了儿童文学产生和发展的条件。除我们在第一种论及的推动儿童文学走向自觉的一些基本因素外，还有两个内容我们在前面较少涉及但对儿童文学却是十分重要的。其一，随着现代社会，特别是现代都市的发展，原来带封建庄园性质的大家族及附着这种大家族的乡民社会走向瓦解，出现一些都市的中产阶级家庭。都市中产阶级家庭不同于封建大家族，其结构一般以成年夫妇为中心，上有老，下有小，接近后来人们所说的核心家庭。核心家庭的出现不仅极大地淡化了家族的影响力，而且削弱了"老者"在家庭中的作用，而儿童的地位却有明显的上升。对于这样的家庭和生活在这样家庭的人，更重要的不是在家族内部处理彼此间的关系而是在社会上在单位里学校里处理彼此间的关系，人真正成为马克思所说的"社会关系的总和"。都市中产阶级家庭的经济更多与资本主义生产、经营方式相关而不是与土地相关，是商品经济而非自给自足的小农经济，对培养孩子的个性品质、在复杂的人际关系中的交往能力也更为在意，个体的趣味和接受能力也主要与豪泽尔所说的市民通俗文学而非农民的民间文学相近。加之他们有较好的购买力，在儿童文学自觉后相当长的一段时间里，出版者们主要瞄准的就是这个阶层。许多人都曾指出，中产阶级的大小，直接影响到儿童文学的发展状况。其二，从生产者—创作者和出版者的角度看，现代商品经济的兴起也对儿童文学的发展起着极为重要的作用。由于现代印刷技术的发展和读者群体的扩大，出版业成为一个大的产业。这一方面给那些由于旧科举的废止断了晋升之路的文化人找到一种新的谋生手段，依靠稿费不仅一样过上优裕的生活，而且在社会生活中获得一些话语权，实现着他们"兼济天下"的抱负；另一方面，也给出版社创造了巨大的利润。儿童处在集中学习的阶段，精力旺盛，兴趣广泛，面对儿童的读物一开始就是一个活跃的市场。1909 年，商务印书馆委托孙毓修创办《童话》，这在中国儿童文学发展中是带标志性的一步，我们以往的评论较多关注其内容，较多关注其精神意义，其实这儿更重要的是一个出版商的眼光。创办者看到课外儿童读物的广大市场，是有着明显的商业动机的。这很可能受到纽伯里的启发。纽伯里当年也是因为大量搜集出版民间故事，极大地推动了欧洲儿童文学的发展才名垂史册的。《童话》之后，《小朋友》、《儿童世界》等相继创办，其他出版商也争相出版儿童读物。在整个现代儿童文学中，上海一直是中心，是旗帜，是主要阵地，说到底，主要在它是商业中心、出版中心，有杂志，有出版社，吸引了一大批儿童文学的编者和作者，或曰儿童读物的从业者，他们首先是将儿童文学、儿童读物作为一个产业来开辟和经营的。这种状况在世纪末再次显现。只不过这一次不再局限上海，而是普及到全国各地。大量的刊物，大量的出版社——不仅各省（除西藏）都有少年儿童出版社，许多成人出版社也参与其中。可以说，这30余年儿童文学的发展主要是由经济杠杆撬动、由出版社引领的。这里自然还有科技发展的因素，印刷、排版、插图、装帧、制作，甚至纸张，每一项都包含了现代化生产的内容，他们构成了另一种形式的儿童文学史。

现代性的更重要指涉当然是其精神内涵。这方面，儿童文学所走的道路与成人文学是有所不同的。成人文学从漫长的封建社会走过来，有着深厚的传统文化的积淀，也有着沉重的旧文化的负担，现代性要从这种重负中挣扎出来首先就要对这种旧文化进行批判、清算，在荆棘丛中开出一条通向未来的路。古代没有作为一类的儿童文学，一些儿童文学的因素，一些较适合儿童阅读的文学作品主要存在于民间口头文学中。口头文学主要反映民间、下层劳动者的情感、思想、价值观念，历来处在文化的边缘，处在被漠视被歧视被压抑被打击的地位。现代化兴起以后，特别是到五四时期，主流的封建旧文化成了主要的批判对象，一些边缘的、被压制的文化浮现出来，作为新文化的同盟者参与了对旧文化的战斗，儿童文学的方向和整个新文化的方向是一致的。但这绝不是说儿童文学天然地具有现代意识，和旧文化没有关系。旧时代没有为儿童创作的儿童文学但却有教育儿童的思想，民间文化处在边缘一样受到主流文化的深刻影响。比如《二十四孝图》，就是在民间广泛流传并给旧时的儿童带来深重的精神束缚的旧儿童读物之一，其封建意识是不亚于任何一种成人的文学的。就是一些民间童谣、传说、故事，也常常包含许多忠孝节义的说教。所以30年代张天翼写作《大林和孝林》等作品时，对它们是那样的深恶痛绝。儿童文学在精神上受惠于现代性，首先表现的就是后者的科学民主精神，即五四所说的"赛先生"和"德先生"。民主理念使儿童、儿童文学的独立、民主诉求有了依据，科学精神则在更深层次为这种诉求提供基础。人们可以理直气壮地说，人格平等，儿童和大人一样有完整的人格，儿童有自己的文学需求，儿童文学应该有不同于成人文学的特点，这不是某个个人的想象而是社会发展的"规律"，犹如旧时人们所说的"天意"，是不以个人意志为转移的东西。这很快影响到儿童文学的内容，出现了叶圣陶、冰心、黎锦晖等作品中一系列具有启蒙特征的主题。处在这些诉求最中心的当然是周作人的"人的文学"。人的文学强调"个人主义的人间本位主义"，首先要将人从神权、皇权的枷锁下解放出来，将人还原为真正的人；进一步要将妇女、儿童从夫权、父权的束缚中解放出来，使他们同样成为和男人、大人一样平等的群体；再进一步要将人从某种抽象的、同质的群体的人中解放出来，成为相对独立的个体；还要将人从理性的桎梏中解放出来，成为具体的感性的活生生的人。"人的文学"涉及的是一个广阔的、意蕴深刻丰富的人道主义体系，这个人道主义体系在五四新文化中产生极大的反响，是因为它击中了中国传统的儒家文化以"道"为本位以国为本位以官为本位以公德为本位以致形成一种无"人"的文化现象的要害，将封建文化作为一个整体悬搁起来。儿童在旧文化中处在最底层，所受苦难最为深重，将旧文化旧道德悬搁起来，儿童、儿童文学自然成为最大的受益者之一。所以，五四启蒙主义者反对旧文化，将妇女、儿童作为主要领域；妇女、儿童出于自身解放的需要，反对旧文化也表现得格外积极。如果说五四儿童文学主要反抗旧文化、旧道德对人的压抑、漠视，80 年代新启蒙主义者更多揭示的则是抽象化、同质化的群体主义原则对人的异化，它们的共同指向都是要将人还原为具体的、活生生的人，追求生命本身的和谐，这当然也是在现代性中占重要地位的理性精神的一种体现。封建文化建立在等级制的基础上，强调服从、膜拜，只问是什么怎么做而不让问为什么，而现代文化则建立在个性自觉、主体意识觉醒的基础上；封建文化培养顺民，现代文化培养的则是民主社会的公民。

在谈论 20 世纪中国儿童文学与现代化的关系时，有一个现象会引起人们特别的关注，那就是一些以儿童、儿童生活为主要表现对象的作品，其价值取向与社会的现代化进程常常是相悖的。如五四时期叶圣陶的《小白船》、《克宜的经历》，40 年代周作人的《儿童杂事诗》，80 年代的寻根文学等，常常是绝望于现代的、都市的、成人的喧嚣、拥挤、倾轧、虚伪、勾心斗角等，转向赞赏儿童的单纯、真实、不伪饰、天然的和谐等，这和英国湖畔派、卢梭的《爱弥尔》等在资本主义兴起时对童心的表现不谋而合。文学中的现代性是一种用现代艺术方式表现的现代人的思想意识，并不要求与生活层面、社会制度层面的现代化进程完全一致。肯定现代化进程可能是一种现代意识，对现代化持一种批判态度，表达一种和现代化进程格格不入的情感，也可能是一种现代意识，20 世纪儿童文学中有许多作品正是以反现代化的姿态将其现代意识表现出来的。

现代性也体现在儿童文学的形式方面。中国古代没有创作型儿童文学，少数能为儿童接受的作品主要是在民间流传的童谣、童话、故事等。在 20 世纪初儿童文学走向自觉的那段时间，儿童文学也主要是搜集、整理、改写这些作品，受口头文学的影响非常明显。这种影响一直延伸到自觉以后为儿童创作的书面文学中。重故事，重情节，高视点权威叙述，假定性艺术形象在儿童文学整体中占用较大的比重，人物性格扁平化，浅近通俗，重讲述轻描绘，等等。但这毕竟是在书面文学创作文学的大背景下进行的。有时，它们不一定都来自口头文学的影响，而是一些儿童文学的一般特征。自觉后的儿童文学主要是"写"的。而且一开始就曾达到很高的艺术水准。叶圣陶的《小白船》、《芳儿的梦》等清雅细腻，深受中国古代诗词意境的影响；冰心写得温婉柔和；黎锦晖写得明媚纯净，用的都是很规范很艺术化的白话。张天翼借鉴西方怪诞派童话的写法，形象夸张变形，近似漫画，与作品内容上的讽刺、嘲弄正好相适应。红色儿童文学重讲述、重故事，特别是五六十年代的儿童文学，结构简洁，语义确定，语言几近透明，那主要是红色儿童文学将自己看作是教育儿童的文学，是国家意识形态。国家意识形态当然不允许任何模糊、歧义、不确定，不能随意采取朦胧的、诗化的叙述方式。80年代以后的一批作家则对此进行了反拨。班马、曹文轩、陈丹燕、张之路、秦文君、梅子涵、王立春等，抒情叙事都更具个性化。他们不再只关心故事的编织，也注重人物心理的刻画，注重环境氛围的营造，更关心语言自身的美感。80年代的一些作家，如李国伟、夏辇生等，还实验后现代主义的表现方法。有些方面，和成人文学已无太大的区别。

现代性形塑了20世纪儿童文学的基本面貌。但这条路走得并不平坦。不仅有各种各样反现代性的思想观念造成的艰难、曲折，在深层，更大缺陷还来自现代性自身。余虹说："'现代性'术语被用来指述一种本体论的、目的论的、决定论的元话语品质，以及由此推论派生的其他话语式实践的品质。现代性话语实践的背后是历史理性信仰（相信历史是一种有本质的、有目的的、被决定的时间序列）和语言理性信仰（相信语言能客观地再现这一历史），其表现形态是意识形态化的历史大叙事。"① 这完全适用20世纪的儿童文学。儿童文学只是20世纪中国文学中小小的一支，处在社会话语的边缘，但其言说的内容却常停伫在社会生活的中心。梁启超笔下的少年中国，周作人笔下的"人的文学"，红色儿童文学中的阶级斗争，80年代的人性启蒙、拨乱反正、现代化建设，等等，都是历史大叙事，连游戏也被放在反异化、复苏人性的大背景上。而作为这些大叙事核心的，正是"历史理性信仰"和"语言理性信仰"。如相信真理只有一个，

───────

① 余虹：《革命·审美·解构——20世纪中国文学理论的现代性与后现代性》，广西师范大学出版社2001年版，第1页。

而这个真理现在正在自己手里，于是，文学的全部努力就是去发现这个真理，宣传这个真理，实现这个真理，对不符合自己这个真理的东西自然是全力的排斥。张天翼说，只要不是一个洋娃娃，是真的人，在真的世界过活，就要懂得一些真的道理。他所谓的"真的道理"就是表现在《大林和小林》、《金鸭帝国》等作品中以马列主义政治经济学为基础的阶级斗争理论。作者是将他理解的阶级斗争作为世界唯一的、终极真理来表现的。这种思维方式贯穿于20世纪绝大多数儿童文学作品，包括那些并不赞成张天翼阶级斗争理论的作品。理论界更是如此。儿童文学本质论、儿童文学本体论，儿童文学是教育儿童的文学，儿童文学是娱乐儿童的文学，都是要在纷繁复杂的现象后面找出一个作为终极存在的元话语，或者说自己捏在手里面的就是那个"一生万物"的"一"的元话语。既然自己是"一"，是元话语，是放之四海而皆准的真理，别人自然只有洗耳恭听的份儿了。在儿童文学中长期盛行独断论、教育论、高视点权威叙事，等等，也就不足为怪了。

可尼采说了："现实只是一种美学现象。"一些中国的后现代主义研究者也认识到："'现在'与'现实'有着本质的不同，'现在'（present）不过是无规定的存在，是历史发展至今一个暂时的时间标记；而'现实'（reality）则是注入本质的'现在'，通过规定、命名和定义，'现在'有了确定的内容，'现在'成为历史必然环节，它成为可以把握的存在。"[1] 将1976年以后的一段时间称为"新时期"，将现在称为改革开放、走向商品经济的时代，无一不是人的命名，是"注入本质的'现在'"。这同样适用于我们所说的"儿童"、"儿童文学"这些概念。我们在前面已经论及，阿里叶认为中世纪没有儿童的概念，波兹曼认为童年是欧洲人在16—17世纪"发明"的，日本文学理论家

---

① 陈晓明语，转引自余虹《革命·审美·解构》，第262页。

柄谷行人则认为童年是像"风景"那样被颠倒着发现的。可问题就在于，明明是颠倒的发明，可人们为什么就不承认这是一种建构呢？关键就在人们持一种本质论的世界观，现实、历史后面有一个本质的、不以人的主观意志为转移的东西在那儿，人们的任务只是去探索它、发现它。很多时候，如此说的人都以为这个真实正被自己发现，真理正在自己手里。可是，自己发现的东西常常是自己放进去的东西，"成人真正相信的并不是儿童纯真无邪，而是儿童应该纯真无邪"。① "纯真无邪"也好，本质、本体也好，其实都不过是一种话语，我们能接触到的只是话语的世界。世界不是一颗花生，剥开果壳就能找到果肉；或像一颗荔枝，剥开果皮、果肉就能找到果核；世界是一头洋葱，除了洋葱皮还是洋葱皮，洋葱就是由一层层洋葱皮组成的。

现在要做的就是从这种现代性的世界观中走出来。把自己的理解、建构当作儿童文学的普遍性，不仅独断，而且虚幻，是现实的集权意识在儿童文学中的一种投影，和现代社会的民主意识是不相融的。无论就创作还是就理论而言，都是一种误区。走出这一误区首先就要消解成人/儿童、客观/主观、教育者/被教育者等一系列二元对立模式，尤其是从 20 世纪儿童文学中争论不已的成人本位/儿童本位的思维中超越出来，还世界以建构性，将儿童文学变成成人与儿童两个平等的主体间的对话，把握儿童成长的节律，儿童想要的正是成人想给的，使社会成为一个自由民主的社会，使人成为民主社会一个和谐发展的公民。而这，或许就是进入 21 世纪的儿童文学创作和理论的最重要的任务。

---

① ［加］佩里·诺德曼等：《儿童文学的乐趣》，第 140 页。

主要参考文献

1. ［英］爱德华·泰勒：《原始文化：神话、哲学、宗教、语言、艺术和习俗发展之研究》，连树声译，广西师范大学出版社 2005 年版。

2. ［意］维柯：《新科学》，朱光潜译，人民文学出版社 1986 年版。

3. ［法］列维－布留尔：《原始思维》，丁由译，商务印书馆 1981 年版。

4. ［英］阿雷恩·鲍尔德温等：《文化研究导论》，陶东风等译，高等教育出版社 2004 年版。

5. ［法］让－皮埃尔·内罗杜：《古罗马的儿童》，张鸿向征译，广西师范大学出版社 2005 年版。

6. ［英］柯林·黑伍德：《孩子的历史》，黄煜文译，台湾麦地出版 2004 年版。

7. 熊秉真（台湾）：《童年忆往：中国孩子的历史》，广西师范大学出版社 2008 年版。

8. 钟肇鹏：《谶纬论略》，辽宁教育出版社 1992 年版。

9. 吕肖奂：《中国古代民谣研究》，四川出版集团巴蜀书社 2006 年版。

10. 朱自清：《中国歌谣》，复旦大学出版社 2004 年版。

11. 党明德等：《中国家族教育》，山东教育出版社 2005 年版。

12. 王泉根编：《周作人论儿童文学》，浙江少年儿童出版社

1985 年版。

13. 陈平原：《中国现代小说的起点——清末民初小说研究》，北京大学出版社 2005 年版。

14. ［美］王德威：《被压抑的现代性——晚清小说论》，北京大学出版社 2005 年版。

15. 赵祥麟：《杜威教育论著选》，王承绪编译，华东师范大学出版社 1981 年版。

16. 栾梅健：《二十世纪中国文学发生论》，广西师范大学出版社 2006 年版。

17. 李楠：《晚清、民国时期上海小报研究》，人民文学出版社 2005 年版。

18. 胡从经：《晚清儿童文学钩沉》，少年儿童出版社 1982 年版。

19. 方克强：《文化人类学批评》，上海社会科学出版社 1992 年版。

20. ［日］柄谷行人：《日本现代文学的起源》，赵京华译，生活·读书·新知三联书店 2006 年版。

21. ［法］米歇尔·福柯：《规训与惩罚》，刘北成、杨远婴译，生活·读书·新知三联书店 2007 年版。

22. 李利芳：《中国发生期儿童文学理论本土化进程研究》，中国社会科学出版社 2007 年版。

23. 方卫平：《中国儿童文学理论批评史》，江苏少年儿童出版社 1993 年版。

24. 王泉根：《现代中国儿童文学主潮》，重庆出版社 2000 年版。

25. 王泉根编：《中国现代儿童文学文论选》，广西人民出版社 1989 年版。

26. 《曹文轩儿童文学论集》，21 世纪出版社 1998 年版。

27. 班马：《前艺术思想》，福建少年儿童出版社 1996 年版。

28. 张之路：《中国少年儿童电影史论》，中国电影出版社2005年版。

29. 徐丹：《倾空的器皿——成年仪式与欧美文学中的成长主题》，生活·读书·新知三联书店2008年版。

30. 徐兰君等：《儿童的发现——现代中国文学及文化中的儿童问题》，北京大学出版社2011年版。

31. 姜异新：《互为方法的启蒙与文学》，中国社会科学出版社2010年版。

32. 张光芒：《中国近现代启蒙文学思潮论》，山东文艺出版社2002年版。

33. 杜传坤：《中国现代儿童文学史论》，中国社会科学出版社2009年版。

34. ［美］埃里克松：《童年与社会》，学林出版社1992年版。

35. ［美］布诺姆·贝特尔海姆：《童话世界与童心世界》，舒伟等译，西南师范大学出版社1991年版。

36. 王炎：《小说的时间性和现代性——欧洲成长教育小说叙事的时间性研究》，外语教学与研究出版社2007年版。

37. 方维保：《红色意义的生成——20世纪中国左翼文学研究》，安徽教育出版社2004年版。

38. 李扬：《中国当代文学思潮史》，上海社会科学出版社2005年版。

39. 金岱宗：《被规训的激情》，上海三联书店2004年版。

40. 郭冰如：《十七年（1949—1966）小说的叙事张力》，岳麓书社2007年版。

41. 黄晓华：《现代人建构的身体维度》，中国社会科学出版社2008年版。

42. 闫旭蕾：《教育中的"灵"与"肉"——身体社会学研究》，南京师范大学出版社2007年版。

43. 余虹：《革命·审美·解构——20世纪中国文学理论的

现代性与后现代性》，广西师范大学出版社 2001 年版。

44. ［美］阿瑟·伯格：《通俗文化、媒介和日常生活中的叙事》，姚媛译，南京大学出版社 2006 年版。

45. ［美］弗·杰姆逊：《后现代主义与文化理论》，陕西师范大学出版社 1986 年版。

46. ［英］安东尼·吉登斯：《现代性与自我认同》，生活·读书·新知三联书店 1998 年版。

47. ［法］莫里斯·哈布瓦赫：《论集体记忆》，毕然、郭金华译，上海人民出版社 2002 年版。

48. ［加］马克斯·范梅南、巴斯·莱维林：《儿童的秘密》，陈慧黠、曹赛光译，教育科学出版社 2004 年版。

49. ［日］松居　直：《我的图画书论》，郭雯霞、徐小洁译，上海人民美术出版社 2009 年版。

50. ［美］尼尔·波兹曼：《童年的消逝》，吴燕莛译，广西师范大学出版社 2004 年版。

51. ［英］大卫·帕金翰：《童年之死——在电子媒体时代成长的儿童》，张建中译，华夏出版社 2005 年版。

52. ［美］蒂姆·莫里斯：《你只年轻两回——儿童文学与电影》，张浩月译，少年儿童出版社 2008 年版。

53. ［加］佩里·诺德曼、梅维斯·雷默：《儿童文学的乐趣》，陈中美译，少年儿童出版社 2008 年版。

54. ［美］凯伦·科茨：《镜子与永无岛：拉康、欲望及儿童文学中的主体》，赵萍译，安徽少年儿童出版社 2010 年版。

55. ［美］玛格丽特·米德：《文化与承诺——一项有关代沟的研究》，周晓虹、周怡译，河北人民出版社 1987 年版。

56. 单小曦：《现代传媒语境中的文学存在方式》，中国社会科学出版社 2008 年版。

57. 潘知常、林玮：《大众传媒与大众文化》，上海人民出版社 2002 年版。

后　记

　　《20 世纪中国儿童文学的文化阐释》写完了。花几年的时间做完一件事，舒了一口气，但留下更多的还是遗憾。

　　中国儿童文学自觉于 20 世纪初，20 世纪儿童文学的历史差不多就是全部中国儿童文学的历史。在儿童文学这个不大的领域中，本书涉及的可算是一个覆盖面较大的题目，自己无论在资料上还是在理论上都缺少充分的准备。几年时间，边找材料边读书边构思边写作，时有倾家荡产、负债经营的感觉。比如"启蒙主义"一节，就和年初结题送审的文字颇不一样，是送审后又作了较大修改的。这还是作了些弥补的，没来得及弥补、虽然想到了但却无法弥补或干脆还未想到的缺失，其实更多。我是在稿子写了一大半的时候才读到柄谷行人的《日本现代文学的起源》、凯伦·科茨的《镜子与永无岛：拉康、欲望及儿童文学中的主体》等著作的，它们对自己的启发真有一种振聋发聩的效果，当时心里直想，要是几年前、哪怕是本书刚刚开始写作的时候读到这些书该多好呵！可书已大致写完，结题又有时间限定，来不及了，这遗憾只能留着自己去体味了。

　　在人们印象中，儿童文学是不太有理论的，一个世纪来的实践似乎又印证了这种印象。一些作家写的创作谈一类的文字成了许多理论专著立论的依据，就是 80 年代以来西方文学理论大量引进、中国文学理论极大地改变了自己的整体面貌的情况下，也未见大的改观。但实际情形应该不是这样的。近年介绍进来的一些儿童文学理论和可用于儿童文学的理论，如从精神分析的角度

理解童话，从镜像的角度谈儿童的主体生成，从麦克卢汉所说的
"再游牧化"的角度谈儿童阅读，从文化霸权的角度谈成人对儿
童的殖民等，都是很有特色和深度的。进入新世纪，中国儿童文
学理论正在发生一些转折性的变化，热心于此的人应该是可以有
一些作为的。我的理论基础和实际阅读都使我无法走得很远，虽
不能之，心向往之。

　　本书写作和出版过程中得到许多人的帮助。本书是 2008 年
国家社科课题，是我和邓集田、吴翔之两位老师一起申请的，后
来，他们都有了自己单独的课题，此课题便由我一个人做，但他
们前期为本书所作的工作对本书是起了重要作用的。我供职学校
的科研部门作了大量的工作，特别是马大康教授和叶世祥教授，
既是领导，也是专业上的良师益友，不仅平时指导多多，申请课
题联系出版也给予不少帮助。研究生曹翰文、刘启双、赵璐、周
永芬、陈明敏等帮助打印和校对书稿。在此，一并致谢，祝好人
一生平安！

吴其南

2011 年 11 月 24 日